WAS EINE FRAU WILL

JUDI FENNELL

MERJINN PRESS

PHILADELPHIA, PENNSYLVANIA

Was eine Frau will

Was passiert, wenn drei unwiderstehlich sexy Brüder eine Pokerwette gegen ihre geschäftstüchtige Schwester verlieren? Sie werden für deren Reinigungsunternehmen vermietet. Jetzt stehen Ihnen die Manley Maids zu Diensten. Zufriedenheit garantiert. Es ist das, was eine Frau will ...

Es ist ihre Villa; er ist nur zum Putzen da.

Der Traum des Unternehmers Sean Manley, sich einen Namen im Luxus-Resort-Business zu machen, ist im wahrsten Sinne des Wortes verstaubt. Und voller Pfauen. Und Lamas.

Das Anwesen, das er zum Spottpreis kaufen wollte, ist nun bevölkert von einer Menagerie, die von einer exzentrischen Erbin geleitet wird. Wegen einer verlorenen Pokerwette muss er nun hinter ihnen herräumen.

Livvy Carolla kann es kaum erwarten, die Villa und den damit verbundenen Familienballast loszuwerden. Sie muss nur noch die bescheuerte Schatzsuche hinter sich bringen, die im Testament ihrer Großmutter verlangt wird. Das

Angebot des heißen Putzmanns, ihr dabei zu helfen, macht die Sache weniger mühsam, aber Livvy ahnt nicht, dass Sean ein ganz anderes Spiel spielt.

Wenn in der Liebe, im Krieg und beim Poker alles erlaubt ist, wie können dann beide gewinnen, wenn die Karten gegen sie stehen?

Sean Patrick Manley starrte auf den Straight Flush, Neun hoch, in seiner Hand. Er hasste es wirklich, dass er dieses Spiel gewinnen würde. Oh, es machte ihm nichts aus, seine Brüder auszunehmen, aber das Geld seiner hart arbeitenden Schwester einzusacken, war nichts, womit man prahlen konnte. Dennoch ... sie *hatte* ja darum gebeten ...

»All-in.« Er bewahrte sein Pokergesicht und schob den Rest seiner Chips in die Mitte des Tisches.

Bryan und Liam zogen die Augenbrauen hoch, aber Sean sagte kein Wort. Mary-Alice Catherine hatte »wie einer der Jungs« mitspielen wollen, und so spielten sie nun mal: knallhart. Keine Rücksichtnahme, nur weil sie ein Poker-Frischling war – oder ihre kleine Schwester.

Bryan warf einen Blick auf seine Karten und ließ die Kanten wie üblich schnellen. Eine ablenkende Angewohnheit, weshalb Bryan sie sich offensichtlich zugelegt hatte. »Bin dabei.« Er stapelte seine restlichen Chips neben Seans Haufen.

Sean verbarg ein Lächeln. Ihm machte es nichts aus, Bryans Geld zu nehmen.

Liam lehnte sich in seinem Stuhl zurück und tippte mit dem Zeigefinger auf die Rückseite seiner Karten, so unergründlich wie eh und je. »Mary-Alice, bist du sicher, dass du—«

»Lass es, Liam«, sagte Mac, die sich wie gewohnt sträubte, wenn ihr voller Vorname benutzt wurde. »Spiel das Blatt ganz normal zu Ende.«

Liam tippte gegen seine Karten. »Schön.« Sein Stapel gesellte sich zum Haufen.

Sean fixierte ihn, dann seinen Bruder. Bei Liam wusste man nie, woran man war.

Mac kaute auf ihrer Unterlippe und rutschte nervös auf ihrem Stuhl hin und her. Sean tat sie fast leid. Fast. Aber sie hatte sie lange genug genervt, um bei ihrer Runde mitmachen zu dürfen. Sie hatten versucht, ihr zu erklären, dass sie sich die Einsätze nicht leisten konnte, aber sie wollte nicht hören. Um sie also ein für alle Mal zum Schweigen zu bringen, hatten sie sie mitspielen lassen, in der Annahme, dass sie aufhören würde, sie zu belästigen, sobald sie sprichwörtlich ihr letztes Hemd verloren hatte. Es gab Dinge, bei denen Schwestern einfach nichts zu suchen haben.

»Okay, also wie erhöhe ich bei euch, wenn ich nicht genug Chips habe?«

»Mac, setz einfach den Rest von deinen. Treib den Einsatz nicht weiter hoch. Du kannst es dir nicht leisten, noch mehr zu verlieren.« Sean lächelte sie an.

Er war überrascht, als sie ihm einen Blick purer Wut zuwarf. Wer hätte gedacht, dass das in ihr steckte? Als Kind hatte sie sie immer dazu gebracht, nach ihrer Pfeife zu tanzen. Die Tatsache, dass sie ihr ganzes Leben lang von ihnen, ihren ritterlichen Beschützern, wie eine Prinzessin behandelt worden war, hatte wahrscheinlich damit zu tun, weshalb dieses Verhalten untypisch für sie war.

»Beantworte einfach die Frage. Welche Regeln habt ihr dafür?«

Bryan ließ seine Karten wieder schnellen. »Wir werfen was Großes rein. Wie Seans Bude für eine Woche oder meinen Maserati oder Liams Inseldomizil. Da du nichts Vergleichbares hast, geh einfach mit – call.«

Mac sah sich ihr Blatt erneut an und knabberte nun an der anderen Seite ihres Mundes. Sie strich sich eine Haarsträhne hinter das Ohr. »Ich erhöhe gegen euch alle.«

Sean wollte gerade protestieren, aber Bryan hob die Hand. »Was ist der Einsatz, Mac?«

Mac legte ihre Karten verdeckt auf den grünen Filz vor sich. »Wenn ich verliere, bekommt der Gewinner vier Wochen lang kostenlosen Haushaltsservice.«

»Und wenn du gewinnst?«, fragte Liam.

Mac faltete die Hände über ihren Karten. »Wenn ich gewinne, schuldet ihr mir jeweils vier Wochen Arbeit, völlig kostenlos, für Manley Maids.«

»Was? Bist du verrückt? Ich werde nicht für vier *Stunden* jemandes Dienstmädchen sein, geschweige denn vier Wochen.« Bryan ruckte in seinem Stuhl zurück, als stünde der Pokertisch unter Strom.

»Och, nun ja, wenn ihr nicht glaubt, dass ihr mich schlagen könnt...« Sie sah Liam an.

Liam musterte sie mit zusammengekniffenen Augen. »Vier Wochen, ja?« Er tippte auf seine Karten. »Ich gehe mit. Call. Mit dem Haus auf Kiawah für denselben Zeitraum.«

Sean studierte Liam. Ein Bluff? Wohl kaum. Die Miete für das Ferienhaus würde seinen Bruder nicht ruinieren, aber Liam würde keine Leibeigenschaft riskieren. Er musste ein Gewinnerblatt haben. Wenn es besser als sein Straight Flush war, wäre Sean nur das Bargeld und den Hotelaufenthalt los und liefe nicht Gefahr, sich eine Schürze umzubinden. »Ich auch. Eine Woche im Resort, sobald es in Betrieb ist.« *Falls* es jemals in Betrieb ging, aber er hatte nicht vor zu verlieren. Nicht mit diesem Blatt. Und das Resort auch nicht.

Bryan sah die drei an, als hätten sie den Verstand verloren. »Also wird einer von uns am Ende zwei Urlaube, Haushaltshilfe und einen Maserati für vier Wochen haben?«

»Es sei denn, ich gewinne«, sagte Mac und trommelte mit den Nägeln auf den Filz. Typische Reaktion eines Neulings. Sie war zu nervös.

»Gehst du mit?«, stieß Sean Bryan mit dem Ellbogen an.

»Aber hallo.« Bryan warf ein Full House auf den Tisch. »Komm zu Papa.« Er griff nach dem Chiphaufen.

»Halt mal kurz, Bry.« Liam warf sein Blatt auf den Tisch. Vier Dreien starrten sie an. »Tut mir leid für dich, Mac.« Liam stand auf.

Sean war nicht überrascht, dass von Liam keine Entschuldigung kam. Jeder der Brüder war mal mit dem Gewinnen dran. Das Geld war nebensächlich; sie genossen es, sich gegenseitig auszuspielen und einmal im Monat zusammenzukommen. Aber Mac...

Trotzdem musste er Liam eines Besseren belehren. »Gutes Blatt, Lee, aber nicht gut genug.« Sean präsentierte den Straight Flush.

»Mist.« Liam setzte sich wieder.

»Verdammt noch mal.« Bryan bestand immer darauf, das letzte Wort zu haben.

Nur Mac reagierte nicht. Aber wenigstens würde es keine Frage sein, ob sie jemals wieder mitspielte.

Sean begann, die Chips zu stapeln, und überlegte schon, wann er sich lange genug für den Urlaub freikneifen konnte, den er gerade von seinem Bruder gewonnen hatte. Eher früher als später, da er am Martinson-Projekt ohnehin nicht viel tun konnte, bis die ganze Sache mit dem Erbe geklärt war.

Stille senkte sich über den Tisch, während er die Chips stapelte. Über dreitausend. Nicht übel.

Seine Brüder versuchten, Mac nicht anzusehen. Sean auch nicht, aber er bemerkte das Zucken ihrer Lippen. Wahrscheinlich versuchte sie, nicht zu weinen. Ja, tausend Dollar waren eine große Sache für Mac, besonders da sie alles, was sie hatte, in ihren Reinigungsservice steckte. Vielleicht würde er es ihr zustecken, wenn Liam und Bry gerade nicht hinsahen.

»Tut mir leid, Mac, aber so läuft das Spiel nun mal.«

»Ja, Mac. Wir haben dich gewarnt«, fügte Bryan hinzu.

»Ich weiß.« Sie räusperte sich. »Es ist nur...«

»Was denn, Mac?« Liam stützte einen Ellbogen auf den Tisch.

»Es ist nur... schlägt ein Bube nicht eine Neun?«

»Bube?« Liams Gesicht wurde fahl.

Seans Magen verwandelte sich in Eis. »Bube?«

Bryan klappte der Mund auf, aber für einmal war er sprachlos.

»Ja. Bube.« Mac fächerte ihre Karten auf dem Tisch auf. Fünf Herz-Karten, in aufsteigender Reihenfolge.

Bube hoch.

»Ich glaube, meine lieben Brüder, ihr müsst alle für eure Manley-Maids-Uniformen Maß nehmen lassen.«

Kapitel Eins

Die Tore zur Hölle – auch bekannt als das Anwesen ihrer Familie – standen weit offen und luden zum Eintreten ein.

Nun ja, für alles gab es ein erstes Mal.

Livvy Carolla zerrte ihre Reisetasche von der Ladefläche des Baja und schwang sie sich über die Schulter. Dabei bauschte sie den Saum ihres Hippierocks auf, was den Pfau, der auf dem perfekt gepflegten Rasen ihrer Großmutter herumstolzierte, direkt in die Flucht schlug.

Wer hielt sich in einem Vorort von Philadelphia Pfauen im Garten, als wäre er ein Maharadscha oder so etwas?

Ihre blaublütigen Verwandten väterlicherseits, wer sonst.

Trautes Heim, Glück allein – Pustekuchen. Würde *ihr lieber Herr Papa* nicht einen Riesenzoff veranstalten, wenn er wüsste, dass sie hier war?

Es bereitete ihr eine gewisse Genugtuung, in die Höhle des Löwen einzudringen. Besonders jetzt, da sie ihr gehörte.

Wer hätte das gedacht? Dass ihre auf den guten Ruf bedachte, standesbewusste Großmutter väterlicherseits ihren Nichtsnutz von einem Sohn überleben und alles – *alles* – der Enkelin hinterlassen würde, die sie kaum eines Blickes gewürdigt hatte.

Mr. Scanlon, der Anwalt der Erbgemeinschaft, hatte ihr versichert, dass sie lediglich in den nächsten zwei Wochen die Auflagen im Testament erfüllen müsse, und schon würden das Haus und das dazugehörige Vermögen unter ihrer Herrschaft stehen.

Ah, die Ironie. Von dem, was ihre Mutter ihr in einem seltenen klaren – oder besser gesagt: *nüchternen* – Moment erzählt hatte, bevor Livvy weggebracht worden war, hatte ihre Großmutter gedroht, ihren eigenen zwanzigjährigen Sohn zu verstoßen. Nur weil der es gewagt hatte, ein Mädchen aus der falschen Gegend zu schwängern, das gerade so den Highschool-Abschluss in der Tasche, keinen Penny auf dem Konto und weniger als keine Aussichten hatte, außer sich den reichen Jungen vom Ort auf die älteste Art und Weise zu angeln.

Also war Merriweather Martinson eingeschritten und hatte einen Weg ausgehandelt (übersetzt: Mom bestochen), um das Sorgerecht für Livvy zu erhalten. Livvy hatte sich im zarten Alter von fünf Jahren nach nichts sehnlicher gesehnt als nach einer liebevollen Familie und Essen auf dem Tisch – da Mom zu Letzterem nicht fähig gewesen war und Dad, nun ja, *abwesend* war noch eine schmeichelhafte Beschreibung. Dann kam der Autounfall, der ihn für immer aus ihrem Leben riss.

So war Livvy in Internaten gelandet, ohne dass ihre Blutsverwandtschaft jemals anerkannt worden wäre oder sie ein freundliches Wort von ihrem neuen Vormund gehört hätte. Verdammt, die Frau hatte nicht ein einziges Mal gelächelt, und Livvys Briefe, in denen sie um irgendeine Art von Verbindung, einen Besuch, eine Reise nach Hause, um *irgendetwas* flehte, blieben unbeantwortet.

Außer diesem einen Mal, als sie sieben war. Das war alles. Die alte Dame hatte ihr einen einzigen Besuch erlaubt, und danach hatte Livvy nie wieder zurückkehren wollen.

Und doch war sie hier. Einzig und allein dank ebenjener Großmutter, die nichts mit ihr zu tun haben wollte. Schade, dass Mom das nicht mehr miterleben konnte, aber andererseits hatte sich die vierundzwanzigjährige Alleinerziehende nach dem Verkauf ihres Kindes – äh, der Abtretung des Sorgerechts – auch nicht gerade um Kontakt bemüht. Vielleicht wäre es *Mom* also völlig egal, dass Livvy zurück am Tatort war.

Ach, Schwamm drüber. Sie hatte überlebt, es geschafft, sich beruflich über Wasser zu halten, und ihr Leben nach ihren eigenen Vorstellungen gelebt. Ohne diese eine Klausel in Merriweathers Testament wäre sie niemals hierhergekommen.

Aber da sie nun mal hier war, brachte sie es am besten hinter sich.

Sie nahm einen letzten Bissen von ihrem Apfel und blickte zu dem Monstrum hoch. So hatte sie immer über diesen Ort gedacht. Die Martinsons, die Familie ihres Vaters, waren alter englischer Adel, der im 19. Jahrhundert eingewandert war und anscheinend sein halbes englisches Herrenhaus mitgebracht hatte – inklusive der Sprossenfenster im Tudor-Stil und geschnitzter Eichentüren von der Größe eines Elefanten. Steinerne Löwen bewachten die Auffahrt, und die Wasserspeier an der Dachkante verschmolzen mit der Kulisse der aufziehenden Wolken. Unheilvoll. Düster. Sie war bei jenem einzigen Besuch völlig überfordert gewesen, und an ihren Gefühlen hatte sich nichts geändert. Der Ort war protzig. Überladen. Obszön.

Und jetzt gehörte er ihr.

Livvy warf das Kerngehäuse ins Blumenbeet – guter Kompost – und holte Orwells Transportkäfig vom Rücksitz. Dabei achtete sie darauf, dass die Abdeckung dem Vogel keinen Blick auf die Umgebung erlaubte. Der Graupapagei drehte völlig durch, wenn er draußen im Käfig war, und was die Nervensäge nicht wusste, würde ihre Ohren verschonen.

Sie stieg die weißen Marmorstufen zur Haustür hinauf, wobei ihre Stiefel Streifen auf dem Boden hinterließen. Na ja. Eine Aufgabe für den Butler.

»Hallo?« Sie stieß die Tür zu einem leeren Flur auf. Seltsam, vor zwanzig Jahren hatte der Butler – Rupert? Jeeves? – die Tür bewacht wie eine Bärenmutter. Offensichtlich war die Disziplin seit dem Tod ihrer Großmutter etwas eingerissen.

Großmutter. Das Wort fühlte sich seltsam an. Livvy schloss die Türen und stellte fest, dass sie die alte Frau nie wirklich als ihre Großmutter betrachtet hatte. Aber rein technisch gesehen war Merriweather Knightsbridge Martinson genau das: die Erzeugerin des Versagers, der ihre Mutter geschwängert hatte und beim ersten Anzeichen einer Schwangerschaft abgehauen war.

»Jemand zu Hause?« Livvy sah sich im riesigen Foyer um und erinnerte sich lebhaft an die weinrot-cremefarben gestreiften Wände, die mit goldgerahmten, muffigen Gemälden beleibter Ahnen vollgestopft waren, welche wie bunte Ostereier herausgeputzt waren. Wahrscheinlich hatte sich hier seit Jahrhunderten nichts verändert. Diese Leute waren so besessen von ihrer Herkunft, dass sie förmlich spüren konnte, wie die schwere Last der Martinson-Ahnenreihe sich wie eine Schlinge um ihre Kehle legte.

Nicht, dass sie irgendetwas damit zu tun haben wollte. Als Kind hatten sie sie nicht gewollt; als Erwachsene wollte sie sie erst recht nicht.

»Hallo? Rupert? Jeeves?« Wie hieß er noch gleich? Sie trat weiter in den stillen Eingangsbereich hinein.

»Hier gibt es keinen Rupert oder Jeeves.«

Sie schreckte zusammen, als ein Typ aus dem Türrahmen auf der linken Seite trat. Groß, dunkelhaarig und zum Anbeißen, mit dem Körper eines olympischen Athleten und dem Gesicht eines ihrer Götter. Er hatte gewelltes schwarzes Haar, das bis an seinen Kragen reichte und ein Paar Augen betonte, die so blau waren, dass sie fast unecht wirkten – außer, dass an diesem Kerl rein gar nichts Unechtes war. Von der Schulterpartie, die allein dafür geschaffen schien, eine Frau in starke Arme zu schließen, über die Waschbrettbauchmuskeln, bei denen ihr das Wasser im Mund zusammenlief, bis hin zu den Beinen, deren Muskeln die Nähte seiner Hose spannten – dieser Typ war ein ganzer Kerl.

»Was kann ich für Sie tun?«

Wahrscheinlich eine ganze Menge. Und mit ihr, und an ihr …

»Wer sind Sie?« Sie zog ihre Bluse über dem Unterhemd fester zusammen, was einhändig allerdings etwas schwierig war.

»Wer sind *Sie*?«, schoss er zurück und hob einen … *Staubsauger*? … in seinen Händen hoch.

»Ich habe zuerst gefragt.« Was machte er mit einem Staubsauger?

»Sie … *was*?«

»Äh, ich meine …« Sie warf ihre Locken zurück und hob das Kinn, um sich größer zu machen. Nicht, dass sie sich für ihre Größe – oder das Fehlen derselben – schämte, aber es half, wenn sie sich unsicher fühlte. Und das war sie definitiv, denn an diesem Ort zu sein, mit einem heißen Typen, der einen Staubsauger hielt, war so surreal, dass es sie nicht gewundert hätte, wenn sie gerade in Alice' Kaninchenbau gefallen wäre. »Ich habe Ihnen, äh, eine Frage gestellt.«

»Und?« Er stellte den Bodenstaubsauger ab und lehnte sich auf das Saugrohr.

»Und ich hätte gern eine Antwort.«

»Und ich wäre gern an einem tropischen Strand, aber man bekommt eben nicht immer das, was man will, oder?«

»Wissen Sie, Sie sind ziemlich vorlaut für den Poolboy.«

»Falls es Ihrer Aufmerksamkeit entgangen sein sollte: *Das hier*«, er rüttelte am Saugrohr, »ist kein Kescher. Es ist ein Staubsauger.«

»Das macht Sie dann also zu was? Zum Dienstmädchen?«

Er sah weg. Punkt für sie.

»Hören Sie, wer sind Sie und was wollen Sie? Ich habe nicht den ganzen Tag Zeit, hier herumzustehen.« Sein Kiefer mahlte wütend.

»Warum? Müssen Sie noch irgendwo Staub wischen?«

Röte stieg seinen Hals hinauf, dort, wo sein minzgrünes Poloshirt einen V-Ausschnitt bildete und ein paar schöne schwarze Brustlocken knapp links neben dem Emblem enthüllte ...

Manley Maids.

Oh Mann. Er *war* die Putzhilfe. Das war ja einfach perfekt!

»Hören Sie, junge Dame. Kann ich Ihnen irgendwie behilflich sein?«

Äh... ja. Sie biss sich auf die Lippe, um ein Lächeln zu unterdrücken. Ihre Großmutter hatte offensichtlich einen verdammt schrägen Humor gehabt. Vielleicht war es gar nicht so gut gewesen, dass sie den alten Besen nie kennengelernt hatte. »Okay. Entschuldigung. Ich bin Livvy Carolla und wollte zu dem Mann, der dieses Mausoleum hier leitet.«

»*Sie* sind Livvy Carolla? *Olivia* Carolla?«

Sie hasste diesen Namen. Olive, Oliver Twist, Olivia Fig Newton-John ... Die Spitznamen waren nie lustig gewesen. »Schulfreundinnen« im Internat waren auch nur Tyranninnen in schickeren Klamotten.

»Mir ist Livvy lieber. Und ja, die bin ich. Warum?«

Der Pool Boy – der *Putztrupp-Mann* – stöhnte auf.

»Hey, wirklich, das ist kein Grund für einen Nervenzusammenbruch. Ich heiße Livvy und ich muss Jeeves sprechen. Oder Rupert. Wie auch immer.«

»War ja klar«, murmelte der Poolboy, äh, Putztrupp-Mann.

Sie wünschte, er *wäre* der pool boy – die Uniform wäre viel besser. »Ich würde mich gerne einquartieren. Wenn Sie mich also in seine Richtung schicken könnten, wäre ich Ihnen sehr dankbar.«

Sie stellte Orwells Käfig auf den Boden, um den Gurt ihrer Tasche zu richten. Ein paar Federn und Samenhülsen wirbelten unter der Abdeckung hervor und verteilten sich auf dem Boden.

»Hey, ich habe da gerade erst saubergemacht«, sagte der Pool Boy.

»Das ist jetzt nicht Ihr Ernst.«

»Doch, ist es.« Er zog eine Augenbraue hoch. »Und es war ein ziemliches

Stück Arbeit. Wenn es Ihnen also nichts ausmachen würde, das wegzumachen, wäre ich Ihnen dankbar.«

Er sah so empört aus. »Okay, *Mr. Belvedere*, ich mache Ihnen einen Vorschlag. Ich mache den Dreck weg, wenn Sie Rupert sagen, dass ich hier bin.«

»Tut mir leid, Schätzchen, im Moment gibt es hier nur mich und, na ja, mich.«

»Nur Sie?«

»Nur ich.«

Sie hob die Augenbrauen. Sie hatte geübt, nur eine hochzuziehen, aber bisher war ihr dieser Trick nicht gelungen. »Also schmeißen Sie den Laden hier?«

»Prinzessin, diesen Laden zu schmeißen ist gar nichts im Vergleich zu dem, was ich im echten Leben mache.«

»Oh? Ist das also irgendeine Fantasie, die Sie hier ausleben? Nicht ganz das Dienstmädchen-Outfit, das normalerweise dazugehört, aber jedem das Seine. Und nennen Sie mich bitte nicht *Prinzessin*.«

»Entschuldigung.« Der Pool Boy kratzte sich am Kinn. »Okay, passen Sie auf. Laut Testament wurde jedem einzelnen Angestellten eine Pension gezahlt und sie wurden entlassen. Bis hin zum zehnjährigen Zeitungsjungen. Keiner ist mehr hier außer mir. Und jetzt Sie. Und so wie ich das verstehe, sind Sie jetzt die Besitzerin von diesem, wie haben Sie es genannt? Mausoleum?«

Sie nickte, und ihre Belustigung verflog etwas. Alle waren weg? War das irgendeine Prüfung, die der alte Drachen ihr aus dem Jenseits auferlegte? Etwas, womit Livvy beweisen sollte, dass sie des Namens Martinson würdig war?

Oder um zu beweisen, dass sie es *nicht* war?

Nun, sie dachte gar nicht daran, nach der Pfeife dieser Frau zu tanzen, schon gar nicht nach deren Tod. Tatsächlich war Livvy froh, dass alle weg waren. So musste sie niemanden entlassen, wenn sie das Anwesen verkaufte – was sie tun würde, sobald sie herausgefunden hatte, welche bescheuerten Auflagen ihre Großmutter sich ausgedacht hatte, um sie zu zwingen, zwei Wochen lang hier zu leben.

Okay, vielleicht tanzte sie doch ein kleines Stück nach deren Pfeife. Aber nicht mehr lange. Bald wäre sie fein raus und hätte Millionen, mit denen sie tun konnte, was sie wollte. Und sie wollte so viel Gutes damit bewirken. Ganz im Gegensatz zu ihrer sogenannten *ruhmreichen* Familie.

»So.« Livvy hievte die Tasche wieder auf die Schulter und kniete sich hin, um die Federn mit der Hand aufzusammeln. »Das ändert die Dinge. Ich hatte gehofft, der Butler könnte mich einweisen, aber daraus wird wohl nichts.« Sie rückte die Tasche beim Aufstehen zurecht.

»Die einzigen Einweisungen, die ich hier gesehen habe, waren die Schnüre zum Aufziehen der Vorhänge im Wohnzimmer, obwohl ich glaube, dass es im Kapellenturm einen echten Glockenzug gibt«, sagte der heiße Typ mit dem Staubsauger.

»Ja. Und die bimmelt auch noch unverschämt früh.« Oh, wie gut sie sich daran erinnerte, an einem Sonntagmorgen davon geweckt worden zu sein. Sie konnte immer noch nicht fassen, dass es auf der anderen Seite des Grundstücks tatsächlich eine kleine Kapelle gab. Das schien sogar für *ihre* Familie ein wenig übertrieben.

Der Pool Boy lächelte. »Eigentlich ist es still, seit ich hier bin. Keiner da, der sie läutet.«

Sie erwiderte das Lächeln. »Ein Pluspunkt für die Situation. Sehr gut. Na dann, dann bringe ich meine Sachen mal nach oben«, sie hob die Tasche und den Käfig an, »und dann komme ich wieder runter und wir können uns unterhalten.«

»Sicher. Von mir aus. Ich mache in dem…«, er deutete mit der Hand in die hintere Ecke, »was auch immer das für ein Zimmer ist, noch fertig.«

»Okay. Bis gleich.«

»Gut.« Er drehte sich um.

»Äh, hallo?«

»Ja?« Er blickte über die Schulter zurück. Mann, wie diese Hose seinen Hintern betonte…

»Ihr Name? Ich habe ihn nicht mitgekriegt.«

»Das liegt daran, dass ich ihn nicht genannt habe.«

»Witzig. Also, wie lautet er?«

»Ähm… Sean.«

»Na gut, Ähm Sean, wir sehen uns gleich.«

Sean spürte ihren Blick auf sich, bis sie durch die Tür war.

Ihre wunderschönen bernsteinfarbenen Augen. Auf einem knapp eins sechzig kleinen Körper voller Sexappeal mit mehr Kurven als eine Rennstrecke, Lippen zum Küssen, einem Gesicht, das Helena von Troja vor Neid erblassen ließe, und dem nötigen Selbstbewusstsein, um das Ganze zu untermauern.

Wie sollte er sie nur von diesem Ort vertreiben, wenn sein erster Instinkt war, sie zum nächsten Möbelstück zu zerren, ihr diese Zigeunerkleidung vom Leib zu reißen und sie stundenlang zu vernaschen? Diese kastanienbraunen Locken zu Greifen, die wie eine Einladung ihren Rücken hinunterfielen, und sie um seine Faust zu wickeln, um ihren Nacken zu beugen, damit er –

Verdammt noch mal. Der Privatdetektiv, den er angeheuert hatte, um die Testamentsauflagen zu prüfen, hatte nicht erwähnt, dass die Enkelin eine Granate war.

Er hatte auch nicht erwähnt, dass sie einziehen würde oder dass sie die einzigen Bewohner der *Casa Martinson* sein würden. Er hatte gedacht, es sei eine gute Idee, hier zu wohnen, als Mac die Details des Auftrags durchgegangen war, aber jetzt...

Sean stellte den Staubsauger ab und ging zum Vitrinenschrank. Bei der Art, wie er auf sie reagierte, fand er besser schnell heraus, wie diese Auflagen lauteten. Scheitern war keine Option. Dieses Anwesen sollte seinen Namen in der Resort-Branche bekannt machen und all das bestätigen, worauf er hingearbeitet hatte. Er baute darauf, und zwar im Wert von Millionen Dollar an Einnahmen.

Seine Heritage Corporation kaufte historische Gebäude, die meisten davon baufällig, und brachte sie wieder auf ihren früheren Standard und Glanz, um sie als Bed & Breakfasts zu führen. Bisher war es eine Win-win-Situation gewesen. Die Gemeinden liebten es, ihre alten Gebäude zu retten, und er liebte den Gewinn.

Aber sein Traum war es schon immer gewesen, größer zu werden. Er wollte Luxusresorts. Er wollte *das* Ziel in diesem Teil des Staates sein, mit der Absicht, in andere Gebiete zu expandieren. Er wollte in seiner Karriere genauso erfolgreich sein wie seine Geschwister in den ihren.

Das Martinson-Anwesen war seine Chance, die Firma zu erweitern. Die nächste Stufe seines Traums. Und solange die Chance bestand, dass es klappte, dachte er gar nicht daran aufzugeben.

Als Merriweather ihm also diesen Knüppel zwischen die Beine geworfen und seinen Namen, sein Bankkonto und das Geld seiner Brüder aufs Spiel gesetzt hatte, stand er mit dem Rücken zur Wand. Er *musste* diesen Ort zu dem Preis unter Marktwert kaufen, den sie ihm versprochen hatte, sonst würde er alles verlieren. Er konnte es wirklich nicht gebrauchen, dass ihr Sinneswandel oder sein fehl am Platz wirkendes Verlangen die Sache vermasselten.

Vermasseln war eine sehr milde Wortwahl.

Sean stellte die Porzellanfiguren zurück in die Glasvitrine und achtete darauf, sie nicht aneinanderzustoßen. Hier gab es einige wertvolle Stücke. Was in Gottes Namen hatte die Frau nur geritten, diesen Ort einer Enkelin zu hinterlassen, die sie nie anerkannt hatte? Laut dem Detektiv hatte Mrs. Martinson ihrer einzigen lebenden Nachkommin nicht einmal eine Geburtstagskarte geschickt. Keinerlei Kontakt, selbst als ihr Sohn, Olivias Vater, gestorben war. Ziemlich unterkühlt. Er hatte keinen Zweifel daran gehabt, dass sein Plan so aufgehen würde, wie sie es versprochen hatte.

Doch offensichtlich konnte man nie wissen, was in jemandem am Ende seines Lebens vorging. Und die alte Frau war gründlich gewesen, verdammt noch mal. Sein Anwalt hatte versucht, einen Weg zu finden, das Vermächtnis anzufechten, aber keine Chance. Es war hieb- und stichfest. Olivia Bomben-Carolla hielt alle Trümpfe in der Hand.

Der Vergleich zum Poker war ironischerweise sehr passend.

Er hatte Macs Erfolg für einen Volltreffer gehalten, als er den Namen Martinson auf dessen Kundenliste gesehen hatte. Er hatte sofort zugegriffen; wenn die Glücksgöttin ihm die Mittel gab, sich das Anwesen zu sichern, würde er das nicht hinterfragen.

Bis jetzt.

Denn bei Millionen, die auf dem Spiel standen, einer Granate als Chefin und knapp drei Wochen Zeit, sie aus ihrem Zuhause zu befördern, war er nicht der Herr des Hauses, sondern das verdammte *Dienstmädchen*.

Kapitel Zwei

Als sie sich durch den inneren Irrgarten aus Korridoren schlängelte, der den zweiten Stock ausmachte, blieb Livvy stehen, um aus einem der Rundbogenfenster zu schauen. Jep, der Irrgarten draußen war noch da. Bei jenem Besuch vor all den Jahren hatte sie sich in dem Heckenmonster verlaufen. Das Ding jagte ihr immer noch einen Schauer über den Rücken, genau wie der Rest dieses Hauses. Sie konnte nicht fassen, dass sie von diesen people abstammte. Wäre da nicht Moms Urlaubsflirt mit dem reichen Jungen aus dem Ort gewesen, wäre sie es nicht.

Dieser Irrgarten musste weg. Zusammen mit den frei laufenden Pfauen. Pfauen waren notorisch garstig, und sie hatte schließlich ihre Babys zu berücksichtigen.

Aber Pool Boy? Den würde sie erst mal behalten. Gegen was fürs Auge war definitiv nichts einzuwenden.

Sie stellte ihre Tasche und Orwells Käfig in dem ersten Zimmer ab, das sie nach der geschwungenen Treppe fand – das Blaue Zimmer oder irgendein anderer blutleerer Fehlname, da war sie sicher. Vorhänge, so blassblau, dass sie fast weiß wirkten, vor cremefarbenen Wänden, karmesinroter Teppich und vergoldete französische Provinzmöbel, so verziert, dass es Pool Boys Putzkünsten alle Ehre machte, dass sich in den Schnörkeln keine Staubmäuse zu Kolonien zusammengeschlossen hatten.

Sie nahm die Abdeckung vom Käfig, gefasst auf des Papageis Version von »Just a Gigolo«, seinem liebsten Wecklied. Sie gab ihm Wasser und sich selbst in dem römischen Bad von einem Badezimmer einen schnellen Check, um den Reiseschmodder aus dem Gesicht zu wischen, knöpfte ihre Bluse zu und machte sich dann auf, um sich das Erbe anzusehen.

Oben an der Treppe machte sie einen Schritt hinunter und blieb stehen. Sie schaute auf das Geländer, blickte sich um und lächelte. Niemand würde es wissen, und im Grunde genommen war das hier ja ihr Haus, oder?

Genau.

Im schwindenden Tageslicht, das durch ein riesiges ovales Fenster in die Diele fiel, zog Livvy den Rock zwischen ihre Oberschenkel, schwang ein Bein über das Geländer. Sie knöpfte ihre Bluse auf, damit sie das Geländer gut greifen konnte, schaute über die Schulter und stieß sich dann ab.

Der Kick kitzelte ihr den Bauch, so wie ihre Haare ihre Wangen, als sie rückwärts hinuntersauste. Sie hatte das an jedem einzelnen Tag der zehn, die sie damals hier gewesen war, machen wollen, aber mit einem Butler, dessen Gesicht eine Rosine an Falten übertroffen hätte, und einer Haushaltshilfe, deren Gemüt eine Zitrone süß erscheinen ließ, hatte es nur eine Gelegenheit gegeben. Und die Drachenlady hatte sie erwischt.

Livvy kam unten ohne Zwischenfall an – Geländersurfen war eine gute Fähigkeit, die sie im Internat gelernt hatte. *Drachenlady.* Lustig, dass sie diesen Spitznamen für die Frau vergessen hatte.

Unten landete sie auf einem Fuß und wollte das andere Bein über das Geländer schwingen, aber ihr Rock verhedderte sich in ihrem Kampfstiefel. Sie packte die nächstgelegene Spindel, drehte daran, während sie versuchte, nicht zu fallen, und gleichzeitig den Stoff vom Nietenkopf zu lösen, bevor eines von beidem riss.

Anscheinend waren ihre Geländersurf-Skills etwas eingerostet. Zum Glück war niemand da, der das hätte sehen können.

Die Tür zum *Was-auch-immer*-Zimmer ging auf, und heraus trat Ähm-Sean.

War ja klar.

»Du bist nicht wirklich runtergerutscht, oder?« Sein Lachen minderte keineswegs seinen heißer-Typ-Schlendergang über den Marmorboden.

»Klar bin ich. Welches Kind würde das nicht machen wollen? Ich hab endlich die Chance bekommen.«

Er beugte sich, um den Saum ihres Rocks auszuhaken, während sie in hektischer Eile dafür sorgte, dass alle relevanten Stellen bedeckt waren.

Saphirblaue Augen trafen ihre durch die Spindeln, sein Blick blieb kurz auf der gedrechselten hängen. »Was *würde* Großmama sagen?« Er richtete sich mit einem *tsk-tsk* auf und drehte den Baluster wieder gerade.

»Tja, was *Großmama* nicht weiß, macht sie nicht heiß, oder?« Mit einem Schulterzucken zog Livvy den Träger ihres Camisoles wieder an seinen Platz und schlug die Ränder ihrer Bluse über dem Bauch übereinander.

»Also, Ähm-Sean.« Sie versuchte einen würdevollen Abgang über die letzte Stufe auf den weiß marmorierten Boden mit schwarzen Adern und wünschte, sie trüge etwas Glamouröseres als Kampfstiefel. »Was genau sind hier so deine Aufgaben? Führst du den Laden schon lange für Merriweather?«

Sean schob die Hände in die Seitentaschen der Arbeitshose aus Baumwolle. »Lange? Nee. Den Laden führen – tja, das hängt davon ab, wie du führen definierst.« Er wies mit der Hand auf den fernen Korridor. »Willst du was essen? Ich war gerade auf dem Weg zum Mittagessen.«

»Passt für mich. Führ mich, MacDuff.« Sie machte eine einladende Geste, damit er voranging.

»Prinzessin, es ist Irisch, nicht Schottisch.«

Schwarzhaarig, blauäugig, sexy, zum Gänsehautkriegen irisch.

Sie gingen an einer alten Rüstung vorbei, von der die ehemalige Haushaltshilfe ihrer Großmutter, Mrs. Tidwell, ihr erzählt hatte, sie sei verflucht. Wahrscheinlich hatte jemand das Ding mit Angelschnur oder so präpariert, damit sich der Arm bewegte, um die alte Miesmuschel zu erschrecken. Livvy erinnerte sich, dass sie als Kind Angst vor der Haushaltshilfe gehabt hatte. Merriweather hatte damals wirklich viele alte Kumpane um sich geschart. Alte Kumpane und keine Kinder.

Dieser eine Besuch hatte gereicht. Komisch, dass sie jetzt Alleinerbin war. Erwartet hatte sie es nicht, obwohl sie als Erste zugegeben hätte, dass Merriweather es ihr schuldig war.

Klar, die selbsternannte Matriarchin hatte die Internatsrechnungen übernommen, aber Livvy sprach nicht von dem, was für ihre Großmutter nur ein Klacks gewesen war. Nein, die Frau schuldete ihr etwas wegen Moms unzeitigem, saufbedingtem Ende, begünstigt durch die freie Zeit, die das Abfindungsgeld ihr verschafft hatte, nachdem Merriweathers Anwälte hereingeschneit waren, um das Sorgerecht für Livvy an sich zu reißen.

Livvy schob diesen Albtraum zurück in den hintersten Schrank ihres Kopfes. Am schlimmsten war gewesen, dass sie gewusst hatte, was vorging – selbst im zarten Alter von fünf, als sie sie abgeschoben hatten. Wenn Merriweather ihr wenigstens ein Fünkchen Liebe gegeben hätte. Verdammt, selbst Mitleid wäre etwas gewesen, aber das schweigende Desinteresse hatte all die Jahre an ihr genagt. Warum war sie nicht gut genug, um Martinson zu heißen? Welche Sünde hatte sie begangen? Warum die Wut auf ihre Eltern an ihr auslassen, einem unschuldigen Opfer aller Beteiligten?

Es hatte keine Antworten gegeben, und irgendwann hatte Livvy aufgehört, die Fragen zu stellen. Hatte aufgehört, Briefe zu schreiben. Hatte aufgehört, darauf zu hoffen, dazuzugehören. Stattdessen hatte sie in ihrer Seele den Willen gefunden, sich ein anderes Leben aufzubauen. Und sobald alle i-Punkte gesetzt und alle T-Striche gezogen waren, würde sie das Geld haben, in vernünftige Räume und Equipment für ihre Bio-Backwaren zu investieren und sich das Leben zu geben, das sie immer wollte – zum Teufel mit den Martinsons.

Der Bogen zum Festsaal, sprich Esszimmer, brauchte länger zum Durchqueren als ihr ganzes Bauernhaus, in dem sie wohnte.

»Erinnerungen?« Eine tiefe Stimme hinter ihr riss sie aus den Gedanken.

Die Spitze eines ihrer Stiefel hakte sich im Absatz des anderen ein. *Erinnerungen.* »Ich schätze, man könnte sie so call.«

Die bogenförmige Tür zur Küche stand einen Spalt offen. *Tsk-tsk*, allerdings. Jeeves/Rupert hatte niemals erlaubt, dass die Tür unverschlossen blieb. Schließlich war die Küche der Ort, wo *das Personal* all die schmutzige Arbeit erledigte. Er hatte immer darauf geachtet, diese Tür zu sichern, wann immer sie für eine Nascherei hereingehüpft war.

Oder vielleicht hatte er den Auftrag gehabt, sie im Zaum zu halten. Wer wusste das schon, aber bei dem Wunsch der Familie, die *kleine Indiskretion* des Erben aus den Klatschspalten herauszuhalten, war das durchaus denkbar.

Livvy stieß die Tür ganz auf.

Ach, verdammt. Die Küche war renoviert worden.

Sie trat auf den polierten Eichenboden, der ein paar hundert Jahre alt war und jetzt bestimmt von einem Dutzend Schichten Polyurethan überzogen. Wachs sorgte nicht für so einen Glanz. Wachs würde den Boden auch nicht vor den tausenden Pfund Edelstahlgeräten schützen, die nun die Wände säumten. Sub-Zero, Wolf, Bosch, Viking … Die High-End-Produkte glänzten sie an.

Granit-Arbeitsplatten, schwarz gesprenkelt, mit doppeltem Ogee-Profil. Eine Backvorbereitungsfläche in Arbeitshöhe, darüber ein Wagenrad voll Kupfertöpfen. Mini-Kühlschränke und Eisbereiter. Spülen in allen Größen und zwei gewerbliche Sechsflammenherde.

Der ursprüngliche, raumgroße Kamin zierte noch immer die Rückwand, und durch das Fenster in der Hintertür sah sie, dass der Kräutergarten weiterhin prächtig gedieh.

Mit all dieser neuen Ausstattung und dem Besten aus der alten Küche hätte sie den perfekten Ort, um ihre Brote und Kuchen zu machen. Es wäre himmlisch, so viel Arbeitsfläche zu haben, und da der Kräutergarten so gut etabliert war, hätte sie ihre eigenen, biologisch angebauten Zutaten, um—

Livvy blieb mitten im Schritt stehen. Sie musste diesen Gedankenexpress stoppen, bevor er den Bahnhof verließ. Das Einzige, was sie *würde tun können*, war, der Ort zu verkaufen. Punkt. Sie brauchte *nichts* von ihrer Großmutter und der Familie, die sie so gut wie verstoßen hatte in dem Moment, in dem sie gezeugt worden war, außer dem Geld, das der Verkauf ihres ganzer Stolz einbringen würde.

Sean versuchte, nicht in sie hineinzulaufen, als sie anhielt, aber sein Schwung trug ihn vorwärts. Er fing sie auf, als sie stolperte. »Olivia? Was ist los?«

Gar nichts, verdammt noch mal, antworteten seine Hormone. Sie roch nach Lavendelseife und Äpfeln und etwas, das für seinen Gemütszustand viel zu feminin war.

»Hm?« Sie wirbelte herum, um ihn anzusehen, eine weinrote Locke blieb an der Spitze ihrer Nase hängen, und Sean fühlte sich in ihre Augen gezogen.

Verwirrt, verletzlich, ein bisschen verloren … Dann war da dieses sexy Zucken an einem küssbaren Mund, der ihm entschieden zu nah war—

Rückzug vom Feind, Manley.

Sein Gehirn war dabei, aber der Rest von ihm meuterte. Rückzug? Schon klar.

»Sean?« Ihre Stimme war weich, als sie sich über die Lippen leckte, ihre schmale Hand umklammerte seinen Arm.

Wenn sein Name so mitten in der Nacht gehaucht würde, hätte er nichts entgegenzusetzen.

»Wolltest du was?« Sie blickte zu ihm auf.

Oh, wollen tat er schon.

»Äh, Mittagessen. Willst du Mittag essen?« Verdammt seien diese dünnen Hosen—seine körperliche Reaktion ließ sich nicht leicht verbergen. Mac musste wirklich die Uniform ändern. Jeans wären besser.

Oder die Ritterrüstung.

Er steuerte zur Theke, in der Hoffnung, der Granit würde ihn abkühlen. Doch dann sah er wieder zu ihr, wie ihr Haar auffächerte, als sie sich drehte, um ihm zu folgen, ihre Locken über eine Schulter fielen und sich über die markante Rundung ihrer Brust legten, und Sean fand sich im Wettstreit mit dem Granit um den Titel des Härtesten Dings in der Küche.

Er marschierte zum Sub-Zero-Kühlschrank, drehte Olivia den Rücken zu und hoffte, ein arktischer Luftstoß würde das Problem erledigen—aber *natürlich* folgte ihm *das Problem* auch dorthin.

»Gehört Einkaufen zu deinen Aufgaben?« Sie lugte an ihm vorbei.

Das halbleere Ketchupglas, zwei Eier und ein Hotdog verspotteten ihn. »Ich hatte vor, das zu erledigen«, stieß er hervor. »Niemand hat eine Liste mit deinen Vorlieben und Abneigungen geschickt, Olivia, also dachte ich, ich warte, bis du hier bist. Ich glaube, es gibt ein paar Tiefkühlgerichte im Gefrierschrank.«

»Ich heiße Livvy. Es sei denn, du willst wieder Pool Boy sein.« *Livvy* öffnete den stehenden Gefrierschrank neben dem Kühlschrank. »Eine Hühner-Potpie?« Sie hob die Packung hoch. Perfekt geschwungene Augenbrauen wanderten himmelwärts, als sie ihn ansah. »Davon lebst du? Vierzig Gramm Fett, Natriumtripolyphosphat, Mononatriumglutamat, flüssiges und teilweise hydriertes Sojaöl, Mono- und Diglyceride, Natriumbenzoat ... Soll ich weiter vorlesen, wie sehr sich deine Arterien zusetzen?«

»Was bist du, so eine Art Gesundheitsfreak?«

»Ich finde diesen Begriff extrem beleidigend, weißt du.« Sie verschränkte die Arme, wodurch ihre Kurven noch präsenter wurden. »Nur weil ich beschlossen habe, meinen Körper nicht mit Chemikalien vollzupumpen, heißt das nicht, dass ich bekloppt bin. People, die Zusatzstoffe, Konservierungsmittel und was auch immer für Gifte Großkonzerne in ihr Essen tun«—sie setzte das letzte Wort in Anführungszeichen—»sind die Verrückten.«

»Und was isst du so? Salat und Tofu?«

»Nein. Ich esse ganz normal. Und meine Kundschaft auch. Alles natürliche Produkte ohne Hormone, ohne Konservierungsstoffe, ohne Pestizide, einfach Essen, so wie die Natur es gedacht hat. Bio.«

Kundschaft. Ach ja. Prinzessin Olivia Bombshell Carolla—*Livvy*—war eine Möchtegern-Bäuerin. Sean hatte sich köstlich darüber amüsiert. Eine in einer Kooperative lebende, Bio-Bäckerin-slash-Bäuerin hatte das Martinson-Vermögen geerbt; ein Vermögen, gemacht aus und investiert in allerlei Firmen, bei deren Portfolio sie schreiend wegrennen würde.

Er zog einen Karton aus dem Fach. »Die Eier kannst du gern haben.«

»Styropor? Warum kippst du nicht gleich auch noch Quecksilber in den Boden?« Sie wirbelte herum und gewährte ihm einen schnellen Blick auf ein sexy Stück Bein unter dem Rock. »Hast du irgendeine Ahnung—oh! Sie sind da!«

Sean schüttelte den Kopf über den Themenwechsel. Es war, als müsste man einem Kolibri folgen, der von Blüte zu Blüte schießt. »Wer ist da?«

»Meine Babys!« Sie hüpfte zur Hintertür, riss sie auf, ohne daran zu denken, was für eine Macke der Messinggriff der Arbeitsplatte dahinter verpassen würde.

Sean hatte sich in seinem Leben noch nie so schnell bewegt. Mrs. Martinson hatte ein kleines Vermögen—nein, machen wir ein *großes* Vermögen—in die Erneuerung dieser Küche gesteckt. Das war ein Raum, den er nicht anfassen musste, wenn er übernahm. Vorausgesetzt, er konnte verhindern, dass Livvy ihn zerstörte, bis er sie hier raus hatte.

Aber ... *Babys*? Sie hatte *Zicklein*?

Sean schüttelte den Kopf. Dieser Detektiv hatte einiges zu erklären. Nirgends hatte der Kerl Kinder erwähnt. Christus. Wie zum Teufel sollte er eine Frau mit Kindern aus ihrem angestammten Zuhause werfen?

Millionen Dollar, Manley.

Ach ja. So.

Kapitel Drei

Livvy wäre fast über einen Backstein gestolpert, der sich aus dem gewundenen Pfad gelöst hatte, und erreichte den Lastwagen genau in dem Moment, als der Fahrer aus dem Führerhaus stieg.

»Wo wollen Sie die Tiere haben, Ma'am?« Er reichte ihr ein Klemmbrett.

Livvy ging die Liste durch und vergewisserte sich, dass ihr Nachbar Kerry niemanden vergessen hatte. Sie unterschrieb den Lieferschein und warf einen Blick zum bedrohlich bewölkten Himmel. »Gleich diesen Weg runter steht eine Scheune. Ich fahre bei dir mit und wir können dort abladen.« Die Scheune war das Erste gewesen, was ihr in den Sinn gekommen war, als Mr. Scanlon sie völlig unerwartet angerufen hatte, um ihr vom Tod ihrer Großmutter und dem Erbe zu berichten. Wie gut sie sich doch daran erinnerte, wie sie all die Jahre zuvor der düsteren *Wurmhöhen*-Atmosphäre des Hauses in die süß duftende Scheune zu all den Pferden und Katzen entflohen war.

Sie hüpfte in das Führerhaus und glättete ihren Rock über den Beinen. Der Fahrer war gut in der Zeit. Sie hatte ihn erst in einer Stunde erwartet, sonst hätte sie sich schon längst eine Jeans angezogen.

Sie zuckte mit den Schultern. Falls die Zicklein ihren Rock ruinierten, war sie endlich in der Lage, sich einen neuen zu leisten.

Die Scheune, die sich vor dem grauen Himmel abhob, sah noch genau so aus, wie sie sie in Erinnerung hatte, bis hin zum Hibiskus in den Blumenbeeten neben beiden Toren. *Wer gestaltet bitteschön eine Scheune landschaftlich so prachtvoll?*

Dieselben Leute, die freilaufende Pfauen hielten.

Ebendiese frei laufenden Pfauen schossen hinter dem Gebäude hervor und rannten über den Rasen.

Ziegelschindeln krönten das Steingebäude, das mit den gleichen gewölbten Sprossenfenstern wie das Haupthaus und taubengrauen Fensterläden als gemütliches Cottage hätte durchgehen können. Ihre Babys würden hier wie Stars behandelt werden.

Der Fahrer setzte den Lastwagen vor die Scheunentore zurück, ging dann zur Heckklappe und zog die Rampe heraus. Livvy folgte ihm und erinnerte sich an das letzte Mal, als sie hier gewesen war. Die Ställe, alle zehn, waren mit Heu gefüllt gewesen, und die Fenster an der Rückseite ließen viel frische Luft und Sonnenschein herein. Die Martinsons hatten sich an der Pferdezucht versucht, obwohl diese Bestände verkauft worden waren, bevor Merriweather krank wurde. Schade. Livvy hätte nichts gegen Pferde gehabt, aber da sie den Ort nicht behalten wollte, war das ohnehin hinfällig.

»Haben Sie Leinen oder so was, Ma'am?«, fragte der Fahrer.

Sie schüttelte lächelnd den Kopf. »Lass sie einfach raus. Sie hören auf mich.«

Sie hatten ihre Stimme gehört. Die Türen schwangen auf und ein Chor aus Grunzen, I-Ah-Rufen und Blöken ertönte, als sich die Mini-Bauernhof-Version der Arche Noah in den Hof ergoss. Kerry schickte die Hunde erst später nach. Sie neigten dazu, den Schafen in die Hacken zu zwicken, wenn sie aufgeregt waren, und die Fahrt hierher würde sie definitiv in Aufregung versetzen.

Der Widder und seine Auen polterten die Rampe hinunter, gefolgt von ihren Babys. Ihre eigene nächste Generation. Wie sehr sie ihr weiches Wollfell liebte, das am Ende doch wieder verfilzt und schmutzig sein würde wie das ihrer Eltern. Sie hasste diesen Teil, aber ihre schmuddelige Wolle finanzierte ihr Heu.

Sie hob Buttercup hoch und rieb die Wange des Lamms gegen ihre eigene. Die drei Tage zwischen dem Termin in der Anwaltskanzlei und ihrer Ankunft hier kamen ihr wie eine Ewigkeit vor, um von ihrer kleinen Familie getrennt zu sein. Buttercup blökte und machte die Beine steif. Mama Daisy stieß sanft gegen Livvys Oberschenkel. »Ist ja gut, Dais, hier bitte schön. Ich habe euch einfach nur vermisst.«

Als Nächstes sprangen die Ziegen aus dem LKW, gefolgt von den Alpakas. Rhett spuckte sie an, was nicht unerwartet kam. Er spuckte sie meistens an. Scarlett folgte ihm direkt. Die *Hembra* war unterwürfiger geworden, seit Livvy sie »in flagranti« erwischt hatte. Hoffentlich würde es nächstes Jahr um diese Zeit Alpaka-Babys geben, obwohl durch das Erbe der Preis, den ihr Vlies erzielen würde, nicht mehr das große Problem war, das er einmal gewesen war.

Die Schar Gänse und Enten watschelte hinterher, um ihren rituellen Kreis um sie herum für das Futter zu bilden. Sie musste sich zum Lastwagen durchwühlen, um einen der Futtersäcke zu schnappen, aber ziemlich schnell mampften alle glücklich vor sich hin und das Geschnatter wich einem zufriedenen Picken. Nun ja, okay, Calypso mochte gerade ein Stück aus Calliopes Flügel gebissen haben, aber das war nichts Neues.

Sobald die Vögel sich beruhigt hatten, kletterte Livvy hinten auf den Lastwagen. Und tatsächlich, da saß Reggie auf seiner Decke in der Box und wühlte mit seinem schwarzen Rüssel in den Falten herum. Sie fragte sich, wie viele Hundekekse Kerry dort versteckt hatte, um ihn während der Fahrt bei Laune zu halten.

»Komm schon, Reggie. Sorgen wir dafür, dass sich alle einleben.« Das Hängebauchschwein grunzte bei seinem Namen, rappelte sich dann auf die Beine, wobei sein Geschirr mit den Glöckchen klingelte, die sie dort aufgehängt hatte. Reggie dachte, er sei eine Katze. Und er hatte tatsächlich die Schleichwege einer Samtpfote gelernt, ließ aber leider die Grazie vermissen. Die Glöckchen warnten sie, bevor er jemanden ansprang – sie, die Möbel, die Seerosen im Teich daheim...

Sie schnappte sich ein Paar Hühnergehege, hob die gackernden Vögel aus dem Lastwagen und schnalzte mit der Zunge, um die Menagerie in ihr neues Zuhause zu treiben, bevor die für heute vorhergesagten Stürme losbrachen – was der graue Himmel bereits bestätigte.

Der Fahrer, der sich einen größeren Futtersack über die Schulter geworfen hatte, öffnete das Scheunentor, und er und Livvy blieben abrupt stehen.

Jemand hatte die Scheune nicht mit Heu gefüllt, sondern mit Kisten. Stapel um Stapel von Pappkartons. Vom Boden bis zur Decke, zugeklebt und beschriftet wie in einem Lagerhaus. Holzkisten mit zugedeckten und in Schrumpffolie eingewickelten Klumpen, die wie Möbel aussahen, füllten jede Box, und der Gang an der Vorderseite war mit Gartenmöbeln vollgestellt. Mäuse hätten es schwer gehabt, einen Nistplatz zu finden, ganz zu schweigen von der Menagerie, die sie mitgebracht hatte.

»Äh, Ma'am? Gibt es hier irgendwo Gehege für das, was früher mal in dieser Scheune war? Ich muss los. Habe noch mehr Lieferungen zu erledigen.«

Gehege. Natürlich. Hinten gab es Freiluftgehege. Sie würde ein paar Planen finden müssen, um einen provisorischen Schutz zu bauen – oder die Tagesdecke aus dem Blauen Zimmer nehmen –, aber im Notfall mussten die Gehege reichen.

Während der Fahrer den Rest der Futtersäcke auf einen Stapel Bänke direkt im Scheuneneingang ablud, trieb sie die Tiere hinten herum. Gehege waren zwar nicht das Ritz, aber sie hatten an dem anderen Ort ja auch nicht gerade wie Könige gelebt.

Nur sah es nicht so aus, als würden sie *irgendwo* leben, denn es *gab* keine Gehege.

Ihre Zicklein mussten wohl wieder nach Hause. Livvy schloss die Augen und versuchte, jemanden zu finden, den sie bitten konnte, sich um sie zu kümmern, während sie an diesem Ort festsaß. Aber die Liste war dieselbe, die sie schon vor der Organisation des Transports erstellt hatte: niemand. Kerry half zwar ab und zu, aber er und Sherwood hatten ihren eigenen Hof zu führen. Genauso war es bei Sheila, Marci und Jenny. Richard hatte sich alle College-Kids für seinen Urlaub geschnappt, bevor sie die Chance dazu gehabt hatte. In ihrer Genossenschaftsgemeinschaft waren alle beschäftigt, und die Pflege ihrer Tiere würde für jeden anderen nur eine Belastung darstellen.

Während sie beobachtete, wie der Fahrer und sein Lastwagen wieder den Weg hinunterfuhren, ließ Livvy sich auf den gepflegten Rasen plumpsen, der so federnd war, dass sie sicher war, er bestand aus Chemikalien im Wert von einer Zillion Dollar, damit das verdammte Ding wie ein Golfplatz aussah. Sie verschränkte die Beine unter sich und stützte das Kinn in die Handfläche.

Grünflächen über Hektar hinweg. Künstlerisch platzierte, weiß geschindelte Pavillons. Ein Zierteich mit gurgelndem Wasserfall. Pergolen, die mit Glyzinien über schmiedeeisernen Café-Sets bewachsen waren. Formgehölze in

Form von Fabelwesen. All dieses Land und nicht eine nützliche Sache zu finden. Alles nur für die Show.

Warum überraschte sie das eigentlich nicht?

Reggie kam herüber und schnaufte an ihrem Ohr, seine übliche Begrüßung, wenn sie zu Hause auf dem Sofa saßen. Sie kraulte ihn unter dem Kinn. Reggie schloss die Augen, hockte sich hin, streckte den Hals und grunzte vor Vergnügen.

Die Schafe begannen im Gras zu wühlen, gefolgt von den Ziegen und den Alpakas. Livvy sprang wieder auf die Beine und löste Reggies Kinn von ihrem Knie. Sie wollte nicht, dass die Tiere irgendwelches Gift fraßen, das auf dem Rasen verteilt worden war. Sie trieb sie zurück zur Vorderseite der Scheune und versuchte, ihren nächsten Schritt zu planen.

Vielleicht könnten sie in der Kapelle schlafen. Schließlich gab es dafür Präzedenzfälle. Über zweitausend Jahre an Präzedenzfällen – es war also nicht so, als hätte Gott etwas dagegen, sich einen Schlafplatz mit einem Haufen Bauernhoftiere zu teilen.

Dann schob sich eine schwarze Wolke mit einem Donnergrollen über das Dach der Scheune. Sie würden es nicht mehr bis zur Kapelle schaffen, bevor das Unwetter losbrach.

Sie hatte keine andere Wahl. Es gab nur noch einen Ort, an den sie gehen konnten.

Sean stieg von der Leiter. Auf keinen Fall würde er diese Vorhänge abnehmen. Die sahen schwieriger wieder aufzuhängen aus als eine ganze Palette voller Dachsparren auf einem Walmdach.

Er erreichte das Ende der vier Meter hohen Leiter und legte sie dann vorsichtig auf die Seite, wobei er darauf achtete, das Sofa nicht zu treffen, das er vor dem Aufstellen beiseitegeschoben hatte. Die prachtvollen Dimensionen des Raumes würden großartige Möglichkeiten für Veranstaltungen bieten, sobald die Renovierungen abgeschlossen waren. Dieser Raum mit seinem Zugang durch die Flügeltüren zur Schieferterrasse wäre der perfekte Empfangsraum für eine Hochzeit im kleinen Kreis. Der Landschaftsgärtner, der sich den Ort angesehen hatte, hatte vorgeschlagen, einen der Pavillons vom Krocketrasen näher an die Terrasse zu rücken, damit die Zeremonien im Falle von Regen dort stattfinden konnten.

Sean holte den Rollwagen und winkelte die Leiter darauf an. Selbst mit seinem Pickup direkt vor der Tür wollte er das unhandliche Ding nicht einmal ein paar Meter weit schleppen und riskieren, die Leiter fallen zu lassen oder irgendwelche Holzarbeiten zu beschädigen. Nun, da er die Räume im Erdgeschoss auf dieser Seite des Hauses fertiggestellt hatte, würde er diese Leiter zurück zu seinem Wagen bringen und dann ins Obergeschoss wechseln, wo die Decken etwas niedriger waren. Da noch eine weitere halbe Villa zu reinigen war, würde er den ganzen Monat brauchen, um mit diesem Ort fertig zu werden.

Er manövrierte den Wagen und die Leiter zu den Terrassentüren und war dankbar, dass der Regen noch auf sich warten ließ – und für die sechs Meter breite Terrasse. Der Schiefer dort draußen brauchte ein paar Ausbesserungen, aber er kannte genau den richtigen Mann dafür. Vorausgesetzt natürlich, er bekäme diesen Ort am Ende.

Jesus. Wie zum Teufel sollte er sie von hier wegbekommen? Das arme, verstoßene Bastardkind mit der Wut im Bauch war gerade erst durch die Tür der Familienbastion getreten und beanspruchte sie für sich. Sie würde nicht ohne Weiteres wieder gehen. Und er musste aufpassen, dass er nicht gefeuert wurde, bevor seine restliche Zeit abgelaufen war.

Er musste ihr neuer bester Freund werden. Sie bezirzen, sich mit ihr anfreunden, ihr Kumpel werden. Den Arbeiter für sie, die zu Unrecht übergangene Erbin, spielen. Wir-gegen-die-Familie. Sie zu Seelenverwandten machen. Sie dazu bringen zu glauben, dass ihm ihr Wohl am Herzen läge. Nichts davon würde ein Problem sein. Das Problem würde erst kommen, wenn er herausfand, was diese verdammten Auflagen waren, und er sie darin schlagen musste.

Die Idee hatte vor etwa einer Stunde noch nicht schlecht geklungen. Er war nicht scharf darauf, das Geld seiner Brüder zu verlieren, aber da hatte er sie noch nicht getroffen. Jetzt war sie eine Frau aus Fleisch und Blut. Mit Kindern.

Verdammt noch mal. Wer hätte gedacht, dass Merriweather Martinson irgendwo unter den Schichten von gestärkten Kragen und Pelzstolen ein Herz vergraben hatte?

Sean schloss die Flügeltüren auf und schob die Leiter nach draußen. Vielleicht würde er Livvy, wenn er sie erst einmal verjagt und diesen Ort profitabel gemacht hatte, eine monatliche Rente zahlen. Sie hätte dann Geld, um diesen baufälligen Hof herzurichten, den sie ihr Zuhause nannte, und er würde sich weniger schuldig fühlen, weil er sie und ihre Zicklein weggeschickt hatte. Eine Win-Win-Situation für alle.

Der plötzliche Ausbruch von Bauernhofgeräuschen hätte ihn warnen sollen, dass es nicht so einfach werden würde.

Kapitel Vier

Sean wirbelte bei dem Aufruhr herum und sah fassungslos, wie eine widerspenstige Herde Vögel und Bauernhoftiere auf ihn zukam. Mitsamt einer in Stiefeln dahinlaufenden Zigeunerin an ihrer Seite.

Er stand ungläubig – und bewundernd – da, bis ihn etwas am Schienbein traf. Mistvieh!

Sean riss seinen Blick von der Massenpanik los und sah einen grauen, gehörnten Kopf, der gerade zurückwich, um erneut Schwung gegen sein Bein zu holen. Eine Ziege?

Er fühlte sich wie ein unfähiger Torero, wich der Nervensäge aus und schaffte es gerade noch, nicht über die große weiße Ente zu seiner Rechten zu stolpern, nur um an der Schulter von einem Lama gestreift zu werden.

Einem Lama.

Einem Lama, das geradewegs hineinlief in –

»Nein!« Sean drehte sich um und rannte zurück in den Raum, den er gerade erst anderthalb Tage lang mühsam gereinigt hatte. Dort fand er zwei Ziegen auf dem weißen Loveseat vor, eine weitere kaute am Rand des Teppichs, und das dämliche Lama putzte sich buchstäblich vor dem Glasschrank.

Und war das vor der Anrichte etwa das, wofür er es hielt? Oh Gott, das war es. Wenigstens hatte die Ente dieses kleine »Geschenk« auf dem Marmor hinterlassen und nicht auf dem Teppich – nicht, dass es den Ziegen etwas ausgemacht hätte.

»Oh nein!«, war Livvys verzweifelter Ruf, schwächer als der, den er am liebsten ausgestoßen hätte.

Die Möbel müssten neu gepolstert werden, und wenn dieses Lama seinen lächerlichen Hals noch einmal an diesem Schrank rieb, würde es ihn umwerfen. Und von den Ziegen ganz zu schweigen. Der Teppich war innerhalb von nur fünfzehn Sekunden reif für den Müll.

Er drehte sich gerade rechtzeitig um, um zu sehen, wie der Rest von Noahs Arche durch die Türen watschelte. Inklusive eines Schweins.

Ein Schwein. Wer zum Teufel hielt sich ein Schwein?

Nun, das war offensichtlich. Natürlich war es die Frau, um die sich die Höllenhunde – okay, *Ziegen* – versammelten.

»Rhett, hör auf damit!«, schrie Livvy und versetzte dem Lama einen Klaps. *Rhett*. War ja klar. »Dodger, geh augenblicklich von diesem Sofa runter!« Die Ziege blickte mit einem Klimpern ihrer Wimpern von dem Fransenkissen auf, das sie gerade zerpflückte, und kaute dann seelenruhig weiter. »Calliope! Nein! Raus! *Raus*!«

Ja, Calliope, die Gans, hörte gar nicht zu. Oder es war ihr egal.

Nicht, dass es noch eine Rolle spielte. Der Teppich war hinüber.

Livvy rannte auf den Teppich, versuchte die Tiere zu verscheuchen und trat um sich, wobei ihr Rock wild hin und her schwang.

Die Tiere wichen ihr einfach aus und suchten sich etwas anderes, das sie ruinieren konnten.

Sean blickte von dem Chaos zur Leiter auf der Terrasse und entwarf schnell einen Plan.

Er rannte nach draußen, wich dem Widder aus, der versuchte, ihm die Eier zu zerquetschen, zerrte dann zwei schmiedeeiserne Sofas über die Veranda und schob sie mit den Seiten gegen das Haus. Dann manövrierte er den Leiterwagen dagegen und stopfte die Kissen in die Lücken, sodass ein provisorischer Pferch entstand. Er musste nur noch die Rattenfängerin dazu bringen, sie herauszuführen.

»Livvy! Hierher!«, schrie er über den Chor aus Quietschen, Schnattern und Meckern hinweg.

Livvy strich sich eine Lockensträhne aus dem Gesicht, als sie über den Rücken des Lamas spähte, das sie gerade schob, und Erleichterung spiegelte sich in ihrem Lächeln wider. »Gute Idee.«

Eins nach dem anderen verscheuchte, drängte oder trug sie die Tiere durch die Terrassentüren. Sean schloss sie dann und verbarrikadierte sie mit seinem Körper, um zu verhindern, dass die Satansbraten wieder hineinrannten.

Es dauerte gut zehn Minuten und kostete mehr vom Aubusson-Teppich, als jemals repariert werden konnte, aber bald waren alle Kreaturen in dem improvisierten Gehege untergebracht.

Livvy lehnte neben ihm an der Tür, ihre Kurven hoben und senkten sich viel zu heftig für seinen Geschmack.

Nun ja, nein, das stimmte nicht ganz. Es gefiel ihm definitiv. Aber er sollte definitiv *nicht* Gefallen daran finden.

»Danke«, sagte sie und versuchte, wieder zu Atem zu kommen. »Ich weiß nicht, was in sie gefahren ist. Normalerweise sind sie im Haus ganz friedlich.«

»Du *lässt* sie in dein Haus?«

»Nun ja, nicht im Regelfall. Aber als mein Stall während eines Hurrikans undicht war, hatte ich nicht wirklich eine Wahl. Abgesehen von den notwendigen, äh, Rufen der Natur haben sie sich ganz gut benommen.«

»Ja, nun, es sieht so aus, als hätten sie ihre Manieren heute vergessen. Und was hat es mit der Menagerie auf sich?«

»Das sind meine Haustiere.«

»Das sind Nutztiere, keine Haustiere.«

»Warum können Nutztiere keine Haustiere sein?«

»Willst du, dass ich zustimme, dass ein Schwein zu haben dasselbe ist, wie einen Hund zu haben?«

»Eigentlich ist Reggie eher wie eine Katze als wie ein Hund.«

Sean knirschte mit den Zähnen. »Gehupft wie gesprungen.«

»Kein Katzenliebhaber, wie ich sehe.«

»Ich bin eher der Hundetyp.«

»Schön. Die Hunde kommen bald.«

Noch mehr Wahnsinn? »Glückspilz ich.«

»Pass mal auf, Poolboy.« Sie stupste ihn in die Seite, und verdammt, das tat weh. »Es ist mein Haus und es sind meine Tiere. Finde dich damit ab.«

»Hast du gesehen, was sie mit dem Zimmer angerichtet haben? Willst du so leben? Deine Vorfahren haben den Stall da draußen nicht umsonst gebaut, weißt du.«

»Lass meine Vorfahren da raus. Es ist mir egal, was sie getan haben oder was sie wollen. Es ist jetzt mein Ort, und wenn ich will, dass die Ziegen einen Spielplatz im Empfangszimmer haben, geht dich das gar nichts an.«

»Du kannst doch nicht im Ernst sagen, dass du zulassen willst, dass diese Tiere all die antiken Möbel zerstören.«

»Warum kümmert dich das überhaupt?«

»Es kümmert mich, weil …« Äh, ja, gute Frage. Wie sollte seine Antwort lauten? »Weil es mein Job ist, mich um diesen Ort zu kümmern. Ich war gerade erst fertig damit, den Raum zu putzen, weißt du. Jetzt ist er ein einziges Wrack.«

Sie schloss die Augen und schüttelte den Kopf. Als sie sie wieder öffnete, sah Sean ein Funkeln in ihren bernsteinfarbenen Augen, das nach Lachen aussah. »Sean, Sean, Sean. Du musst wirklich mal locker werden. Es ist nur *Zeug*. Sie waren stundenlang in einem Lastwagen eingesperrt. Wenn der Stall leer gewesen wäre, hätten sie sich dort austoben können, aber irgendjemand hat eine Ladung Kisten und Möbel dort hineingestellt. Ich hatte keinen anderen Ort für sie, ohne dass sie das ganze Gras fressen.«

»Und erklär mir noch mal, warum Erbstückteppiche besser für ihre Verdauung sind als Gras? Ich dachte, Gras wäre bio?«

»Wäre es auch, wenn es nicht in so vielen Chemikalien getränkt wäre, dass der Rasen eines Golfplatzes würdig wäre.«

Genau. Dieser Rasen war prachtvoll. Es würde nicht viel brauchen, um ihn in ein ideales Fairway zu verwandeln.

»Und was hast du jetzt mit ihnen vor?«

Sie verzog ihre hübschen herzförmigen Lippen zur Seite, und Sean fragte sich, wie sie sich auf seinen anfühlen würden. Wie sie schmecken würden –

Ja, ja, weg mit den Gedanken von hübschen herzförmigen Dingen. Und das mit dem Küssen konnte er sich abschminken. Sie war der Feind.

Genauso wie das Schwein, das versuchte, sich zwischen die beiden zu drängeln, wobei die Glöckchen an seinem Halsband wie ein betrunkener Weihnachtsmann klangen.

»Ich muss den Stall erst ausräumen, bevor ich sie dorthin bringen kann.

Besteht die Chance, dass Stallausmisten in deiner Stellenbeschreibung steht?« Sie stupste ihn mit der Schulter an und sah unter ihren Wimpern zu ihm auf.

Nicht fair. Dieser Blick war wahrscheinlich von Aphrodite erschaffen worden, um die Knie und den Willen von Männern schwach werden zu lassen. Und Livvy beherrschte ihn perfekt. Verdammt.

Sah so aus, als hätte er seinen Tag gerade um noch mehr Arbeit bereichert, denn auf keinen Fall würde er sich für einen Indoor-Bauernhof in seinem zukünftigen Hideaway Hills Resort entscheiden.

Doch dann öffneten sich die Schleusen des Himmels und entfesselten Regengüsse, die Noah und *seiner* Menagerie alle Ehre gemacht hätten.

»Oh nein!« Livvy löste sich von der Tür, trieb die Tiere zusammen und funkelte ihn dann an. »Und?«

»Was und?« Er hatte sich nicht bewegt. Und er hatte es auch nicht vor.

»Willst du mir nicht helfen?«

»Wobei helfen?«

»Sie reinzuholen.«

»Rein? Ich dachte, wir hätten gerade beschlossen, den Stall auszuräumen.«

»Aber die werden nass.«

»Das sind Tiere. Die sind das gewohnt.«

»Nein, sind sie nicht. Und ich will nicht, dass sie krank werden. Komm schon.« Sie schob das Schwein aus dem Weg und riss an der Tür.

Sean packte sie an, bevor sie sich mehr als fünf Zentimeter aus dem Rahmen bewegt hatte. »Du lässt sie nicht wieder rein.«

Dichte, rußige Wimpern umrahmten blitzende Goldaugen. »Doch, das werde ich.«

»Nein, wirst du nicht. Das sind Tiere. Nutztiere.«

»Die keinen Stall haben. Jetzt hör auf, zu streiten, und beweg dich!«

Für so ein winziges Ding konnte sie ganz schön zuschlagen. Ihre Hüfte traf ihn auf halber Oberschenkelhöhe, und er musste tatsächlich zur Seite treten, um aufrecht zu bleiben.

Das war die Chance, die sie brauchte. Blitzschnell packte sie beide Türgriffe und stieß sie weit auf. Die Tiere stürmten hinein.

Scheiße. Man könnte meinen, sie hätten noch nie Regen gesehen.

Dasselbe konnte er vom Aubusson nicht mehr behaupten. Der einzige

Trost war, dass er sowieso schon ruiniert war – genau wie die Möbel es jetzt wurden. Oh, verdammt.

Donner ließ die Scheiben der Terrassentüren erzittern.

»Ich sollte die besser schließen«, sagte Livvy, die Übermutter, und rappelte sich von einem der Ohrensessel auf.

»Warum die Mühe?« Sean strich sich mit einer Hand das klatschnasse Haar aus der Stirn und packte mit der anderen ihren Arm. »Der Boden ist sowieso schon durchgeweicht. Außerdem wolltest du einen Stall. Jetzt hast du einen.« Mit der Einrichtung von Versailles.

Sie hatte bereits einen Finger in seine Richtung erhoben, doch mitten in der Drehung blieben ihr die Worte im Mund stecken. Sie sah ihn an, dann sich selbst, dann all die Tiere und fing Knall auf Fall an zu lachen.

Was ihn auch zum Lachen brachte.

Doch als ihr zerzauster Rock an ihren Beinen klebte und der nasse, gazenartige, praktisch transparente Stoff dasselbe mit ihrem Körper tat, erstarb das Lachen in Seans Kehle.

Es wurde durch etwas viel Schwereres ersetzt. Erwartungsvoll. Er konnte den Blick nicht abwenden.

Sie sah köstlich aus. Regen rann an ihrem Schlüsselbein entlang, ein paar Tropfen sammelten sich in der Vertiefung, bevor sie unter dem dünnen Stoff ihres Camisoles über ihre Brust glitten. Sean verfolgte diese Linie mit seinen Augen, sein Atem wurde mit jeder Sommersprosse, die er zählte, flacher.

Livvys Lachen verklang und Sean fing ihren Blick auf.

Die Verletzlichkeit, die er zuvor gesehen hatte, war durch etwas ... mehr ersetzt worden.

Er *wollte* mehr.

Er verstand nicht, warum; sie war eigentlich nicht sein Typ. Aber das spielte keine Rolle. Wenn Livvy ihn so ansah, wie sie es tat, und so *aussah*, wie sie es tat, war es egal. Er wollte sie.

Er machte einen Schritt auf sie zu. Einen kleinen, aber ihre Wimpern flackerten und ihre Lippen, die von Regenwasser glänzten, formten ein kleines O. Er wollte es weglecken.

Also tat er es.

Irgendwie lag sie in seinen Armen, ihre Körper berührten sich, ihr Atem vermischte sich, ihre Locken streiften seine Brust am V-Ausschnitt seines

Hemdes, und seine Zunge glitt hervor, um ihre Lippen zu kosten. Nur der Hauch einer Berührung, aber von ihrer Seite gab es kein Zögern. Ihr Atem stockte gerade so weit, wie er es für die kleine Öffnung brauchte, und er vertiefte den Kuss.

Donner krachte durch den Raum – oder vielleicht war es das Blut, das durch seine Adern schoss, während sein Körper in Flammen aufging. Er legte seine Arme um ihre Schultern und presste die unglaublich schmale Kurve ihrer Taille an sich. Ihre Brüste – ihre nassen, festen Brüste – waren gegen seine Brust gedrückt, und er konnte nicht anders, als zu stöhnen, als sich ihre Hüften gegen ihn bewegten.

Gott, sie machte ihn an, und es war ihm egal, ob sie es wusste. Denn mal ehrlich ... wie könnte sie es nicht merken?

Er schob eine Hand in das Gewirr aus Locken, das er am liebsten auf den Kopfkissen oben ausgebreitet sehen wollte, und hielt ihren Kopf in genau dem richtigen Winkel. Seine Zunge drang ein und traf auf das Drängen der ihren. Ihre Lippen knabberten an seinen, ihre Brustwarzen drückten gegen seine Brust und sandten wilde Signale an jede Nervenendung in seinem Körper.

Sie war winzig, beinahe zerbrechlich, aber Gott, sie konnte küssen. Das heftige Kratzen ihrer Nägel auf seinem Rücken unter seinem Hemd, die Art, wie sie sich an ihn lehnte und nichts zurückhielt ...

Das leise Stöhnen tief in ihrer Kehle ... Es raubte ihm den Verstand.

Er ließ seine Hand tiefer gleiten, umfasste ihren Hintern und zog sie in Position. Am liebsten würde er ihre Beine um sich schlingen lassen, aber das würde bedeuten, den sinnlichen Fall des feuchten Haares loszulassen, das seine Haut liebkoste, und das war im Moment einfach keine Option. Er konnte es sich bildlich vorstellen, wie es über ihn herabfiel, während sie rittlings auf ihm saß, ihre Brüste, schwer in seinen Handflächen, mitschwingend im Rhythmus.

Gott, dieses Bild ... Er vertiefte den Kuss, seine Zunge tat das, was sein Schwanz wollte. Er war so hart, dass es schmerzte ...

Er ließ seine Lippen zu ihrer Wange gleiten, schmeckte den Hauch ihrer Erregung unter dem Regen, legte ihren Kopf in den Nacken und spürte ihren hastigen Atem an seinem Ohr. Er tauchte in die Vertiefung unter ihrem Kiefer ein, ihr Puls hämmerte gegen seine Lippen, während er sie bis zu ihrem Ohrläppchen gleiten ließ, es zwischen seine Zähne nahm, daran zog, und ihr Kopf zurückfiel. Feuchte, cremige Haut, die ihm ganz allein gehörte, ein Streifen seiner Lippen, das Kreisen seiner Zunge –

Verdammt, er steckte in großen Schwierigkeiten. Das war nicht Teil seines

Plans. Er sollte eigentlich ein Komplott schmieden, um sie hier wegzubekommen, und sie nicht um den Verstand küssen.

Und doch schien er nicht aufhören zu können. Sie zu küssen war vielleicht nicht die klügste *geschäftliche* Entscheidung, die er je getroffen hatte, aber bei Gott, er glaubte, es könnte die beste *Lebensentscheidung* gewesen sein.

Und dann rammte ihm das verdammte Schwein seinen Kopf in den Hintern.

Kapitel Fünf

Sean ruckte mit dem Kopf herum, um in diese Augen zu blicken, in denen er vor wenigen Augenblicken noch versinken wollte – und in denen er am liebsten sofort wieder untergegangen wäre.

Aber, gütiger Gott, das war eine verdammt schlechte Idee.

»Wenn dein Schwein glaubt, es sei eine Katze, warum führt es sich dann wie ein Wachhund auf?« Er musste wieder Vernunft in diesen Moment bringen, und wenn Wachschweine der Weg dorthin waren, dann steckte er definitiv in großen Schwierigkeiten.

Aber es erfüllte seinen Zweck; in Livvys Augen tanzte das Lachen. »Reggie ist ein bisschen, nun ja, eifersüchtig auf jeden, der mehr Aufmerksamkeit bekommt als er. Das kann Calliope sein oder auch Rhett. Er hat nichts gegen dich persönlich.«

Oh doch, das hatte Reggie sehr wohl. Die *Schnauze* des Schweins drückte gegen ihn. An einer äußerst ungünstigen Stelle. Ein einziger Ruck mit dem Kopf des Tieres, und Sean würde für eine ganze Weile im Sopran singen. »Wärst du so gut, ihn zurückzurufen?«

Livvy gluckste erneut und trat einen Schritt zurück. Sean spürte den Verlust sofort. Aber er spürte auch, wie Reggie von ihm abließ. Das Vieh funkelte ihn dabei giftig an.

Sean nickte dem Tier zu. »Effektiv.«

Livvy zuckte die Achseln – und das bewirkte viel zu viele gute Dinge unter dem dünnen Shirt, das immer noch an ihrer Brust klebte. Hätte Reggie nicht warnend gegrunzt, hätte Sean die Distanz zwischen ihnen sofort wieder überbrückt.

Das wäre allerdings nicht klug gewesen. Er musste sich fernhalten, ganz weit fern von Livvy Carolla.

Doch dann warf sie ihre Locken über die Schulter, und die Rundung ihres Nackens erinnerte ihn daran, dass er diesen Teil von ihr noch nicht hatte kosten dürfen.

»Warum hast du das getan?«

Weil es eine bessere Idee gewesen war, als sie nach oben zu bringen und aus diesen Klamotten zu schälen. »Du meinst, dich zu küssen?«

Sie knabberte an ihrem Zeigefinger, und Sean hätte am liebsten gestöhnt. Die Spitze ihrer Zunge, ein Hauch von Rosa, dieser süß-saure Geschmack nach Äpfeln ...

»Äh, ja. Genau das.«

»Braucht ein Mann etwa einen Grund, um eine sexy Frau küssen zu wollen?«

Sie schnaubte. »Oh, bitte. Ich sehe aus wie ein nasser Pudel.« Sie strich sich mit den Händen über den Rock und sah an sich hinunter ...

Und sah genau das, was er sah.

Diese bernsteinfarbenen Augen schossen wieder zu seinen hoch.

Er versuchte, sein Lächeln zu verbergen. »Ich finde nicht.«

»Ja, nun ...« Sie zog ihr Haar nach vorne und zog die Schultern hoch, wobei sie die Arme verschränkte, um sich besser zu schützen. Vor *ihm*, wenn sie es nur wüsste. »Hast du es dir zur Gewohnheit gemacht, klatschnasse Frauen zu küssen? Das muss dich ja ziemlich beliebt machen. Es wundert mich, dass dir noch niemand dein hübsches Gesicht poliert hat.«

»Du hast dich nicht gerade gewehrt.«

»Du hast mir ja auch kaum die Chance dazu gelassen.«

»Netter Versuch, Prinzessin, aber dein Seufzer und deine Zunge in meinem Mund waren eine reine Aufforderung. Schieb das jetzt nicht alles auf mich. Ich hätte jederzeit aufgehört, wenn du dich beschwert hättest.« Und wenn er das selbst glaubte, hätte er keine Zweifel mehr daran, dass er am Ende dieses Anwesen besitzen würde.

»Ich könnte dich feuern, weißt du.«

»Ja. Das könntest du. Aber wer würde dir dann alles zeigen? Dir die Schlüssel geben? Deinen Stall ausmisten?« Sean nutzte seine Prahlerei, um die sehr reale Angst zu überspielen, dass sie ihn tatsächlich feuern *würde*. Was hatte er sich nur dabei gedacht? Den Vertrag mit Manley Maids zu brechen, war das Letzte, was er von ihr wollte.

»Hör zu, es tut mir leid.« Er stieß den Atem aus und fuhr sich mit den Händen durchs Haar. »Es wird nicht wieder vorkommen. Ich schätze, ich habe das Interesse einfach falsch gedeutet.« Genau. Das war vielleicht nicht der Grund gewesen, warum ihre Brustwarzen ihn zuerst so frech gegrüßt hatten, aber sie war ebenso in diesem Moment versunken gewesen wie er.

Aber das Projekt war das Wichtige: sie zum Scheitern zu bringen. Er würde alles tun, um hierbleiben zu können.

Einschließlich sich von der heißen Livvy Carolla fernzuhalten.

Das Interesse falsch gedeutet. Oh, er hatte gar nichts falsch gedeutet, aber Livvy dachte gar nicht daran, das zuzugeben. Was um alles in der Welt hatte sie sich nur dabei gedacht, ihn so zu küssen? Der Mann war ein völlig Fremder.

Wobei »völlig« hier das entscheidende Wort war.

Sie konnte ihm jedenfalls nicht widersprechen. Sie hatte sich nicht gewehrt, weil sich der Kuss in diesem Moment wie das Richtige angefühlt hatte.

Das Richtige – meine Güte. Jetzt dachte sie schon wie ihre Mutter.

Natürlich, wenn ihre Mom nicht gedacht hätte, dass es das Richtige wäre, *diesen Schleimer* zu küssen, stünde Livvy jetzt nicht hier und starrte den attraktivsten Kerl an, den sie je getroffen hatte.

»Schon gut. Entschuldigung angenommen. Sorgen wir einfach dafür, dass sich das nicht wiederholt, okay?« Erneut ließ der Donner die Fensterscheiben erzittern, während der Regen stärker wurde. Ein weiterer Blitz ließ Rhett in der Ecke schnauben. Daisy fing ebenfalls an zu schnauben, und die Ziegen sprangen übereinander her, um ein höheres Plätzchen zu ergattern. Reggie tat das, was er bei jedem Gewitter tat – er wuselte zwischen ihre Beine und hustete, als hätte er etwas in der Schnauze stecken.

Und dann hörte sie die krächzende Darbietung von *Yellow Submarine* durch das Foyer hallen: Orwell, wenn er am meisten Angst hatte.

»Pass auf die Bande auf«, sagte sie zu Sean, während sie Reggie am Glockenhalsband zu ihm trieb. »Ich bin gleich wieder da.«

»Auf sie aufpassen?« Sean nahm das Geschirr für eine Sekunde, ließ es dann aber fallen, als stünde es in Flammen. »Was meinst du mit *aufpassen*?«

»Lass Reggie neben dir stehen und lass nicht zu, dass die anderen anfangen, sich zu zwicken. Besonders die Alpakas. Ich brauche ihr Vlies in gutem Zustand.« Falls Sean vor diesem Moment irgendein Interesse an ihr verspürt hatte, musste es jetzt verflogen sein; er sah sie an, als hätte sie eine Schraube locker. Aber es half ja nichts. Orwell würde nur noch lauter werden und sich in einen Rausch hineinsteigern, und es würde Tage dauern, bis er sich wieder beruhigt hätte. Ein psychotischer Papagei war keine gute Gesellschaft.

Sie stürmte durch den Türrahmen und zuckte zusammen, als Orwell mit dem Refrain anfing.

Livvy nahm zwei Stufen auf einmal, flog förmlich nach oben in ihr Zimmer, schnappte sich den Käfig des Papageis und flüchtete damit in den begehbaren Kleiderschrank. In dem Moment, als die Dunkelheit ihn umhüllte, beruhigte sich Orwell. Reisen und bei einem Gewitter allein zu sein: seine zwei schlimmsten Albträume.

Livvy beruhigte ihren Atem und suchte nach dem Riegel des Käfigs. Er würde wieder okay sein, sobald er auf ihrer Schulter saß.

Tatsächlich hüpfte er auf ihre Hand und kletterte dann ihren Arm hinauf, was sie bereuen ließ, dass sie keine langen Ärmel trug. Er beugte sich vor und gab ihr mit einem lauten Schmatzgeräusch die nicht beißende Variante eines Papageienkusses.

»Guter Junge, Orwell«, sagte er.

»Guter Junge, Orwell.« Livvy streichelte ihm über den Kopf und öffnete dann die Schranktür.

Nur um Sean im Türrahmen ihres Zimmers stehen zu sehen.

»Was machst du hier?«, fragte sie.

»Was war das denn?«, fragte Sean im selben Augenblick, als ein weiterer Donnerschlag ihre Worte verschlang.

Orwell steckte seinen Kopf unter ihr Haar.

»Sean, was machst du hier? Hast du mich nicht gehört? Du sollst auf die Alpakas aufpassen!«

»Alpakahüten gehört nicht zu meiner Jobbeschreibung. Und dein verdammtes Schwein hätte mir beim letzten Blitz fast die Kniescheibe zertrümmert.« Er trat einen Schritt ins Zimmer und starrte auf ihre Schulter. »Ein Vogel? Du bist deswegen hier hochgerannt?«

Sie schnaubte und schüttelte den Kopf, dann schlüpfte sie an ihm vorbei. »Ja, ich bin wegen eines Vogels hier hochgerannt. Hast du ihn nicht kreischen hören?« Sie ging auf die Treppe zu. Rhett konnte sehr launisch werden, und Daisy neigte dazu, ihre Lämmer übermäßig zu beschützen. Livvy konnte es sich nicht leisten, dass ihre Wolle Schaden nahm.

Auf der vorletzten Stufe hielt sie inne. Eigentlich *konnte* sie es sich leisten, dass ihre Wolle Schaden nahm. Stell dir das mal vor.

Dann schüttelte sie den Kopf. Es war egal, was sie sich leisten konnte; sie brauchte keine neurotischen Tiere. Sie hatte hart gearbeitet, um ihnen ein Gefühl der Sicherheit zu geben, nach der Instabilität ihres Lebens, bevor sie sie gerettet hatte.

Sie nahm die letzten beiden Stufen, während Sean zu ihr aufschloss. Er folgte ihr zurück in den Raum, wo sie Folgendes vorfanden –

Oh, Freude. Rhett und Scarlett hatten einen neuen Weg gefunden, das Gewitter zu ignorieren.

Mitten auf dem Teppich.

Ach, zur Hölle. Die Tiere *trieben es* mitten im Zimmer. Auf dem halb zerfressenen Teppich.

Sean begann zu lachen. Wahnsinn. Verrückter, absurder Wahnsinn. Da war er nun in einem Raum voller unbezahlbarer Antiquitäten und plante, ihn in ein Empfangszimmer für sündhaft teure Hochzeiten zu verwandeln, und direkt vor seiner Nase fand eine Alpaka-Kopulation statt. Und eine der sexiesten Frauen, die er seit Langem gesehen hatte – die er gerade unter großem Risiko für seinen Job und die Zukunft seiner Firma geküsst hatte –, stand in fast durchsichtiger, nasser Kleidung und mit einem Papagei auf der Schulter da.

Ein singender Papagei. Dessen schräge Darbietung von »I'm In The Mood For Love« hysterisch passend war.

»Pscht! Orwell! Böser Junge! Böser Junge!« Livvy versuchte, den Schnabel des Papageis zuzuhalten. »Aua!«

Ja, sie war nicht besonders erfolgreich damit.

Aber Rhett, der alte Knabe, war es definitiv. Mit einem wohligen Grunzen löste sich das Alpaka von seiner Dame und begann dann, im Zimmer herumzustolzieren, als hätte er gerade der Welt den größten Dienst erwiesen.

Sean warf einen Blick auf Livvy, deren Brustwarzen sich *immer noch* unter ihrem Shirt abzeichneten. Er dachte gar nicht daran, Rhett auch nur eine

Sekunde seinen Triumph zu neiden. Gott wusste, *er* würde dasselbe tun, wenn es ihn nicht den Job kosten würde – sie zu lieben *und* damit zu prahlen, versteht sich.

Sean schüttelte den Kopf. Konzentration auf *den Job*. Nicht auf *die Frau*. Auch wenn sie *der Job* war.

Und dann ertönte die Türklingel.

»Ich geh schon«, sagte er und sprang über ein Zicklein, wobei er fast einen Tritt in die Eier kassierte, als das Kleine im selben Moment hochsprang.

Er ließ Livvy im Irrenhaus zurück und sprintete zur Tür. Als er sie öffnete, zeichnete ein Blitz die Silhouette des Mannes nach, der dort wie Lurch stand.

»Kann ich Ihnen helfen?«

Scharfe Augen musterten ihn unter buschigen Brauen, während Regen von einem Regenschirm auf Seans Schuhe tropfte. »Ich möchte zu Miss Olivia Carolla.«

»Sie ist im Moment etwas beschäftigt. Ich nehme an, Sie möchten warten?«

»Danke. Ich bin Benjamin Scanlon, ihr Anwalt. Oder vielmehr der Anwalt für das Anwesen.«

Sean gab sich Mühe, das Grinsen zu unterdrücken und den berechnenden Blick aus seinen Augen zu verbannen. Der Anwalt. Der Typ, mit dem er seit Mrs. Martinsons Tod zu sprechen versucht hatte. Der Mann, der die Schlüssel zu diesem Königreich hielt. Und der sie gerade im Begriff war, Livvy zu überreichen – allerdings nicht, wenn Sean es verhindern konnte.

»Gar kein Problem. Sie können hier warten.« Er führte den Anwalt in das Arbeitszimmer aus der viktorianischen Ära. »Möchten Sie einen Kaffee oder so? Ein Bier?«

»Ein Bier wäre toll, aber bei diesem Chaos« – der Anwalt nickte, als ein weiterer Donnerschlag über ihnen grollte, begleitet von einer Reihe Schnaub- und Wiehergeräuschen aus dem Zimmer am Ende des Flurs – »lasse ich es besser, da ich noch fahren muss. Es muss wohl Kaffee sein.«

Das war genau der Vorwand, den Sean brauchte, um sicherzugehen, dass Livvy allein mit dem Zoo klarkam. Und dass sie dort lange genug beschäftigt blieb, damit er ihrem Anwalt ein paar Infos entlocken konnte.

Sein schlechtes Gewissen ignorierend, schloss Sean die Tür zum Arbeitszimmer, rannte den Flur hinunter zum Wohnzimmer, schlich auf Zehenspitzen vorbei, als Livvy ihm den Rücken zuwandte, ging durch die

Fenstertüren am Ende des Flurs hinaus und huschte zu denen, die vom Wohnzimmer auf die Terrasse führten. Er betete, dass irgendein neugieriges Lamm die Öffnung finden würde, die er mit der Tür geschaffen hatte.

Livvy wirbelte herum, als Rhett versuchte, Orwell zu beißen, und Orwell versuchte, zurückzubeißen. Die beiden verstanden sich nie, und die Elektrizität des Sturms machte sie nur noch hibbeliger.

Ungefähr so wie die Elektrizität zwischen ihr und Sean.

Livvy schnaubte. Sie hatte mit dem Hauspersonal rumgemacht. Wären die Mädels aus der Schule nicht überrascht? Und erst recht, wenn sie einen Blick auf besagte »Haushaltshilfe« werfen könnten. Gut aussehend und küssen konnte er auch. Wahrscheinlich hatte er bei Letzterem so viel Übung wegen Ersterem, dass sie eigentlich nicht überrascht sein sollte.

Rhett rotzte eine Riesenportion in Orwells Richtung, aber der Vogel schaffte es auszuweichen, sodass Livvys Wange das perfekte Ziel bot. Das löschte die Erinnerung an Seans Kuss schneller aus als alles andere. Igitt.

»Hör auf damit, Rhett.« Sie versuchte, den Klotz beiseite zu schieben, aber er hatte sich neben den Kuriositäten-Schrank geklemmt und rührte sich nicht.

Eine perfekte Analogie für ihr Leben und die Familie, aus der sie stammte.

Aber die Dinge würden sich ändern, sobald dieser Ort ihr gehörte. Sie würde damit machen können, was immer sie wollte. Es verkaufen, spenden oder sogar abreißen, und niemand könnte ihr etwas anderes sagen. Sie würde endlich die Vergangenheit hinter sich lassen und es ihnen für die desinteressierte Hölle heimzahlen können, durch die sie sie gejagt hatten. Mom ebenfalls.

Und wo wir gerade von der Hölle sprachen... Die Gänse hatten sich auf dem Sideboard niedergelassen und schnappten nach den Zicklein, als diese versuchten, zu ihnen hochzuspringen. Randy, passend benannt, hätte es fast geschafft, rutschte aber ab und landete auf Buttercup, die mit einem lautstarken Meckern Reißaus nahm und direkt auf die Öffnung in den Fenstertüren zustürmte –

Wie zur Hölle war *das* passiert? Sie hätte schwören können, dass sie sie geschlossen hatte.

Und dann war es egal, wie es passiert war, denn Buttercup schlüpfte hinaus in den Sturm.

Livvy rannte dem verängstigten kleinen Lamm hinterher. Daisy hatte dieselbe Idee. Sie prallten gegeneinander und gegen den Türrahmen, wobei Livvys Bein am meisten abbekam. Oder eher ihr Hintern, als sie mit einem erschütternden Aufprall landete; kalter, nasser Marmor war nicht gerade der optimale Untergrund für eine Landung.

Hinaus mit Daisy.

Das ermutigte nur noch den Rest der Drillinge des Mutterschafs, ebenfalls zu folgen. Und dann folgten die Zicklein, was natürlich bedeutete, dass ihre Mutter ihnen in einer weiteren Parade hinterherlief.

Livvy rappelte sich auf, schob Digger beiseite und stürzte sich durch die Tür auf Daisys Rücken, kurz bevor das Schaf gegen das schmiedeeiserne Sofa krachen und alle in die Freiheit entlassen konnte.

Während sie den Regen, ihre Großmutter, Daisy, Buttercup und ganz besonders Randy verfluchte, weil er das Ganze angezettelt hatte, gelang es Livvy nach fünfzehn Minuten, die sich wie fünfzehn Jahre anfühlten, sie alle zusammenzutreiben.

Wo zum Teufel steckte dieser sexy Typ von der Haushaltshilfe, der mit diesem Ort mitgeliefert worden war? Es war viel einfacher gewesen, als er da gewesen war, um ihr zu helfen.

Schließlich, mit Haaren, die so nass waren, dass keine einzige Locke mehr übrig war, einem Shirt, das als Schwamm zweckentfremdet wurde, und einem Rock, der mehr Hindernis als alles andere war, schaffte es Livvy, alle Tiere wieder nach drinnen zu pferchen, wo sie sogleich wieder genüsslich am Teppich knabberten. Das erinnerte sie daran, dass sie ihnen das Futter aus der Scheune holen musste, wo der Fahrer es gelassen hatte.

Wenigstens war das trocken. Schade, dass sie das von nichts anderem in diesem Raum behaupten konnte. Nun, außer von Orwell. Der schmetterte in fünf Metern Höhe auf dem Kragstein, der die Vorhänge hielt, aus voller Vogelkehle ein Beatles-Medley.

Wie sollte sie ihn bloß da wieder runterbekommen?

»Sind Sie sicher, dass sie immer noch nicht abkömmlich ist?« Der Anwalt stellte die winzige Porzellantasse – die einzigen Gefäße, die Sean hatte finden können – auf den Mahagonischreibtisch.

Sean hatte glücklicherweise ein altes Glas Instantkaffee in einem der Schränke gefunden und betete, dass er den Kerl nicht versehentlich mit dieser Plörre umbrachte, bevor er die Antworten bekam, die er wollte.

»Sie kommt gleich. Ein paar, äh, hauswirtschaftliche Probleme.«

»Hauswirtschaftliche? Sind Sie verheiratet?«

So einfach konnte es doch wohl *nicht* sein, oder?

»Oh, noch nicht.« Technisch gesehen war es keine Lüge. Scanlon hatte nicht spezifiziert, mit *wem* Sean verheiratet sei, und er *hatte* vor einer halben Stunde in jenem Wohnzimmer über das Äquivalent von ehelichen Pflichten nachgedacht.

Ja, ja, Semantik, aber er brauchte dieses Anwesen – fast bis zu dem Punkt, an dem er seine Prinzipien opferte.

Nein. Da gab es kein »fast«. Die Prinzipien waren in dem Moment geopfert worden, als er diese Uniform angezogen hatte, wohl wissend, dass ihm wegen des Testaments ein Kampf bevorstand. Aber er brauchte dieses Anwesen. Er *brauchte* es. Der Rest seiner Firma, ja sogar seine Zukunft, hing von diesem Deal ab, was seine Prinzipien aus dem Spiel nahm. Aber es wäre verdammt viel einfacher, wenn er sie nicht so sehr mögen würde.

»Also, hm...« Sean stellte seine eigene Kaffeetasse ab, zog seine Hose vorne ein Stück hoch und setzte sich in einen Sessel neben einem weiteren verzierten Kamin. Dieses Haus hatte zehn davon, jeder in einem anderen Stil und jeder mit der originalen Marmor- oder Steineinfassung. Er hatte seine Hausaufgaben gemacht, und die Beschreibung jedes einzelnen war bereits Teil seines Broschüren-Entwurfs. Ja, so weit war er in seinen Planungen schon. Er war es schon eine ganze Weile, bevor Merriweather ihm diesen Knüppel zwischen die Beine geworfen hatte. »Worüber mussten Sie mit Livvy sprechen?«

Scanlon setzte ein Ich-bin-nicht-von-gestern-Sohnemann-Lächeln auf. »Ich fürchte, das kann ich nur mit ihr persönlich besprechen. Sie verstehen das sicher.«

Leider tat er das. So viel zu dieser Taktik.

»Richtig. Also... wie lange kannten Sie Mrs. Martinson?«

Der Anwalt lehnte sich zurück, und seine Lippen entspannten sich zu einem Anflug eines Lächelns. »Meine Kanzlei vertritt die Interessen der Martinsons schon seit Generationen.«

»Ich wette, Sie wissen genau, wo all die Leichen im Keller liegen, was?«

Scanlons Augen verengten sich. »Ich bin nicht befugt, Angelegenheiten der Familie Martinson zu erörtern.«

»Natürlich. Ich meinte nur, Livvy ist wahrscheinlich nur eine in einer langen Liste von Dingen, die das Geld der Martinsons verborgen hat. Es hat Mrs. Martinson wahrscheinlich wirklich gewurmt, dass ihre Enkelin die einzige Person war, der sie das alles hinterlassen konnte.«

Ja, er fischte im Trüben, da er bereits wusste, dass Livvy nicht Merriweathers einzige Option gewesen war, aber was konnte die *Haushaltshilfe* schon wissen, nicht wahr? Und wenn er den Anwalt richtig einschätzte, war der Kerl entweder in die *Grande Dame* verknallt gewesen oder hatte sie bewundert. Beides konnte dazu führen, dass er sie verteidigte. Und hoffentlich etwas preisgab.

»Mrs. Martinson musste es Ms. Carolla nicht hinterlassen. Sie konnte mit dem Anwesen machen, was immer sie wollte. Es war ihres. Die Familie war Mrs. Martinson immer wichtig, und deshalb hat sie sich für diesen Schritt entschieden.«

Aber mit Auflagen.

»Trotzdem irgendwie ein Wagnis, oder? Ich meine, dass sie all das Geld und diesen Ort der Enkelin gibt, mit der sie kaum ein Wort gewechselt hat? Woher wusste sie, dass Livvy es nicht für Partys oder Mitgiftjäger verpulvert?« Sean tat so, als würde er einen Schluck Kaffee nehmen. »Könnte sein, dass Mrs. Martinson, Sie wissen schon.« Er tippte sich an die Schläfe. »Das Alter und so weiter.«

Der Anwalt, selbst kein junger Hüpfer mehr, fühlte sich pflichtgemäß angegriffen. »Merriweather Martinson war geistig und körperlich voll auf der Höhe, als sie ihr Testament verfasste. Ich persönlich kann das bezeugen. Sie wusste genau, was sie tat. Sie wollte ihrer Enkelin die Chance geben, ihre Geschichte kennenzulernen. Deshalb wurde das Testament so aufgesetzt –« Scanlon stellte seine Kaffeetasse ab. »Nun ja.« Er räperte sich. »Deshalb bin ich hier. Ich bin nicht befugt, mehr zu sagen.«

Die Familiengeschichte war also der Schlüssel.

»Was, wenn Livvy es nicht annehmen will?«

Scanlons Tasse klapperte auf der Untertasse. »Nicht annehmen? Ich bezweifle sehr, dass das passiert. Wer würde so ein großzügiges Erbe nicht annehmen?«

»Stimmt. Dieser Ort muss ein Vermögen wert sein.« Das war er. Sean wusste genau, wie viel, bis auf den letzten Cent.

Der Anwalt musterte Seans Kleidung. »Ich verstehe, dass das Ihr erster Gedanke ist, aber Geld ist nicht alles.«

Gesagt von einem Typen in einem Tausend-Dollar-Anzug und goldenen Manschettenknöpfen. Altes Geld, wenn Sean jemals welches gesehen hatte. Dieses »seit Generationen die Angelegenheiten der Martinsons verwaltet« besiegelte die Sache. Der Kerl wusste nicht, wie es war, *so kurz davor* zu stehen, sich einen Namen zu machen. Er wusste nicht, wie es war, wenn alles von einem einzigen Deal abhängt. Nicht so wie Sean. Und das war nur der finanzielle Aspekt. Ganz zu schweigen davon, dass sein Selbstwertgefühl davon abhing, das hier durchzuziehen. Dass er das erfolgloseste der Manley-Geschwister wäre, wenn er es nicht schaffte.

Daran dachte Sean jetzt nicht. Sein ganzes Leben lang hatte er härter arbeiten müssen als seine Brüder. Er war es gewohnt. Aber das hier... Das lag außerhalb seiner Kontrolle, es sei denn, er konnte die Auflagen herausfinden und Livvy darin schlagen.

Er verstand es nicht. Mrs. Martinson war in den letzten drei Jahren mit seinen Plänen einverstanden gewesen, hatte sich die Entwürfe immer wieder angesehen und sogar Änderungen vorgeschlagen. Ihr hatte die Idee gefallen, die historische Schönheit des Ortes zu bewahren – ebenso wie das Erbe des Familiennamens weiterzuführen. Sie hatte sogar entsprechende Dokumente unterschrieben, aber sein Anwalt sagte, dass juristische Manöver mit ihrem neuen Testament den Kampf schwierig machen könnten. Und kostspielig. So kostspielig, dass er niemals mit dem Anwesen tun könnte, was er wollte, *falls* er am Ende überhaupt siegen würde.

Es war ein kalkuliertes Risiko gewesen, aber kalkulierte Risiken gehörten zu seinem Geschäft.

Er musste Livvy nur davon überzeugen, es aufzugeben.

Kapitel Sieben

Livvy sah aus wie ein begossener Pudel, als sie die Tür zum Arbeitszimmer öffnete. »Hey, ich wollte fragen, ob du mir die Leiter holen kannst – oh. Entschuldigung. Ich wusste nicht, dass du Besuch hast.«

Sie drehte sich um, um zu gehen, und tropfte dabei so viel Wasser auf den burgunderroten Teppich, dass Sean es mit dem Industriestaubsauger aus der Polsterung saugen müsste, wenn er nicht riskieren wollte, dass sich Schimmelkolonien in den Fasern bildeten. Wenn er in diesem Haus noch mehr Teppiche ersetzen müsste, würden seine Gewinnspannen im Nichts verschwinden.

Dann stand Scanlon auf. »Ms. Carolla?«

Livvy wirbelte herum. »Mr. Scanlon?« Sie machte zwei Schritte in den Raum hinein. Auf den Teppich. Und tränkte ihn.

Draußen zuckte ein Blitz, und Sean seufzte, während er aufstand. Neben der Sorge wegen möglicher Schimmelbildung hatte sich – *schon wieder* – ein unauslöschliches Bild des geschmeidigen Körpers unter der nassen Kleidung in sein Gedächtnis eingebrannt.

Er schob die Hände in die vorderen Taschen seiner Hose, um etwas Platz zu schaffen, damit die unmittelbare Reaktion seines Körpers nicht für jeden offensichtlich war. Er brauchte eine kalte Dusche.

Über ihnen grollte der Donner.

Oder er konnte nach draußen gehen. Das kam aufs Gleiche raus.

»Was machen Sie hier, Mr. Scanlon?« Livvy fuhr sich mit einer Hand durch das Haar und erweckte die Locken wie kleine Korkenzieher zum Leben.

Sean hätte fast gestöhnt. Die Wörter »Schraube« und »Livvy« sollten in seiner Welt nicht im selben Satz vorkommen. Niemals.

»Guten Tag, Ms. Carolla.« Der verdammte Anwalt versprühte mehr Charme als ein Schweizer Internat. »Ich habe gerade Ihrer ...« Er blickte über die Brille hinweg, die auf seiner Nasenspitze thronte, und Sean fühlte sich, als würde er vom Schuldirektor gemaßregelt. »... Ihrer Haushaltshilfe hier erklärt, dass wir einige wichtige Dokumente zu besprechen haben.«

Livvy schnaubte bei dem Begriff *Haushaltshilfe* und legte die Hände auf den Rücken. Während sie auf sie zukam, vollführte sie eine Art langsamen Texas Two-Step, wobei ihre Lippen zuckten.

»Oh, ich bin sicher, meine *Haushaltshilfe*«, sie zwinkerte ihm zu, »war gerade dabei, mich zu holen. Nicht wahr, Se–?«

»Natürlich.« Er wollte nicht, dass sie dem Anwalt seinen Namen verriet, falls Mrs. Martinson ihn erwähnt hatte. Der Kerl würde wissen, wer er war, und der ganze Plan könnte ihm um die Ohren fliegen. »Also, kann ich dir etwas bringen, Livvy? Kaffee oder ...«

»Ein Fertiggericht?«, fragte sie. Ihre Lippen zuckten erneut.

Seans Lippen taten dasselbe. »Ich wollte eigentlich einen Hotdog vorschlagen.«

»Ah.« Sie nickte und lehnte sich zu ihm vor. »Ich bin sicher, Mr. Scanlon weiß bessere Kost zu schätzen als Hotdogs und Fertiggerichte. Nicht wahr, Mr. Scanlon?«

Der Anwalt blickte zwischen ihnen hin und her, als würden sie eine Fremdsprache sprechen. Sean konnte verstehen, warum. Niemand konnte diesem Geplänkel folgen, wenn er nicht von Anfang an bei ihrer Beziehung dabei gewesen war.

Halt. Moment mal. Sie *hatten* keine Beziehung. Sie *durften* keine Beziehung haben.

»*Böser Junge!*«

Sean hätte dieses Kreischen vielleicht seinem moralischen Unterbewusstsein zugeschrieben, wäre da nicht der Vogel gewesen, der in den Raum flog und auf Livvys Schulter landete.

»*Böser Junge, Orwell*«, sagte der Papagei erneut.

Livvy griff nach oben, um über die Federn des Vogels zu streichen, und Sean hätte schwören können, dass eine erwartungsvolle Stille im Raum herrschte, als Orwell mit einem »Ahhh« artikulierte, wie sich diese Berührung – zumindest in Seans Vorstellung – anfühlte.

Er schüttelte den Kopf. Nicht. Darauf. Einlassen.

Richtig.

»*Böser Junge, Orwell*«, sagte der Vogel noch einmal mit Nachdruck.

Mr. Scanlon starrte den Vogel einen Moment lang an, bevor er seine Brille weiter auf die Nase schob und dann eine Aktentasche auf den Schreibtisch hob. »Warum setzen wir uns nicht, Ms. Carolla?«

»Ähm, sicher. Einen Moment noch.« Sie schob ihre Faust unter die Krallen des Papageis und hob den Vogel hoch, sodass sie sich Schnabel an Nase gegenüberstanden. »Was hast du angestellt, Orwell?«

»Angestellt?«, fragten sowohl Sean als auch Scanlon gleichzeitig.

Sie warf ihnen einen Blick zu und sah dann wieder den Vogel an. »Warum warst du ein böser Junge, Orwell?«

Orwell gluckste tief in seiner Kehle, und das Geräusch jagte Sean einen Schauer über den Rücken.

»*Baaaaaaaaum fäääääääääällt!*«, kreischte der Papagei und legte den Kopf in den Nacken, während er es gegen die Kassettendecke schmetterte.

Sean fing Livvys Blick auf. »Baum fällt?«

Sie schloss die Augen. »Das klingt gar nicht gut.«

Sean fand das auch nicht.

»Nun, vielleicht könnte Ihre *Haushaltshilfe*«, der alte Kerl *liebte* es offensichtlich, ihn so zu nennen, »nach dem Rechten sehen, während Sie und ich zum Geschäftlichen kommen, Ms. Carolla?«

Sie sah Sean an. »Wenn es dir nichts ausmachen würde, Se–?«

»Nein, ganz und gar nicht.« Sean unterbrach sie schon wieder und nahm den Vogel entgegen. Ob es ihm etwas ausmachte? Ja, es machte ihm etwas aus. Er war kein glorifizierter Tiersitter.

Aber er hatte auch keinen legitimen Grund zu bleiben. Da die beiden ihn also sehr bestimmt ansahen, nahm er den verdammten Vogel und ging zurück an die Arbeit, während er versuchte, einen Weg zu finden, um herauszubekommen, worüber sie sprachen.

Und dann fand er einen Weg. Sah ganz so aus, als müssten seine Prinzipien erneut hintenanstehen.

. . .

»Also, Mr. Scanlon, was führt Sie hierher?« Widerwillig nahm Livvy auf dem Stuhl gegenüber dem Anwalt Platz; sie fühlte sich zu sehr an das letzte Mal erinnert, als sie hier gewesen war und *Grandmama* ihr an ihrem ersten Tag einen Vortrag darüber gehalten hatte, »was von ihr erwartet wurde«. Das hatte den Ton für den Rest des Besuchs ziemlich deutlich vorgegeben. »Ich dachte, ich hätte in Ihrer Kanzlei alle nötigen Unterlagen unterschrieben.«

»Das haben Sie. Ich handle lediglich in Übereinstimmung mit dem Wunsch Ihrer Großmutter.«

Ah ja. *Wunsch.* Die indirekte Bezeichnung für rechtliche Knechtschaft klang ja ganz nett. Schade nur, dass sie ihr immer noch schwer im Magen lag. »Schon gut. Und wie lauten diese Wünsche? Darf ich für den Rest meines sterblichen Lebens keinen Schritt mehr aus der magischen Martinson-Blase hinter den Toren wagen oder so was? Muss ich mein erstgeborenes Kind auf dem Altar der Martinsons opfern, um mich würdig zu erweisen? Oder mich im Saal der Ahnenporträts flach auf den Boden legen, bis ich für die Sünde büße, als Bastard geboren zu sein? Was hat die liebe *Großmutter* jetzt wieder geplant?«

Der Anwalt lehnte sich zurück und wirkte ein wenig verstimmt. Man konnte es ihm nicht verübeln, da sie ziemlich dick aufgetragen hatte, aber nun mal ehrlich. Ein Erbe war ein Erbe. Welches Recht hatte ihre Großmutter, noch aus dem Grab heraus die Fäden zu ziehen?

Und wer würde es merken, wenn sie sich *nicht* an den genauen Wortlaut des Gesetzes hielte? Mr. Scanlon? Sie würde ihn einfach bestechen. Reiche People machten das ständig. Für den richtigen Betrag kam man mit allem durch. Die Mädchen in ihrem Wohnheim in der Schule hatten das immer wieder bewiesen.

»Tatsächlich, Ms. Carolla, glaube ich mich zu erinnern, dass die Ahnengalerie erwähnt wird, aber Mrs. Martinson hat sehr genaue Anweisungen hinterlassen.«

»Das hat sie bestimmt«, murmelte Livvy.

»Wie bitte?«

Livvy schüttelte den Kopf. Es war nicht die Schuld des alten Mannes, dass ihre Großmutter einen Gottkomplex gehabt hatte. Sie hoffte nur, dass er gut bezahlt wurde. »Schon gut. Egal. Sagen Sie es mir einfach, damit ich es hinter mich bringen kann.«

Mr. Scanlon zog die Augenbrauen hoch, was ihn, da sie bis auf halbe Höhe seines zurückweichenden Haaransatzes wanderten, wie einen Mr. Potato Head mit austauschbaren Gesichtsteilen aussehen ließ.

Sie hustete in ihre Faust, um ein Kichern zu verbergen. Er sah wirklich wie Mr. Potato Head aus.

»Ich kann sie Ihnen nicht einfach so *geben*, Ms. Carolla. Mrs. Martinson hat genaue Anweisungen hinterlassen, und die erste lautet, dass ich den exakten Zeitpunkt festhalte, an dem ich Ihnen das erste Dokument überreiche.«

»Das *erste* Dokument?« Livvy lehnte sich vor, die Hände im Schoß gefaltet. »Gibt es noch mehr?«

Wie lange genau musste sie nach Merriweathers Pfeife tanzen? Das Haus verlor mit jedem Moment mehr an Reiz.

Und als im Nebenzimmer etwas krachend zu Boden fiel, sank der Reiz nur noch weiter.

Obwohl er wieder ein Stück stieg, als sie einen gedämpften männlichen Fluch hörte, von dem sie sich ziemlich sicher war, dass er von Sean stammte – sie hatte sich sehr bemüht, sicherzustellen, dass Orwells Wortschatz im schlimmsten Fall jugendfrei blieb.

Mr. Scanlon entriegelte die Messingverschlüsse seiner Aktentasche mit einem sehr lauten und autoritären *Klicken*. Absichtlich, da war sie sich sicher. Er war zu lange mit Merriweather zusammen gewesen.

Die Tatsache, dass sie kerzengerade saß, die Knöchel überkreuzte und die Hände im Schoß faltete, zeigte natürlich, was Konditionierung bewirken konnte. Das Internat war großartig darin gewesen – falls man es so call konnte –, einen zu konditionieren.

Nur dass sie jetzt in ihrem eigenen Haus war und nicht mehr tun musste, was man ihr sagte.

Livvy lümmelte sich in den Sessel zurück, schlug ein Bein über das andere und ließ den Fuß ein wenig wippen, während sie die Tatsache genoss, dass sie sich nicht mehr unterordnen musste.

Mr. Scanlon reichte ihr das erste Dokument. »Wenn Sie das bitte lesen würden.« Dann notierte er etwas in dem Journal, das er ebenfalls aus der Aktentasche genommen hatte.

Livvy biss sich auf die Innenseite ihrer Wange und hob das Papier an. Es war die Handschrift ihrer Großmutter. Livvy hatte das herrische Gekritzel oft genug auf den Schecks gesehen, bei denen die Schulleiterin sicherstellte, dass sie sie zu Gesicht bekam. Alles Teil dieser Dankbarkeitsnummer, von der jeder dachte, sie müsste sie empfinden.

Sie ließ das Papier knistern, und das erste Wort sprang ihr entgegen. *Olivia.*

Nun, das brachte es auf den Punkt. Keine lästigen Emotionen wie »Meine liebe Enkelin« oder »Liebe Olivia«. Als ob das jemals passieren würde.

Livvy räusperte sich.

Olivia.

Mein Anwalt verfügt über alle relevanten Dokumente, die das, was ich gleich erklären werde, rechtmäßig und bindend machen, aber ich bin sicher, dass du dich nicht mit dem ganzen Juristendeutsch aufhalten willst, also komme ich zum Punkt.

Der Name Martinson wird seit Jahrhunderten verehrt. Nicht jeder sollte ihn beanspruchen dürfen, und diejenigen, die es tun, sollten seine Geschichte kennen. Da das Studium der Geschichte an der Akademie nicht gerade zu deinen Stärken gehörte, habe ich eine Reihe von Hinweisen für dich erstellt, denen du folgen sollst. Der erste wird dich zum nächsten führen und so weiter, bis du den letzten erreichst.

Du hast von jetzt an auf die Minute genau zwei Wochen Zeit, die Hinweise zu finden und den letzten in der Kanzlei meines Anwalts vorzulegen, woraufhin du dein Erbe antreten wirst; andernfalls wird das Anwesen gemäß den Bedingungen verkauft, die ich Mr. Scanlon gegenüber festgelegt habe.

Ich bin mir bewusst, Olivia, wie sehr du diese Familie hasst. Dass du dich von ihr lossagen willst, und daher erwarte ich, dass dein erster Instinkt sein wird, dies alles wegzuwerfen. Aber bedenke, was es bedeutet, diesem Zuhause und unserem riesigen Vermögen den Rücken zu kehren. Bist du bereit, alles aufzugeben? Willst du all das Gute verleugnen, das dein weiches Herz damit bewirken könnte? Du hast die Wahl.

Die Uhr tickt.

Enttäusche mich nicht, Olivia.

· · ·

Enttäusche mich nicht. Keine Unterschrift, denn sie war nicht nötig. Nur die Anweisung. Hatte Merriweather Knightsbridge Martinson jemals in ihrem Leben um etwas *gebeten*? Livvy bezweifelte es.

Sie legte das Papier auf den Schreibtisch. Typische egozentrische Art eines Besenweibs. Livvy hatte eigentlich nichts anderes erwartet.

Sie würde der alten Frau so gerne sagen, dass sie sich das sonst wohin schieben könne, aber genau das hatte Merriweather erwartet. Die Frau hatte nie ein gutes Wort für sie oder über sie verloren. Sie war Larrys Fehltritt. Larrys Patzer. Larrys Bedauerlicher Unfall. Alles in Großbuchstaben.

Nun, jetzt war sie Larrys Erbin. Oder genauer gesagt, Merriweathers Erbin. War die Ironie nicht köstlich?

Sie würde das nicht vermasseln. Nicht, wenn Merriweather sie an ihrem schwachen Punkt getroffen hatte. Das Geld würde es ihr ermöglichen, das zu tun, was sie wollte: ihr Geschäft auszubauen und der Genossenschaft zu helfen. Sich um ihre Tiere zu kümmern und sich nie wieder Sorgen um die Miete machen zu müssen. Sie könnte es sich sogar leisten, für Zwecke zu spenden, die sie für wertvoll hielt. Es war ihre Eintrittskarte, um ihr Leben genau so zu gestalten, wie sie es sich wünschte. »In Ordnung, Mr. Scanlon. Wie fange ich an?«

Der Anwalt nahm seine Brille ab, faltete sie sorgfältig zusammen und steckte sie in die Brusttasche seines Sakkos. »In dem Moment, in dem ich Ihnen dieses Papier überreiche, beginnt die Uhr zu laufen.«

Livvy beherrschte sich. Was für ein Drama. »Na gut. Dann her damit. Mögen die Spiele beginnen.«

<h1 style="text-align:center">Kapitel Acht</h1>

Sean hasste Poker wirklich abgrundtief. Wenn dieses dämliche Spiel nicht gewesen wäre, befände er sich jetzt nicht in dieser misslichen Lage.

Dieser verdammte Vogel war schlimmer als die Ziegen, die Schafe, das Schwein und dieses extrem nervtötende Alpaka zusammen.

Sean hätte fast einen Finger verloren, als er versuchte, den Papagei zum Schweigen zu bringen, und die Federn, die das verdammte Ding überall verlor, waren nur die Spitze des Eisbergs.

Papageien brauchten Windeln. Und zwar dringend.

Eigentlich, so stellte er fest, als er den zerstörten Aubusson-Teppich betrachtete, nachdem er Orwell zurück in das Zimmer gebracht hatte, brauchten *alle* Tiere Windeln. Gott sei Dank war der Boden aus Marmor; der Dreck ließe sich leicht entfernen, aber er würde derjenige sein, der es tun musste, sofern er nicht an Livvys Sinn für Fairness appellieren konnte.

Falls sie ihrer Großmutter auch nur im Geringsten ähnelte, machte Sean sich keine großen Hoffnungen.

Verdammt. Er brauchte diesen Albtraum nicht. Momentan war das Zimmer ohnehin ein Sanierungsfall, und wenn er nicht herausfand, was im Arbeitszimmer vorging, konnte er den Rest ebenfalls abschreiben.

Nachdem er sich vergewissert hatte, dass die Fenstertüren nach draußen geschlossen waren, warf Sean Orwell in die Luft. Der Vogel flatterte hoch auf eine der Vorhangstangen – die zweifellos bald mit Vogelkot bedeckt sein würde –, dann ließ er die Menagerie allein und schloss die Türen zum Foyer.

Er ging zur Arbeitszimmertür und horchte an dem Spalt, den er absichtlich offengelassen hatte.

»Und was jetzt? Muss ich schwören, mein erstgeborenes Kind nach dem alten Drachen – ich meine, nach meiner Großmutter – zu benennen, oder so was?« Livvy schwenkte ein Blatt Papier und knipste dann die Schreibtischlampe an.

»»Dies ist der erste Hinweis auf den ersten Gegenstand, den Sie finden müssen««, las sie vor. »Großartig. Eine Schnitzeljagd. War sie für Spiele nicht ein bisschen zu alt?« Livvy hielt das Papier näher heran. »»Sie werden einer alten Frau die Vorliebe für Reime verzeihen. Es scheint, als erfordere das Spiel dies, und am Ende meines Lebens stelle ich fest, dass es mir gefällt, meinen Launen nachzugeben.«« Livvy schnaubte. »*Jetzt* will sie plötzlich einen Sinn für Humor entwickeln. Ihr Timing ist echt mies.«

»Bitte lesen Sie weiter«, sagte Scanlon mit einem unterkühlten Schnaufen.

Sean gefiel die Tatsache, dass er und Livvy bezüglich ihrer Meinung über Merriweather – der alte Drache – auf derselben Seite standen. Ja, die Bezeichnung passte perfekt.

Er konnte auch sehen, wie Livvys Hintern auf dem Stuhl leicht hin und her rutschte. Sean verdrehte die Augen. *Konzentrier dich wieder auf das Problem, Manley.*

Einer von Livvys Springerstiefeln wippte unruhig. Sie warf ihr Haar zurück. »Na gut, dann los. Hinweis Nummer eins.«

Livvys Rücken straffte sich ein wenig, ihr Kinn senkte sich, und ihre Stimme wurde eine Oktave tiefer. Sie verlieh den Worten vielleicht sogar einen leichten britischen Akzent, was Sean durchaus verstand. Merriweather Martinson wirkte tatsächlich wie das Musterbeispiel einer alten, vornehmen britischen Aristokratin. Ein Image, von dem er überzeugt war, dass sie es ganz bewusst gepflegt hatte.

»Hunderte von Jahren sind die Seiten alt,
als ihr Gönner verbreitete Gewalt,
bei Adel, Klerus, den Bauern sodann

doch Belohnung bot er dem treuen Mann:
Wie dem ersten Martinson, der nicht gewichen,
als der Kopf einer Königinmutter gestrichen.««

Livvy stellte beide Füße auf den Boden und legte das Papier auf Scanlons Schreibtisch – eigentlich war es nun ihr Schreibtisch. Sie tippte auf den Brief. »Was soll das bedeuten? Wo steckt da der Hinweis drin?«

Rätsel. Sean fluchte leise. Mit Zahlen hatte er nie ein Problem gehabt, aber Buchstaben waren für ihn schon immer eine Herausforderung gewesen. Die Legasthenie hatte ihn durch die gesamte Schulzeit gequält, und obwohl er Strategien entwickelt hatte, damit umzugehen, machten ihm Dinge wie Homonyme und Homophone – und *Rätsel* – das Leben zur Hölle. Es passte ja mal wieder, dass seine Zukunft von Rätseln abhing.

»Also, was soll das heißen? Muss ich irgendwelche alten Dokumente finden?«

Der Anwalt räusperte sich. »Die einzige Klarstellung, die ich dazu geben kann, ist folgende: Sollten Sie sich entscheiden, auf diese Chance zu verzichten oder sie nicht erfolgreich abzuschließen, steht Ihnen eine kleine monatliche Zahlung aus dem Anwesen zu. Darüber hinaus waren Mrs. Martinsons Anweisungen eindeutig.«

»Ja, ja, ich weiß. ich soll dem gelben Ziegelsteinweg folgen und lande in Oz. Vogelscheuche inklusive. Die Frage ist nur: Sieht Grandmama sich selbst als Glinda oder als die Böse Hexe des Westens?«

Sean wusste genau, welche von beiden er wählen würde. Verdammt. Diese alte Frau spielte mit ihnen beiden.

»Vielleicht ist es ein Buch.« Livvy stand auf und trat mit dem Absatz dieses lächerlichen Stiefels gegen den Louis-XIV-Stuhl.

Sean zuckte zusammen. Er hoffte inständig, dass sie keine Macke in den Stuhl gemacht hatte, sonst hätte sie seinen Wert gerade um mehrere hundert Dollar gemindert.

Und dann stand sie da, während erneut ein Blitz durch das Vorderfenster zuckte und ihren Rock durchleuchtete. Das erinnerte ihn wieder genau daran, wie diese Beine ausgesehen hatten, als sie über dem Geländer hingen – nichts als glatte, makellose Haut.

Seine verdammte Hose wurde ihm schon wieder zu eng. Sean unterdrückte einen Fluch. Wann war er das letzte Mal flachgelegt worden? Das musste die einzige Erklärung dafür sein, denn wuschelköpfige Zwerge mit einem Ego – und einem potenziellen Vermögen –, das größer war als seines, waren eigentlich absolut nicht sein Fall.

Tee. Oh, verdammt. Er hatte den Kessel angelassen, als er das Wasser für den Kaffee aufgesetzt hatte.

Großartig. Den ganzen Laden niederzubrennen, würde seine Probleme auch nicht gerade verringern.

Kapitel Neun

»Ich freue mich darauf, Sie in zwei Wochen wiederzusehen, Ms. Carolla.«

Wenn es nach Livvy ginge, schon früher.

»Fahren Sie vorsichtig, Mr. Scanlon.« Sie schloss die massive Eingangstür. Zwei Wochen noch, dann wäre das alles vorbei. Ob gut oder schlecht, sie wäre damit fertig.

Warum nur hatte sie den unheilvollen Verdacht, dass es eher schlecht ausgehen würde?

Sean tauchte hinter einer der riesigen Säulen nahe dem Wohnzimmer auf. Sie hatte sich noch nicht entschieden, wo sie ihn auf der Gut-Böse-Skala einordnen sollte.

»Ist das Treffen gut gelaufen?«, fragte er, eine Augenbraue höher als die andere. Oh, sicher. *Er* beherrschte diesen Augenbrauen-Trick. Gab es an diesem Typen irgendetwas, das nicht perfekt war?

So, wie diese Hose seine Oberschenkel betonte (und seinen Hintern, rief sie sich in Erinnerung; man durfte bloß nicht vergessen, wie sie seinen Hintern betonte) und wie sich das Hemd über die Konturen dieses Sixpacks spannte ... Er gehörte definitiv in die Spalte »Gut«.

Nein. Schlecht.

Nein. Gut.

Ach, zur Hölle damit. Er mochte der Sexiest Man Alive sein, laut irgendeinem Magazin, das gerade eine Umfrage dazu laufen hatte, aber das änderte gar nichts. Sie war hier, um sich dieses Erbe zu verdienen, damit sie es verkaufen und den Erlös einstreichen konnte, und er würde nicht besonders glücklich darüber sein, dass sie ihn um seinen Job brachte.

Wie wäre es, wenn du ihn stattdessen einfach flachlegst?

Das war mal ein Gedanke. Sie wusste bereits, dass der Kerl ein erstklassiger Küsser war, und sie wettete, er wäre auch ein erstklassiger Liebhaber –

»Hallo? Livvy?«

Eine große, gebräunte Hand wedelte vor ihrem Gesicht herum und unterbrach dieses köstliche Kopfkino. Was wahrscheinlich auch besser so war, denn sie spürte, wie sie rot wurde, und darauf wollte sie nun wirklich keine Antwort geben müssen. »Oh. Was? Ist mit Orwell alles in Ordnung?«

Sean verzog das Gesicht. »Nun, er ist jedenfalls ein gesunder Esser. Das sind alle deine Tiere.«

Natürlich waren sie das; genau darum ging es ja beim Bio-Futter.

»Ist alles glattgegangen?« Er deutete auf das Papier, das sie vom Schreibtisch ihrer Großmutter mitgenommen hatte, als wäre es eine fällige Kreditforderung.

Und ja, ihr war durchaus bewusst, wie passend dieser Vergleich war.

»Weißt du zufällig, ob es hier irgendwo ein altes Buch gibt? Etwas wirklich Uraltes über eine Königin, die ihren Kopf verloren hat? Marie Antoinette vielleicht.« Mehr Königinnen, die berühmterweise hingerichtet worden waren, fielen ihr spontan nicht ein.

»Französische Revolution?« Sean rieb sich den Kiefer. »Es gibt eine Bibliothek im Westflügel, falls du dort mal nachsehen willst.«

»Stimmt ja. Die Bibliothek hatte ich ganz vergessen. Gute Idee.« Sie hätte sich erinnern müssen. Es war einer dieser Räume gewesen, die für eine Siebenjährige mit klebrigen Fingern absolut tabu waren. In all den Jahren seit ihrem einzigen Pflichtbesuch bei Merriweather hatte sie nie herausgefunden, ob Rupert wirklich klebrig meinte – wegen der Erdnussbutter, die sie damals so liebte – oder ob er auf etwas anderes anspielte. Ein Glück, dass sie mit sieben Jahren die andere Bedeutung noch nicht gekannt hatte. »Ich ziehe mich nur schnell um« – sie hätte ihn fast gefragt, ob er ihr dabei helfen wolle – »und dann gehe ich rüber.«

»Soll ich mitkommen?«, fragte er, während sie zur Haupttreppe gingen. »Ich könnte dir beim Suchen helfen.«

»Du magst meine Tiere wohl nicht besonders, was?«

»Es sind nicht die Tiere, gegen die ich etwas habe. Es sind ihre Ess- und Hygienegewohnheiten.«

»Immerhin bist du ehrlich.«

»Äh, ja.« Er blickte weg und hantierte an seinem Nacken herum. »Tut mir leid, aber nicht jeder ist ein Tiermensch.«

»Wahr. Meine Großmutter zum Beispiel.« Livvy betrat die erste Stufe. »Sie hatte zwar eine Zeit lang Pferde im Stall, aber ich bin sicher, die *werte Frau Großmutter* würde einen Schlaganfall bekommen, wenn sie wüsste, dass Ziegen auf ihren Möbeln herumspringen. Vielleicht stört es mich deshalb auch nicht im Geringsten.«

»Ich nehme an, du mochtest deine Großmutter nicht.«

Sie hielt mitten im Schritt inne und sah Sean an. »Ich habe meine Großmutter nicht *gekannt.* Sie hat mir nie die Chance dazu gegeben. Ich wusste allerdings *über* sie Bescheid. Ihr Ruf an meiner Schule war ehrfurchtgebietend. Vielleicht lag es daran, dass sie ein paar der Gebäudeflügel gespendet hatte, aber die Frau selbst? Ich weiß nicht, ob überhaupt irgendjemand meine Großmutter jemals wirklich *gekannt* hat. Sie war ein harter Brocken.«

»Wenn man die Art von Verantwortung trägt, die sie hatte, muss man das wohl sein.«

Livvy zuckte die Achseln. »Im Geschäft vielleicht. Aber gegenüber dem einzigen Enkelkind?« Sie zuckte erneut mit den Schultern. Dieser Schmerz war so alt, dass er fast vergessen war; die Wunden waren verkrustet und von neuem Fleisch überzogen. Der zähen, schwieligen Sorte. »Hör zu, ich bin klatschnass. Wenn du wirklich helfen willst, treffen wir uns in der Bibliothek, okay?«

Sean wrang den Saum seines Hemdes aus. »Ja, ich könnte auch frische Sachen vertragen. Bis gleich.«

Livvy riss an den Griffen der riesigen Eichentüren der Bibliothek, die sie vor zwanzig Jahren nicht einmal hatte berühren dürfen. Mit Erdnussbutter-Fingern an den Messinggriffen erwischt zu werden, war ein einprägsames Erlebnis gewesen – genau wie die Stunde, die sie danach damit verbracht hatte, sie unter den strengen Augen von Mrs. Tidwell zu wienern.

»Warum genau suchen wir nach einem Buch über eine geköpfte Königin?« Sean beugte sich über sie hinweg und half ihr dabei, die Tür zu öffnen, wobei seine Bizeps hervortraten. Livvy fing eine Note *Mann* ein, als sie an ihm vorbeiging. Komisch, früher hatte sie bei verschwitzten Kerlen oft an den Ekel-Faktor gedacht, aber der leise Hauch von Schweiß, der unter dem Geruch nach Regen an ihm haftete, war definitiv nicht eklig.

Und sie sollte das gar nicht bemerken. Sie hatte einen *Job* zu erledigen und keine *Haushaltshilfe* zu vernaschen. »Zu meiner völligen Überraschung stellt sich heraus, dass meine Großmutter Humor besaß. Und Gedichte mochte. Stell dir das mal vor. Wie dem auch sei, sie sagte, dass ich etwas Bestimmtes in diesem Buch finden muss, sonst bekomme ich das Schloss nicht.«

»Ich dachte, das Schloss – äh, das Haus – bedeutet dir nichts.« Sean fuhr mit einem Finger über die Messingplaketten am Rand eines Regals über ihrem Kopf.

»So kann man es auch ausdrücken.« Sie prüfte das Datum auf dem Schild vor sich: 1100. Sie war sich ziemlich sicher, dass Marie Antoinette nach diesem Datum gelebt hatte. »Nein, es geht nicht um das Haus an sich. Ich meine, dieser Ort ist viel zu groß für eine Person alleine.«

Sean rollte eine Bibliotheksleiter auf Rollen entlang der Stange, die zu diesem Zweck den Raum umspannte. »Du wirst ja nicht ewig Single bleiben. Das ist ein großartiges Haus für Zicklein. Diese Ritterrüstung im Foyer könnte sie stundenlang beschäftigen.«

Oder sie zu Tode erschrecken.

»Zicklein liegen für mich in weiter Ferne. Falls sie überhaupt jemals kommen.«

»Du willst keine Kinder?«

Sie war den Unglauben gewohnt; das war die Reaktion der meisten Leute, wenn dieses Thema zur Sprache kam. Aber da sie nicht gerade die besten elterlichen Vorbilder gehabt hatte, warum sollte sie das Gefühlschaos fortsetzen? Ganz zu schweigen davon, dass sie wahrscheinlich keine besonders gute Mutter wäre, da sie dank ihrer Nicht-Erziehung null Ahnung davon hatte, was man als »normal« bezeichnete. »Nicht jede Frau ist mit dem Fortpflanzungs-Gen programmiert, weißt du.« Sie griff nach dem Buch, das ihr am nächsten stand. Wilhelm von Oranien. *Bäh.* Geschichte war nie ihre Stärke gewesen. Sie stellte es zurück.

»Keine Beleidigung beabsichtigt.« Er stieg auf eine Sprosse und schob ein

Buch halb aus dem Regal. »Ich kann verstehen, warum du die Bude in dem Fall loswerden willst.«

»Das ist der Plan. Der Höchstbietende bekommt das Erbe der Martinsons und die *werte Frau Großmutter* wird sich bis in alle Ewigkeit im Grab umdrehen.«

Er klopfte das Buch zurück an seinen Platz. »Autsch. Hart.«

Okay, vielleicht hatte er recht. Sie war schließlich eine erwachsene Frau; das Desinteresse ihrer Großmutter sollte sie nicht mehr verletzen. Sie hatte Freunde, ihre eigene vierbeinige Familie, ein Geschäft. Und nun würde sie genug Geld haben, um diese Familie und das Geschäft so zu führen, wie sie es wollte. Alles dank der Frau, der es all die Jahre egal gewesen war, ob sie lebte oder starb. Für Livvy ergab es keinen Sinn, warum Merriweather ihr überhaupt etwas hinterlassen hatte, und schon gar nicht dieses Haus.

Sean kletterte drei weitere Sprossen der Leiter hoch, was ihr eine erstklassige Aussicht bot. Sie lachte über sich selbst. Immer noch scharf auf den Hausmeister.

»Hast du was gefunden?«

»Noch nicht.« Er zeichnete mit dem Finger den Buchrücken nach, wobei seine Lippen lautlos die Worte formten. Es war eine süße Eigenart und völlig unerwartet.

Er kletterte wieder herunter, rollte die Leiter nach rechts und stieg erneut hinauf.

Sie musste unbedingt herausfinden, wer diese Hosen entworfen hatte, denn sie bewirkten Wunder am Hintern eines Mannes – wobei das auch einfach daran liegen konnte, dass Sean einen großartigen Hintern hatte.

»Livvy?«

Sie schüttelte das Hormonbad ab und blickte auf. Über seinen Hintern hinaus.

»Hier.« Er hielt ihr ein Buch entgegen. »Versuch es mal damit.«

»Hier geht es nicht um Marie Antoinette.«

»Ich weiß. Es ist ein Exemplar von Heinrichs VIII. *Great Bible*, dessen Königin ...«

»Geköpft wurde«, antwortete sie zeitgleich mit ihm.

»Anne Boleyn.«

»Die Mutter von Königin Elisabeth I.« Das passte. Sie schlug den Einband auf.

Dort lagen, ordentlich gefaltet, zwei Zettel. Der erste war ein weiterer Brief von der lieben alten *Großmutter*.

Gut gemacht, Olivia. Du hältst die Familienbibel der Martinsons in den Händen. Heinrich VIII. schenkte sie dem ersten Martinson, der es zu etwas gebracht hat. Auf ihn führen wir unsere Abstammung zurück.

Eigentlich ließ sich ihre Abstammung bis zu dem Vater *jenes* Martinson zurückverfolgen, und dessen Vater davor und so weiter, aber offensichtlich zählten für Merriweather Menschen ohne Titel hinter dem Namen nicht.

Was Livvy wo einordnete?

»Was steht drin?«, fragte Sean.

Livvy hielt den Brief hoch und entfaltete den unteren Teil. »Noch ein Gedicht.«

> *Der Ehre der Familie zum Schutz und Geleit,*
> *ein Ruf, der nach Heilung und Besserung schreit.*
> *Dieses Erbe wird dir nicht zuteil,*
> *findest du nicht der Belohnung verstecktes Seil.*

Besserung? Ihr Ruf war völlig in Ordnung, danke sehr. Egal, was Merriweather dachte, ihre unnatürliche Herkunft definierte sie nicht. Sie war eine ehrliche Geschäftsfrau. Hart arbeitend. Sie bot guten Kundenservice und ein erstklassiges Produkt. Sie hielt sich an die Standards, die sie sich selbst gesetzt hatte. Sie hatte wahrlich nichts, wofür sie sich entschuldigen müsste, und sie hatte definitiv *keinen* schlechten Ruf.

Der alte Larry die Made hingegen hatte mehr wiedergutzumachen, aber da er tot war, konnte sie an seinem Ruf nicht viel ändern. Ihre Großmutter konnte wohl kaum ernsthaft erwarten, dass sie diesen wiederherstellte, also ergab dieses nervige Rätsel keinerlei Sinn.

Sie entfaltete den anderen Zettel. Großartig. Latein. Ein Haufen

Endungen auf *-us* und *-um*, jede Menge *Vs* … was alles zusammen so viel wert war wie ein Sack Reis, da sie Latein so gut beherrschte wie die britische Geschichte.

Das waren nicht gerade ihre Lieblingsfächer gewesen. Kochen und Tierwissenschaften hingegen, ebenso wie die Recycling- und Bioanteile ihres Naturwissenschaftsunterrichts, das war ihr Ding gewesen.

»Was ist das?« Sean spähte über ihre Schulter.

Livvy reichte ihm die Zettel. »Keine Ahnung. Noch ein schlechtes Gedicht von Merriweather und eine Zeichnung von Heinrich VIII. mit einer Menge Latein. Ein Liebesbrief vielleicht?«

Sean pfiff durch die Zähne. »Einer deiner Vorfahren hat einen Liebesbrief von Heinrich VIII. bekommen? Und hat überlebt, um davon zu berichten? Das ist an sich schon erstaunlich. Wie steht's mit deinem Latein?«

»Ungefähr so gut wie mit Orwells Gesangstalent.«

»So gut, ja?«

Sie verdrehte die Augen. »Jetzt will *Großmutter* also, dass ich Latein lerne.« Hinterhältige, kontrollsüchtige, rachsüchtige alte Frau.

»Oder du findest heraus, was für ein Dokument das ist, und lässt es übersetzen.«

»Und du kennst wohl zufällig einen Spezialisten für Dokumente aus dem sechzehnten Jahrhundert?«

»Nein. Aber das Internet vielleicht.«

Richtig. Das Internet. Wie konnte sie das nur vergessen?

Hauptsächlich deshalb, weil sie keinen Computer besaß. Für eine solche Anschaffung waren keine Mittel vorhanden, ebenso wenig wie für ein Handy mit dieser Funktion.

Sie musste wohl mal ein Wörtchen mit Mr. Scanlon über einen Vorschuss auf ihr Erbe reden. Obwohl, so wie die Drachenlady diese Schnitzeljagd aufgezogen hatte, würde es Livvy nicht wundern, wenn sie jegliche Vorschüsse untersagte, bis ihr dieser Laden offiziell und endgültig gehörte. »Gibt es hier zufällig irgendwo einen Computer?«

Sean schüttelte den Kopf. »Ich habe keinen gefunden. Abgesehen von der modernen Küchenausstattung ist dieser Ort fest im letzten Jahrhundert stecken geblieben. Keine Fernbedienungen für die Fernseher, kein Computer, und von Wärmeschutzfenstern fangen wir gar nicht erst an.«

Sie wettete, dass es hier mal einen Computer gegeben hatte. Merriweather wäre nicht ohne ausgekommen, und sei es nur, um die Weltmärkte im Blick zu behalten. Die Frau war zwar alt gewesen, aber scharfsinnig, und Livvy hätte darauf gewettet, dass sie ihn aus dem Haus schaffen ließ, nur um Livvys Suche zu erschweren. »Wie sieht es mit einer öffentlichen Bibliothek aus?«

Sean überlegte einen Moment und nickte dann. »Etwa eine halbe Stunde von hier.« Er blickte auf die Uhr auf dem Kaminsims über einem weiteren monströsen Kamin. »Aber ich glaube, die schließen um vier. Das schaffst du zeitlich nicht mehr.«

Sie legte das Dokument zurück in die Bibel und platzierte das Ganze auf einem anderen alten Wälzer, der auf einem Ständer in der Ecke lag.

Nicht genug Zeit. Sie hatte das Gefühl, dass dies ihr Mantra werden würde, während *Großmutters* kleines Spiel seinen Lauf nahm.

Sean musste an sich halten, um nicht aus der Bibliothek in sein Zimmer im Dienstbotenflügel zu rennen. Mrs. Martinson mochte vielleicht keinen Computer haben, aber er schon. Offiziell hatte er ihn mitgebracht, um die Geschäfte seiner Firma zu führen, aber da er fast alles verkauft hatte, bestanden seine »Geschäfte« nun vor allem darin, die Sache hier zu seinem Vorteil zu wenden.

Aber er brauchte keinen Computer, um zu wissen, was das für ein Dokument war. Er hatte genug Adelsbriefe gesehen, als er über diesen Ort recherchiert hatte – Urkunden der Krone, mit denen der Titel und die Ländereien auf den Inhaber übertragen wurden, in diesem Fall auf den allerersten *Martinson* – den Martinson in Großbuchstaben und kursiv –, der einen Titel trug und den Grundstein für die Dynastie legte.

Wenn er herausfinden konnte, wie dieses Dokument mit dem nächsten Hinweis zusammenhing, könnte es das *Ende* der Dynastie bedeuten, denn er wäre Livvy einen Schritt voraus und könnte den letzten Hinweis vor ihr erreichen. Wenn er das so weitertrieb, würde er verhindern, dass sie die Bedingungen des Testaments erfüllte.

Zugegeben, es war nicht die ehrlichste Methode, aber im Geschäft war nun mal alles erlaubt. Besonders, wenn er alles, was er besaß, auf dieses Wagnis gesetzt hatte. Er hatte die Recherche betrieben, die Vorplanung in Auftrag gegeben und einen turniergerechten Golfplatz auf den umliegenden Grundstücken entworfen. Außerdem wollte er seine Brüder nicht enttäuschen. Dieses Anwesen würde seinen Ruf begründen. Seine Firma. Seine Zukunft.

Oder ihn ruinieren.

Kapitel Zehn

»Immer noch Triphosphate zum Abendessen geplant?« Livvy betrat eine Stunde später die Küche, frisch geduscht und trocken – sowohl vom Regen als auch von ihrem römischen Bad –, in einem neuen Outfit und mit Orwell auf der Schulter. Er hatte den Kopf unter ihrem Haar vergraben und schnarchte leise an ihrem Hals. Stress ermüdete ihn immer.

»Eigentlich dachte ich an Rührei mit Hotdogs. Willst du auch was?« Sean hielt die Pfanne mit dem Essen hoch, das von Rechts wegen eigentlich gar nicht so appetitlich hätte sein dürfen, aber der Apfel von vorhin hatte nicht lange vorgehalten.

»Gibt es Ketchup?«

»Du magst blutige Eier?« Er lächelte, und als er das tat – *halleluja*. Seine Augen funkelten wie Sonnenstrahlen, tiefe Falten umrahmten seinen Mund in Form von sexy Grübchen, und seine Lippen formten das perfekteste Lächeln, das sie je gesehen hatte.

Und dann waren da die perfektesten *Lippen*, die sie je gesehen – und geküsst – hatte.

Nun ja, technisch gesehen hatte er sie geküsst, aber sie würde das nicht auf eine Formsache schieben, denn, *verdammt*, sie hätte nichts dagegen, diese Formsache noch einmal zu wiederholen.

»Livvy?«

Sie schüttelte den Kopf. »Was?«

»Alles okay bei dir? Ich habe gefragt, ob du blutige Eier magst, und du bist einfach abgedriftet.«

Sie hätte nichts dagegen, eine Menge Dinge mit ihm anzustellen, aber abzudriften gehörte nicht dazu. »Ähm, tut mir leid. Hunger.« Sie streichelte Orwells Kopf, um sicherzugehen, dass er noch schlief. »Blutige Eier wären toll«, flüsterte sie. Der Papagei verstand zwar nicht wirklich, was sie sagte – zumindest behaupteten das alle Experten –, aber sie wollte kein Risiko eingehen, dass er an ihrer Mahlzeit Anstoß nahm. Sie versuchte tunlichst, in Gegenwart der Tiere weder Eier noch Fleisch zu essen.

Sean servierte ihr eine halbe Tellerladung, während sie den Ketchup aus dem Kühlschrank holte – das Einzige, was vermutlich gesund darin war. Und dann las sie das Etikett. Okay, doch nicht ganz oben auf der Gesundheitsskala; zu viel Maissirup mit hohem Fruchtzuckergehalt. Das war der Grund, warum sie ihren Ketchup selbst herstellte. Ein bisschen würde trotzdem nicht schaden. Aber, Gott, sie konnte es kaum erwarten, in einen Supermarkt zu kommen und richtiges Essen zu kaufen. Dann würde Sean schon sehen, was ihm entging.

»Du fährst morgen also zur Bibliothek?« Sean stellte eine Schale mit Dosenpfirsichen in Sirup und zwei Einweg-Wasserflaschen auf den Tisch und holte dann seinen Teller.

Livvy schüttelte nur den Kopf über das Plastik, das auf einer Mülldeponie landen würde, und den raffinierten Zucker, der in ihm landen würde. »Ja. Gleich als Erstes. Danach dachte ich, ich schaue mal im Supermarkt vorbei. Gibt es irgendwelche Lebensmittel, die ich meiden sollte?«

Sean setzte sich rittlings auf den Stuhl am Ende des Tisches und stellte seinen Teller schräg gegenüber von ihrem ab. »Nein. Ich esse so ziemlich alles.«

Leider sah sie, dass das der Wahrheit entsprach. Sie nahm die zusammengerollte Serviette, die er ihr reichte, und zog die Gabel heraus. »Und, wohnst du hier in der Gegend?« Sie nahm einen Bissen. Gar nicht mal schlecht, eigentlich. Obwohl ihre Arterien wahrscheinlich jede Minute anfangen würden, zu protestieren.

»Könnte man so sagen.« Sean schaufelte das Essen in sich hinein, als hätte er seit Tagen nichts gegessen.

Nach dem Anblick des leeren Kühlschranks zu urteilen, könnte das eine gute Vermutung sein.

»Was soll das bedeuten?« Sie lehnte die Schale mit Zucker ab, die als Obst durchgehen sollte.

»Ich habe ein Zimmer im Dienstbotenquartier.«

Und schon wurde Livvy wieder in die Vergangenheit katapultiert. *Dienstbotenquartiere* – so hatte ihre Großmutter sie tatsächlich genannt. *Vor den Augen* der Bediensteten. Livvy war es ihretwegen unendlich peinlich gewesen, obwohl Jeeves es gelassen zu nehmen schien. Mrs. Tildwells linke Augenbraue hatte jedoch gezuckt.

Livvy spießte ein Stück Ei so heftig auf, dass es, wenn es nicht schon durch den Ketchup »blutig« gewesen wäre, spätestens durch ihre Brutalität so ausgesehen hätte. »Sean, ich finde, du solltest umziehen.«

Seans Gabel klapperte auf seinen Teller. »Was?«

Livvy legte ihre eigene Gabel beiseite. »Ich finde, du solltest umziehen.«

»Hör zu, Livvy, ich weiß, ich habe mich über die Tiere beschwert, aber du hast recht. Warum solltest du sie nicht im Wohnzimmer halten? Schließlich ist es dein Haus. Ich verspreche, kein Wort mehr über sie zu verlieren.«

»Wovon redest du eigentlich? Was haben meine Tiere damit zu tun, wo du schläfst? Der einzige Ort, an den ich sie nach dem Wohnzimmer bringen will, ist der Stall. Ich werde dich sicher nicht rauswerfen, nur weil du eine eigene Meinung hast.«

Ein Muskel in Seans Wange zuckte. »Warum tust du es dann?«

»Warum tue ich was?«

»Mich rauswerfen?«

»Was? Wie kommst du auf die Idee? Ich werfe dich nicht raus.«

»Aber du hast gesagt, ich soll ausziehen.«

In ihrem Gehirn ging ein Licht auf. »Ah ... Du dachtest, ich meinte, du sollst das Anwesen verlassen. Das meinte ich nicht. Ich meinte, dass du aus dem«, sie schluckte, »Dienstbotenquartier ausziehen solltest. Oben gibt es hundert Schlafzimmer. Eines davon muss besser sein als das, wo du jetzt bist.«

Sean verbarg einen tiefen Seufzer. Einen Moment lang hatte er geglaubt, sie wäre ihm auf die Schliche gekommen. Aber sie war unter der Dusche gewesen, als er sich zurück in die Bibliothek geschlichen und ein paar Fotos von diesem lateinischen Dokument gemacht hatte, um es später zu entziffern.

»Es macht mir nichts aus, wo ich schlafe, Livvy. Das Zimmer ist okay.« Und weit genug von ihrem entfernt, damit sie seinen Laptop nicht fand.

»Es ist mir egal, ob das Zimmer ›okay‹ ist.« Sie machte Anführungszeichen in der Luft. »Du musst in diesen Teil des Hauses ziehen. Ich bestehe darauf.«

Es würde verdächtig wirken, wenn er sich weiter wehrte, aber Sean konnte nicht behaupten, dass er geradezu begeistert war. Er hatte immer noch eine Firma zu leiten, auch wenn sie inzwischen kleiner war. Er musste immer noch Anrufe tätigen und Pläne verfolgen. In Hörweite zu sein, könnte ihm einen Strich durch die Rechnung machen.

Andererseits ... wenn er näher bei ihr war, konnte er alle Hinweise, auf die sie stieß, abfangen oder belauschen.

»In Ordnung. Ich ziehe um. Schließlich ist es dein Haus.«

»Nicht mehr lange.«

Sie sprach genau das aus, was er dachte.

»Ah, stimmt. Aber warum bleibst du nicht? Damit würde sich deine Großmutter bis in alle Ewigkeit im Grabe umdrehen.« Nicht, dass er sie ermutigen wollte, aber er brauchte jedes noch so kleine Druckmittel, und wenn es einen Riss in ihrer Rüstung gab, musste Sean davon wissen.

Livvy schob sich eine Gabel voll Ei in den Mund. Die Zeit, die sie zum Kauen und Schlucken brauchte, erhöhte seine Anspannung, was allerdings auch damit zu tun haben konnte, wie ihre Zunge über ihre Unterlippe glitt und einen winzigen Rest Ei erwischte.

Was hatte er sich nur dabei gedacht, sie vorhin zu küssen? Das war mal eine echt dämliche Aktion gewesen – auf so vielen Ebenen, dass sein Bankkonto bereits zusammenzuckte.

Seine Libido hingegen bettelte um eine Wiederholung.

»Stimmt schon, aber dieser Ort ist ein Ungetüm. Und obszön. Er sollte ein Museum sein oder eine Universität oder so was Ähnliches. So nützt er den Leuten mehr als als Privatresidenz. Das hätte schon vor Jahren passieren sollen. Was hat sich meine Großmutter nur dabei gedacht, ganz allein in diesem Ressourcenfresser zu leben?«

Sie hat sich gedacht, dass sie ein Erbe weiterzugeben hat, aber Sean hatte nicht vor, das laut auszusprechen, da es seinen Plänen zuwiderlief. Aber er verstand Merriweathers Logik. Was nützte es, sich im Leben etwas aufzubauen, wenn man niemanden hatte, dem man es hinterlassen konnte? Er baute verdammt noch mal kein Imperium auf, um zuzusehen, wie es nach seinem Tod in Stücke gerissen wurde. Und Merriweather wusste das. Deshalb hatte sie ihm das Vorkaufsrecht eingeräumt. Er plante sogar, das formelle Wohnzimmer nach ihr zu benennen. Der Merriweather-Martinson-Salon. Nachdem er ihn hatte desinfizieren lassen, was jetzt wegen der Tiere nötig war. Die alte Dame hätte Alpakasperma als Bodenwachs in ihrem Vorzeigezimmer definitiv nicht zu schätzen gewusst.

»Und, hast du schon irgendwelche Angebote?« Sean gab sich lässig und übertönte die Dringlichkeit in seiner Stimme mit dem Hotdog, den er sich in den Mund schob.

Livvy schüttelte den Kopf. »Zuerst muss ich es mir verdienen, dann werde ich es zum Verkauf anbieten.«

»Verdienen?«

Ihr Seufzer war ausdrucksstärker, als es Worte je sein könnten, und wenn Sean die wahre Situation nicht gekannt hätte, hätte er sie allein daraus ableiten können.

Sie erklärte ihm die Bedingungen, und die arglose Ehrlichkeit ihrer Antwort ließ sein Gewissen ein wenig schrumpfen.

»Da es also so aussieht, als würde ich das Haus erkunden, wirst du mir wohl ganz gelegen kommen«, sagte Livvy und aß den Rest ihres Essens auf.

Sean hätte sich fast verschluckt. »Gelegen kommen?«

»Klar. Du warst wahrscheinlich schon in jedem Winkel dieses Hauses. Wer könnte mir besser helfen, das zu finden, was Merriweather versteckt hat, als du? Du *wirst* mir doch helfen, oder? Ich werde dafür sorgen, dass Mr. Scanlon dir einen Bonus zahlt.«

Hoffentlich schob sie das gequälte Lächeln auf seinem Gesicht auf die Konservierungsstoffe im Essen. Was konnte er anderes sagen als ja? Ein Mann in seiner vermeintlichen Lage wäre ganz scharf auf das zusätzliche Geld.

»Klar.« Er wischte sich den Mund mit der Serviette ab, nachdem er den Hotdog ausgehustet hatte, der seine Luftröhre blockierte.

»Super.« Sie lehnte sich zurück und fuhr sich mit den Fingern durch das Haar. Die Art, wie es sich dadurch um ihre Schultern fächerte, half der Situation in seiner Hose auch nicht gerade weiter. Diese Frau würde ihn noch umbringen. Entweder durch frustrierte Leidenschaft oder durch frustrierte Träume. »Willst du also mitkommen?«

... Darauf würde er jetzt mal ganz sicher nicht antworten.

Sean hielt sich wieder die Serviette vor den Mund. »Ich, äm, hatte eigentlich vor, mit der Arbeit am Stall zu beginnen.«

»Oh. Stimmt. Ich schätze, das sollte ganz oben auf deiner Liste stehen.« Sie nahm ihren Teller und das Besteck und brachte alles zum Spülbecken. Das *Klimpern*, als sie auf den Granit trafen, weckte den Papagei, der daraufhin beschloss, David Lee Roth zu imitieren.

Sean zog eine Augenbraue hoch. »*Just a Gigolo*?«

Das Erröten auf Livvys Wangen war einfach zu süß für Worte. Genau wie sie. Was langsam zu einem riesigen Problem wurde.

»Orwell war, wie die meisten meiner Tiere, ein ausgesetztes Tier. Er hat jahrelang in einem Verbindungshaus gelebt, bis einer der Anwärter merkte, dass Nachos mit Käse nicht gerade die beste Ernährung sind. Die Geschichte besagt, dass er während der »Höllenwoche« gestohlen wurde. Das arme Ding hat *Höllenjahre* erlebt, bis dieser Junge das Richtige tat. Die Kraftausdrücke habe ich ihm fast abgewöhnt, aber das Lied ist hängengeblieben.«

»Orwell will einen Chip«, sagte der Vogel mitten in der Melodie mit einer völlig anderen Stimme.

Livvy strich mit einem Finger über die graue Haube des Vogels. »Schon gut, Orwell, ich hole dir **dein** Abendessen.«

»Chips?« Sie beschwerte sich darüber, was *er* seinem Körper zuführte? Er würde gerne wissen, in welchem Dschungel Chips zur natürlichen Nahrung für Vögel gehörten.

Sie schüttelte den Kopf, und einige ihrer Locken strichen über ihre Brust – nicht, dass Sean das bemerkt hätte oder so. »Das Lied blieb hängen, und damit auch sein Vokabular fürs Abendessen. Ich habe oben in seinem Käfig das perfekte Futter für ihn. Ich gehe dann wohl mal hoch. Vergiss nicht, dir ein neues Schlafzimmer auszusuchen.«

»Werde ich machen.« Direkt bevor er sich an das Dokument setzte.

»Bist du sicher, dass du nicht mitkommen willst?«, fragte Livvy am nächsten Morgen, während sie die riesige Haustür aufzog. Sie trug wieder einen dieser Gypsy-Röcke, die die Oberkante ihrer Springerstiefel streiften.

Zumindest trug sie heute einen weiten Pullover statt eines Unterhemdchens. Er hätte keinen weiteren Tag in ihrer körperbetonten Kleidung ausgehalten, ohne den Verstand zu verlieren.

»Ich dachte, du wolltest deine Tiere heute Abend im Stall haben?« Er wollte das verdammt noch mal ganz sicher. Das Chaos, das sie heute Morgen im Wohnzimmer hinterlassen hatten, hatte die Suche nach dem nächsten Hinweis erst einmal zur Nebensache gemacht.

»Guter Punkt.« Sie wirbelte herum und gewährte ihm dabei einen weiteren, unbeabsichtigten Blick auf diese wohlgeformten Beine. »Na gut, dann bis nachher, wenn ich aus der Bibliothek und vom Einkaufen zurück bin. Pass auf, dass die Tiere nicht zu übermütig werden. Wegen des Vlieses, weißt du.«

Vlies war nicht das, was ihm heute Morgen primär durch den Kopf ging.

Weil du sie gerade vliesst – also übers Ohr haust?

Er wandte sich ab, um sein schlechtes Gewissen zu verbergen. »Viel Glück bei der Recherche.«

Er hatte eine Heidenarbeit damit gehabt, herauszufinden, was in diesem verdammten Dokument gestanden hatte, was einen Teil seiner Laune an diesem Morgen erklärte. Seine Legasthenie war so ausgeprägt, dass er gewusst hatte, worauf er sich einließ. Wenn er nur nicht legasthenisch wäre, könnte er die Hinweise einfach lesen und loslegen, Livvy weit voraus. Aber nein. Er war darauf angewiesen, sich mühsam durch diverse Online-Übersetzungsprogramme und die Text-to-Voice-Funktion auf seinem Tablet zu quälen, die schon oft seinen Verstand und sein Geschäft gerettet hatte. Gott sei Dank war die Technologie mittlerweile so weit fortgeschritten, dass sie seinem »Problem« gewachsen war.

Er hatte eine grobe Doppelübersetzung von allen Programmen erhalten, aus der hervorging, dass das Dokument etwas mit einem Geschenk von Königin Elisabeth I. für die Dienste ihres »treuesten Ritters« zu tun hatte.

Es gab eine Sache in diesem Haus, die einem Ritter gehört hatte und eine »noch immer stehende Belohnung« war.

Zwanzig Sekunden nachdem Livvy die Haustür hinter sich ins Schloss gezogen hatte, starrte Sean auf die Ritterrüstung. Er sollte eigentlich ein paar geschäftliche Anrufe erledigen, aber das hier war im Moment die dringlichste Angelegenheit in seinem Business.

Wo hätte Merriweather den Hinweis versteckt?

Vorsichtig schob er einen Finger unter die Öffnung am Ellenbogen. Nichts.

Er versuchte es am anderen Ellenbogen.

Auch dort nichts.

Ein Geräusch drang von draußen herein, und Sean schreckte zurück. Er konnte es nicht gebrauchen, dass Livvy hereinkam und ihn mit den Händen in den Hosen des Kerls erwischte – oder wie auch immer man diesen Teil der Rüstung nannte.

Er zählte bis zwanzig und suchte dann weiter. Er war nicht für dieses Versteckspiel geschaffen. Lagepläne und Finanzdokumente, ja. Das hier? Kein Wunder, dass Bond einen Martini brauchte.

Und eine schöne Frau.

Sean schüttelte den Kopf und vertrieb das Bild von Livvys Beinen aus seinen Gedanken. Er musste sich beeilen. Er musste noch den Rest seiner Sachen aus seinem alten Zimmer holen, sich bei seinem Sachbearbeiter für Baugenehmigungen melden, um zu bestätigen, dass an dieser Front alles voranging, Rücksprache mit dem Architekten halten, der letzte Woche zum Ausmessen da gewesen war, sicherstellen, dass keines von Livvys Tieren stiften gegangen war, und am Stall genug schaffen, damit sie keinen Verdacht schöpfte bei dem, was er gleich tun würde.

Sean schob das schlechte Gewissen hinter eine Stahltür in seinem Kopf und versah sie mit einem metaphorischen Schloss. Er durfte sich davon nicht beirren lassen. Geschäft ist Geschäft.

Wo hätte Merriweather den nächsten Hinweis platziert? Sie wollte sicher nicht, dass jemand die Rüstung auseinanderlehmte; die Frau liebte die äußeren Zeichen des Familiennamens zu sehr, um etwas so Essenzielles zu zerstören.

Sean versuchte es am Halsausschnitt der Rüstung.

Bingo. Da steckte ein Stück Papier fest.

Ohne das Blöken der Lämmer zu beachten, die draußen vor den Glastüren in dem provisorischen Gehege auf der Terrasse standen, zog Sean das Papier heraus und entfaltete es.

Noch mehr Latein zierte den Kopf des Briefes, und Sean stöhnte auf. Englisch war schon schlimm genug. Wenn Latein nicht ohnehin schon tot wäre, würde er wohl versuchen, es höchstpersönlich umzubringen.

Glücklicherweise war es nur eine Zeile Latein in Schnörkelschrift im Briefkopf der Seite, danach folgte Merriweathers präzise Handschrift.

Eine halbe Stunde später hörte er zu, wie sein Tablet den Text zum dritten Mal vorlas.

Brava, Olivia, dass du den Hinweisen bis zu diesem hier gefolgt bist – der Rüstung von Henry Martinson III, die ihm von Königin Elisabeth I. für seine Verdienste geschenkt wurde. Durch diesen Mann wurde das Anwesen der Martinsons zu einer Macht, mit der man rechnen musste. Er spielte die politischen Spiele seiner Zeit, bewahrte einen kühlen Kopf und brachte diese Familie auf den Weg zu wahrer Größe.

Nun zur Fortsetzung deiner Suche, der nächste Hinweis:

Sein Vater begründete den Ruhm dieser Ahnen,
Doch Henry dem Dritten gebührt's, den Namen zu bahnen.
Zwei Frauen bedurfte es, das Werk zu vollenden,
Um den so wichtigen Sohn in die Welt zu entsenden.

Als endlich der Erbe das Licht dann erblickt,
Hat der Lord seine Botschaft noch am Morgen verschickt.
Denn solch große Freude ließ sich nicht verhehlen,
Er musste es jedem, den er sah, wohl erzählen.
Auf jegliche Weise, wie er es nur vermochte.
In Holz ist bewahrt, worauf sein Herz pochte.

Sean starrte auf den Bildschirm, wobei die Buchstaben für ihn genauso viel Sinn ergaben wie der Hinweis. Holz? Er musste ein Stück *Holz* finden? Als gäbe es an diesem Ort nicht schon genug davon. Wo zur *Hölle* sollte er mit der Suche anfangen?

Das Krachen aus dem Aufenthaltsraum der Tiere war vielleicht ein guter Ausgangspunkt.

»Ich hoffe, ich störe nicht, aber du bist doch Merriweathers Enkelin, nicht wahr?« Die ältere Frau, die Livvy in der Bibliothek am Tisch gegenüberstand, hatte einen Heiligenschein aus silbernen Locken um den Kopf und das Lächeln in ihrem Gesicht brachte ihre funkelnden blauen Augen auf eine Weise zum Leuchten, die Livvy jeden Grund zu der Annahme gab, dass die Frau eine Freundin der Dragonlady war – aber nicht, warum dem so war. Livvy hätte gewettet, dass Merriweather in ihrem Leben nie so unbeschwert und glücklich ausgesehen hatte.

»Ähm, ja. Ich bin Olivia – Livvy. Du kanntest sie?« Sie konnte Merriweather unmöglich als ihre Großmutter bezeichnen, nicht wenn diese Frau genau so aussah, wie Livvy sich ihre Großmutter immer gewünscht hatte. Sanft, lächelnd und zugänglich.

»Oje, Merri und ich, wir kennen uns schon ewig.« Die von blauen Adern durchzogenen Hände der Frau ruhten auf der Lehne des Stuhls gegenüber von Livvy. »Darf ich?«

Livvy räumte den Stapel Bücher beiseite, den sie durchgesehen hatte. »Bitte.«

Die Frau setzte sich. »Ich bin Dafna Fine. Deine Großmutter und ich haben ein paar Mal im Monat Backgammon gespielt.« Sie verschränkte die

Finger und legte sie auf die Tischplatte. »Nun ja, wir haben gern behauptet, das zu tun, aber eigentlich haben wir uns nur getroffen, um zu plaudern.«

»Merri – meine Großmutter?« Die Frau hatte Spiele gespielt? Und geplaudert? Komisch, das Bild, das Livvy immer von ihr hatte, war entweder eines mit zusammengekniffenen Lippen oder das einer Frau, die Befehle bellte.

»Oh ja. Deine Großmutter war auch eine ausgezeichnete Kartenspielerin.«

Eine Falschspielerin, wenn Livvy raten müsste, aber das würde sie nicht laut sagen. Eigentlich wusste sie gar nicht, was sie sagen sollte. Sie hatte Merriweather nicht wirklich gekannt. Nicht diese Seite von ihr. »Ich, äh, schätze, du vermisst sie.«

Dafnas Lächeln wurde schwächer. »Das tue ich. Es sind so wenige von uns übrig.«

»Von uns?«

»Die Mädels. Sicher hat sie uns erwähnt?«

War dies der Moment, in dem Livvy das aufgeblasene Bild zerstechen musste, das Dafna von Merriweathers Großzügigkeit als Großmutter hatte?

Sie konnte es nicht. Nicht bei diesen gütigen blauen Augen. »Ich habe meine Großmutter nicht besonders oft gesehen.« Das war zumindest die Wahrheit und sicher etwas, das »die Mädels« wissen würden.

»Ja, ich weiß. Ein Jammer, aber sie war eben nicht der flexibelste unter den Menschen. Sie war durch deinen Vater unglaublich verletzt worden. Wir haben ihr gesagt, sie solle es nicht an dir auslassen, aber Merri hatte eben ihren Stolz.«

Merri? Das war ja wohl eine absolute Fehlbezeichnung, wenn Livvy jemals eine gehört hatte. Und sie war froh, dass »Merri« ihren Stolz gehabt hatte. Livvy hatte keinen gehabt – und auch sonst nicht viel, aber solange Merri ihren hatte...

»Wer sind die anderen Mädels?« Livvy stapelte die Papiere. Sie hatte gefunden, was sie brauchte, und es hatte keinen Sinn, in Bitterkeit zu schwelgen; das würde »Merri« nur gewinnen lassen, und Livvy war nicht bereit, das in irgendeinem Aspekt ihres Lebens zuzulassen. Mit den Informationen, die sie in den letzten Stunden gesammelt hatte, war sie dem Ziel, Merriweather in diesem Spiel zu schlagen, einen Schritt näher gekommen.

»Nur noch Hetta und ich sind übrig. Hetta Rothenberger. Sie wohnt in den Palisades, weißt du. Merri hat die Suite dort extra passend zu ihrem Haus streichen lassen, weil Hetta nicht hatte umziehen wollen. Aber als ihr Mann verstarb, nun ja, da war das Haus zu viel für sie. Also machte Merri ein Spiel daraus, um zu sehen, wie sehr wir den Ort wie Hettas alte Zimmer aussehen lassen konnten. Wir lächeln noch heute darüber, Hetta und ich.«

Dafna blinzelte und sah weg, wobei sie sich mit dem kleinen Finger über den Augenwinkel strich, während Livvy versuchte herauszufinden, was sie sagen sollte. Was sie denken sollte.

Ihre Großmutter würde so etwas tun? *Merriweather Martinson?*

Livvy schüttelte den Kopf. Es war, als hätte sie gerade entdeckt, dass die Frau, die sie die ganze Zeit zu kennen geglaubt hatte, ein Hirngespinst ihrer Fantasie war.

Aber diese einsamen Jahre im Internat waren keine Fantasie gewesen, und auch nicht dieser beängstigende Besuch auf dem Anwesen als Kind. Oder der völlige Mangel an Kontakt, Wärme und Anerkennung.

»Sieh mich an.« Dafna lachte. »Ich werde ganz wehmütig. Das ist sicher das Letzte, was du hören willst.« Sie stand auf. »Ich wollte dich nur mal kennenlernen. Merri hat selten von dir gesprochen, aber als wir erfuhren, dass sie dir das Anwesen hinterlassen hat, nun ja, da wussten Hetta und ich, dass sie nichts dagegen hätte, wenn wir Kontakt aufnehmen. Sie war eine stolze Frau, deine Großmutter. Aber sie war loyal.«

Wem gegenüber?

Livvy fragte nicht nach. Es wäre dieser gütigen Frau gegenüber nicht fair gewesen. *Merri* gehörte der Vergangenheit an, und es konnte nicht schaden, den Olivenzweig anzunehmen, den Dafna ihr hinhielt.

Und vielleicht wusste sie ja etwas über einen der Hinweise.

Livvy schüttelte den egoistischen Gedanken aus ihrem Kopf. Sie war nicht wie ihre Großmutter, die Menschen nur für das benutzte, was sie für sie tun konnten.

»Möchtest du – und Hetta natürlich auch – vielleicht eines Tages zum Mittagessen aufs Anwesen rauskommen? Sagen wir, nächsten Mittwoch? Um zu sehen, ob es etwas von meiner Großmutter gibt, das du gerne hättest.«

Dafnas Augen funkelten noch mehr, falls das überhaupt möglich war. »Oh weh, das ist so lieb. Wie aufmerksam von dir! Hetta kommt nicht mehr so viel raus wie früher.« Dafna wischte sich erneut über den Augenwinkel. »Aber danke, Olivia. Wir würden sehr gerne kommen.« Sie schob den Stuhl unter den Tisch. »Es war mir ein Vergnügen. Deine Großmutter würde das auch so sehen.«

Livvy glaubte das nicht, aber sie lächelte trotzdem und winkte, als Dafna sich am Empfangstresen noch einmal umdrehte.

Livvy setzte sich wieder hin. *Merri*? Backgammon? Karten? Zimmer dekorieren für eine... *Freundin*? Gedichte und ein attraktiver Reinigungstyp? Es gab eine ganz andere Seite an der Frau, die sie nie gekannt hatte.

Die sie nie hatte kennenlernen *dürfen*.

Livvy warf ihren Bleistift auf den Tisch. Genau so war es. Merriweather hatte mehr als deutlich gemacht, wer ihr wichtig war. Livvy wollte Hetta Rothenberger ihre gestrichenen Zimmer nicht neiden, aber es war ein Grund mehr, die Hinweise zu finden und von diesem Ort und den Erinnerungen wegzukommen, die sie hätte haben sollen, aber nie hatte.

Sie packte ihre Unterlagen und Bücher zusammen und verstaute sie in ihrer Tasche. Genug gegrübelt. Es war Zeit, weiterzumachen. Ihre Hunde würden bald hier sein.

Das war ihr Leben. Die Hunde, die Tiere und ihre Bäckerei. Dieser kleine Aufenthalt auf dem Stammsitz der Familie war einfach nur ein Mittel zum Zweck, und kein Ausflug in die Vergangenheit würde sie von ihren Zielen abbringen.

Nicht Merriweathers Ziele, nicht der Rat von Mr. Scanlon, nicht einmal Dafna Fines gut gemeinte Vorschläge.

Und so sehr sie es auch hasste, es sich einzugestehen: auch nicht die attraktive Haushaltshilfe.

Kapitel Zwölf

»Willkommen zurück, Ms. Barnum. Der Rest deines Zirkus ist eingetroffen.«
Seans Sarkasmus brachte Livvy zum Lächeln.

Sie konnte nicht anders; er sah einfach so verdammt heiß aus, wenn er
mürrisch war.

Natürlich sah er immer heiß aus, egal was passierte. Wenn er das minz-
grüne Hemd der Manley Maids und die passenden Hosen tragen konnte und
trotzdem noch sexy wirkte, dann konnte er alles tragen.

Livvy zog die Augenbrauen hoch (beide gleichzeitig, verdammt), während
sie mit den Einkaufstüten und ihrer Umhängetasche jonglierte und versuchte,
die Haustür hinter sich zu schließen. »Wo sind sie?«

Sean nahm ihr die vier Einkaufstüten ab, und die Kraft in seinen Armen
ließ ihre Bemühungen fast lächerlich erscheinen – obwohl an seinen Armen
absolut nichts lächerlich war. An keinem Teil von ihm, um genau zu sein. Der
Mann sah heute Morgen tatsächlich noch besser aus als sein regennasses Ich
von gestern Abend. Obwohl sie sich nicht darüber beschwert hatte, dass seine
Kleidung an diesem Körper geklebt hatte.

»Ich habe sie in das Hauptbadezimmer des Rosenzimmers gebracht. Ich
dachte mir, die Fliesen können sie nicht beschädigen.«

Das riss Livvy aus ihrem pheromongesteuerten Nebel. »Du hast meine

Hunde in ein *Badezimmer* gesperrt?« Sie ließ den Riemen von ihrer Schulter gleiten und warf ihre Tasche auf den Tisch im Foyer.

»Das formelle Wohnzimmer war bereits besetzt, falls du dich erinnerst. Von einer Schafherde. Und einem Paar verliebter Alpakas. Was fütterst du den beiden eigentlich? Das solltest du vielleicht abfüllen. Du würdest wahrscheinlich ein Vermögen verdienen und die Hersteller der kleinen blauen Pillen in den Ruin treiben.«

»Das ist der Plan.« Ihre Libido brauchte beim besten Willen keine Gedanken an Aphrodisiaka, danke sehr. Nicht, während er direkt vor ihr stand und *so* aussah. Mann, diese Hose war eng genug, um ihre Fantasie in verschiedene Richtungen zu schicken. Und erst die Art, wie sein Hemd seine Brust betonte …

Wer brauchte schon kleine blaue Pillen, wenn Sean in der Nähe war?

»Es fühlt sich an, als hättest du ein Vermögen ausgegeben«, sagte er. »Was ist da überhaupt drin?«

»Abendessen.« Mehr sagte sie nicht, da sie immer noch an den Aphrodisiaka festhing.

»Oh, was das angeht. Ich werde nicht hier sein. Ich habe, ah, heute Abend Pläne.«

»Pläne?« Er hatte *Pläne.*

»Ja.«

Pläne, die er nicht mit ihr teilte.

»Oh.«

»Du bist also auf dich allein gestellt.«

Nichts Neues also.

Livvy weigerte sich, über *diesen* lieblichen Gedanken nachzugrübeln, und rannte nach oben zum Rosenzimmer. Sie konnte sich nur ausmalen, wie die armen Dinger sich fühlten, so lange von ihr getrennt zu sein, hinten in einem Lieferwagen hierher transportiert zu werden und nun auch noch in einem Badezimmer eingesperrt zu sein.

Zweiunddreißig Pfoten scharrten hektisch auf dem Fliesenboden, als die Hunde ihre Witterung aufnahmen. Dann fing Ringo an zu bellen. Paula stimmte mit ihrem charakteristischen Möchtegern-Wolfsgeheul ein, dann fingen Georgia und John an zu jaulen. Als Davy, Micki, Petra und Mike dazustießen, wurde es zu einem Beatles-/Monkees-Medley in Geheul-Moll.

Krallen bearbeiteten die Badezimmertür, als sie ins Schlafzimmer rannte.

Dann stürzten sie sich auf *sie*, als sie die Tür öffnete und die bunte Mischung an Rassen sie einfach umwalzte.

Es dauerte etwa zwanzig Minuten, ihnen all die Zuwendung zu geben, nach der sie sich sehnten, bevor sie sich beruhigten, aber Livvy missgönnte ihnen nichts davon. Jeder von ihnen kam aus dem Tierschutz und litt immer noch unter Verlassensängsten, egal wie sehr sie versuchte, diese zu lindern. Aber sie konnte es nachempfinden, also schenkte sie ihnen all die Aufmerksamkeit, von der sie sich gewünscht hätte, dass sie ihr jemand gegeben hätte.

Sean mochte sie als ihren Zirkus bezeichnen, Merriweather mochte sich im Grab umdrehen, aber Livvy war egal, welches Chaos die Hunde auch anrichteten. Sie waren ihre Familie, so wie sie eben war, und sie liebte jeden Einzelnen von ihnen.

Als sie das nun wohlerzogene Rudel die Treppe hinunterführte, biss sie sich bei dem entsetzten Gesichtsausdruck von Sean auf die Lippe.

»Bitte sag mir, dass sie auch in der Scheune schlafen werden.«

Sie schüttelte den Kopf.

»Die Küche?«

»Auf dem harten Boden? Ist das dein Ernst?«

Er nahm die Farbe seines Hemdes an. »Wo dann?«

»Welchen Raum hier unten hast du noch nicht geputzt?«

»Die sind alle geputzt worden.«

Verdammt. Sie wollte seine harte Arbeit nicht absichtlich ruinieren, aber die Hunde brauchten einen Platz zum Schlafen.

»Mein Zimmer.« Klar, warum nicht? Dort hatten sie auch in der Wohngemeinschaft geschlafen. Der einzige Unterschied war nun, dass sie sich ein King-Size-Bett statt eines Doppelbetts teilen würden. Ein Gewinn für alle.

Sean schüttelte nur den Kopf. »Du weißt ja, was man sagt: Wer sich mit Hunden schlafen legt, steht mit Flöhen wieder auf, richtig?«

»Meine Hunde haben keine Flöhe.«

»Sorgen wir dafür, dass es so bleibt. Es wird schon Arbeit genug sein, das Wohnzimmer zu desinfizieren.«

Sie schnappte sich ihre Tasche vom Foyertisch und warf sich den Riemen über die Schulter, wobei sie zusammenzuckte, als das zusätzliche Gewicht gegen ihre Rippen schlug. »Wie weit ist die Scheune? Irgendetwas Interessantes in den Kisten?«

»Es geht voran. Langsam. Viel Geschirr, Nippes, Bettwäsche ... Bisher reicht es, um die Hälfte der Schlafzimmer hier neu einzurichten, und es könnten genug Möbel da sein, um die Kauspielzeuge der Ziegen zu ersetzen. Ich habe bisher gerade genug Platz für die Alpakas freigemacht. So wie Rhett hinter Scarlett her war, glaube ich nicht, dass er sich beschweren wird, wenn sie ein eigenes Zimmer bekommen. Ich jedenfalls nicht.«

Livvy konnte nicht anders; sie lachte über Seans mürrische Miene. Aber sie musste es ihm lassen; er war ein guter Verlierer für jemanden, der kein Tiermensch war.

Sean zog eine Augenbraue auf diese wahnsinnig sexy Art hoch, aber das brachte sie nur noch mehr zum Lachen. Was perfekt war, um die absolute Anspannung zu lösen, die sie in seiner Gegenwart verspürte.

Livvy hockte sich hin und hob Georgia auf, den Mops-Mischling, ein deutliches Ablenkungsmanöver dafür, wohin ihre Gedanken nicht wandern sollten. Sie nahm den Mann viel zu sehr wahr. »Ich, ähm, hatte einen interessanten Tag.«

»Oh?« Sean streckte die Hand aus. »Hier, lass mich das für dich tragen.«

Sie hielt einen Moment inne, reichte ihm dann aber Georgia. Wenn der Typ schon fragte –

»Nicht den Hund, Livvy. Deine Tasche. Den Hund darfst du behalten.«

»Oh. Richtig.« Sie rückte Georgia zurecht – die ihren Unmut keuchend kundtat, wie sie es bei jeder Art von Bewegung zu tun pflegte – und streifte sich die Tasche von der Schulter.

Sean schwang sie sich über und ging in Richtung Arbeitszimmer. »Hattest du Glück?«

»Ja, tatsächlich. Das Lateinische war, soweit ich das beurteilen konnte, ein offizielles Dokument. Eine Kopie natürlich. Ich bin mir sicher, dass Merriweather das Original in einem luftdichten Tresor verschlossen hält.«

»Was stand drin?«

Man musste ihm lassen, dass er kein Wort sagte, als er zurücktrat, um sie vorbeizulassen und die Hunde als Erste durchstürmten, wobei Hundehaare bald das polierte Chesterfield-Ledersofa verunzierten. Er stöhnte jedoch auf, als Davy beim zweiten Sprungversuch einen der Messingnägel aus dem Ohrensessel riss. Der Zwergpudel sah mächtig stolz auf sich aus, als er sich zusammenrollte und sogar Petra, seine Favoritin, anknurrte, als sie herankam und ihm das Ohr leckte.

Livvy tippte auf die Schreibunterlage des Schreibtisches, während sie um ihn herumging, um Georgia in den Chefsessel dahinter zu setzen. »Du kannst die Tasche hier abstellen. Ich zeige dir, was ich herausgefunden habe.«

Die Hunde benahmen sich, während Livvy ihre grobe Übersetzung und die Kopien ähnlicher Dokumente erklärte, die sie gefunden hatte. Sie holte Merriweathers Notiz hervor. »Ich glaube, diese letzte Zeile sind die Hinweise. *Ein Lohn, der aufrecht steht.* Abgesehen von diesem Haus fällt mir nur eine Sache ein, die sie meinen könnte und die mit Adel und Dienst zu tun hat.«

Seans Gesicht war dem ihren so nah, als sie gemeinsam die Papiere untersuchten, dass sie, wenn sie aufblickte, sich nur ein paar Zentimeter vorbeugen müsste und sich ihre Lippen treffen würden.

Die Versuchung war fast zu stark.

Genauso stark war der Ruck in ihrem Magen, als er den Kopf *tatsächlich* hob und seine blauen Augen die ihren festhielten.

Und als diese Augen auf ihre Lippen blickten, nun, Livvy konnte nicht wirklich sagen, was als Nächstes geschah.

Denn irgendwie lagen ihre Lippen auf seinen und ihre Hände waren in seinem Haar, und, oh Gott, fühlte sich das alles göttlich an.

»Livvy.« Seans atemlose Art, ihren Namen auszusprechen, ließ sie ihn nur noch mehr küssen wollen.

Doch dann wurde ihr klar, dass *sie ihn* küsste. *Er* küsste sie nicht zurück.

Oh Gott.

Livvy wich zurück und wirbelte herum, schnappte sich Georgia, dann die Papiere und hielt Ausschau nach irgendetwas, *irgend*einem Vorwand, um aus diesem Zimmer und dieser Situation zu verschwinden, ohne sich noch mehr zu blamieren, als sie es ohnehin schon getan hatte. Oh Gott, was hatte sie sich nur dabei gedacht?

»Livvy.«

Er war immer noch da. Hinter ihr. Neben dem Schreibtisch.

In Kussnähe.

Noch nie in ihrem Leben war sie so beschämt gewesen. Er hatte *Pläne.* Wahrscheinlich mit einer anderen Frau, die mehr Anrecht darauf hatte, ihn zu küssen, als sie. Nicht, dass sie irgendein Recht hätte, aber –

»Livvy.«

Oh Gott. Ihre Schultern sackten ab und Georgia grunzte.

Livvy setzte den Hund zurück auf den Stuhl und holte tief Luft. Sie wollte sich nicht umdrehen.

»Sieh mich an, Livvy.«

»Muss ich?«, murmelte sie.

Sean lachte. »Ja. Das musst du.«

Dieses Lachen war fesselnder als jedes Ziehen und Umdrehen es gewesen wäre; der Blick in seinen Augen war es erst recht.

»Ich glaube nicht, dass das eine gute Idee ist, Livvy.«

»Glaubst du nicht?« Oh Gott, kein Betteln. Er hatte *Pläne*.

Sean schüttelte den Kopf. »Nein. Du bist meine Chefin. Wir wohnen unter einem Dach. Das könnte kompliziert werden.«

Eine Stimme der Vernunft. Gott sei Dank hatte *er* eine.

Sie holte zittrig Luft und gab sich große Mühe mit dem Lächeln, das sie auf ihr Gesicht zauberte. »Du hast recht. Es tut mir leid. Ich hätte dich nicht in diese Lage bringen dürfen –«

Sein Finger brachte ihre Lippen zum Schweigen. »Warte mal. Ich glaube, du hast da was falsch verstanden.«

»Habe ich?«

Verdammt, er nahm seinen Finger weg. Aber das war wahrscheinlich das Beste.

Und dann streiften seine Fingerspitzen über ihre Wange. Nein, *das* war das Beste.

»Ja, hast du. Ich habe nicht gesagt, dass ich dich nicht küssen wollte; nur, dass es wahrscheinlich keine gute Idee ist. Ein andermal, an einem anderen Ort, in jeder anderen Situation als dieser, oh ja. Ich wäre sofort dabei.« Seine Augen verengten sich und Livvy schauderte – und das lag nicht an der Scham. »Ich würde mich sofort auf *dich* stürzen.«

Nun, *das* war ein Weg, sie dazu zu bringen, aus diesem Zimmer gehen zu können – nicht. Was sollte sie darauf sagen? Und was war mit seinen *Plänen*?

Sean schien keine Antwort von ihr zu erwarten. »Ich überlasse dich jetzt dem, was auch immer du mit deinen Hinweisen tun musst, und ich bringe Rhett und Scarlett in ihre neue Suite. Ich würde ja anbieten, das Abendessen zu kochen, aber ich weiß nicht, was die Hälfte von dem Zeug ist, das du gekauft hast, also überlasse ich das dir, okay?«

Sie nickte und traute sich immer noch nicht zu sprechen – nun ja, sie traute sich nicht zu sprechen, ohne sich weiter zu blamieren.

»Gut. Wir sehen uns später.«

Das konnte er gern versuchen – nun ja, er könnte es, wenn seine *Pläne* nicht wären.

Trotzdem ... sie beobachtete jeden seiner Schritte, während er wegging.

Sean verfluchte sich selbst, diese Situation, Merriweather, Livvy, die verdammten Schafe und vor allem den spitzbübischen Rhett, als er das Nervenbündel hinaus zur Scheune führte. Die ganze Sache hätte nicht beschissener laufen können.

Er mochte sie. Er *mochte* Livvy. Sogar mit ihren Springerstiefeln und ihrer Hippie-Kleidung, ihren seltsamen Essgewohnheiten und ihren Tieren, er mochte sie.

Die Frau hatte Mumm. Sie hatte Ausdauer. Ziele. Sie war zielstrebig, sie war einfallsreich und sie war verdammt sexy.

Und sie war der Feind.

Verflucht sei Merriweather, dass sie sie gegeneinander ausgespielt hatte.

Verflucht sei auch sein Budget, das nicht ausreichte, um sowohl ihr als auch seinen Brüdern gerecht zu werden, und verflucht sei sein Ego, weil er beschlossen hatte, dass *dieser* Ort derjenige war, an dem er sich einen Namen machen wollte. Er hatte zu viel in dieses Projekt investiert, um es zu verlieren.

Aber die Haie kreisten bereits und fragten sich, ob Livvy verkaufen würde. Er hatte heute sechs telefonische Angebote abwehren müssen; er fragte sich, wie viele Scanlon im Büro bekam.

Gott stehe ihm bei, wenn Livvy erführe, welche Summen die Leute boten. Es gab für ihn keine Möglichkeit mitzuhalten, es sei denn, er holte mehr Investoren an Bord, schraubte seine Vision für den Ort zurück oder senkte die Prognosen, die er seinen Brüdern bei dem Vorschlag für diesen Deal gegeben hatte. Entweder würden sie also weniger verdienen oder Livvy. Was für eine verdammte Wahl.

Das Alpaka schnaubte und zog an dem behelfsmäßigen Halfter, das Sean gebastelt hatte.

»Nicht jetzt, Rhett. Ich brauche nicht, dass du mir auch noch Ärger machst.« Sein Gewissen tat das schon zur Genüge, denn der einzige Weg, wie er seine Firma und das Geld seiner Brüder retten konnte, war das eine zu tun, was kein Problem gewesen war, bevor er sie getroffen hatte, was aber jetzt gegen seine innerste Überzeugung verstieß: Livvy ihr Geburtsrecht unter den Füßen wegzuziehen.

Kapitel Dreizehn

»Du siehst furchtbar hübsch in Grün aus, Bryan. Passt zu deinen Augen.«
Sean konnte nicht widerstehen, seinen Bruder aufzuziehen, den Einzigen von
ihnen, der sich nicht für das Abendessen mit Gran umgezogen hatte, während
sie im Gemeinschaftsbereich des betreuten Wohnheims warteten, in dem sie
jetzt lebte.

»Hör auf damit, Sean.«

Bryan hatte Sean sein ganzes Leben lang wegen der Schreibweise seines
Namens geneckt. Als ob es *seine* Wahl gewesen wäre, eine seltsame Schreib-
weise zu haben. Das und die Legasthenie, die es schwieriger gemacht hatte, das
Schreiben zu lernen, als es hätte sein sollen.

»Im Ernst. Wie erwartet Mac von uns, dass wir uns *Manley Maids*
nennen, wenn wir die *unmännlichsten* Hosen in der Geschichte der Arbeits-
uniformen tragen?« Bryan hob die neueste Ausgabe von *People* vom
Beistelltisch und blätterte darin. »Siehst du?« Er hielt das Magazin hin.
»*Das* ist eine Arbeitsuniform.«

Es war ein Bild aus seinem letzten Film, auf dem Bomben hinter ihm
explodierten, eine Waffe in jeder Hand und eine Frau, die sich an jeden Arm
klammerte. Frauen in Bikinis.

»Hey, ich bin dafür, Mac das Geld für neue Uniformen zu geben.« Liam klopfte Sean auf die Schulter, als er ankam. »Ich fühle mich wie ein verdammtes Mädchen in diesen Klamotten.«

»Wir könnten auch wie eins singen«, sagte Sean und zupfte an seiner Kleidung. »Wer zum Teufel hat die entworfen?«

»Ich.«

Die drei Brüder hielten den Mund, als ihre Großmutter den Warteraum betrat. »Ich nehme an, es gibt ein Problem?«

Sean fühlte sich etwa drei Zentimeter groß. Ein anderer Teil von ihm auch, nachdem er acht Stunden in der Uniform verbracht hatte, *die seine Großmutter entworfen hatte*. »Es tut mir leid, Gran. Wir wussten nicht—«

»Das ist mir klar, Sean. Ich weiß, ihr Jungs würdet mich niemals absichtlich verletzen.« Sie berührte Bryans Arm und er beugte sich hinunter, um sie auf die Wange zu küssen.

Sean war überrascht, wie sehr Bry sich *beugen musste*. Gran schien geschrumpft zu sein, während sie gewachsen waren, aber er hatte das darauf geschoben, dass sie so schnell gewachsen waren. Doch jetzt, wo sie alle über einsachtzig waren – und vermutlich ausgewachsen – schrumpfte sie immer noch.

Es half nicht, dass dieses neue Zuhause sie winzig wirken ließ. Er hatte nie gedacht, dass sie das Cape-Cod-Haus verlassen würde, das für drei wild herumtobende Jungs und die kleine Schwester, die verzweifelt versuchte mitzuhalten, zu klein gewesen war. Gran hatte über ihr kleines altes Haus regiert, in dem Mac noch immer wohnte, mit so strengen Regeln und heftiger Liebe, dass sie größer erschienen war, als sie tatsächlich war. Aber jetzt...

Gran wurde älter. Sean holte tief Luft. Sie war die einzige Konstante in ihrem Leben gewesen, nachdem ihre Eltern bei dem Autounfall ums Leben gekommen waren. Er wusste nicht, was aus den vieren geworden wäre, wenn sie nicht gewesen wäre. Beide Eltern waren Einzelkinder gewesen, also war Gran ihre einzige Verwandte. Er wollte nicht daran denken, was sein würde, wenn sie nicht mehr bei ihnen war, aber sie hier so klein und zerbrechlich zu sehen, ließ ihm keine Wahl.

»Also sagt mir, was geändert werden muss, Jungs, und ich arbeite an einem neuen Design.«

Sean wagte nicht, seine Brüder anzusehen. Er würde nicht mit seiner Großmutter über *Verpackung* sprechen.

»Sie sind ein bisschen, ähm, eng, Gran«, sagte Bryan. Der Typ war immer furchtlos gewesen, was ihm den Mumm gegeben hatte, nach Hollywood zu gehen und es mit den Filmen zu versuchen. Ein Glück, dass er die Uniform damals nicht getragen hatte, sonst wären seine Eier vielleicht nicht so groß gewesen.

»Eng, wie?«, fragte Gran, während sie die drei den Flur hinunter zum privaten Speisesaal führte.

»Weißt du, Gran, *eng*.« Bryan nickte den Bewohnern zu, an denen sie vorbeikamen. Dies war wahrscheinlich der einzige Ort, an dem ein Filmstar hingehen konnte, ohne von kreischenden Fansmassen belagert zu werden.

Gran trat zur Seite, damit Liam ihr die Tür zum Speisesaal öffnen konnte; die Manieren, die sie ihnen beigebracht hatte, waren inzwischen zur zweiten Natur geworden. Nicht, dass das der einzige Grund war, warum sie ihr die Tür aufhielten; sie würden alles für Gran tun. Sie hatte ihre Familie zusammengehalten, und nichts war wichtiger als Familie.

Die arme Livvy hatte niemanden.

Sean wollte stöhnen. Er musste jetzt nicht an sie denken. Oder jemals. Er *wollte* nicht an sie denken. Er *wollte* sie nicht begehren. Und er *wollte* ganz sicher kein Mitleid mit ihr empfinden. Er konnte es nicht. Er musste das Anwesen von ihr bekommen; es gab keine andere Wahl. Er hatte zu viel investiert, um jetzt aufzugeben. Livvy hatte so lange ohne die Martinsons gelebt; sie verlor nichts außer dem Geld.

Er würde eine Art Entschädigung für sie einrichten. Vielleicht ihr sogar einen Prozentsatz der Einnahmen des Resorts geben. Natürlich von seinem Anteil.

Ja, das würde er tun. Er würde dafür sorgen, dass sie sich nie wieder Sorgen um ein Dach über dem Kopf oder Futter für ihren Zoo machen musste.

»Sean, du bringst das Hühnchen zum Tisch. Liam, die Kartoffeln. Und Bryan, du kannst den Wein einschenken. Aber nicht diese Hollywood-Portionen, an die du gewöhnt bist. Ich will nicht, dass einer von euch Jungs betrunken wird.«

»Jawohl.« Bryan verdrehte die Augen. Grans Flasche Wein würde ihre Nüchternheit nicht im Geringsten beeinträchtigen.

»Und verdreh mir nicht die Augen, junger Mann. Du magst denken, du wüsstest alles, weil du ein großer Filmstar bist, aber ich kann dir immer noch den Hintern versohlen, wenn du meinst, du seist sonst was.«

»Das versuche ich dir ja zu sagen, Gran.« Bryan stellte das Glas vor sie hin. Halb gefüllt, wie sie es für angemessen hielt. »Ich *bin* zu groß für diese Hose.«

»Bryan Matthew Manley, es gibt keinen Grund, vulgär zu sein.«

Sean verschluckte sich fast an seinem Wein. Hatte Gran Brys sexuellen Sarkasmus verstanden? Seit wann?

Auch Liam sah aus, als würde er gleich ersticken.

Bryan wirkte einfach nur geschockt. »Ich... ich meinte nicht...«

Sean wünschte sich so sehr, er könnte Luft holen, denn er hätte Bryans Gesichtsausdruck zu gerne ausgelacht. Stattdessen zog er sein Handy heraus und machte ein Foto.

»Wozu zum Teufel war das gut?« Bry erholte sich schnell genug. Aber das war er immer gewesen, wenn eine Kamera im Spiel war.

»Versicherung. Gegen Armut«, antwortete Sean, während er sich an den Tisch setzte. »Ich bin sicher, irgendein Magazin würde dafür einen Haufen Geld zahlen.«

»Sean Patrick Manley, hör auf, deinen Bruder zu ärgern«, sagte Gran mit einer Stimme, die er nur zu gut aus seinen Teenagerjahren kannte. »Gib mir das Handy.«

»Ach, Gran—«

»Das Handy.« Sie wackelte mit den Fingern.

Seufzend reichte Sean Liam das Handy, der es Gran in die Hand legte.

»Bryan ist dein Bruder; ihr haltet zusammen. Ich werde nicht dulden, dass du seine Karriere sabotierst.« Sie drehte das Handy um und musterte es. »Nun, wie lösche ich dieses Foto?«

Liam streckte die Hand aus. »Hier, Gran, lass mich—«

»Oh, hier ist es.« Gran drückte auf einen Knopf, bevor Liam das Handy an sich nehmen konnte. »So. Alles weg.«

»*Alles*?« Sean sah Liam an. »Sag bitte, dass sie nicht *alle* gelöscht hat.«

Liam streckte die Hand aus. »Gran.«

Gran schnaubte. »Ich bin vielleicht vierundachtzig, aber ich bin nicht senil, Jungs. Ich *habe* schon einmal ein Handy bedient.«

»Wann?« Sean fühlte sich ein wenig besser. Viele Seniorenheime boten Kurse für elektronische Geräte an; Gott sei Dank war Gran der Umgang damit nicht völlig fremd.

»Als Mildreds Enkel zu Besuch kam. Er zeigte mir, wie ich ein Bild von ihnen beiden machen konnte. Es ist auch ganz gut geworden.« Sie sah ziemlich selbstzufrieden aus.

Es hätte Sean beruhigen sollen, aber Liam runzelte die Stirn.

»Ähm, Sean?« Liam hob das Handy. »Sorry, Bro, aber sie sind weg. War etwas Wichtiges dabei?«

Der Hinweis. Sie hatte den Hinweis gelöscht. Er hatte seine Brüder nach ihrer Meinung dazu fragen wollen, aber jetzt war er weg und er hatte sein Tablet auf dem Anwesen gelassen.

»Nein. Nicht wirklich.« Kein Grund, Gran schlecht fühlen zu lassen. Es war ja nicht so, dass sie es absichtlich getan hätte. »Nur ein paar Aufnahmen vom Anwesen. Ich wollte, dass ihr seht, worin ihr investiert habt.«

»Ah, ja. Mary-Alice Catherine erwähnte etwas von einem Haus, das du kaufen wolltest. Ich hatte nicht realisiert, dass es das Martinson-Anwesen war. Wie läuft das?« Gran hielt ihre Hand hin, damit er ihr seinen Teller reichen konnte.

»Es geht voran.« Schlechte Wortwahl.

»Läuft, wie?« Liam sah ihn über den Rand seines Weinglases hinweg an. »Ich dachte, du sagtest, es könnte Komplikationen geben.«

»Ich arbeite daran.«

»Welche Art von Komplikationen?« Bryan beugte sich vor.

Sean verzog das Gesicht, als er den Mut zusammennahm, seinen Brüdern zu sagen, wo sie standen. »Merriweather hat einen kleinen Strich durch die Rechnung gemacht.« Er erzählte ihnen von Livvys Anspruch auf das Grundstück.

»Hundesohn.« Bry warf seine Serviette auf den Tisch.

»Sprache, Bryan.« Gran unterbrach nicht einmal das Auftun des Hühnchens auf Seans Teller. Sie hob auch nicht die Stimme. Das hatte sie nie müssen. Ein schiefer Blick oder ein *tsk-tsk* von Gran zügelte sie schneller als jeder Stock, mit dem sie ihnen gedroht hatte.

»Sorry.« Bry griff nach seiner Serviette und legte sie wieder auf seinen Schoß. »Was wirst du tun, Sean?«

Das war die Frage.

»So wie ich es sehe, habe ich drei Optionen. Erstens: sicherstellen, dass Livvy scheitert und der Verkauf wie geplant ablaufen kann. Zweitens: Ich wollte euch fragen, ob ihr die Differenz übernehmen wolltet. Für angemessene ROI, natürlich.«

»Du wärst dann also der Junior-Partner?«, fragte Liam.

Sean nickte und nahm seinen Teller von Gran. »Offensichtlich nicht das, was ich wollte, als ich das plante, aber wir können die Bedingungen ausarbeiten und ich werde euch nach und nach auszahlen. Wenn ihr das Geld vorstrecken könnt, ist das meine zweite Option. Die dritte wäre, externe Investoren ins Boot zu holen, aber das verwässert den Anteil aller.«

»Diese Option fällt aus.« Liam rieb sich das Kinn. »Das soll ein Projekt der Manley-Brüder sein. Wenn wir jemand anderen hinzuholen, verlieren wir diesen Vorteil, sowohl bei den Entscheidungen als auch bei der Öffentlichkeitswirkung.«

»Aber ihr habt Bryan«, sagte Gran und streckte die Hand nach Bryans Teller aus. »Er ist die beste Publicity, die ihr euch wünschen könntet.«

»Geht nicht, Gran.« Bryan reichte ihn ihr. »Ich bin der stille Teilhaber. Ich habe nicht den Hintergrund, den diese beiden für dieses Geschäft haben. Wenn wir mein Gesicht überall plakatieren, wird es ein Zirkus. Die Medien sind großartig, bis sie es nicht mehr sind. Und selbst wenn das kein Problem wäre, Sean hat schon das, was ich mir leisten kann.«

»Und du hast auch meine verfügbaren Mittel, Sean«, sagte Liam. »Ich brauche noch Betriebskapital für mein Geschäft. Mehr ist nicht drin.«

Also das war es dann. Er musste sicherstellen, dass sie scheiterte, oder er würde es tun.

»Ich bin sicher, du wirst dir etwas einfallen lassen, damit jeder bekommt, was er will«, sagte Gran mit dem Vertrauen in ihn, das sie immer gehabt hatte. »Einschließlich Olivia. Schließlich ist es *ihr* Geburtsrecht. Du musst sie fair behandeln; keine Ausnutzung. Zu viele people in dieser Familie haben das mit ihr getan.« Grans Lächeln verbarg nicht die Warnung hinter ihren Worten: *Stiehl Olivia nichts*.

»Du wirst tun, was richtig ist, Sean. Ich weiß, dass du es tun wirst. So habe ich dich erzogen und das ist die Art von Mann, die du bist. Denk daran, was ich immer über Betrüger gesagt habe, die nie gewinnen. Du könntest deinen Brüdern ihr Geld immer zurückgeben und es vergessen.«

Es vergessen? Seinen gesamten Lebensplan? Seine Zukunft? Seine Firma? Dies war das *Meisterstück* dessen, was er aufzubauen versuchte. Dieses Grundstück würde ihn bekannt machen, ihn in die Liga der Großen aufsteigen lassen und beweisen, dass er das Zeug dazu hatte, es zu schaffen. Und sie wollte, dass er es *vergisst*?

Verdammt. Es war nicht schlimm genug, dass er sich selbst unter Druck setzte, oder dass Livvy unwissentlich einen Laster voll Druck auf ihn lud, einfach nur durch ihre Existenz, oder dass die Erwartungen seiner Brüder ihre eigene Portion Stress mitbrachten, aber jetzt hatte seine Großmutter ihre eigenen Erwartungen in den Mix geworfen.

Alles, was er wollte, war das Grundstück kaufen, das Bauteam an die Arbeit lassen und in zehn Monaten eröffnen. War das zu viel verlangt?

»Also.« Gran lächelte ihn anders an. Dieses erkannte er. Es sagte, dass sie ihren Willen bekommen hatte und in ihrer Welt wieder alles in Ordnung war.

Wenn das nur auch für seine Welt gelten würde.

»Hat Olivia dir schon ihren Pfefferlaib gebacken?« Sie reichte Liam seinen Teller. »Er ist köstlich. Mildred hat bei ihrem letzten Besuch etwas mitgebracht. Ich glaube, er ist noch in der Brotbox. Wenn du ihn holen würdest, Liam.«

Es war keine Bitte.

Liam brachte das geschnittene Brot zurück zum Tisch. Sean betrachtete es. An einem guten Tag hätte er es nicht essen können – Paprika gehörte nicht ins Brot, sie gehörte auf einen Burger – heute konnte er es definitiv nicht. »Danke, Gran, aber ich—«

»Probier es. Deine Olivia arbeitet hart an ihrem Geschäft. Das Mindeste, was du tun kannst, ist es zu probieren.«

Besonders wenn er vorhatte, ihr das Erbe unter den Füßen wegzuziehen. Die Worte wurden nicht ausgesprochen, aber sie mussten es auch nicht. Sein Gewissen schrie sie von den Dächern.

Er nahm einen Bissen. Seine Brüder auch.

Verdammt. Die Frau konnte kochen.

»Es ist gut.« Bryan nahm sich noch eine Scheibe.

Gran schlug ihm auf die Finger. »Nicht greifen, Bryan. Benimmst du dich so bei den Dinnerpartys dieses Herrn Spielberg?«

Bryan hob eine Augenbraue. »Ich weiß nicht, Gran. Wenn ich zu einem gehe, lasse ich es dich wissen.«

Sie schlug ihm wieder auf die Finger. »Falsche Antwort, junger Mann. Sei nicht frech zu mir.«

»Jawohl.«

Sean biss sich auf die Lippe. Da waren sie, alle über dreißig, und Gran behandelte sie, als wären sie drei.

Er wollte es nicht anders haben. Gott sei Dank für die Familie.

Die Livvy nicht hatte.

Jesus. Er musste aufhören, an sie und ihr Leben zu denken und was sie hatte oder nicht hatte. Dieses Projekt setzte ihn schon genug unter Druck; Livvy und dieses Dilemma erhöhten ihn nur.

Andererseits, vielleicht würde er doch noch ein Glas Wein trinken.

»Also, wie kommen eure Aufträge voran, Jungs?« Gran servierte sich endlich das Rosmarinhuhn, das besser roch als alles, was Sean je probiert hatte, ihr Markenzeichen und eine Erinnerung an Zuhause.

»Wie es *läuft*?« Bryans Gabel klapperte auf seinen Teller. »Ich habe wirklich keine Ahnung, warum Leute Kinder kriegen. Ihr solltet diese fünf Zicklein sehen. Ich mache den Ort sauber und schön, und bis ich mit dem letzten Raum fertig bin, kann ich wieder von vorne anfangen. Es ist, als wäre jedes Kind sein eigener Tornado. Und ihre Zerstörungskraft ist umgekehrt proportional zu ihrer Größe. Die Kleine ... *puh*. Sie kann eine Sauerei von epischen Ausmaßen anrichten.«

»Sie leidet, Bryan. Sie reagiert sich ab. Hab Geduld.« Gran sah Sean und Liam an. »Ihr Vater war der Pilot bei diesem Flugzeugabsturz vor ein paar Jahren. Traurig.«

Bry nahm sich noch eine Brotscheibe. »Ich weiß *genau*, was sie fühlt, Gran.«

Das taten sie alle. Nur Mac war nicht alt genug gewesen, um sich an diesen schrecklichen Tag zu erinnern, an dem sie die Nachricht über ihre Eltern bekommen hatten.

»Das weiß ich.« Gran drückte Brys Hand. »Liam? Wie geht es Cassidy?«

Liam schüttelte den Kopf. »Sie ist Cassidy.«

Es gab nur eine *Cassidy* in der Stadt, die gemeint war, wenn jemand »Cassidy« sagte.

Cassidy Davenport: verwöhnte Tochter aus gutem Hause, das Donald Trump ihrer Stadt entsprach.

»Nun, Liam, beurteile sie nicht nach dem, was alle über sie sagen. Ich meine, sieh dir Bryan an. Glaubst du wirklich, alles, was über ihn gedruckt wurde, ist wahr? Er hatte nicht all diese Frauen.«

Sean und Liam sahen Bryan nicht an. Weil er es getan hatte. Bry genoss definitiv die Früchte seiner Arbeit.

»Keine Sorge, Gran. Ich lasse Cassidy sich beweisen.« Liam warf Sean einen Blick zu und zog eine Augenbraue hoch.

Sean schaufelte sich noch eine Portion Kartoffeln auf, um nicht zu lachen. Die arme Cassidy schoss sich selbst ins Aus, indem sie einfach nur atmete. Liam hatte eine schlimme Trennung von einer Frau wie ihr durchgemacht, die nur Dollarnoten sah, wenn sie ihn ansah, und nicht gut damit zurechtgekommen war, dass Liams Bankkonto nicht mit dem ihres Vaters mithalten konnte. Er war zunächst am Boden zerstört gewesen, und es hatte alle drei erschüttert.

»Gut. Das freut mich zu hören.« Gran winkte mit ihrem Glas nach etwas mehr Wein.

Sean verschluckte sich fast an einer weiteren Portion Kartoffeln. Gran hatte *nie* zwei Gläser Wein. Er reichte Liam die Flasche. »Alles in Ordnung, Gran?«

»Mir geht es gut, warum fragst du?«

»Kein Grund.« Er war *nicht* dabei, sie zu beschuldigen, zu viel zu trinken. Sie hatte ihn in der Highschool mehr als ein paar Mal mit Bier erwischt, das er nicht hätte kaufen dürfen, aber gekauft hatte. Sie hatte seinen gefälschten Ausweis nie gefunden, Gott sei Dank. Er hatte ihm gut gedient in den vier Jahren, in denen er ihn benutzt hatte.

»Ich habe gehört, das Anwesen ist innen wunderschön.« Gran tat noch eine Portion auf seinen Teller.

Wenn einen Vogelfedern und Alpakasperma nicht störten. Im Ernst, er hatte Rhett heute Nachmittag im Stall *wieder* dabei erwischt, wie er es versuchte, sobald er ihm den Rücken zugedreht hatte.

Glücklicher Bastard.

»Das ist es, Gran. Ich könnte dich eines Tages mitbringen.« Wenn es ihm endgültig gehörte.

»Wunderbar. Wie wäre es mit nächstem Mittwoch?«

Sean prustete über den Kartoffelbrei. »Mittwoch?« Er hatte eher an nächstes Jahr gedacht, wenn der Ort läuft. Und ihm gehört. Er wollte es besitzen, bevor er sie mitbrachte. Wollte, dass sie stolz auf ihn war. Ihr Vertrauen rechtfertigen. Sie hatte ihm immer gesagt, er könne alles erreichen, was er sich vornahm. Wenn man bedachte, dass er aufgewachsen war und dachte, sein Verstand sei kaputt, hatte ihr Vertrauen viel bedeutet. Ja, bei diesem Projekt stand viel mehr auf dem Spiel als Geld.

»Ja, Mittwoch. Dann gehen Hetta und Dafna hinüber. Wir können einen Gruppenausflug daraus machen.«

»Hetta? Dafna?«

»Merriweathers Freundinnen. Hetta wohnt hier gegenüber, und Dafna kommt ständig vorbei. Wir sind recht freundschaftlich geworden.«

»Warum gehen diese Frauen zum Anwesen?«

»Olivia hat ihnen angeboten, sich aus dem Haus mitzunehmen, was immer sie möchten. Ist das nicht großzügig? Sie ist so ein nettes Mädchen, diese Olivia. Ich weiß nicht, warum ihre Großmutter das nie gesehen hat.«

Weil ihre Großmutter eine starrköpfige, voreingenommene alte Kuh war, der es egal war, wen sie mit ihren leeren Versprechen verletzte.

Und jetzt musste er sich mit drei *anderen* Senioren mit ihren eigenen Plänen herumschlagen, weil Livvy den Frauen *nicht* geben konnte, was immer sie vom Anwesen wollten. Was, wenn sich ein Hinweis darin verbarg?

Sean fluchte leise. Er musste ihr wirklich zuvorkommen und herausfinden, wo der nächste Hinweis war, denn da Gran den letzten von seinem Handy gelöscht hatte, war er wieder am gleichen Ausgangspunkt wie Livvy.

»Also, was hältst du vom Tauschen, Sean?«, fragte Bryan.

Sean schüttelte den Kopf und sah auf. Seine Großmutter und Brüder starrten ihn an. »Entschuldigung, was hast du gesagt?«

»Dein Auftrag. Sie muss eine Bombe sein, wenn du uns noch kein einziges Wort über sie erzählt hast«, sagte Bry mit seinem frechen Grinsen, das die Medien *sinnlich* nannten, Sean aber *nervig*. »Ich denke, ich könnte sie mir ansehen, wenn du keinen Anspruch auf sie erhebst. Vielleicht können wir die Aufträge tauschen.«

Sean unterdrückte den Mittelfinger nur, weil Gran am Tisch saß. »Du hast deine eigene Kundin, um die du dich kümmern musst.«

»Und sie ist ganz reizend, wenn ich mich richtig an die Zeitung erinnere«, sagte Gran.

Bryan zuckte mit den Schultern. »Ja, sie ist heiß, aber sie hat fünf Zicklein. Nichts zerstört die Anziehungskraft einer Frau schneller als ein Haufen Kinder, der herumhängt.«

»Ähm.« Gran räusperte sich.

Gut gemacht, Idiot. Sean wollte ihn treten. Gran hatte jahrelang einen Haufen Kinder um sich gehabt und, soweit sie wussten, nie gedatet. Vielleicht war es nicht freiwillig gewesen.

Liams Blick sagte alles, was Sean nicht sagte. Und mehr.

Bryan sah elend aus. »Es, ähm, tut mir leid, Gran. Ich, ähm—«

Gran hob die Hand. So eine winzige Bewegung. So eine winzige Hand. Und doch so effektiv. Die drei sahen sie an.

»Ich habe dich besser erzogen, Bryan Matthew. Diese Frau hat viel zu bieten, und diese Kinder sind Segen. Du solltest froh sein, wenn sie überhaupt *daran denkt*, mit dir auszugehen. Mit solchen Kommentaren verdienst du sie nicht.«

Bryan zuckte zusammen. Gran nahm kein Blatt vor den Mund, wenn sie im Unrecht waren, und diesmal war es nicht anders. Bry sollte wirklich nicht auf die Frau herabsehen. Es war ja nicht so, als hätte sie *gewollt*, dass ihr Mann bei einem Flugzeugabsturz stirbt und sie mit all den Kindern zurücklässt.

Genauso wenig wie es Livvys Schuld war, dass ihre Großmutter sie gegeneinander ausspielte.

Verdammt. Wenn Gran Brys aufgeblasenes Selbstbewusstsein mit einer Handbewegung wegen eines Kommentars zerstören konnte, würde sie einen Heidenspaß haben, wenn er Livvys Suche sabotierte.

Der Mittwoch versprach ein denkwürdiger Tag zu werden.

Kapitel Vierzehn

Livvy tippte mit dem Radiergummi ihres Bleistifts gegen Merriweathers neuesten Witz – oder besser gesagt, Hinweis –, während sie an der Frühstücksbar in der Küche saß. *Holz.* Die Frau wollte, dass sie ein Stück Holz fand. Wenn das nicht die Suche nach der Nadel im Heuhaufen dieses Mausoleums war, dann wusste sie es auch nicht. Das Haus *bestand* aus Holz. Konsolen, Fensterstürze, Kaminsimse ... so viele Begriffe, dass sie gar nicht wusste, wo sie zuerst mit der Suche anfangen sollte.

Sie war seit sechs Uhr auf und kümmerte sich um die Menagerie, nachdem sie die schnarchende Meute von ihrem Bett geschubst hatte. Sie hätte sie gestern Abend verbannen sollen; sie hatten beim Schlafen wie ein Chor von Nebelhörnern geklungen und sie viel zu früh geweckt.

Ihr Nacken war völlig verspannt, und Georgia, die Kissenräuberin, war schuld daran. Und ihr *echtes* Schwein hatte an dieser Tatsache Anstoß genommen. Er war es gewesen, der ihr Kissen damals in der Genossenschaft zurückgestohlen hatte, und als er heute Morgen an ihrer Hand geschnuppert hatte, rümpfte er den Rüssel, vollführte praktisch eine Pirouette auf seinen Hufen und tänzelte zu seinem übergroßen Hundebett davon, um sie finster anzustarren, während sie seinen Trog füllte. Sie hatte drei Äpfel gebraucht, um ihn zum Fressen zu bewegen.

Gott, was für ein erbärmliches Zeugnis für ihr Liebesleben. Von Flöhen im

Bett mal ganz abgesehen; was sagte es über jemanden aus, wenn man mit einem Schwein schlief?

Sie nahm einen weiteren Bissen von ihrem Eiweiß-Omelett mit Spargel und getrockneten Tomaten, gekrönt von einem Klecks hausgemachtem Pesto, bevor sie zur zweiten Runde dieser wilden Jagd aufbrach. Hmm, vielleicht sollte sie Calliope und Callista mit einbeziehen. Ach nein, Sean würde einen Anfall bekommen, wenn ihre Federn überall herumlägen.

Sean.

Ihre Wangen erhitzten sich bei dem Gedanken an das, was gestern im Arbeitszimmer passiert war. Der Rest ihres Körpers tat es ihnen gleich, und Livvy brachte es nicht über sich, es zu bereuen.

Sie bereute es jedoch, gestern Abend darauf gewartet zu haben, dass er nach Hause kam.

Nein. Nicht *nach Hause*. Er war *zurückgekommen*. Dies hier war für niemanden ein Zuhause.

Sie hatte sich stundenlang mit der Frage gequält, was er wohl zu erledigen hatte, wo er hingegangen war, was seine *Pläne* waren. Hatte er ein Date gehabt?

Warum war ihr das überhaupt wichtig?

Sie bewegte ihren Fuß, den Paula gerade als Kissen benutzte. Es war ihr *nicht* wichtig. Nicht wirklich. Sie war neugierig. Ja, das war es; sie war neugierig. Er war ein gut aussehender Mann und er hatte sie geküsst (bevor sie ihn geküsst hatte), also durfte sie sich ja wohl fragen, ob er noch jemand anderen küsste.

Obwohl ... er hatte gesagt, dass es keine gute Idee sei, wenn etwas zwischen ihnen liefe, also gab es vielleicht wirklich eine andere.

Und vielleicht interpretierte sie auch viel zu viel in die Situation mit einem Kerl hinein, den sie nach ein paar Wochen nie wiedersehen würde.

Oder ... würde sie?

Na ja, sieh mal einer an. Eine mögliche Wende in ihrem Schicksal, und schon überlegte sie, noch ein paar andere Dinge in ihrem Leben zu wenden. Wow. Man wusste einfach nie, was das Leben einem als Nächstes zuwarf.

Sie war mehr als froh, dass es ihr Sean zugeworfen hatte.

. . .

Sean überprüfte die Rückseite des letzten hölzernen Bilderrahmens im Foyer, den er ohne Leiter erreichen konnte. Er überlegte, die Leiter von seinem Wagen zu holen, um den Rest zu prüfen, denn er traute Merriweather durchaus zu, jemanden engagiert zu haben, der den nächsten Hinweis auf die Rückseite des höchsten, entferntesten Porträts im Raum klebt, in der Annahme, Livvy würde irgendwann aufgeben.

Nur dass Livvy genug Feuer in sich hatte, um *nicht* aufzugeben.

Und vielleicht war es genau das, worauf Merriweather gesetzt hatte.

Livvy war früh aufgestanden, die Hunde folgten ihr, als wäre sie der Rattenfänger, während sie mit den Händen über jede Holzoberfläche fuhr, die sie sah, und gegen die Vertäfelung drückte, als ob eine Geheimtür aufspringen würde; währenddessen war ein gewisser Teil von *ihm* bei dem Gedanken zum Leben erwacht, dass ihre Hände dasselbe bei ihm taten.

Er atmete aus und rückte sich in der dämlichen, dünnen Hose erneut zurecht. *Konzentration, Manley.*

Richtig. Die Hinweise. Wo um alles in der Welt hätte Merriweather den nächsten versteckt?

Er stolperte fast über einen der Hunde, der sich entschieden hatte, hierzubleiben, anstatt Livvy zum Stall zu folgen. Wie hieß das Ding noch gleich? Peter? Peta? Pickle? Er war ohne Hund aufgewachsen. Gran hatte nicht noch ein weiteres Maul stopfen oder bezahlen können, daher war er es nicht gewohnt, dass ihm ständig etwas hinterherdackelte.

Aber dieser kleine Kerl – oder dieses Mädel – schien das nicht zu begreifen. Er sah mit treuen Augen zu ihm auf, die an den Rändern ein wenig hingen, während sein Stummelschwanz in einem ganz eigenen Rhythmus gegen die Wand klopfte.

»Ich gehe nur hier rüber, weißt du«, sagte er. »Du musst mir nicht folgen.«

Von wegen. Das Ding hievte sich auf die Beine – Livvys Bio-Diät bekam diesem Kerl offensichtlich ein bisschen zu gut – und folgte ihm, bevor es sich mit einem Keuchen wieder auf seinen kugelrunden Bauch plumpsen ließ.

Sean tätschelte ihm den Kopf und sah sich dann um. Wo könnte der nächste Hinweis sein? Er hatte die Konsolen überprüft. Er war mit den Händen über die Fensterstürze gefahren. Wo zum Teufel könnte sie ihn platziert haben? Was übersah er?

Er ging an dem Salon vorbei, den die Tiere zerstört hatten. Typisch sein

Glück, wenn sie ihn ausgerechnet dort versteckt hätte. Kein Ort war sicher vor den nagenden Zähnen und der Neugier einer Gruppe junger Ziegen. Nun, es sei denn, sie hätte ein Loch in ein Möbelstück gebohrt und den Hinweis hineingestopft ...

Nein. Das hätte sie nicht getan.

Oder doch?

Sean verwarf den Gedanken. Sie würde kein Erbstück zerstören. Nicht, wenn sie wollte, dass Livvy sie zu schätzen lernte.

Aber was, wenn ein Stück bereits ein Loch hatte?

Ein Schreibtisch. Irgendwo musste es einen Schreibtisch geben. Einen mit kleinen Fächern und Geheimschubladen ... Hatten diese alten englischen Aristokraten nicht ein Faible für solche Schreibtische? Spionageschreibtische oder so was?

Im Hauptschlafzimmer stand ein Schreibtisch.

In *Merriweathers* Schlafzimmer.

Sean brauchte zehn Minuten, um festzustellen, dass nichts im Schreibtisch war. Merriweather hatte jede Schublade und jedes Fach ausgeräumt und praktischerweise die Geheimfächer offen gelassen.

Verdammt.

Er ließ sich auf das Bett sinken, hob seinen kleinen vierbeinigen Verfolger hoch und setzte ihn neben sich aufs Bett. Wo hätte sie den Hinweis versteckt? Es musste ein bedeutungsvoller Ort sein; das war nichts, was sie einfach irgendwo hinter eine Fußleiste stopfen würde. Es war zu wichtig.

Er rief sich den Hinweis wieder ins Gedächtnis. *Allwichtiger Sohn* und *der Erbe wurde geboren*. Zwei Bemerkungen, ein Gedanke. Der Sohn war wichtig. Seine Geburt war wichtig. Was aus Holz hatte mit seiner Geburt zu tun? Eine Wiege? Ein Stubenwagen? Sean hatte beides nirgends gesehen.

Er umklammerte den Bettpfosten. *Denk nach, Manley. Was wäre bedeutsam genug für die Geburt eines Erben und aus Holz gefertigt?*

Er klopfte gegen den Pfosten, ein solides *Poch Poch* unter seinen Fingern. Das Ding war robust. Und alt.

Sean betrachtete den Pfosten. Er war aus Holz. Er war ein Erbstück. Und Babys im neunzehnten Jahrhundert, besonders aristokratische, wurden standesgemäß geboren. In einem großen Himmelbett auf einem Anwesen zum Beispiel.

Sean stand auf. Jeder Pfosten hatte einen Zierknauf. Das hieß, jeder Pfosten hatte ein Loch.

Der Hund folgte ihm zu jeder Ecke, die Zunge hing ihm in einem schiefen Lächeln aus dem Maul, und er machte ab und zu einen kleinen Hopser mit den Vorderpfoten, als wäre der Hinweis auch für ihn eine große Sache.

»Erwartet wahrscheinlich, dass er nach Speck schmeckt«, murmelte Sean, während er den zweiten Knauf wieder befestigte. Er hoffte, er verschwendete hier nicht seine Zeit.

Der dritte Knauf gab den Hinweis preis.

Sean machte schnell ein Foto davon, wobei er schwor, dass Gran sein Handy *nie wieder* in die Finger bekommen würde, und mailte es sich sicherheitshalber selbst zu.

Es sah nach einem weiteren Gedicht aus.

Er sollte es vernichten. Livvy jetzt sofort den Weg abschneiden, damit sie keine weiteren Hinweise finden konnte.

Der Hund kläffte, was in etwa so lange dauerte, wie Sean darüber nachdachte. Es war eine Sache, sie an der Ziellinie zu schlagen, eine andere, sie zu sabotieren.

Und sein verdammtes Gewissen ließ ihn den Hinweis nicht im Klo herunterspülen.

»Ich weiß, dass ich das bereuen werde«, sagte er zu dem Hund. Noch so eine Sache, die er wahrscheinlich bereuen würde, aber wenigstens wusste außer ihm und dem Hund niemand, dass er mit ihm sprach. »Aber es ist nur fair.«

Er schraubte den Knauf wieder fest und wollte dem Hund gerade vom hohen Bett herunterhelfen, als Livvy mit einem singenden Schulterschmuck und dem Rest ihrer bunt zusammengewürfelten Hundemeute auftauchte – die sofort jeden Stuhl, jeden Hocker und jeden Vorleger im Raum in Beschlag nahmen. Der einzige Trost war, dass keiner auf das Bett sprang, auf dem das kleine Mopsding mit verschränkten Pfoten ruhte wie ein königlicher Würdenträger.

Orwells Darbietung von *Every Breath You Take* – besonders die letzte Zeile darüber, dass er ihn beobachtet – verstärkte Seans Schuldgefühle.

»Ich glaube, ich hab's rausgefunden, Sean.« Livvy setzte Orwell ausgerechnet auf *diesen* Pfosten und kraulte dem Hund dann die Ohren. »Hier steckst du also, Georgia. Hast du Sean Gesellschaft geleistet?«

Georgia. Das war also der Name des kleinen Kerls, äh, Mädels. »Was hast du rausgefunden?« Er behielt den Vogel im Auge. Livvy musste ihren Haustieren wirklich Windeln besorgen.

»Ich glaube, es ist in diesem Zimmer. Adlige Babys wurden immer zu Hause im herzoglichen Bett geboren, also hat Merriweather wahrscheinlich eine Plakette oder so was anfertigen und hier aufhängen lassen, um das freudige Ereignis zu verkünden. Hilf mir suchen.«

Er setzte den Hund zu den anderen auf den Boden und wurde erneut von dem Anblick gequält, wie Livvy über jede Oberfläche strich. Ihre kleinen, zarten, anmutigen Hände, die sich so gut angefühlt hatten, als sie sich gegen seine Haut pressten, durch sein Haar fuhren und seinen Rücken hinunterstrichen und ...

Verdammte Hose.

Er sollte es einfach aufgeben und ihr sagen, wo der Hinweis war, denn er wusste nicht, wie viel er davon noch ertragen konnte. Sie bückte sich ständig, um die Zierleisten zu prüfen. Streckte sich, um über die Bilderrahmen zu fühlen. Murmelte vor sich hin, während sie eine neue Möglichkeit entdeckte, mit diesem sexiersten kleinen Stocken im Atem, als hätte er gerade eine geheime Stelle an ihrem Körper entdeckt –

Konzentrier dich, Manley.

Aber dann bewegte sie sich zum Kopfteil, beugte sich über die Matratze – legte sich *auf* die Matratze – und Sean gab es schließlich doch auf. Er hielt die Hand hin, damit der Papagei darauf klettern konnte, und griff gerade nach dem Knauf, als Livvy sich auf dem Bett umdrehte.

»Oh, Sean. Ich wusste gar nicht, dass du so fürsorglich bist«, sagte sie, während sie ihn und den Vogel ansah.

Oh, er war fürsorglich. Aber nicht wegen des Vogels.

Was ihn beschäftigte, war, dass sie auf dem Bett lag, die Arme über dem Kopf, das Kopfteil umklammernd, den Rock über diese fantastischen Beine hochgerutscht, und ihn anlächelte, als wäre sie verdammt froh, ihn zu sehen.

In dieser völlig nutzlosen Hose war es mehr als offensichtlich, dass es ihm genauso ging.

Und sie bemerkte es.

Ihr Atem veränderte sich. Ihre Augen weiteten sich. Ihre Lippen öffneten sich zu einem weichen O, das er am liebsten geküsst hätte.

»I'll be watching you.« Orwells Nachahmung kam genau zum richtigen Zeitpunkt.

Sean schüttelte seine Erregung so gut wie möglich ab und versuchte, einen klaren, harmlosen, sicheren Gedanken zu fassen. »Er hat äh ...« Er hob die Hand, auf der Orwell thronte. »Kacka gemacht.«

Sie kicherte. »Ich hätte Geld gewettet, dass du das niemals so sagen würdest.«

»Warum?« Er zuckte zusammen, als Orwell auf seiner Faust herumrutschte. Diese Krallen waren scharf – und in diesem Moment sehr willkommen.

»Ich weiß nicht. So empört, wie du wegen meiner Tiere bist, hätte ich gedacht, dass solche Körperfunktionen unter deiner Würde wären.«

Es gab *gewisse* Funktionen, die er definitiv *unter* sich haben wollte.

»Hey, ich habe diesen Hund den ganzen Nachmittag beobachtet.« Georgia kläffte ihn an, als verstünde sie, was er sagte. »Und ich mache mir Sorgen, dass Papageien-ähm-Hinterlassenschaften genug Säure enthalten, um den Lack vom Holz zu ätzen, und er hat sich ja, du weißt schon ... dort erleichtert, wo du ihn hingesetzt hast.«

Er schnappte sich den Lappen aus seiner Hintertasche – den er nun im Hosenbund behalten würde, so drapiert, dass er eine ganz bestimmte Stelle verdeckte –, und fing an, das Corpus Delicti wegzuwischen.

Was ausreichte, um den Knauf am Pfosten zum Wackeln zu bringen.

Scheiße.

Wörtlich genommen.

»Ist das locker?« Livvy setzte sich auf dem Bett auf, das Haar ganz zerzaust, der Rock hochgerutscht und seine Libido auf dem Siedepunkt.

»Ich frage mich ...« Sie rutschte auf den Knien über das Bett, und Sean zog sie im Geiste aus, während sie es tat.

Er war ein Schürzenjäger. Schlimmer als jeder dieser Hunde, die in genau diesem Zimmer schlummerten. Warum zum Teufel konnte er sich nicht auf das Wesentliche konzentrieren?

Das tust du doch.

Ja, sein Gewissen konnte ihn mal kreuzweise. Frauen gab es wie Sand am Meer; Livvy war nichts Besonderes. Sicherlich nicht wert, potenzielle

Millionen von Dollar und den Glauben, das Vertrauen und den Respekt seiner Brüder aufzugeben.

Erzähl dir das ruhig weiter.

Livvy legte ihre Hand um den Pfosten, wobei ihre Finger die seinen streiften.

Er steckte so verdammt tief in Schwierigkeiten, weil er sich *nicht* belügen konnte. Es gab *keine* andere Frau wie Livvy.

Sie schraubte den Knauf ab.

»Ooh! Schau mal!«

Das tat er, und es war ein wunderschöner Anblick.

Damit meinte er nicht den Hinweis.

Livvys Augen leuchteten auf, und ihr Lächeln durchströmte ihn wie Sonnenschein an einem Frühlingstag. Sie war alles Gute und Helle und Richtige auf dieser Welt.

Und jetzt klang er schon wie Merriweather und ihre verfluchte Poesie.

Livvy holte das neueste Werk ihrer Großmutter heraus. Sean steckte den Lappen in seinen Hosenbund und holte sein Handy hervor. Er startete die Mikrofon-App. Das würde Zeit beim Übersetzen sparen.

Sie las vor:

> *Lord William Martinson der Erste,*
> *verlor drei Kindlein, wohl als Strafe.*
> *Den letzten, einen vierten Sohn,*
> *erhob er auf den Hoffnungsthron.*
> *Er sollte führen das Geschlecht*
> *vom niederen Adel zum Hochadel recht.*

Sie faltete den Zettel und tippte sich damit gegen die Lippen, wobei sie den Kopf zur Seite neigte und die sanfte Kurve ihres Halses entblößte, die er bei den zwei kurzen Küssen, die sie geteilt hatten, längst nicht genug hatte erkunden können. Sean konnte sich nur ausmalen, welche verborgenen Freuden er dort finden würde –

»*Watching you.*« Orwell war nicht der Typ, der eine Stille ungenutzt verstreichen ließ.

»Und was bedeutet das?«, fragte er. Er drückte auf den Aus-Knopf seiner App und steckte sein Handy zurück in die Tasche, eher um sich zu beschäftigen, damit er nicht einfach nur da stand und sie anschmachtete.

»Ich weiß nicht, aber das ist alles so hochtrabend«, sagte Livvy. »Wen kümmert das heute noch? Wir sind nicht mehr im feudalen England. Die Leibeigenen arbeiten heute bei Microsoft, und einige von ihnen verdienen mehr als viele dieser veralteten Königshäuser heutzutage. Der amerikanische Traum. Und doch beharrt meine Großmutter darauf, dieses monarchische Ideal aufrechtzuerhalten, das sie nun an mich weitergeben will. Ich verstehe es nicht.«

»Aber verstehst du das hier?«, fragte Sean und tippte gegen den Hinweis. Er versuchte, sich auf das Geschäftliche zu konzentrieren und nicht darauf, wie sehnsüchtig sie aussah.

Livvy ließ den Zettel zwischen ihren Fingern hin- und hergleiten. »Ich schätze, wir müssen herausfinden, wer Lord Martinsons vierter Sohn war. Und dann herausfinden, was er so Wundervolles getan hat.«

Sie schwang ein Bein vom Bett, schwankte ein wenig, als sie das Gleichgewicht suchte, und hielt sich dabei an seinem Arm fest. Was Sean betraf, war das Wunderbarste, was Williams Sohn getan hatte, den Stammbaum am Leben zu erhalten, bis hin zu Livvy.

Kapitel Fünfzehn

»Bist du sicher, dass du keinen Hunger hast? Ich kann dir schnell ein Mittagessen machen.« Livvy lehnte an der Küchentür, nachdem sie die Hunde rausgelassen hatte, und sah Sean an.

Er sah wirklich gut aus. Zu gut.

Und er hatte dasselbe über sie gedacht.

Blick über der Gürtellinie lassen, Carolla.

Richtig. Sie hielt ihre Augen fest auf sein Gesicht gerichtet – nicht, dass das eine Qual gewesen wäre, aber sie hatte seine Reaktion oben im Schlafzimmer bemerkt. Es war schwer zu übersehen gewesen, da sie sich praktisch auf Augenhöhe damit befunden hatte und diese Hose kein Geheimnis bewahren konnte.

»Nein, ich muss die letzten paar Boxen im Stall fertigmachen. Die Ziegen sind ein bisschen zu energiegeladen für eine Person allein, und Reggie hat die Gänse geärgert, also braucht er einen eigenen Platz.«

»Schon, aber du musst doch was essen. Und ich habe schließlich den ganzen Einkauf erledigt.« Sie sollte aufhören zu betteln. Das war nicht attraktiv – nicht, dass sie versuchte, attraktiv zu sein. Das tat sie nicht.

Oder etwa doch?

Livvy biss sich auf die Lippe. Er war wirklich gutaussehend, und die Chemie zwischen ihnen ... *puh*. Hatte Merriweather das kommen sehen, als sie diese dämliche Klausel eingefügt hatte? Sicherlich konnte ihre Groß-mutter nicht wollen, dass sie sich mit dem *Personal* einließ? Wie *de trop* das wäre ...

Der perfekte Grund, um sich mit ihm einzulassen. Falls sie überhaupt noch einen Grund brauchte.

Er stand im Türrahmen zur Küche, nachdem sie hineingegangen war. »Was schwebt dir denn vor?«

Einen Moment lang starrte Livvy ihn einfach nur an. Sie sollte ihm sagen, was ihr vorschwebte.

»Ich habe *tatsächlich* ein bisschen Hunger. Hast du irgendwas, na ja, Normales da?«

Oh. Essen. Mittagessen. Richtig. Livvy holte ihr Gehirn zurück in diesen Raum und beendete den kleinen Ausflug in die Lust-Allee.

»Normal? Was genau verstehst du unter *normal*? Weil diese Phosphate und Tri-was-auch-immer-cide nicht normal sind. *Die* sind künstlich. Was ich mache, ist Bio. Gut für dich. So wie die *Natur* es vorgesehen hat, nicht die großen Pestizidkonzerne.« Sie schnappte sich den Käse aus Weidemilch, über dessen Fund sie so froh gewesen war, außerdem einen Laib ihres Lieblingsbro-tes, etwas braunen Zucker, Pekannuss-Senf, das Glas mit den Bio-Essiggurken, eine Tomate und eine Mango. »Setz dich. Es dauert nicht lange. Ich garantiere dir, du wirst mein Grilled Cheese Sandwich lieben.«

Sie liebte es, ihm dabei zuzusehen, wie er den Tisch deckte. So sehr, dass sie fast das Sandwich hätte anbrennen lassen – all diese Muskeln, die sich anspannten, wölbten und strafften ...

Bei ihr selbst strafften sich auch so einige Dinge.

Die ganze letzte Nacht hatte sie ihn nicht aus dem Kopf bekommen. Dieser Moment, als sie vorhin im Schlafzimmer ihrer Großmutter gewesen waren – auf dem Bett – er hatte sie auf *diese* Weise angesehen. Sie hatte genau gewusst, was dieser Blick bedeutete, und ihr Blut war sofort in Wallung gera-ten. Ihre Nervenenden hatten zu kribbeln begonnen und ihr Atem war ins Stocken geraten.

Livvy rutschte ein wenig unruhig hin und her, als sie die Sandwiches zum Tisch trug.

Er fuhr sich mit der Zunge über die Lippen. »Wow, das sieht gut aus.«

Er hatte ja keeeeeine Ahnung ...

Der Teller klapperte, als sie ihn auf den Tisch stellen wollte. Glücklicherweise nahm Sean ihn ihr ab und setzte ihn sanft ab. »Was kann ich dir zu trinken bringen?«

Ein Eimer Eiswasser, den du über mir ausleerst. »Ähm, der Eistee ist gut. Ich habe ihn über Nacht ziehen lassen.« Sie hatte heute Morgen die Rohzuckerkristalle verflüssigt und mit frisch gepresster Zitrone gemischt, dann Minzextrakt in ihrem eigenen Geheimverhältnis hinzugefügt. Eine Linie mit Kräutertees sollte ihr nächstes Projekt werden.

Sean brachte zwei Gläser zum Tisch zurück. »Du achtest sogar darauf, dass es hübsch aussieht«, sagte er und reichte ihr ihr Getränk, während er sich rittlings auf den Stuhl neben ihr setzte.

»Die Präsentation sollte genauso gut sein wie das Essen.« Sie schichtete abwechselnd Tomatenscheiben mit Mango und Gurke für ein bisschen Süße, ein bisschen Säure und ein bisschen Würze – die perfekte Ergänzung zum kräftigen Käse. »*Bon appétit.*«

Sie sah zu, wie er einen Bissen nahm. Sie liebte es, die Reaktionen der Leute auf ihr Essen zu beobachten. Die meisten waren so in ihrem Alltagstrott gefangen, dass sie nicht über den Tellerrand hinausblicken konnten, um zu würdigen, was sie sich ausgedacht hatte. Aber wenn sie es taten, wenn sie ihre Kreationen probierten, waren sie meistens sehr angenehm überrascht.

Sie hatte das Gefühl, dass Sean einer dieser Leute war, so verhaftet in seiner täglichen Routine, alles so machend, wie er es schon immer getan hatte, dass ihre Anwesenheit ihn ein wenig aus dem Konzept brachte.

Sie brachte ihn definitiv aus der Fassung.

»Mein Gott, Livvy, das ist fantastisch.«

Genauso fantastisch war die Art, wie er einen Klecks Senf von seiner Unterlippe leckte.

Sie wollte ihn.

Ganz schlicht und einfach, sie wollte Sean. Und wenn diese Beule in seiner Hose vorhin ein Anzeichen war, wollte er sie auch.

Und was war falsch daran? Zwei einwilligende Erwachsene …

Obwohl es ja nicht so war, als könnte sie sich einfach über den Tisch lehnen und ihn küssen, dann alles auf den Boden fegen und wilden, leidenschaftlichen Sex auf diesem dreihundert Jahre alten Eichentisch haben –

Und warum eigentlich nicht?

»Also«, sagte Sean, während er einen Bissen nahm, »ich dachte, wir sollten noch mal in die Familienbibel schauen und sehen, wer dieser vierte

Sohn war. Vielleicht bringt uns das auf eine Idee, wo sie den Hinweis versteckt haben könnte.«

Oh. Richtig. Darum nicht. Sie hatte eine Frist einzuhalten.

»Livvy?«

»Ich überlege.« Aber nicht wegen der Hinweise. »Du hast recht; die Bibel ist wahrscheinlich ein guter Ort für den Anfang. Es scheint, als stünde jeder, der in der Familie Martinson Rang und Namen hat, dort drin, also sollte sie uns etwas verraten.«

»Steht dein Name auch drin?« Er nahm noch einen Bissen, und die Muskeln in seiner Wange spannten sich an, was ihm eine sehr markante Kinnlinie verlieh, die mehr als nur ein bisschen männlich wirkte.

Er war so perfekt für diesen Job geeignet. »Mein Name? Das bezweifle ich. Ich bin keine Martinson.«

»Auf dem Papier nicht, aber dem Blute nach schon. Ich hätte gedacht, dass Merriweather deinen Namen dort eingetragen hat, und wenn es erst nach dem Verfassen ihres Testaments war.«

Livvy nahm ihr Sandwich und starrte auf den geschmolzenen Käse, der unter der Kruste hervorquoll. »Du hast sie offensichtlich nicht gut gekannt. Es würde mich nicht wundern, wenn sie bei keiner Veranstaltung hier jemals Oliven serviert hätten, damit ja nicht die Gefahr bestünde, dass mein Name ausgesprochen wird. Ich meine, hat sie mich dir gegenüber jemals erwähnt?«

»Nein.«

»Und wie lange arbeitest du schon für sie?«

»Äh ...« Er nahm einen Bissen von seinem Sandwich. Dann einen langen Schluck vom Tee. Dann ein paar Mangoscheiben. Knabberte an einer Gurke.

»Muss ja ein ziemliches Erlebnis gewesen sein, wenn du nicht darüber reden willst«, sagte sie und schob ein paar ihrer Mangoscheiben auf seinen Teller.

»Es war definitiv ein Erlebnis, die alte Merriweather zu kennen.« Er schwenkte den Tee in seinem Glas. »Das ist wirklich gut. Du solltest das abfüllen und verkaufen.«

»Das ist der Plan. Aber die Abfüllung, die Etiketten und die Kühlung verursachen hohe Anlaufkosten, außerdem ist der Tee ziemlich teuer. Aber sobald ich dieses Anwesen verkauft habe, werde ich das Geld haben.«

Sean verschluckte sich an dem Schluck Tee, den er gerade genommen hatte. Nichts geht über ein schlechtes Gewissen. »Oh, mach dir keine Sorgen, Sean. Ich werde mir schon was für dich überlegen, wenn es so weit ist.«

Sean hustete. »*Für mich* überlegen?«

»Na ja, schon, weißt du, wenn ich verkaufe, könntest du deinen Job verlieren. Aber ich schätze, wer auch immer meinen geforderten Preis bezahlen kann, wird sich auch die monatlichen Betriebskosten leisten können, sodass man dich als Bedingung für den Verkauf behalten kann. Oder wenn du möchtest, schlage ich dein Gehalt für, sagen wir, zwei Jahre auf den Verkaufspreis auf. Auf die Weise musst du dir keine Sorgen machen. Ich weiß, wie schwer es ist, wenn einem das Einkommen von heute auf morgen wegfällt.«

Er verschluckte sich am nächsten Schluck Tee.

Livvy sprang auf und klopfte ihm auf den Rücken, bis seine Atemwege wieder frei waren. »Alles okay?«

Er hustete, hustete noch mal und wischte sich dann mit der Hand über den Mund. »Äh, ja. Alles bestens.«

Das war er zweifellos.

Livvy seufzte, als sie sich wieder auf ihren Stuhl setzte. So. Das hatte sie ihm gesagt. Jetzt musste sie potenzielle Käufer nur noch dazu bringen, zuzustimmen.

»Wie bist du eigentlich zu dieser Arbeit gekommen?«

Sean sah auf. »Was?«

»Ich habe gefragt, wie du dazu gekommen bist, als Hausmädchen zu arbeiten. Eine Wette verloren oder so was?«

Und schon wieder verschluckte er sich. Er leerte seinen Tee, hustete eine ganze Menge und stopfte sich den Rest seines Sandwiches in den Mund – wahrscheinlich nicht die beste Idee angesichts der ganzen Husterei, aber er kaute immer noch, als er aufstand und sein Geschirr zur Spüle trug. »Wir sollten wirklich einen Blick in diese Bibel werfen. Ich habe das Gefühl, dass dieser Hinweis viel mehr Mühe kosten wird als die anderen.«

Als sie zurück in die Bibliothek gingen, versuchte Sean, sich nicht beeindruckt zu zeigen. Er versuchte, sie nicht zu mögen. Er versuchte wegzusehen und sie aus seinem Kopf zu verbannen.

Aber er tat nichts davon.

Denn, verdammt noch mal, sie beeindruckte ihn zutiefst. Sie war so unbeirrbar unabhängig, so entschlossen eigenständig und so süß, dass sie sich Sorgen um ihn machte, dass er nicht anders konnte, als sie zu bewundern. Als Mensch.

Als Frau ... nun, das war eine völlig *andere* Ebene des Interesses.

Das hier würde nicht gut enden. Konnte es gar nicht. Ihrer Natur nach würde einer von ihnen verlieren. Sean war hin- und hergerissen zwischen dem Gebet, dass – egal wie es ausging – *er* nicht der größte Verlierer war, aber das würde bedeuten, dass Livvy es wäre und ... Mist.

Die Bibel lieferte ihnen einen Namen – und nein, Livvys Name stand nicht drin –, aber sie verriet ihnen nichts weiter.

Sie holten ein Geschichtsbuch aus der Lebenszeit ihres Vorfahren hervor, aber über den Mann, der die Familie zu dynastischer Größe führen sollte, stand dort beklagenswert wenig.

»Gibt es also irgendetwas auf dem Grundstück, das seinen Namen trägt?«, fragte Livvy, während sie das Buch zurück ins Regal stellte. »Eine Statue, eine Gedenktafel, ein Denkmal oder so was, weißt du da was?«

Sean war fast überall auf dem Gelände gewesen, und die einzigen Statuen, die er gesehen hatte, waren von griechischen oder römischen Göttern. »Das Einzige, was ich gesehen habe, das Ihre Vorfahren ehrt, ist die Porträtgalerie. Vielleicht ist es dort.«

So viel zu Livvys Behauptung, dass Merriweather nicht wollte, dass sie den Hinweis fände. Dieser hier klebte an der Rückseite des Porträts von Lawrence Martinson I., dem Namensvetter von Livvys Vater, dessen einziger Ruhmesakt darin bestand, zwölf Kinder gezeugt zu haben. Elf davon waren Mädchen.

»Man sollte meinen, meine Großmutter hätte ihren Sohn nicht nach jemandem benannt, der den Familiennamen enttäuscht hat, indem er nicht genug männliche Nachkommen gezeugt hat«, sagte Livvy und tippte auf den nächsten Hinweis, der sie morgen schon wieder in die öffentliche Bibliothek führen würde. »Aber ich schätze, sie hätte wohl nie erwartet, dass er die Familie so spektakulär enttäuschen würde, indem er meine Mutter wählte und, schlimmer noch, mich produzierte.«

Was Sean betraf, sollte man Livvys Vater genau dafür beglückwünschen. »Die Enttäuschung lag bei Merriweather, Livvy. Vielleicht ist das der *Grund*, warum dein Vater sich für deine Mutter entschieden hat. Er wollte sein Leben nach seinen eigenen Vorstellungen leben, nicht nach denen von Merriweather. Genau wie du.«

Er wusste in dem Moment, als es seinen Mund verließ, dass es das Falsche war. Livvy hatte zu hart gearbeitet, um sich ohne den Rückhalt des Namens Martinson zu etablieren. Sie mit dem Inbegriff dessen zu vergleichen, was sie nicht sein wollte ... Sean wappnete sich für eine Schimpftirade.

Stattdessen erntete er einen gestrafften Rücken, ein Paar zusammengekniffene Augen und die unterkühltetste Stimme, die er je gehört hatte.

»Ich bin *nicht* wie mein Vater und ich werde es nie sein. Ich bin *keine* Martinson.«

Kapitel Sechzehn

Genau wie ihr Vater? Livvy grübelte am nächsten Morgen im Stall immer noch über dieses Gespräch nach, während sie ausmistete. Die Analogie zu ihrem Leben war ihr ein wenig zu ungemütlich. Sie war *nicht* wie ihr Vater. Sie war so weit davon entfernt, eine Martinson zu sein, wie... wie... wie Reggie.

Der ihr ebenfalls ein wenig zu nahe kam und sie mit dem Kopf gegen den Hintern stieß, als sie in seine Bucht ging.

»Ich weiß, Reg, aber du kannst nicht im Haus schlafen. Sean hat recht. Ich kann nicht zulassen, dass ihr das Ganze in einem Trotzanfall zerstört. Ich will so viel Geld wie möglich für das Anwesen bekommen. Ich gebe dir dein eigenes Zimmer, wenn ich unsere Farm renoviere.« Sie tätschelte seine Wange. Das mochte er. Er liebte es auch, wenn sie ihn unter dem Kinn kraulte, aber normalerweise war er dabei zu »sabberig«, und sie hatte nichts dabei, um es abzuwischen. Er schnurrte so gut, wie ein Schwein eben schnurren konnte, während er sich gegen ihre Hand lehnte.

Livvy musste einen Ausfallschritt machen, um das Gleichgewicht zu halten. Reggie war viel stärker geworden, seit er gewachsen war. Diese Scheune wäre der perfekte Ort für ihn. Für alle Tiere. Die Pfauen schienen das auch so zu sehen. Sie hatten sich sogar dazu herabgelassen, das Hühnerfutter zu »akzeptieren«.

Livvy schüttelte den Kopf, während sie sie verscheuchte. Sie würde nicht bleiben. Das musste sie aus ihrem Kopf bekommen. Hatte Merriweather gehofft, dass ihr der Ort ans Herz wachsen würde und sie ihn zu ihrem Zuhause machen würde? Nun, da hatte sie Neuigkeiten für Merriweather Martinson, die trotz all ihres Geldes und ihrer Pläne nicht *verstand*, dass Gebälk und Schindeln noch lange kein Zuhause machten. Zuhause war dort, wo sie sich sicher fühlen konnte. Verwurzelt. Es war ihr Zufluchtsort. Ihr Platz in der Welt. Das hier war es nie gewesen und würde es auch nie sein.

»Hallo? Ms. Carolla?« Eine Frauenstimme hallte durch die Scheune, begleitet vom aufgeregten Schnüffeln ihrer So-gar-*nicht*-Wachhunde.

Livvy klopfte sich die Hände sauber. »Bin gleich da.«

Sie hängte die Mistgabel an einen Haken an der Wand, wo Reggie sie nicht erreichen konnte, und verließ sein Gehege. Eine Frau stand in der Tür, umringt von dem Rudel, das sie offensichtlich bereitwillig mit wedelnden Schwänzen hereinließ. Livvy hatte die Hunde immer für gute Menschenkenner gehalten. Nach dem, was viele von ihnen überlebt hatten – Vernachlässigung, Grausamkeit, Ausgesetztsein –, hießen sie Fremde nicht so ohne Weiteres willkommen. Es sprach für diese Frau, dass sie sie akzeptiert hatten.

Und Sean. Ihn hatten sie sofort akzeptiert. Georgia war sogar ein bisschen in ihn verschossen.

Livvy konnte das nur zu gut nachempfinden.

Hallo? Konzentration auf die Sache – auf die Person –, um die es geht.

»Ähm, ja?«

»Hallo. Ich bin Mac Manley.« Die Frau kam auf sie zu, die Hand ausgestreckt. »Mir gehört Manley Maids.«

Und Livvy hatte doch tatsächlich gedacht, *Sean* sei der Grund, warum die Firma diesen Namen trug. Trotzdem eine gute Marketingstrategie, »manly« – also männliche – Dienstmädchen zu haben.

»Freut mich, Sie kennenzulernen.« Livvy schüttelte ihre Hand.

»Ich wollte mal vorbeischauen, um zu sehen, wie es läuft. Ich begrüße neue Kunden immer gerne persönlich, auch wenn das Anwesen der Martinsons technisch gesehen kein Neukunde ist, da wir schon seit dem letzten Jahr unter Vertrag stehen. Wie macht sich Sean bei Ihnen? Sind Sie mit seiner Leistung zufrieden?«

Noch nicht...

Livvy hustete. Hmmm, sie schien sich bei ihm angesteckt zu haben. »Äh, ja. Er macht einen tollen Job.«

»Gut, das freut mich zu hören. Ich lege großen Wert darauf, meinen Kunden exzellenten Service zu bieten. Also ist Sean alles, was Sie sich gewünscht haben?«

Sie war *so* ein schlechter Mensch, weil sie die Kommentare dieser Frau in etwas Heißes und Sexuelles uminterpretierte.

Livvy zog die Seiten ihrer aufgeknöpften Bluse zusammen und schlug sie über ihrem Camisole übereinander, bevor sie die Arme verschränkte. »Äh, ja. Es ist – er ist – in Ordnung.« Das war er definitiv. In so vielerlei Hinsicht. Er brachte sie zum Lächeln und zum Lachen. Und er sah verdammt gut dabei aus. »Arbeitet er schon lange für Sie?«

Mac lachte. »Sean? Noch nicht lange, aber er ist gut. Sonst ließe ich ihn nicht für mich arbeiten. Die Zufriedenheit meiner Kunden hat für mich oberste Priorität.« Sie stemmte die Hände in die Hüften. »Gibt es also noch andere Bedürfnisse, die Manley Maids für Sie erfüllen kann?«

Livvy musste ihre Gedanken dringend aus der Schmuddelecke holen, denn sie war kurz davor, eine Liste aufzusagen, die ein ganz bestimmtes Manley Maid durchaus *erfüllen* könnte. »Äh, nein. Ich glaube, ich bin versorgt. Sean, äh, erledigt alle Aspekte des Jobs ganz wunderbar. Er hilft mir sogar bei ein paar zusätzlichen Projekten.«

»Ach ja?«

Mist, sogar *sie* konnte eine Augenbraue hochziehen. »Ich plane, das Anwesen zu verkaufen, und er hilft mir, es vorzubereiten, indem er zum Beispiel diese Ställe ausmistet. Sie waren vollgestopft mit Kisten, und ich hatte keinen Platz für meine Tiere.« Sie erzählte ihr von dem Vorfall im salon. »Er war darüber mehr als nur ein bisschen verärgert.«

»Das kann ich mir vorstellen.« Mac verschränkte die Arme und trommelte mit den Fingern auf ihren Oberarm.

»Er ist sehr gewissenhaft.«

»Nicht wahr?« Mac sah sich um.

»Und er hilft mir bei einer Schnitzeljagd.«

»Bei einer was?«

Livvy erklärte Merriweathers bizarre Vorstellung von einem Scherz. »Wenn ich also Mr. Scanlon nicht innerhalb der nächsten zwei Wochen alle Hinweise bringe, verliere ich das Erbe.«

»Und Sean hilft Ihnen beim Suchen?«

»Ja. Das ist wirklich nett von ihm.«

»Ganz reizend, oder?« Mac zog eine Visitenkarte aus ihrer Tasche und reichte sie Livvy. »Hier ist meine Karte. Wenn Sie etwas brauchen, zögern Sie bitte nicht, mich anzurufen. Ich möchte meine Kunden glücklich sehen.«

Livvy wollte schon sagen, dass Sean das auch tat, aber sie machte sich Sorgen, dass sie schon ein wenig zu sehr von ihm geschwärmt hatte. Sie wollte nicht, dass Mac einen falschen Eindruck von ihr und Sean bekam.

Mac hatte eine verdammt gute Vorstellung davon, was Sean mit Livvy trieb. Und sie wollte ihn umbringen. Kein *Wunder*, dass er sich sofort auf das Anwesen der Martinsons gestürzt hatte, als sie es erwähnt hatte.

Sie hatte gedacht, sie müsse ihn erst überreden, aber nein. *Das* war das Grundstück, das er zu kaufen plante. Sie wusste alles über das große Anwesen, wegen dem er in Verhandlungen stand, um es in sein Luxusresort zu verwandeln. Sie wusste auch, dass Liam und Bryan mit von der Partie waren. Sie war ein wenig deprimiert gewesen, dass sie nicht mit einsteigen konnte, aber ihr Bankkonto konnte nicht mit ihrem konkurrieren, weshalb sie beim Pokerspiel zum Kartenzählen hatte greifen müssen.

Aber das hier ergab Sinn. Sean war ein wenig *zu* bereitwillig gewesen, einen ihrer größten Kunden zu übernehmen. Sie war heute hergekommen, um nach dem Rechten zu sehen, sicherzustellen, dass alles okay war, und mit den beiden über Werbefotos zu sprechen, sowohl für das Anwesen als auch für Manley Maids.

Aber da Sean versuchte, Livvy zu sabotieren, war diese Option vom Tisch.

Es würde nicht gut aussehen, wenn herauskäme, dass Manley Maids ihn erst in die Position gebracht hatte, sie zu sabotieren. Wenn er Erfolg hätte, würde der Name Manley Maids in den Schmutz gezogen werden. Plötzlich nahm ihre kleine Pokerwette Ausmaße von epischen Proportionen an.

Ehrlichkeit währt am längsten. Das musste Gran während ihrer Kindheit tausendmal gesagt haben.

Aber sie *hatte* nicht betrogen. Nicht wirklich. Kartenzählen war ein Talent; es war ja nicht so, als hätte sie welche im Ärmel verschwinden lassen. Sie hatte nur mit ziemlicher Sicherheit gewusst, dass sie in der letzten Runde das höchste Blatt hatte. Sie hätte ihre Firma, ihre Zukunft, nicht auf eine Laune hin gesetzt, wenn sie sich des Sieges nicht einigermaßen sicher gewesen wäre.

Aber das hier hatte sie nie kommen sehen.

Sie parkte am Hintereingang des Hauses und schritt zur Tür, wobei sie mit dem Zeh an einem lockeren Ziegelstein im Gehweg hängen blieb. Sie merkte sich vor, Sean Bescheid zu sagen. Das konnte er auf seine Liste der anderen »Spezialprojekte« setzen.

Sie fand ihn im salon, wie er den Teppich zusammenrollte, der wohl derjenige war, den die Ziegen angefressen hatten.

»Ich habe gehört, du hast Hintergedanken.«

»Hey, Mac.« Er sah auf, sein Haar zerwühlt und sein Gesicht etwas verschwitzt. Verdammt, er war ein gut aussehender Mann, und wenn sie ihn nur so bewerben könnte, würden die Frauen das Doppelte für seine Dienste bieten.

Dieser Mistkerl.

»Komm mir nicht mit ›Hey Mac‹, Sean. Ich weiß, was du vorhast, und ich sage dir, hör auf damit. Du darfst nicht Livvys Erbe und meine Firma für irgendein dämliches Resort sabotieren, das people mit zu viel Geld gar nicht brauchen. Die können in die Catskills gehen, wenn sie so versessen darauf sind, in Luxus den Wilden zu spielen.«

»Mac, beruhige dich.«

»Nein, ich werde mich *nicht* beruhigen. Das ist *mein* Geschäft. Es geht hier um *meine* Existenzgrundlage. Wie *konntest* du nur? Wie konntest du mir das antun? Ich habe dir vertraut.«

»Glaubst du, mir *gefällt* der Gedanke, Mac? Glaub mir, das ist das Letzte, was ich tun will.« Er leugnete es zum Glück nicht. Nicht, dass sie ihm geglaubt hätte, aber wenigstens log er ihr nicht ins Gesicht. Durch Verschweigen vielleicht, aber in diesem Fall konnte kein Esel den anderen Langohr schimpfen.

»Das Projekt ist an diesem Punkt schon zu weit fortgeschritten. Ich habe fast alles, was ich besitze, hier hineingesteckt. Ich habe Geld für Inspektionen, Architektur- und Ingenieursprüfungen ausgegeben. Designgebühren und Zinsen und ein ganzer Haufen anderer Kosten, die pfutsch sind, wenn dieser Deal nicht zustande kommt. Geschäft ist Geschäft, aber ich versuche, einen Weg zu finden, bei dem niemand zu Schaden kommt, denn es würde mich ruinieren, wenn es platzt.«

»Du bist nicht der Einzige, Sean. Das ist *meine* Firma. Wenn du das durchziehst, wenn das rauskommt, bin ich erledigt.«

»Ich gebe dir den Vertrag hier. Nichts wird sich ändern.«

»*Alles* wird sich ändern. Erstens ist Vetternwirtschaft ein verdammt dreckiges Wort, und ich sollte keine Vetternwirtschaft brauchen, um einen Vertrag zu behalten, den ich mir ursprünglich selbst geholt habe. Ich habe hart dafür gearbeitet. Und was ist mit Livvy? Was glaubst du, was sie tun wird, wenn sie es herausfindet?«

»Es hätte gar kein Problem sein dürfen, Mac. Alles fügte sich zusammen, bis Merriweather im letzten Moment ihre Meinung änderte und ein falsches Spiel trieb. Ich musste reagieren. Für uns alle: dich, mich, Liam, Bryan. Gran.«

»Zieh Gran da ja nicht mit rein, Sean. Wage es bloß nicht. Sie ist an alldem völlig unschuldig.« Mac biss sich auf die Lippe. Das stimmte zwar nicht ganz, aber Gran war nicht diejenige gewesen, die die Karten gezählt hatte. »Und wenn du glaubst, dass das von Merriweathers Seite eine Kurzschlussreaktion war, dann hast du sie offensichtlich nicht besonders gut gekannt. Sie hat nie etwas im letzten Moment entschieden. Wenn sie ihr Testament ändern wollte, kannst du verdammt sicher sein, dass sie genau wusste, *was* und genau *warum* sie es tat, und sie wusste definitiv, *wie* sie es tat. Aus irgendeinem Grund hat sie dich hingehalten. Hat dir Dinge versprochen, die sie vielleicht nie vorhatte zu halten. Aber sie hatte gleichzeitig auch die Sache mit Livvy eingefädelt. Das war kein Zufall. Diese Frau hat keine unüberlegten Entscheidungen getroffen. Niemals. Glaub mir. Sie hatte einen Plan.«

Sean setzte sich auf den Teppich. »Okay. Schön. Meinetwegen, aber Tatsache ist, ich brauche diesen Ort. Ich habe eine Menge Geld darin stecken.«

»Dann kauf ihn, wie jeder andere es auch tun würde.«

Er legte den Kopf schief. »Das Budget gibt das nicht her.«

»Dann hättest du dir nicht mehr vornehmen dürfen, als du bewältigen kannst.«

»Habe ich nicht. Alle meine Pläne basierten auf Zahlen, die sie mir gegeben hat. Zahlen, die ich immer noch erreichen kann, wenn Livvy nicht erbt. Dann gehört das Anwesen mir.«

»Wie kannst du ihr das antun? Hat sie mit dieser Familie nicht schon genug mitgemacht? Und jetzt willst du ihr das Einzige stehlen, was sie ihr endlich gegeben haben? Wie kannst du morgens noch in den Spiegel schauen, Sean?«

Er fuhr sich mit der Hand über den Mund. »Es ist kompliziert, Mac.«

»Ja, kein Scheiß. Und du ziehst mich mit in den Abgrund.« Sie stemmte die Hände in die Hüften. »Es tut mir leid, Sean, aber du bist gefeuert.«

»Du kannst mich nicht feuern.«

»Das habe ich gerade.«

»Ich könnte ihr erzählen, dass du über alles Bescheid wusstest.«

»Erpresst du mich?«

»Nein. Aber ich könnte es.«

»Also tust du es doch.«

»Nein, Mac, tu ich nicht. Ich versuche, die Sache für alle zu retten, aber wenn ich jetzt gehe, war es das. Alles vorbei. Ich verliere. Definitiv. Gib mir Zeit bis zu Livvys Frist. Mir wird schon was einfallen.«

Mac starrte ihn an. Sie sollte nicht nachgeben. Wirklich nicht. Sie musste an ihre Firma denken. An ihren Ruf.

Aber sie dachte auch an all die Male, in denen ihre Brüder für sie eingestanden waren. Sie beschützt hatten. Ihr und Gran geholfen hatten. Sie waren gute Kerle. Alle drei. Wenn Sean sagte, er würde einen Weg finden, der für alle funktionierte, musste sie ihm diese Chance geben. Wie oft hatten sie bei ihr schon ein Auge zugedrückt? »Schön. Aber nur, wenn du einen anderen Weg findest.«

»Ich arbeite daran, Mac.«

Sie atmete aus und drehte sich um. Sie musste mit der Werbung für Liam und Bryan anfangen, denn Seans Fall war verloren. »Ich fass es nicht, dass ich—«

»Dass du was?«

»Nichts. Vergiss es.« Auf keinen Fall würde sie *Den Plan* verraten. Den, den sie angefangen und bei dem Gran mitgemacht hatte.

Sie hatte ihre wohlhabenden, gut aussehenden Brüder als Werbemittel benutzen wollen, um voll aus dem Wortspiel mit ihrem Nachnamen und ihrem Aussehen in diesen Uniformen Kapital zu schlagen. Gran wollte Frauen für sie finden, in die sie sich verlieben konnten, und wie ginge das besser, als sie in die Häuser dieser Frauen zu schicken? Mac hatte den sofortigen Vorteil für sich selbst gesehen: Gran wäre mit dem Liebesleben ihrer Brüder beschäftigt und würde sich aus ihrem heraushalten.

Es wäre perfekt gewesen. Als Mr. Scanlon sie also angerufen hatte, um den Vertrag für Manley Maids zu besprechen, und erwähnt hatte, dass Livvy ankommen würde, hatte sie ihre Nachforschungen angestellt. Als sie Livvys Foto sah, dachte sie sich, dass Sean nicht widerstehen könne. *Das* war der Grund, warum sie ihm das Anwesen der Martinsons angeboten hatte. Wenn sie nur gewusst hätte, dass dies der Ort war, den er zu kaufen plante, hätte sie die Dinge anders angepackt.

Das Karma zahlte es ihr jetzt für diese fünf Herzkarten heim, die sie auf den Pokertisch geworfen hatte.

Sean atmete aus. Lang und laut. »Hör zu, mir wird schon was einfallen, aber ich werde Lees und Brys Investition nicht in den Sand setzen. Sie glauben an mich; ich *muss* liefern.«

Ihr Herz tat ihr weh für ihn. Er hatte es immer schwerer gehabt als die anderen beiden. Das mittlere Kind, der zweite Sohn, Lernschwierigkeiten in der Schule, immer der Rebell... Sean hatte sich alles, was er besaß, erkämpfen und erarbeiten müssen, anders als Liam, dem alles zuflog, oder Bryan, der schon mit diesem Gesicht geboren wurde und dem die Frauen kurz darauf zu Füßen lagen. Den beiden fiel alles leicht, aber Sean? Er hatte so hart arbeiten müssen wie sie.

Und nach dem, was sie beim Pokerspiel abgezogen hatte, hatte sie da wirklich das Recht, ihn für seine Vorhaben zur Rechenschaft zu ziehen?

»Du kannst sie nicht einfach im Regen stehen lassen, Sean. Sie muss irgendetwas davon haben. Das ist nicht fair.«

»Ich weiß, Mac. Und ich will Livvy nicht wehtun. Ich habe zwei Wochen. Ich arbeite an einer Lösung. Ich habe nicht die Absicht, sie mit nichts abziehen zu lassen. Ich bin kein herzloser Bastard, nur ein verzweifelter. Glaubst du, mir gefällt es, ihr das anzutun? Sie ist ein lieber Mensch. Merriweather hat das verursacht, nicht ich. Aber ich kann nicht einfach auf Verdienstmöglichkeiten in Millionenhöhe verzichten, ganz zu schweigen von dem Geld, das ich bereits investiert habe.«

»Und Manley Maids. Du musst dafür sorgen, dass mein Ruf unbeschadet bleibt.«

»Versprochen. Ich werde tun, was nötig ist, damit dein Name keinen Schaden nimmt.«

»Mir gefällt das Ganze nicht.«

»Dann sind wir schon zu dritt, denn ich kann dir garantieren, dass es ihr auch nicht gefallen wird.«

Kapitel Siebzehn

Sean starrte erneut auf seinen Laptop-Bildschirm. Die Zahlen logen nicht. Aber sie ergaben auch keinen Sinn. Ganz egal, was er Mac versprochen hatte, er konnte die erforderlichen Ziele nicht erreichen, wenn er Livvy mehr Geld zahlte – falls er es überhaupt aufbringen konnte. Vielleicht wäre sie bereit, es ihm zum Preis von Merriweather zu verkaufen.

Aber warum sollte sie? Sie schuldete ihm nichts.

Er überflog die Liste potenzieller Investoren, die er zusammengestellt hatte. Das hieß, entweder musste er sie oder Livvy bitten, den geringeren Betrag zu akzeptieren, und er wollte wirklich nicht riskieren, seine Karten offen zu legen, falls sie Nein sagte.

Gott, er hatte diese Poker-Metaphern so satt.

Er fuhr den Computer herunter und zog sich ein T-Shirt über, verdammt froh, aus seiner Uniform raus zu sein, und machte sich mit Liam auf den Weg zum Racquetball-Platz. Er würde den Hinweis, den er und Livvy gefunden hatten, recherchieren, wenn er zurückkam, denn wenn er noch eine Minute länger in diesem Haus bleiben müsste, würde er durchdrehen.

Dieses ganze Szenario machte ihn wahnsinnig.

Und das galt auch für Orwell, der in sein Zimmer flirtete und auf seiner Schulter landete. »*Oops, did it again!*«

Der Vogel ahmte entweder einen Popstar nach oder er hatte etwas angestellt, von dem Sean lieber nichts wissen wollte. Aber natürlich fragte er in krankhafter Vorahnung: »Was hast du getan, Orwell?«

Die Antwort des Vogels war die nächste Zeile, in der es darum ging, mit dem Herzen von jemandem zu spielen.

Nicht das Lied, das Sean gerade brauchte. Gab es darin nicht eine Zeile darüber, sich in einem Spiel zu verlieren?

Sean setzte den Papagei auf seine Hand und ging den Flur entlang zu Livvys offener Tür, um Orwell seiner rechtmäßigen Hüterin zurückzugeben.

Er war schon halb im Zimmer, als ihm klar wurde, dass er hätte anklopfen sollen.

Sie kam gerade, nur in ein Handtuch gewickelt, aus dem Badezimmer, als sie bemerkte, dass er im Raum war.

Orwell stimmte eine Version von Donna Summers »Bad Girls« an, die Sean jetzt absolut nicht hören wollte.

»Orwell!« Livvys Gesicht wurde so rot wie ihre Haare, und sie streckte die Hand nach dem Papagei aus. Durch die Bewegung lockerte sich ihr Handtuch, und sie musste hastig zusehen, dass alles bedeckt blieb.

Ewig schade drum.

Sean fiel endlich ein, sich umzudrehen. »Oh, Verzeihung. Die Tür stand offen und ich dachte nicht ...«

»Eigentlich war sie zu. Orwell hasst es, eingesperrt zu sein, aber ich dachte nicht, dass er das Zimmer als Käfig betrachtet. Und ich wusste erst recht nicht, dass er weiß, wie man eine Klinke bedient. Das wird die Sache, nun ja, interessant machen.«

»Okay, dann lasse ich dich mal ...« Er winkte vage mit der Hand hinter seinem Rücken. »Ich habe heute Abend ein Racquetball-Spiel, wir sehen uns also später.«

»Du spielst Racquetball?«

Geh weiter, Manley.

Natürlich tat er das. »Ja.«

»Ich habe seit Jahren nicht mehr gespielt.«

Geh jetzt raus, Manley. »Du spielst?«

»Nicht besonders gut. Aber wir hatten einen Platz an der Schule und es hat mir Spaß gemacht.«

Sean kniff für eine Sekunde die Augen zusammen. Er brauchte diese Versuchung nicht. Wirklich nicht.

Aber er drehte sich trotzdem um. »Willst du mitkommen?«

»Bist du sicher, dass es dich nicht stört?«

Oh, es würde ihn stören. Die ganze Zeit, während sie in Shorts und einem T-Shirt, das rein gar nichts verbarg, auf dem Platz herumrannte, der Schweiß über ihren ganzen Körper lief und ihre Haut vor Anstrengung rosig leuchtete – es würde ihn stören. Und zwar *gewaltig*.

Es würde ihn stören, dass all diese Anstrengung nicht für ihn war und dass er ihr nicht das T-Shirt und die Shorts vom Leib ziehen und mit seinen Händen über ihre seidige Haut gleiten konnte –

»Nein. Ganz und gar nicht. Ich werde Liam anrufen und fragen, ob er noch jemanden für ein Doppel findet.«

Da war ein Wort – und ein Bild –, das er nicht brauchte.

Er würde für das heutige Spiel einen Tiefschutz tragen müssen, denn Nylonshorts würden seine Reaktion auf sie genauso wenig verbergen wie diese dämlichen Arbeitshosen.

Er hatte das Gefühl, dass bei Livvy gar nichts mehr helfen würde.

»Du hast *Cassidy* mitgebracht?« Sean wusste nicht, ob er lachen oder entsetzt sein sollte. Cassidy Davenport, Liams Klientin, war die einzige Person, die er sich vorstellen konnte, die auf einem Racquetball-Platz noch deplatzierter war als Livvy.

Liam öffnete den Reißverschluss seiner Tasche und zog seinen Handschuh an. »Ich hatte nicht gerade viel Zeit, jemand anderen aufzutreiben, und sie hat es zufällig mitgehört.«

Sean blickte hinüber zu den Frauen, die sich aufwärmten. »Sie trägt Pink. Mit Strasssteinchen.«

»Erzähl mir was Neues.« Liam rollte mit den Augen.

Sean entschied sich fürs Lachen, denn der arme Lee hasste Pink genauso sehr wie Strass. Wahrscheinlich mehr als jeder andere Mann auf der Welt. Aber gut, er hatte seine Gründe.

»Ist ihr klar, dass das ein Sport ist? Dass man da heiß wird und schwitzt und das Make-up ihr aus dem Gesicht laufen wird?«

»Wenn nicht, wird sie es bald merken. Das könnte die ganze Sache lohnenswert machen.« Liam schwang seinen Schläger über die Schulter. »Irgendwelche Fortschritte mit dem Zigeunermädchen?«

Diesmal musste Sean über sich selbst lachen. Er hatte gedacht, er müsste sich Sorgen wegen Livvy in engen Shorts und T-Shirt machen, nicht wegen diesem Rock-Ding, das über ihren Hüften aufschwang, an dem Perlen baumelten, und einem flatterhaften Oberteil, bei dem er die Befürchtung hatte, dass es hochfliegen würde, wenn sie zu schnell die Richtung wechselte. Ein Sportoutfit nur in Livvys Welt, aber sie hatte gesagt, sie hätte nicht geplant, während ihres Aufenthalts auf dem Anwesen eines zu benötigen, also müsse das hier reichen. Gott sei Dank hatte sie wenigstens Turnschuhe getragen; in diesen Springerstiefeln, die sie so liebte, hätte sie sich beim ersten Spielzug den Knöchel gebrochen.

»Wir folgen den Hinweisen. Morgen jagen wir Babywiegen nach.«

Liam zog eine Augenbraue hoch. »Dir ist klar, dass das bei jeder Frau ein gefährlicher Gedankengang ist, oder?«

Sean ignorierte die Regung in seiner Hose. »Glaub mir, das ist kein Thema.«

»Berühmte letzte Worte.« Liam atmete aus. »Komm schon. Bringen wir diese Tortur hinter uns.«

Und eine Tortur war es. Sean ertappte sich dabei, wie er öfter auf Livvys Hinterteil starrte als auf den Ball. Und Liam war trotz seiner angewiderten Haltung gegenüber dem großen, pinken, schaumigen Milchshake, der *seine* Klientin war, genauso leicht abgelenkt und verpasste den Return bei Livvys Aufschlag.

»Woohoo! Punkt für mich!«, rief Livvy und kam hüpfend zu Sean herüber, um ihn in all ihrer hüpfenden Pracht abzuklatschen.

Gütiger Himmel, zum Teufel mit dem Tiefschutz, den er hätte tragen sollen; *sie* brauchte einen Sport-BH. Mehrere davon. Denn der, den sie anhatte, hätte genauso gut gar nicht da sein können – falls sie überhaupt einen trug. Er konnte ihre Brustwarzen durch das Shirt sehen.

»Sean?«

Er schüttelte den Kopf. »Ja?«

»Bist du gar nicht begeistert?«

Mehr, als sie sich vorstellen konnte. »Wie bitte?«

»Wir führen.«

»Oh. Richtig.« Er klatschte mit seiner Handfläche gegen ihre. »Aber es ist noch ein weiter Weg bis fünfzehn.«

»Und mach es dir nicht zu bequem mit einem Punkt Vorsprung. Cass und ich werden euch alt aussehen lassen«, brummte Liam und warf Sean den Ball zu.

»Cassidy, Liam. Ich mag Cass nicht.« *Ms.* Davenport steckte ihr ohnehin schon eng anliegendes, babyrosa T-Shirt in ihre weißen Shorts. Sie sollte sich lieber Sorgen um die Strasssteine am Ausschnitt machen, denn Sean konnte sie förmlich schon über den Boden springen sehen, falls jemand mit ihr zusammenstieß.

Der Gesichtsausdruck, mit dem Liam sie bedachte, als sie ihn korrigierte, verriet, dass Lee genau das tatsächlich tun könnte. »Aufschlag, Sean«, sagte er mit zusammengebissenen Zähnen.

Ja, das würde ein langes Spiel werden.

Und ein verschwitztes dazu. Die Frauen waren trotz ihrer unpassenden Kleidung ziemlich sportlich. Livvy brachte diese Perlen zum Hüpfen und Schwingen, während sie den ganzen Platz abdeckte und den Ball zurückspielte, noch bevor er ein zweites Mal aufkam. Er war angemessen – und überraschenderweise – beeindruckt.

»Brauchst du schon eine Pause, Cass?« Liam benutzte diesen Spitznamen, seit Cassidy gesagt hatte, dass sie ihn nicht mochte. Sean hätte ihr sagen können, dass das passieren würde. Cassidy war genau der Typ, den Liam zu meiden gelernt hatte, und Schande über Mac, dass sie ihn mit ihr zusammengebracht hatte. Seine letzte ernsthafte Freundin war genau wie Cassidy gewesen: eine Frau, die von den Männern in ihrem Leben erwartete, dass sie sich um sie kümmerten. Sie alle hatten sich gefragt, warum Liam so unter Pantoffel stand, hatten ihm gegenüber aber nie etwas gesagt. Das war der Bro-Code. Solange sie eine Freundin nicht beim Fremdgehen oder etwas ähnlich Schlimmen erwischten, unterstützten sie die Wahl ihres Bruders. Als sich dann herausstellte, dass sie tatsächlich jemanden nebenher hatte, was keiner von ihnen bemerkt hatte, war das ein schwerer Schlag für Lee gewesen, und er hatte den Frauen seither abgeschworen. Es war geradezu grausam von Mac, ihm die anstrengendste Klientin zu geben, die sie hatte.

»Sean, willst du aufschlagen oder das Ding anstarren? Ich habe nicht die ganze Nacht Zeit, weißt du.«

Liam machte Ausfallschritte von einer Seite zur anderen und zwirbelte den Schlägergriff in seiner Handfläche, als ginge es hier um ein Endspiel.

»Komm schon, Sean. Ich bin bereit.« Livvy lächelte ihn an, und Sean wollte ihr zeigen, wie bereit *er* war –

Okay, es stand also vielleicht doch einiges auf dem Spiel.

Sie sah so verdammt süß aus. Und verdammt sexy. Und diese Kombination würde ihm garantiert das Gehirn rauben –

Er schlug auf.

Und der Ball landete im Aus.

»Noch einer, Sean«, knurrte Lee triumphierend hinter ihm. »Wenn du den Aufschlag verlierst, kannst du dieses Spiel vergessen.«

Sean verlor ihn nicht; es gelang ihm, sich gerade so weit auf das Spiel zu konzentrieren, dass er und Livvy noch zwei Punkte holten, bevor der Aufschlag wechselte.

»Ladies first.« Liam machte eine weite Handbewegung in Richtung Cassidy und spielte ihr den Ball zu. »Zeigen wir den beiden mal, wie man das macht, *Cass*.«

Sie funkelte ihn durch ihre – natürlich mit Strass besetzte – Schutzbrille an.

Aber sie hatte einen brandgefährlichen Aufschlag, und Sean musste sich voll darauf konzentrieren, ihn zurückzubringen. Dann stieg Liam voll mit ein, und plötzlich wurde das Spiel gnadenlos. Sean wäre vielleicht erstaunt gewesen, wie gut die Frauen mithielten, wenn er Zeit zum Staunen gehabt hätte. Die Ballwechsel kamen schnell und heftig. Cassidy war im Racquetball alles andere als schlecht, aber die arme Livvy war hier überfordert.

»Tut mir leid«, murmelte sie, als sie ihren vierten Punkt in Folge kassierten. »Ich schätze, ich bin viel eingerosteter, als ich dachte.«

Sean klopfte ihr auf die Schulter. »Kopf hoch. Wir liegen nur zwei Punkte zurück.«

»Ja, aber wir lagen vier Punkte vorne.«

»Wir kommen wieder ran.«

»Wenn du meinst.«

Er versuchte, sie bis auf ein oder zwei Punkte heranzubringen, aber ein Liam auf Mission und die Country-Club-Racquetball-Spielerin Cassidy gaben den Aufschlag kaum her. Als es beim dritten Mal doch passierte, hätte Sean schwören können, dass ein Blick zwischen ihnen wechselte – und es war nicht der feindselige, mit dem sie angefangen hatten.

»Komm schon, Liv, Kopf hoch«, flüsterte er, während er hinter ihr vorbeiging, um seine Position im hinteren Feld einzunehmen. »Du machst das toll.«

Sie zog die Augenbrauen hoch. »Ich will gar nicht deine Definition von ›schlecht‹ sehen, wenn du das hier toll findest.«

Er musste es ihr lassen; sie gab nicht auf. Sie rannte unermüdlich über den Platz und knallte ein paar Mal mit der Schulter gegen die Wand, wenn ihr Schwung sie weitertrieb. Sie würde einige fiese blaue Flecken davontragen.

Und er wollte jeden einzelnen davon küssen.

»Punkt!«, rief Liam, riss die Arme hoch und johlte, als Sean den Ball verpasste. Cassidy sprang auf und ab, etwas, das er normalerweise genießen würde, wenn a) er nicht gerade verlieren würde, b) Liam nicht so interessiert an diesem Hüpfen wirken würde und c) Livvy wegen ihres Punktestands nicht so niedergeschlagen wäre.

Er legte einen Arm um ihre Schultern. »Komm schon, Liv, wir packen das. Denk daran, was wir am Anfang gemacht haben. Da waren wir obenauf. Kehren wir zu dem zurück, was wir da gemacht haben, und reißen das Ruder herum. Ich weiß, dass wir es können.«

Sie sah unter ihren Wimpern zu ihm auf, und Sean war davon beeindruckt, wie lang sie waren. Und dass sie nicht braun waren, wie er gedacht hatte, sondern eher rostfarben. Nein, nicht Rost. Weinrot. Ja, das war es. Sie waren weinrot. Genau wie ihr Haar. Es war kein gewöhnliches Rot; es hatte Brauntöne und Orange und vielleicht sogar ein bisschen Blond darin. Es sah aus wie eine schimmernde Masse aus weinroten Locken, die zu einem Pferdeschwanz zurückgebunden waren, wobei sich ein paar störrische Strähnen gelöst hatten und sich feucht an ihre Kieferpartie schmiegten. Ihren Hals. Ihren Nacken ...

»Können wir es *wirklich* schaffen, Sean?«

Sie konnten *es* schaffen und was auch immer sie sonst noch wollte, wann immer sie wollte –

»Äh, ja.« Er nahm den Arm weg. »Wir können sie schlagen.« Richtig. Sie. Cassidy und Liam. Das andere Team. Im Spiel. Racquetball. »Wir müssen uns nur konzentrieren.«

Auf das Spiel. Auf den Schläger. Auf den Ball. Auf sonst nichts.

»Du gehst unter, Sean.« Liam hatte einen diebischen Glanz in den Augen und ein überhebliches Grinsen im Gesicht. »Bereit, wie ein Baby zu heulen?«

»Komm nur her, Bruder.« Er stellte die Füße breit auf, ging leicht in die Knie und wartete auf Liams Aufschlag.

Er war schnell und kraftvoll, und Sean genoss die Chance, auf etwas einzudreschen. Er jagte den Ball mit so viel Wucht gegen die Rückwand, dass er mit einem Tempo zwischen Liam und Cassidy durchschoss, bei dem er froh war, dass keiner der beiden im Weg gestanden hatte.

Cassidy traf ihn nach dem Aufsprung mit gerade genug Kraft, um ihn fast außer Reichweite für Livvy zu platzieren.

Livvy machte einen Ausfallschritt und rettete den Ball im letzten Moment, indem sie sich auf den Boden warf.

Sean wollte bei ihrem Keuchen zu ihr laufen, aber Liam gab nicht nach. Natürlich tat das keiner der Brüder, wenn es um Sport ging, aber Lee schien vergessen zu haben, dass sie diesmal mit Frauen spielten, und schmetterte den Ball so hart, dass er pfiff, während er auf ihn zuflog.

Sean nahm den Schlag an und spürte, wie die Kraft trotz der Federung des Schlägers und der Polsterung seines Handschuhs den Arm hinauf vibrierte.

Dann war Cassidy an der Reihe, und wieder einmal brachte sie ihn geschmeidig zurück. Sie sah sogar gut dabei aus. Wurde das im Internat oder in der Benimm-Schule gelehrt, oder wo auch immer Mädchen wie sie hingingen, um die unwichtigen Dinge des Lebens wie Blumenarrangements und Tischdecken zu lernen?

Livvy hechtete erneut, diesmal klatschten ihre Handflächen beim Aufprall auf den Boden. Sean zuckte zusammen und versuchte, aus dem Augenwinkel sicherzugehen, dass es ihr gut ging, während er gleichzeitig Liam im Auge behielt.

Liam ließ sich nichts anmerken. Er schmetterte den Ball erneut. Sean musste eine schnelle halbe Drehung machen, um in Position zu kommen, wobei er den Schwung hinter seinem Schlag verlor, aber glücklicherweise schaffte er es, ihn für Cassidys Zug zurück an die Wand zu bringen.

Sie spielte eine wunderschöne Bogenlampe. Klassischer Schwung ... *wenn* sie Golf spielen würde: ein Bein gestreckt, das Knie nach innen gedreht, der Rücken anmutig gewölbt.

Die arme Livvy erinnerte ihn an Reggie nach dem Sturm: durchnässtes Haar, das an einem vor Erschöpfung roten Gesicht klebte, die Nase noch röter, wo sie sie wohl bei einem ihrer Hechtsprünge auf dem Boden angestoßen haben musste, die Kleidung verrutscht und in schweißnassen Flecken an ihr klebend, der Saum dieses lächerlichen Rocks schief, die Perlen laut klackernd.

Für ihn sah sie absolut wunderschön aus.

Und das war der Moment, in dem Sean den nächsten Ball verpasste.

»Sieg!« Liams Schläger polterte zu Boden, als er Cassidy in seine Arme schloss und sie herumwirbelte, während beide lachend die Köpfe in den Nacken warfen. Schadenfroh.

Sean rieb sich den Trizeps. Der verdammte Ball tat weh. Er würde einen blauen Fleck bekommen. Nicht, dass er eitel genug wäre, dass es ihn störte, aber er würde eine Weile bleiben – was bedeutete, dass Liam sein Triumphgeheul über den Sieg mindestens so lange hinauszögern würde, und die Geschichte, die er dazu erfinden würde, würde im umgekehrten Verhältnis zur Farbe des Ergusses immer absurder werden.

»Tut mir leid.« Livvy streifte mit ihrer Schulter seinen anderen Arm.

Das Prickeln, das damit einherging, traf ihn härter als der Ball es getan hatte. Er strich mit der Hand über ihre Schulter. »Hey, nimm es nicht so schwer. Es ist nur ein Spiel.« Wäre das nur zwischen ihm und Liam gewesen, wären ihm diese Worte im Hals stecken geblieben.

»Ich weiß, aber ich wollte gewinnen. Du auch.«

»Wir schnappen sie uns beim nächsten Mal.« Oh, toll. Er hatte sich gerade für eine weitere Runde Folter angemeldet.

Da er eine Ablenkung von diesem Gedanken brauchte, drehte Sean sich um. »Also Lee, wollt ihr zwei noch –«

Sean hielt den Mund. Lee und Cassidy *wollten* offenbar, wenn man nach diesem langsamen Gleiten ging, mit dem sie an seinem Körper herabglitt. Und Lee ließ nicht los.

Aber dann tat er es doch. Schnell. Und Cassidy ebenfalls, sie stolperte förmlich, um von Liam wegzukommen.

Das war nicht gut. Liam hatte sich schon einmal an einer Frau wie Cassidy Davenport die Finger verbrannt.

»Wollt ihr noch was essen gehen?«, fragte Sean. Vergiss die Revanche; dass Liam Cassidy jetzt allein nach Hause fuhr, war *nicht* im besten Interesse seines Bruders.

Überraschenderweise schaffte Liam es jedoch, seinen Blick von der großen, sexy Definition einer schlechten Idee abzuwenden.

Gut. Vielleicht stand er doch nicht so sehr auf sie, wie es schien.

»Danke, aber ich muss nach Hause.«

Lee lieferte eine verdammt gute Vorstellung von jemandem ab, dem alles egal war – außer man *kannte* diesen Jemand. Und Sean kannte Liam.

Scheiße. Das war gar nicht gut.

»Die Abrechnungen stapeln sich, weil meine Assistentin im Mutterschutz ist, und wenn die Rechnungen nicht rausgehen, kommt kein Geld rein.« Liam sah Cassidy mit dem vertrauten Spott an, den Sean so gut kannte. »So funktionieren Unternehmen nun mal.«

Für einen Moment zeichnete sich Schmerz in Cassidys Gesicht ab. »Ich weiß sehr wohl, wie das Geschäft funktioniert. Ich habe schließlich mit meinem Vater zusammengearbeitet, weißt du.«

»Wie könnte ich das vergessen?«

»Na gut.« Sean warf Liam seinen Schläger zu, da der Status quo wiederhergestellt war. »Ruf mich an, wenn du Cassidy abgesetzt hast. Ich muss ein paar Dinge mit dir besprechen.«

Er würde sich schon was einfallen lassen – vielleicht Lees Meinung dazu einholen, wo man nach seltsam aussehenden Babywiegen suchen sollte, damit er Livvy zuvorkommen konnte, statt über sie herzufallen –, und um Lee davon abzuhalten, dasselbe mit Cassidy zu tun.

Ja, das würden zwei lange Wochen werden.

Kapitel Achtzehn

Livvy starrte auf die Babywiege im Flügel des Museums, den ihre Großmutter gestiftet hatte. Es war dieselbe wie auf dem Foto, und die Tafel neben der Absperrkordel sagte, dass Generationen von Martinsons sie benutzt hatten.

Olivia Martinson war der letzte Name auf der Liste.

Olivia *Martinson*?

Livvy glaubte nicht daran. Dieser Name stand nicht einmal auf ihrer Geburtsurkunde, und was das Schlafen in dem Ding anging ... Wann? Soweit sie wusste, war sie erst mit fünf unter die Vormundschaft der Martinsons gekommen. War das der Vorstoß der alten Dame für dynastische Glorie?

Livvy starrte sie an und versuchte, sich selbst in diesem lächerlich verschnörkelten viktorianischen Design vorzustellen. Wahrscheinlich hatte sie Albträume gehabt—nichts Neues, wenn es um die Familie ihres Vaters ging. Aktuelle Schnitzeljagd inklusive.

Livvy schüttelte die schlechte Laune ab. Schnee von gestern, vergossene Milch, all die Klischees. Sie war erwachsen, jetzt reiß dich mal zusammen.

Klar. Wo war also der nächste Hinweis?

Es musste etwas auf der Tafel sein, denn der Museumsleiter hätte sicher jeden Zettel oder jede Gravur an der Wiege selbst gefunden, und ihre Großmutter hatte wissen müssen, dass sie für die Öffentlichkeit abgesperrt sein würde—auch für sie.

Andererseits, warum sollte sie erwarten, dass Merriweather es ihr leicht machte? Sie verstand immer noch nicht, warum die Frau sie durch diese Reifen springen ließ. Wollte sie einfach als die gelten, die ihrer verlorenen Enkelin die Chance gegeben hatte? Oder war es, weil sie *wusste*, dass Livvy scheitern würde, und sie dafür bestrafen wollte, dass sie sich erdreistet hatte, zu leben?

Livvy setzte sich auf die Bank neben der Vitrine. *Wäre* ihre Großmutter so hinterhältig gewesen?

Es war möglich. Merriweather hatte sich zu Lebzeiten ganz bestimmt nie bemüht, sie in die Familie aufzunehmen; warum sollte sie im Tod anders sein?

Livvy stand auf, bereit zu gehen. Sie würde nicht länger nach der Pfeife ihrer Großmutter tanzen. Es war ihr egal, was der nächste Hinweis war oder wo er war oder wohin er führte oder sonst was. Soll die Alte sich im Grab umdrehen, weil Livvy ihren Befehlen nicht folgte. Livvy war das egal. Sie war ohne diesen Ort gut zurechtgekommen, solange die Frau lebte, und sie würde es jetzt genauso gut schaffen, wo sie weg war.

Sie drehte sich zum Gehen um und stieß gegen einen der Ständer, an denen die Seile befestigt waren, die die Öffentlichkeit fernhalten sollten. Und sie. Sie hielten *sie* fern. Genau wie Merriweather es wollte.

Livvy kämpfte gegen das Brennen der Tränen an. Warum war sie für die Frau nie gut genug gewesen? Wie konnte Merriweather die Sünden der Eltern auf sie, ein unschuldiges Kind, abladen? Ihr ganzes Leben lang hatte sie sich bedeckt gehalten, um den Namen Martinson nicht in den Dreck zu ziehen, denn sie hatte nie die volle Wut von Merriweather zu spüren bekommen wollen.

Warum? Was hatte sie getan? Was stimmte nicht mit ihr, dass ihre eigene Großmutter sie nicht einmal hatte kennenlernen wollen?

Mit Tränen in den Augen stieß Livvy erneut gegen den Ständer und hechtete diesmal hinterher, um zu verhindern, dass er auf den Boden krachte. Das hätte ihr gerade noch gefehlt: auf sich aufmerksam zu machen, während sie emotional völlig durch den Wind war.

Aber schäm dich. Schäm dich, dass du dir Merriweathers Unaufmerksamkeit so zu Herzen nimmst. Sie war kein Kind mehr. Sie kannte die Welt und das Funktionieren des kleinen, fiesen Geistes einer alten Frau.

Ein leises Brennen begann tief in ihrem Bauch. Die Frau wollte, dass sie scheiterte? Von wegen. Sie würde diese Hinweise finden und das Herrenhaus erben und jeden Moment davon genießen, es an den Meistbietenden zu verscherbeln. Soll Merriweather darüber mal schön im Grab rollen.

Livvy stellte den Ständer richtig hin, wischte sich die Augenwinkel trocken und warf die Schultern zurück. Die alte Kampfhenne würde nicht gewinnen.

Sie las die Tafel noch einmal. *Generationen von Familienmitgliedern der Martinsons schliefen in dieser hervorragenden Darstellung eines jeden Kindertraums. Das viktorianische Design wurde von Albert Martinson in Auftrag gegeben, um mit mehreren Änderungen zusammenzufallen, die er Handwerkern am Anwesen der Martinsons ausführen ließ.*

Jeder Kindertraum? Ihrer war es nicht gewesen. Das Ding sah eher nach Albtraum aus. Sie hatte sich bei den Martinsons ganz sicher nicht getraut, auch nur irgendwas zu träumen.

Aber jetzt träumte sie von der Martinson-Magd. Das würde der alten Merriweather schön die Galle hochkommen lassen, *das.*

Ziege. Oh, Mist. Sie sollte noch beim Futtermittelhändler anhalten und eine spezielle Körnermischung für Dodger und seine Brüder besorgen, um die Wollfasern auszugleichen, die sie kürzlich ihrem Verdauungstrakt hinzugefügt hatten.

Sie las die Tafel noch einmal, dann machte sie ein Foto, um es Sean später zu zeigen und zu sehen, was er daraus machte.

Sean rückte das Sofa nach dem Staubsaugen des Teppichs wieder an seinen Platz in der dritten Sitzecke im Obergeschoss des Westflügels. Wie viele Plätze hatten people zu Merriweathers Zeiten gebraucht, um zu sitzen und zu quatschen? Und das auf der Schlafetage? Er schüttelte den Kopf. Wer verstand schon die Superreichen? Aber es stand ihm nicht zu, sich zu beschweren; er war einfach froh, dass dieser kleine Bereich und die anderen wie er existierten. Die Pläne seines Architekten sahen vor, sie in Besprechungsräume umzuwandeln, um eine weitere Einnahmequelle zu schaffen.

Sean rückte den Couchtisch vor das Sofa und stellte die prunkvollen Kristallnippes wieder hin, deren Abstauben ihn fast eine halbe Stunde gekostet hatte. Wenn er nie wieder eine Ecke oder Ritze sehen musste, wäre es ihm viel zu früh.

Die Standuhr in der Nische hinter ihm schlug. Mittag. Die Hunde hatten ihn um fünf geweckt, als Livvy sie rausgelassen hatte. Also war er aufgestanden und hatte die Zeit genutzt, das Kinderzimmer im dritten Stock auszuräumen, obwohl er in Wahrheit nach dem nächsten Hinweis gesucht hatte und sogar nach losen Dielenbrettern für ein Versteck. Wenn ihm das Racquetballspiel von gestern etwas gezeigt hatte, dann, dass Livvy nicht aufgab und es hasste zu verlieren. Das hatten sie gemeinsam.

Unter anderem.

Er rückte unbehaglich hin und her und erinnerte sich an die Qual von gestern. Ihr alberner Flatterrock hatte ihn rätseln lassen, was darunter war; ihr Shirt hatte das nicht—und diese Lippen hatten ihn den Schwung jedes Lächelns kosten lassen. Er musste wirklich auf Abstand gehen und aufhören, sie zu küssen.

Das Problem war, er *wollte* nicht aufhören, sie zu küssen. Livvy zu küssen war anders als jede andere Frau zu küssen, und obwohl er das mochte—mehr *als* mochte—machte es ihm auch höllisch zu schaffen. Warum sie? Was war so besonders an *ihr*? Eigentlich hätte ihn dieser ganze Albtraum mit ihr und dem Haus und dem Geld so sehr von *ihr* abtörnen müssen, dass sie nackt im selben Raum sein konnten und es hätte überhaupt keinen Effekt auf ihn.

Nur passierte das nicht. Der bloße Gedanke an sie nackt machte ihn so hart wie dieser verdammte Tisch und vernebelte sein Urteilsvermögen, lenkte seinen Fokus von dem, worauf er liegen sollte, und brachte ihn dazu, seine Investition zu überdenken. Seinen Geschäftsplan. Sogar sein Leben.

Moment—sein Leben? War er nicht ganz dicht? Sein *Geschäft* war sein Leben. Dieser Ort. *Das* war der Traum. Der, für den er sich entschieden hatte, als Liam seine ersten hundert K verdient hatte. Als Bryan diese große Filmrolle bekommen hatte, während Sean immer noch muffige alte B&Bs ausräumte, um sie in „urige" Form zu bringen und seine Firma aufzubauen. Er hatte nicht vor, all seine harte Arbeit aufzugeben. All seine Entschlossenheit. Verdammt, er hatte sogar das Daten auf Eis gelegt und Beziehungen beendet, bevor sie zu ernst wurden, nur damit er seine beruflichen Ziele erreichen konnte. Er würde nicht zulassen, dass irgendein bohèmehaft gekleideter Freigeist mit einer Vorliebe für Bauernhoftiere statt normale gesellschaftliche Nettigkeiten das niederreißt, was er so hart aufbaute. Er brauchte dieses Anwesen. Es würde all die harte Arbeit, all die Opfer, all seine Prinzipienkompromisse lohnenswert machen.

Er brauchte diesen verdammten Hinweis.

Sean stellte die Kristallpyramide ab und achtete darauf, den Mahagonitisch nicht anzuschlagen. *Babywiege.* Was, zur Hölle, hatte Merriweather damit gemeint? Er hatte im Kinderzimmer nichts gefunden und, falls es auf diesem Grundstück einen Spielplatz gab, hatte er ihn noch nicht gesehen. Sein ganzes Internetsuchen hatte zu nichts geführt. Er würde sehen müssen, was Livvy herausgefunden hatte, sobald sie nach Hause kam.

Was sie tat, während er zu Mittag aß, als sie mit einem Aufflackern von Bauchfrei durch die Küchentür hereingeschwebt kam, was ihm so ziemlich den Mund austrocknete und ihm jeden Atemzug aus der Lunge sog. Die Erinnerungen an ihre cremige, durchtrainierte Haut hatten ihn die halbe Nacht wach—und hart—gehalten. Die Frau war auf so vielen Ebenen eine Gefahr.

»Hey, Sean! Wie geht's?«, fragte sie, ihr Haar wehte im Sonnenschein, der durch die Glasscheiben fiel, wie ein korkenzieherförmiger Heiligenschein. »Wo sind die Hunde?«

Er nahm einen Schluck von seinem Eistee. Wie *ging* es ihm? Hart wie die Hölle und genauso frustriert.

Dann war da noch der ganze Albtraum dieser Situation und was er dagegen tun sollte, ganz zu schweigen davon, dass er wie Merriweathers blöde Gedichte klang.

»Äh, gut«, war die sichere Antwort. »Und ich hab sie rausgelassen. Ich bin überrascht, dass du sie nicht gesehen hast. Ah, scheiße. Vielleicht sind sie weggelaufen?«

Livvy schüttelte den Kopf. »Das ist das Ding bei Rettungen; sie sind dankbar für das Zuhause, das du ihnen gibst. Die gehen nirgendwohin. Die kundschaften vermutlich nur ihr neues Revier aus. Die kommen wieder.«

Gut. Er musste ihr nicht auch noch ihre vierbeinige Familie wegnehmen. »Also, irgendein Glück?«

Sie zuckte die Schultern, und da blinzelte schon wieder dieser Bauch frei. Die Frau brauchte neue Klamotten. Am besten was Tristes, wie ein Sack aus Sackleinen. Wobei sie darin wahrscheinlich auch umwerfend aussehen würde. Livvy *war* umwerfend, und ihre Sonnenschein-Persönlichkeit machte die äußere Verpackung nur noch reizvoller.

»Ich hab die Wiege gefunden. Meine Großmutter behauptet, ich hätte darin geschlafen, aber das kann nicht sein. Ich frage mich, ob ihr am Ende der Verstand abhandengekommen ist.«

Sean hatte seine eigenen Gründe, die Funktionsweise von Livvys Großmutters Verstand infrage zu stellen, aber dass sie ihn verloren hatte, gehörte nicht dazu. »Merriweather wirkte auf mich ziemlich pfiffig.« Und ziemlich *Haifisch* auch. Sie trieb *ihn* in den Wahnsinn, aber Mac hatte wahrscheinlich recht. Nachdem er es bei seinen Planungen mit ihr eins zu eins zu tun gehabt hatte, konnte Sean bestätigen, dass Merriweather eine gewiefte Geschäftsfrau war. Er würde darauf wetten, dass sie ganz genau gewusst hatte, was sie tat, als sie ihr Testament änderte und ihn trotzdem glauben ließ, der Ort gehöre ihm.

Andererseits hatte ihm Wetten in letzter Zeit nicht viel gebracht.

Livvy zog sich auf die Arbeitsplatte neben den Barhocker hoch, auf dem er saß, roch ihm viel zu verdammt gut, und er überdachte die Sache mit dem Wetten noch mal.

»Die Wiege war abgesperrt, ich konnte nicht nah ran, aber ich bezweifle, dass da irgendwas drin oder dran war, was ich sehen sollte. Meine Großmutter hätte gewusst, wie das Museum damit umgeht, also konnte sie nicht erwartet haben, dass ich sie mir allzu genau ansehe.« Sie zog eine Digitalkamera aus dem Sack, der als ihre Handtasche diente. Er hatte noch nie so eine armselige Ausrede für eine Tasche gesehen, aber bei Livvy war sowieso immer alles ein bisschen links der Mitte aus der Spur. »Hier, lies das. Sag mir, was du glaubst, was es bedeutet.« Sie zoomte auf eine Tafel.

Lesen? Eher nicht. Sean nahm sein Glas und stand auf. Zu versuchen, aus den Buchstaben schlau zu werden, war zu demütigend, um das vor anderen people zu tun, sogar vor der eigenen Familie. Er hasste es, diese Schwäche zu zeigen, und er würde verdammt sein, wenn er Livvy das sehen ließe. Und er würde ganz sicher nicht sein Tablet rausholen, damit es ihm das vorliest. Im Laufe der Jahre hatte er sich Tricks angeeignet, um zu verhindern, dass people von seinem »Problem« erfuhren. Musste er; sie sahen ihn mitleidig an, sobald sie es rausfanden, und das färbte ihr Bild von ihm. Wenn es eines gab, das Sean hasste, dann bemitleidet zu werden. »Manchmal ergibt es mehr Sinn, wenn man's laut liest.« Er machte ein Riesentheater, um sich noch Eistee aus dem Kühlschrank zu holen. »Warum liest du's mir nicht vor?«

Livvy nagte an ihrer Unterlippe—verdammt noch mal—, dann legte sie den Kopf schief, diese herrlichen kupferroten Locken fielen ihren Arm hinab und über ihre Brust, die Spitzen reichten fast bis zur Arbeitsplatte, und Sean musste ein Stöhnen runterschlucken, um sich *nicht* vorzustellen, wie sie sich anfühlen würden, wenn sie über seine Haut strichen.

Verdammt bescheuerte Hose.

Er rutschte zurück auf den Barhocker, bevor die Dünnheit des Stoffes noch *offensichtlicher* wurde, aber dann wurde er mit dem Anblick von Livvys perfekt geformter Wade belohnt, als sie sie im Takt einer Musik, die nur sie hören konnte, über die andere schlug, ihr alberner Kampfstiefel streifte ganz leicht seinen Arm, und Sean dachte nicht daran, sich zu bewegen.

Erbärmlich. So verdammt erbärmlich, dass er sich zusammenreißen musste, um sich auf das zu konzentrieren, was sie ihm erzählte, statt auf die sexy Art, wie sich ihre Lippen bewegten, *während* sie es ihm erzählte.

»Ich glaube, der Hinweis hat irgendwas mit dem zu tun, der die Wiege gemacht hat. Auf der Tafel steht was über Arbeiten, die ein Handwerker hier in der Gegend gemacht hat.« Sie strich sich die Haare hinters Ohr, wodurch sie wieder über ihre Brust streiften, und Seans Schwanz zuckte bei der Bewegung.

Wirklich verdammt bescheuerte Hose.

»Bei der Größe hier könnte das deutlich länger als zwei Wochen dauern, bis man das rausfindet.« Sie hielt ihm die Kamera noch mal hin, und der Duft ihres Parfüms oder ihrer Seife—oder, bei seinem Glück, ihr ganz normaler, alltäglicher, ihn-in-den-Wahnsinn-treibender Duft—legte sich wie ein Netz um ihn und zog ihn ein. »Was meinst du?«

Er dachte eher an den Akt, der Wiegen *füllt*, als an die Wiegen selbst. »Ich glaube, du solltest vielleicht nicht ganz so nah sitzen.«

Sie legte den Kopf noch ein Stück schief und sah viel zu süß aus. »Sollte ich nicht? Warum?«

Musste sie das wirklich fragen? Seans Selbstvertrauen schrumpfte ein bisschen dabei—aber das war das Einzige, was das tat. Mann, sie sah umwerfend aus mit diesem wilden Haar und ihren strahlenden Augen und diesen Brüsten, die so sehr gegen ihr Top drückten, dass er die Kontur ihrer Nippel sehen konnte.

Erst recht, als sie sich direkt vor seinen Augen aufrichteten.

Die Stimmung kippte in einem Augenblick. Er spürte es, bevor er sah, wie sie ihn ansah. Genauer gesagt seinen Mund. Was ihm recht war, denn so konnte er ihren ansehen und sich fragen, wie der feuchte Schimmer schmecken würde, den ihre Zunge hinterließ, als sie darüberglitt. Und er konnte auf das Flattern ihres Pulses an der Basis ihrer Kehle starren und sich vorstellen, wie er sich gegen seine Zunge anfühlen würde. Oder wie sich diese Nippel anfühlen würden gegen—

Runter vom Gas, Manley.

Er hörte nicht auf seine Vernunftstimme. Konnte er nicht. Nicht bei dem großen Augenaufschlag, den Livvy ihm schenkte, und der Art, wie sie die Kamera auf die Arbeitsplatte legte, sich dann auf die Handflächen zurücklehnte, ihre Brüste nur so weit den Winkel änderten, dass diese verführerisch aufmerksamen Nippel wie eine wärmesuchende Rakete auf ihn gerichtet waren, und, ja, genau das hatte er in dieser verdammt bescheuerten Hose. Sie sollte wirklich nicht so nah sitzen.

»Warum?« Gegen besseres Wissen stand er auf. »Wegen dem hier.«

Er zog sie die zehn Zoll über die Arbeitsplatte, bis sie direkt vor ihm war, ihre Beine zu beiden Seiten seiner Hüften, seine Hand fest auf die perfekten Muskeln ihres wahnsinnig köstlichen Arsches geklemmt, ihre Hitze nur wenige Zentimeter von dem entfernt, wo er sie haben wollte.

»Ich werde dich küssen, Livvy.« Er fuhr mit den Fingern durch ihr Haar, wie er es seit dem ersten Moment in den Fingern jucken gespürt hatte, als er sie so herrlich überlegen im Foyer gesehen hatte. »Und du wirst mich zurückküssen.«

»Werde ich?« Sie leckte sich wieder über die Lippen.

Er antwortete nicht. Jedenfalls nicht mit Worten.

Er legte die Hand flach an die Kurve ihrer Taille, streichelte die Haut, die ihn seit ihrem Hereingestürmen geneckt hatte und allen Sauerstoff aus dem Raum gesaugt hatte. Ihre Haut fühlte sich verdammt seidig gut an unter seinen Fingerspitzen. Ihre flatternden Atemzüge trieben seine eigenen hoch, bis er sich im nächsten Moment mit beiden Händen in dieses wilde, schaumige Etwas vergraben hatte, das sie Haare nannte, er jedoch Himmel, und seine Zunge entdeckte all die süßen, geheimen Orte in ihrem Mund. Ihr heißer Atem brannte ein Feuer durch ihn und schoss in genau den Teil von ihm, der gegen den Teil von ihr gedrückt war, den er noch besser kennenlernen wollte, und ihre Hände krallten sich in die verdammt dünne Hose, die plötzlich nicht mehr dünn genug war, weil er jede ihrer Bewegungen fühlen wollte, jedes Zucken und Ziehen. Gott, er wollte sie auf die Platte legen und sie nehmen, bis keiner von beiden mehr geradeaus denken konnte.

Verdammt, wenn er ernsthaft darüber nachdachte, dann dachte er *schon* nicht mehr klar.

Was die perfekte Ausrede war, es zu tun.

Er sank auf sie hinab, drückte sie gegen den Granit, rückte so, dass ihre Beine sich um seine Taille schlingen konnten und ihre unglaublich weichen, wundervollen Brüste gegen seine Brust gepolstert waren, ihr Kopf im Winkel, um den Kuss zu vertiefen, während sie sich an ihn schmiegte. Sean musste sich darauf konzentrieren, nicht in dieser bescheuerten Hose zu kommen, was nicht leicht war, wenn seine Hände über Oberflächen glitten, von denen er nur geträumt hatte – neulich erst –, Kurven umarmten, über die er fantasiert hatte, und die Temperatur in der Küche schneller anstieg als bei Merriweathers 7.000-Dollar-Profi-Umluftofen.

»Riesiger Fehler. Riesengroß.« Orwell unterstrich seinen Kommentar mit einem Satz Krallen in die Schulterblätter.

»Sonofabitch!«, fuhr Sean hoch.

»Sonofabitch! Sonofabitch!«, krächzte Orwell; er hatte sogar die Stimme perfekt drauf.

»Oh nein!«, richtete Livvy sich auf die Ellbogen auf. »Du musst aufpassen, was du in seiner Nähe sagst, Sean.«

»Sonofabitch!« Orwell schlug mit den Flügeln, und überall über die Arbeitsplatte wirbelten Federn.

Sean atmete tief durch und zwang seinen Körper, sich verdammt noch mal zu beruhigen. Jesus. Ein zweiminütiger Kuss und alles Blut hatte jede Zelle in seinem Körper verlassen, außer den paar da unten.

Er trat aus der Wiege von Livvys Schenkeln zurück.

Schlechte Idee. Die Schwerkraft hatte getan, was seine Hände mit ihrem Rock hatten tun wollen, ihn um ihre Hüften drapiert, und zum Vorschein kam – heilige Hölle – das knappste Dreieck babyrosa Stoffs zwischen ihren Beinen. Etwas so absolut Weibliches zu dem Tarnmusterrock, den klobigen Stiefeln und dem drabben olivgrünen Shirt, das an ihr unglaublich sexy war, und Sean spürte, wie all das Blut nach Süden marschierte.

Orwell flatterte auf Livvys Bauch. *»Sonofabitch.«*

Sean hätte schwören können, dass ihm der verdammte Vogel zuzwinkerte. »Sonofa—«

»Okay, jetzt, wo wir *dieses* bestimmte Schimpfwort fest in Orwells Wortschatz verankert haben, wird's Zeit, dass er was anderes lernt.« Livvy setzte sich auf, schaffte es, ihr Top herunter- und ihren Rock wieder zurechtzuziehen, in einer fließenden Bewegung, die so effektiv war wie das Zuschlagen einer Tresortür. Sie setzte den Papagei auf ihre Schulter, wo er ihn mit einem Grinsen ansah.

»Livvy.« Sean legte ihr eine Hand auf den Arm.

Der Vogel schnappte danach.

Sean riss sie gerade noch rechtzeitig weg. Aber das würde ihn nicht abhalten. »Livvy, wir müssen besprechen, was gerade passiert ist.«

»Warum?«

Sie legte den Kopf schief und ihre Locken fielen über ihre Brüste, und Sean musste seine Hände in die Taschen stecken, um sie nicht nur von ihr fernzuhalten, sondern auch, um sich ein Minimum an Würde zurückzuholen, damit seine wütende Erektion sich nicht unter dem blöden Stoff abzeichnete.

»Weil wir nicht so tun können, als wäre es nicht passiert.«

Sie strich sich ein paar Locken hinters Ohr. »Wolltest du das? Ich nicht. Ich küsse dich gern.«

Ihre Offenheit war so unerwartet, so entwaffnend, dass Sean nicht wusste, was er sagen sollte. Er brachte nur ein: »Echt?«, heraus, was ihn am liebsten unter die Arbeitsplatte kriechen lassen hätte vor Fremdscham. Sie ließ ihn sich wieder wie ein Teenager fühlen.

Was nicht unbedingt etwas Schlechtes war.

»Das hast du nicht gemerkt?« Ihr Mundwinkel hob sich, und ihre bernsteinfarbenen Augen funkelten.

Wieder traf ihn die Lust wie ein Schlag in den Magen und raubte ihm den Atem.

»Sean? Alles okay?«

Eigentlich war er ein bisschen angepisst, dass sie atmen konnte. Und Witze machen. Und sich unterhalten. Offenbar wirkte er nicht auf sie wie sie auf ihn. »Ich sollte mich entschuldigen. Normalerweise renne ich nicht rum und küsse Kundinnen, oder—«

»Vielleicht solltest du das.«

»Hä?«

Sie setzte den Vogel auf das Wagenrad an der Decke, an dem die Töpfe hingen, und dieses verdammte Biest kletterte darauf herum, als wäre es ein Klettergerüst. Sean *wartete* nur darauf, dass es ihn mit seinem wieder hochgewürgten Frühstück taufte – ganze eine Sekunde lang, denn da sprang Livvy vor ihm von der Arbeitsplatte.

Genau vor ihm.

»Ich sagte, vielleicht *solltest* du rumgehen und deine Kundinnen küssen. In dem Bereich bist du ziemlich talentiert. Nicht, dass du es nicht auch beim Putzen wärst, aber ich sehe nicht, warum wir beides nicht kombinieren können. Es ist ja nicht so, dass wir ignorieren könnten, was zwischen uns ist, und es sei denn, du kündigst oder ich feuere dich, sitzen wir hier zusammen fest. Und ich bin mir ziemlich sicher, wenn ich dich feuere, wäre das ein Grund für eine Klage.«

Sean wurde allein vom Zuhören atemlos. Aus mehreren Gründen. »Du scheinst dir dazu viele Gedanken gemacht zu haben.« Er wusste nicht, ob er sich geschmeichelt oder beleidigt fühlen sollte.

Sie zuckte mit den Schultern, und das lenkte seinen Blick genau auf diese wunderbaren Brüste, die sich so verführerisch unter ihrem Shirt bewegten.

Er entschied sich für *geschmeichelt.*

»Ja, ein paar.« Sie strich sich die Haare hinters Ohr. Die waren zum Anbeißen.

Jesus. Es hatte ihn voll erwischt.

»Ich meine«, fuhr sie fort, ahnungslos, als würden sie über die Wettervorhersage reden, »es ist ja nicht so, dass ich dich oder deine Wirkung auf mich ignorieren kann. Außerdem will ich das nicht.«

»Bist du immer so direkt?«

Sie zuckte wieder die Schultern. Ein zusätzlicher Bonus. »Bringt doch nichts, um den heißen Brei zu reden. Das Leben ist zu kurz. Wir stehen aufeinander. Daran ist nichts falsch.« Ihre Finger wagten einen kleinen Vorstoß unter sein Shirt, und Sean fühlte jede Berührung bis in die Zehenspitzen. »Also, wenn du mich nochmal küssen willst, werde ich mich nicht beschweren.«

Musste sie es ihm denn so verdammt leicht machen? Was es nur verdammt schwierig machte. Und eine Menge anderer Dinge hart. Aber, Christus. Er versuchte doch gerade, ihr ihr Millionen-Dollar-Erbe abzuluchsen. Was wäre er für ein Typ, wenn er auf ihr Angebot einging und es ihr dann wegnahm?

Sie stellte sich auf die Zehenspitzen, legte ihm die Hände in den Nacken, zog seinen Kopf herunter und zog ihn in einen weiteren Kuss.

Er wäre ein dummer, verzweifelter Kerl, der nur noch einen weiteren Vorgeschmack wollte.

Ihre Zunge suchte seine, ihre Finger verfingen sich im Haar an seinem Nacken, ihre Nippel pressten sich gegen ihn ... und Sean war verloren.

Es war deutlich mehr als nur ein Vorgeschmack.

Gott, er schmeckte so gut. Er *roch* so gut. Er *fühlte* sich so gut an.

Livvy konnte Sean nicht nahe genug kommen. Sie hätte sich Sorgen machen sollen, wie unangebracht das war, aber mit ihm abzuhängen, Squash zu spielen, bei ihm zu sein ...

Sie war einsam. Ihre WG-Familie war nett, aber sie war nicht *das hier*. Sie hatte *das* schon viel zu lange nicht mehr gehabt und vermisste es. Es war ja nicht so, dass sie diesen Funken mit jedem hatte, und verdammt, was sprach denn dagegen, ihn auszuleben? Sie zog hier nicht für immer ein, also würde das keine peinlichen Komplikationen für den Rest ihres Lebens verursachen.

Ja, aber ist das eine gute Idee? Also, was weißt du wirklich über den Typen? Vielleicht steht er nur auf dich, damit du seine Sugar Mama bist. Muss schon zugeben, dieses Haus ist ein guter Anreiz.

Nein, sie würde es nicht zugeben. Es war ja nicht so, als würden sie sich jetzt ewige Liebe schwören ... Sex war kein Happy End. Sie konnten einfach ihre Zeit miteinander genießen. Wenn sie eines von Merriweather gelernt hatte, dann, dass sie sich auf nichts und niemanden verlassen konnte, also lebte sie im Augenblick. Im Hier und Jetzt. Das bestand aus seinen Armen und seinen Lippen und oh Gott, seinen Händen ... Die waren zu ihrem Hintern gewandert und entzündeten tausend Funken unter ihrer Haut, also konnte sich ihr Gewissen getrost verpieseln und sie das hier genießen lassen.

Sie rieb ihren Bauch an seiner Erektion. Darauf hatte sie schon viel länger verzichtet.

»Livvy, wir müssen—«

Sie steckte ihm wieder die Zunge in den Mund. So konnte er nicht reden. Sie wollte nicht, dass er redete. Sie wollte, dass er stöhnte. Und ächzte. Und vielleicht sogar ihren Namen auf einen langen, gedehnten Schrei callen. Aber kein Reden. Kein Grund, *nein* oder *stopp* oder *warten* zu sagen ... Sie wollte nicht warten, und sie wollte *definitiv* nicht aufhören.

»Ich will dich, Sean.«

Drei Worte, und die Schleusen gingen auf. Was auch immer für ein Protest er gerade noch hatte äußern wollen, verschwand in ihrem Mund, als er die Zunge hineinstieß und den Kuss übernahm.

Sie war mehr als bereit, ihn machen zu lassen.

Eine Hand wiegte ihren Po, und die andere strich ein kleines Stück Himmel ihre Wirbelsäule hinauf und vergrub sich in ihrem Haar, zog es mit genau der richtigen Portion *Wollen* und *Sexy* nach hinten, dass Livvy beinahe zu seinen Füßen dahinschmolz.

»Das ist keine gute Idee«, murmelte er an ihrem Hals. Aber er hörte nicht auf, ihn zu küssen.

»Ich bin anderer Meinung«, keuchte sie, während die Kreise seiner Zunge ihre Wirkung taten.

»Wir müssen zusammenleben.« Er knabberte an der Sehne in ihrem Hals, und Livvy wollte ohnmächtig werden.

Aber das tat sie nicht. Ohnmächtige Frauen verpassten die guten Sachen. »Also, was ist genau das Problem hierbei ...?«

Dann bekam sie das Ächzen. Und ein Stöhnen. Und einen Schwung zurück auf die Arbeitsplatte, diesmal mit beiden Händen in ihrem Haar, und sein harter Körper—*alles* davon—presste sich genau da gegen sie, wo sie ihn haben wollte.

Aber sie wollte ihn nackt.

Also zog sie den Saum seines Shirts aus der Hose und strich mit den Handflächen über die glatten, geschmeidigen Muskeln dort, jeder trainierte, fitte Zentimeter setzte ihre Nervenenden auf *Zittern*.

Er hatte genau die richtige Menge an Haar auf der Brust, genug, um ihre Fingerspitzen—und ihre Brustwarzen—zu kitzeln, und sie kämmte hindurch, sehnte sich danach, ihre Wange daran zu schmiegen.

Sie schob sein Golfshirt höher, und plötzlich musste sie sich darüber keine Gedanken mehr machen, denn Sean übernahm, zog es ihm von hinten über den Kopf und legte im selben, fließenden, sexy-männlichen Schwung die Hände wieder in ihr Haar, was ihren Bauch sehnsüchtig seufzen ließ.

Er knabberte an ihrer Unterlippe.

Sie leckte über seine Oberlippe.

Er stöhnte.

Sie lächelte.

»Stolz auf dich?«, knurrte er, zog sie näher an seine Brust, schmiegte sich zwischen ihre Schenkel, wo ihr Höschen gegen das Verlangen, das er in ihr entfachte, ohnehin schon nutzlos war.

»Stolz? Nein. Verzweifelt? Oh Gott, ja.« Sie wackelte gegen ihn. »Fass mich an, Sean. Ich brauche deine Hände an mir.«

»Ah, Livvy. Das ist so eine schlechte Idee.« Aber er tat es trotzdem.

Seine Hände glitten von ihrem Gesicht und zeichneten ihre Schultern nach, seine Daumen spielten an ihrem Schlüsselbein entlang, jeder Kontaktpunkt ein Zündschalter für ihren Libido.

Er strich mit den Handflächen ihre Arme hinab und verschränkte ihre Finger, während er unablässig das verführerische Streichen seiner Zunge in ihrem Mund, an ihren Lippen, über ihren Kiefer fortsetzte, sich in die empfindliche Stelle an ihrem Hals schmiegte.

Er führte ihre Hände über ihren Körper, beide legten sich über ihre Kurven, zeichneten Spiralen um ihre Brustwarzen, ohne sie jemals wirklich zu berühren, aber so verdammt nah. Sie drehte sich leicht, doch Sean bewegte ihre Hände weg, bevor sie sie dorthin bekam, wo sie sie haben wollte.

Stattdessen tat er etwas beinahe unanständig Heißes, führte ihre Fingerspitzen an die Stelle, wo sich ihre Lippen trafen, das sanfte Vorbeistreifen so erotisch wie jede intime Berührung, das schnelle Lecken an ihren Fingern brachte sie fast über den Rand.

Sie wimmerte, wollte mehr, wusste aber, dass er es ihr nicht geben würde. Er reizte sie, und er war verdammt gut darin.

Aber sie war in der Disziplin auch kein Kind von Traurigkeit, also glitt sie mit den Fingern aus seinen und schob sie unter den Bund seiner Hose, direkt über seinem Hintern, und spürte die unglaublichen Muskeln unter seiner Haut.

»Gott, Livvy, vorsichtig.«

»Tu ich dir weh?«

Er setzte einen weiteren langen, feuchten Kuss an ihrer Kieferlinie, endete knapp unter ihrem Ohr und jagte Schauer durch ihren ganzen Körper. »Nicht so, wie du meinst, aber du lässt mich definitiv schmerzen.«

Da lächelte sie. Sie spürte das Ziehen, von dem er sprach, und ja, es wurde mit jeder Nanosekunde stärker.

»Lass uns nackt werden, Sean.«

Sie spürte, wie ihm der Atem entwich. Spürte die Schauer, die ihn durchrissen. Gut.

»Livvy, das kannst du nicht einfach sagen, während du die Beine um mich geschlungen hast, und dann nicht erwarten, dass ich handle. Selbst wenn du auf der Küchenarbeitsplatte sitzt.«

Sie strich mit den Händen über seine Brust, wirbelte das Haar mit den Fingerspitzen, dann zupfte sie ganz sacht daran. »Warum, glaubst du, hab ich's gesagt?«

Er kam ihr bereitwillig entgegen, stöhnte wieder, seine Lippen schlossen sich um ihre, als er sie erneut gegen den Granit legte, was zwischen ihren Beinen pochte, war genauso hart. Livvy wollte ihn. Heftig. Oder, eigentlich, *auf gute Art.* Wobei er gern auch böse sein durfte, wenn er wollte. Was auch immer er wollte, sie war genauso dabei wie er.

Und das war ziemlich viel.

Sie schlang die Arme um seine Schultern, wollte ihn in sich aufsaugen, beantwortete jeden Stoß seiner Zunge mit ihrer, jede Reibung an ihrem Becken mit ihrem eigenen Geben-und-Nehmen.

»Ich will dich, Sean«, keuchte sie, als er sie nach Luft schnappen ließ— nur um sie ihr zu rauben, indem er sanft in die Rundung ihres Halses biss.

»Ich will dich auch, Livvy«, flüsterte er, sein Atem heiß auf ihrer Haut.

Sean war heiß auf ihrer Haut, in jeder Bedeutung dieses Wortes.

»Ich will dich auch, Livvy«, krächzte es von oben.

Großartig. Orwell hatte sein Repertoire erweitert.

Dann ließ er ein Geschenk auf die Arbeitsplatte neben ihr fallen.

So killt man die Stimmung.

»Sean.« Livvy wollte das hier nicht beenden, aber so sehr sie auch für den Moment mit heißem, schwitzigem Sex war, in Vogel-*Geschenke* wollte sie nicht herumrollen. »Sean.« Sie zog seinen Kopf zurück. »Sean, wir müssen aufhören.«

Aufhören? Sean starrte auf sie hinunter, ihre Augen weit, ihre Haut gerötet, mit einer frisch-geküssten Fülle in ihren Lippen, die ihn im Magen packte und verdrehte. Heilige Hölle, sie war wunderschön. Er wollte nicht aufhören. Und sie auch nicht.

Sie wollte ihn. Vor ihm ausgebreitet, sagten ihre harten Brustwarzen ihm unmissverständlich, wie sehr sie ihn wollte, ihre Brust hob und senkte sich in flachen Atemzügen, die sie nicht im Geringsten zu verbergen versuchte ... sie wollte nicht, dass er aufhörte. Sie war genauso in diesem Moment wie er.

Und dann platzte Orwell mit einem wieder mal völlig unpassend getimten *»Ich will dich auch, Livvy«* in den Moment.

Verdammter Vogel.

Sean hätte das blöde Vieh vielleicht ignoriert, aber er sah, was da auf der Arbeitsplatte neben Livvys umwerfendem Haar lag, und tja, ja. Das war schon ein ziemlicher Stimmungskiller.

Und dann setzte ein wildes Kratzen an der Hintertür ein, das den Moment *komplett* auslöschte.

Und dann fing das Geheul an.

Heulen?

»Ringo!« Diesmal war es Livvy, die sich von ihm löste, schwang ihr Bein vor ihm hoch und herum, sodass er, wenn er darauf vorbereitet gewesen wäre, eine Menge zu sehen bekommen hätte; aber weil er es nicht war, war alles vorbei, ehe er es richtig mitbekam. Ihr Rock flatterte um ihre Schenkel, als sie sich auf der Arbeitsplatte drehte, irgendeinen gymnastischen Move hinlegte und für den Bruchteil eines Herzschlags neben ihm landete, bevor sie – *schon wieder* dieses Getue – zur Tür hinüberflatterte. Sie riss sie auf, fing sie gerade noch ab, bevor sie gegen diese dreifach dicke Granit-Arbeitsplatte knallte, und warf dann ihre Arme auf, um den größten, feuchtesten Kuss zu empfangen, gleich nach dem, den er ihr gerade verpasst hatte.

Die Hunde polterten herein, der Rotti trampelte Livvy beinah nieder, um in ihre Arme zu kommen. Super. Noch effektiverer Buzzkill als Orwells kleines »Geschenk«.

»Hey, Liv. Ganz schöner Empfangsausschuss, den du da hast.« Ein großer Kerl kam zur Hintertür rein.

Ein großer, *gutaussehender* Kerl, der mit Livvy so vertraut war, dass er sie callte *Liv* und noch einen weiteren Hund im Arm trug. Wobei man das Ding kaum Hund nennen konnte. Eher ein Staubmopp auf Beinen. Mit einer Schleife auf dem Kopf. Einer lilafarbenen. Das sah eher so aus, als gehörte es der über-accessorisierten Cassidy Davenport als der bohemienhaften Livvy Carolla.

»Sorry deswegen, Kerry. Ich wette, sie vermissen dich.« Livvy kraulte die baggerartigen Lefzen des Rottis.

Der kleine Fusselball in den Armen des Kerls knurrte und zappelte herum.

Sean zog sich sein Hemd über und nutzte die Gelegenheit, zu grinsen. Der Fusselball erinnerte ihn an Livvy: unpassend angezogen für die Situation und zu klein, um wirklich was auszurichten, aber mit Vollgas dabei und ein, zwei Knurrer im Gepäck.

So wie die, die er ihr vor ein paar Minuten entlockt hatte.

»Kerry, du hast Mr. Choos Schühchen vergessen. Ich hab ihm doch gerade erst die Krallen machen lassen.« Ein anderer Kerl kam rein und pflückte den Fusselball aus Kerrys Arm. »Mr. Choo, du beruhigst dich auf der Stelle, oder ich lass John mit dir machen, was er will.«

Das Hündchen muss es verstanden haben, denn es verstummte mitten im Quieken.

Aber dann beschloss Orwell, die Party zu crashen. »*Ich will dich auch, Livvy.*«

Kerry, der andere Kerl und Livvy starrten den Vogel nur an. Sean hätte ihn am liebsten zu Frikassee verarbeitet.

»*Ich will dich—krächz!*«

Stattdessen begnügte er sich damit, das Vieh aufzuheben und mit ihm hinüber in die Katastrophenzone auf der anderen Seite des Flurs zu gehen. Er warf den Papagei in die Luft, und das verdammte Tier flog auf die höchste Stange im Raum, von wo man es unmöglich wieder runterbekommen würde. *Natürlich.*

»*Ich will dich auch, Livvy.*«

Na super. Jetzt hallten die Worte an der hohen Decke wider.

Sean schloss die Flügeltüren und kehrte in die Küche zurück. Verdammter Vogel.

Die drei sahen alle schuldbewusst auf, wo sie am Ende der Kochinsel zusammengekauert waren.

»Stör ich?«

Der andere Kerl stupste Kerry an. »Ich glaube, das ist eher unsere Frage.«

Livvy wurde rot, und dieser Anblick fuhr Sean ins Mark und schlug Wurzeln.

Er strich sich die Papageienfedern von den Händen und streckte eine zum Händeschütteln aus, als er auf sie zuging. »Hi, ich bin Sean.«

Der andere Kerl nahm sie. »Ich bin Sherwood. Aber du kannst mich callen Sher.« Er sprach es, als würde es mit einem *Sch* statt mit einem *S* anfangen.

Kerry verdrehte die Augen und tippte *Sher* beiseite. »Ich bin Kerry. Wir wohnen mit Livvy zusammen.«

»Wohnt ... zusammen?« Sean konnte die Worte nicht zurückhalten, genauso wenig wie das flau werdende Gefühl in seinem Magen.

»Er meint in der Kooperative.« Sher gab Kerry einen Klaps in den Bauch. »Wir sind die nächste Parzelle weiter. Wir waren heute auf Antiquitätenjagd und dachten, wir fahren mal rüber, um uns den Ort anzusehen.«

Warum sollte ihn das stören? Er *wollte* nicht, dass es ihn störte. Andererseits wollte er auch nicht, dass *sie* ihn beschäftigte, aber auch da bekam er nicht, was er wollte.

»Willkommen auf dem Martinson-Anwesen.« Er holte den Kopf aus den verdammten Wolken und schüttelte Kerrys Hand, auch wenn er an diesen Worten fast erstickte. *Martinson-Anwesen.* Das würde sich in dem Moment ändern, in dem der Ort ihm gehörte. *Falls* der Ort ihm gehörte.

»Ganz schön schicker Aufbau hier, Livs.« Sher strich mit der Hand an der Arbeitsplatte entlang und ging um den Rand der Bar herum. »Magst du uns die große Führung geben?«

»Ich will dich auch, Livvy.«

Verdammter Vogel war laut.

»Klar!« sagte Livvy fast genauso laut und viel zu fröhlich, wobei sie Sean hartnäckig nicht ansah und sich stattdessen eine weitere Strähne hinters Ohr strich.

Das machte sie in letzter Zeit oft, und Sean fand es entzückend. Klar, je mehr Zeit er mit ihr verbrachte, desto mehr fand er entzückend. Wie Orwell wie eine kaputte Schallplatte bezeugte.

Er sollte etwas Abstand zwischen sie bringen. Professionell bleiben. Das eigentliche Ziel im Kopf behalten. Weit, weit weg von ihr bleiben.

In der Theorie funktionierte das.

Livvy steuerte zurück auf den Durchgang zum Foyer zu, und ihre Hundemeute sprang auf und trottete ihr hinterher wie, nun ja, Welpen.

Zum Glück blieb sie im Türrahmen stehen, hob die Hand und sagte: »Bleib.«

Und zack, alle plumpsten auf ihre pelzigen Hintern, Zungen hingen aus den Mäulern, die Schwänze klopften auf den Boden, und keiner machte auch nur einen winseligen, kriechenden Bauchschieber in ihre Richtung. Auch wenn die Blicke in ihren Augen hoffnungsvoll waren.

Aber Livvy drehte sich auf dem Absatz um, der gerüschte Rock segelte um ihre Beine, und sie verschwand ins Foyer.

Kerry klopfte Sean auf die Schulter, als er vorbeiging. »Versuch's gar nicht erst zu erklären. Tiere *checken* sie einfach.«

»Was ist sie denn, die Hundeflüsterin?«

Kerry zuckte mit den Schultern. »Irgendwas an Livvy sorgt einfach dafür, dass Tiere alles machen wollen, was sie ihnen sagt.«

Wenn er daran dachte, wie er sich gefühlt hatte, als sie auf der Arbeitsplatte gesessen hatte, verstand Sean das auch.

Kapitel Neunzehn

»Erzähl doch mal von der Schatzsuche, Livs.« Sher hievte Mr. Choo unter einen Arm und hakte sich bei ihr unter, als sie die vordere Treppe hinaufstiegen. »Kerry erwähnte, deine Großmutter sei eine Dichterin gewesen?«

Hinter ihr snortete Sean.

Livvy lächelte. »Ich weiß nicht, ob *Dichterin* das richtige Wort ist, aber sie schien ein Faible fürs Reimen zu haben.«

»Zu welchem Zweck? Ich meine, warum rückt sie nicht einfach damit heraus, was du wissen oder finden oder suchen sollst? Was hat sie davon, wenn du hier wie ein hübsches kleines verschrecktes Huhn ohne Kopf herumrennst? Sie wird es ja nie erfahren, da sie tot ist.«

»Feinfühlig«, murmelte Kerry. Aber ausgerechnet Kerry sollte wissen, dass Feingefühl gegenüber den Martinsons nicht angebracht war. Livvy war schon vor Äonen mit ihnen fertig gewesen.

Sie strich mit der Hand über das Geländer, das sie neulich erst hinuntergerutscht war. »Wer weiß? Ich habe sie schon zu Lebzeiten nicht verstanden, und ihr Tod hat die Dinge auch nicht klarer gemacht. Ich weiß nur, dass der Anwalt gesagt hat, ich kann diesen Ort nicht erben, wenn ich ihm nicht den letzten Hinweis präsentiere.«

»Du musst ihm also gar nicht all die anderen geben? Dann sollten wir nach dem letzten suchen und diesen ganzen Zwischen-Unsinn hinter uns bringen.«

»Dieser Zwischen-*Unsinn*«, sagte Sean, der seit ihrem Kuss vorhin viel zu ruhig gewesen war, »führt uns zu diesem Hinweis.«

Kuss? Sei doch mal ehrlich. Das war nicht nur ein Kuss gewesen. Das war ein unterbrochenes Vorspiel zu etwas, das sie schon seit Ewigkeiten nicht mehr gehabt hatte. Oder vielleicht noch nie. Sicher, sie hatte schon Sex gehabt – auch heißen Sex –, aber sich so sehr darin zu verlieren, wie sie es bei Sean getan hatte ... und sie hatten nicht einmal Sex *gehabt.* Ähm, nein. So war es noch nie zuvor gewesen. Noch *niemand* war so für sie gewesen.

Sie versuchte das Erröten zu unterdrücken, das über ihre Wangen schoss, und hasste es, dass sie es nicht konnte. Das Rotwerden passte nicht zu ihren roten Haaren und ihrer blassen Haut. Sie fand immer, dass sie aussah, als hätte sie Fieber, wenn sie rot wurde, und niemand sah gut aus, wenn er krank war. Und ja, sie wollte für Sean gut aussehen, denn er erweckte etwas in ihrem Inneren zum Leben, etwas, das Livvy Angst hatte zu untersuchen. Es zu untersuchen, würde es real machen. Es würde es definieren. Es beim *Namen* nennen. Das wollte sie nicht, denn in dem Moment, in dem sie etwas definierte, sei es eine Freundschaft, eine Bekanntschaft, einen Mitbewohner oder ein Familienmitglied ... verschwand alles. Sie hatte viel zu viele Feiertage allein verbracht, um nicht gelernt zu haben, dass Bindungen zu Menschen nur zu Herzschmerz führten.

Deshalb adoptierte sie Tiere. Deshalb lebte sie in einer Wohngemeinschaft. Die Leute, mit denen sie zusammenlebte, wie Kerry und Sherwood, Jenny, Sheila und Marci, waren alle auf der gleichen Wellenlänge. Alle auf ein gemeinsames Ziel ausgerichtet. Es war kein Ziel, das mit persönlichen Beziehungen zu tun hatte, sondern eher ein Mittel zum Überleben. Ein Eine-Hand-wäscht-die-andere-Dasein. Und das war für sie völlig okay. Darauf konnte sie sich verlassen. Damit konnte sie leben. Wenn alle zusammenarbeiteten, bedeutete das, dass jeder das tat, was er versprochen hatte. Sie gingen eine Verpflichtung ein und hielten sie ein. Denn wenn sie es nicht täten, wenn sie nichts beizutragen hätten – im wörtlichen wie im übertragenen Sinne –, dann wurden sie rausgewählt. Es war wie eine riesige Reality-Show ohne Kameras. Oder die finanzielle Belohnung. Aber manche Dinge waren wichtiger als Geld. Dieser Ort bewies das.

»Führt *uns* zum Hinweis?« Sher blickte über die Schulter zu Sean zurück, als sie den zweiten Stock erreichten. »Gehört die Schatzsuche zu deinen Aufgaben? Meine Güte, du bist ja ein wahrer Tausendsassa, nicht wahr?« Er spähte in Livvys Zimmer. »Ein schönes Bett hast du da, Süße. Ein bisschen zu groß für eine Person, findest du nicht auch?«

Er hob eine Augenbraue in Seans Richtung.

Sie wusste, dass sie ihm am Herzen lag, aber Livvy konnte nur eine gewisse Menge an Anspielungen ertragen, wenn man bedachte, was er und Kerry gerade unterbrochen hatten. Ihr Pensum für heute war erfüllt. Möglicherweise für das ganze Jahr. »Die Hunde schlafen bei mir.«

»Schade.«

Allerdings.

»Wie auch immer, das ist mein Zimmer und das von Sean ist dort drüben.« Sie deutete zwei Türen weiter über den Flur hinweg. Nicht nah genug, aber auch nicht zu weit weg. Es war das Sinnbild ihrer Beziehung – jedenfalls der Beziehung, die sie bis zu diesem unterbrochenen *Kuss* geführt hatten.

Sher gab sich unverbindlich, als er den Flur überquerte, um hineinzuschauen. Er wirkte sogar noch unverbindlicher, als er wieder wegging. Sie verstand auch warum: Seans Zimmer war genau das: ein Zimmer. Es enthielt keine seiner persönlichen Habseligkeiten, abgesehen von zwei Reisetaschen, seinen Manley-Maids-Uniformen, ein paar Garnituren Sportkleidung und Jeans, ein paar Turnschuhen, seinem Kulturbeutel und einem Buch auf seinem Nachttisch. Es war ein alter Thriller, aber ein guter. Er musste einer dieser Leute sein, die ihre Lieblingsbücher behielten, um sie immer und immer wieder zu lesen.

Und nein, sie hatte nicht in seinen Sachen herumgeschnüffelt; sie hatte nach Hinweisen gesucht. Genau so, wie Merriweather es von ihr wollte.

Das war ihre Geschichte, und bei der blieb sie.

»Der Rest dieses Flurs ist voll mit Schlafzimmern, falls ihr euch umsehen wollt«, sagte sie, um sie alle von Seans Zimmer wegzulocken – besonders sich selbst. Wie gesagt, Pensum erfüllt. »Oder wir könnten ins Kinderzimmer im dritten Stock gehen.«

»Kinderzimmer? Im Sinne von Babys?« Sher hob diesmal beide Augenbrauen.

Er entlockte ihr ein Lächeln, was sicher von Anfang an seine Absicht gewesen war. *Ihm* wäre es recht, wenn sie anfangen würde, Zicklein in die Welt zu setzen. Er wollte ein Lieblingsonkel sein; das hatte er ihr jedes Mal gesagt, wenn sie meinte, sie würde nie Kinder bekommen. Ihre eigene Kindheit war kein glänzendes Beispiel gewesen, also welchen Grund hatte sie zu glauben, dass sie es besser machen könnte? Wobei sie es sicher nicht schlechter machen konnte.

»Wo sind denn nun diese Hinweise?«

»Wenn sie das wüsste, wäre es wohl kaum eine richtige Schatzsuche, oder?« Kerry strich mit den Händen über die Tapete. »Hübsch. Damast, glaube ich. Kostspielig, aber elegant.«

Natürlich war sie das. »Merriweather konnte es sich leisten.«

»Die alte Dame konnte sich eine Menge leisten.« Sher hob ein Kristallstück von einem der sinnlosen kleinen Tische auf, die den Flur säumten. Livvy hatte die Schubladen bereits nach Hinweisen durchsucht, aber nichts gefunden. Nicht einmal ein Streichholzbriefchen oder ein verirrtes Gummiband. Völlig sinnlos. Genau wie die anderen siebenundzwanzig Zimmer in dem Haus.

Sher dachte natürlich nicht so. Er war ganz dafür, eines als sein persönliches Boudoir für Besuche zu beanspruchen, ein anderes als sein Studierzimmer, wieder ein anderes als Büro ... Die Liste ließe sich endlos fortsetzen. Livvy begann den Rundgang durch den langen Flur tatsächlich zu genießen, spielte die Dame des Hauses und vergaß fast ihren eigentlichen Zweck hier.

Doch dann sah sie, wie Sean ein Möbelstück überprüfte oder mit den Händen über den Türsturz fuhr, hinter die Bilderrahmen spähte, und die bittersüße Realität kehrte mit Wucht zurück. Sicher, sie könnte den Ort besitzen, aber sie musste sich erst einmal wieder beweisen. Würde sie erneut versagen?

»Wie viele musst du noch finden?«, fragte Sher, als sie zurück zur Küche gingen.

»Ich weiß es nicht. Merriweather hat es nicht gesagt. Typisch.« Sie stieß die Tür auf und wurde sofort von Welpenliebe bombardiert. Große Welpen, aufdringliche Welpen, manche nicht mehr ganz so welpige Welpen ... Deshalb hatte sie die Hunde und die anderen Tiere. Diese universelle, anforderungslose, absolut annehmende Liebe.

Sie ließ sich auf den nächstbesten Stuhl plumpsen und drückte so viele der wuseligen, pelzigen Körper, wie sie konnte, während sie den schlabberigen Küssen auswich, die sie unbedingt verteilen wollten. Es gab nur die Küsse einer einzigen Person, nach denen sie sich sehnte, und der stand am anderen Ende der Küche, lächelte und schüttelte den Kopf über sie.

»Ist das ein Hodgeson?«

»Ein was?«, fragte Livvy und blickte dorthin, wo Sher hindeutete.

»Ein Hodgeson. Dieses Teeservice. Die sind ziemlich selten.«

»Wenn sie selten sind und etwas wert, dann sage ich mal ja. Merriweather hätte nur das Beste gehabt.«

Sher reichte Mr. Choo an Kerry weiter und nahm das Milchkännchen in die Hand. »Es ist eines.« Er zeigte es ihnen. »Mitte des neunzehnten Jahrhunderts, würde ich schätzen. Die Firma fertigte Sonderanfertigungen für Mitglieder des *Ton* an und erledigte Gedenkarbeiten für die Krone.« Er nahm die Zuckerdose in die Hand. »Sehr *chi-chi*, so etwas hier herumstehen zu haben. Jemand muss etwas Wichtiges getan haben, um so eines zu bekommen. Du stammst aus einer ziemlich feinen Familie, Livs.«

»Was mir bisher was genau gebracht hat?« Sie nahm ihm die Zuckerdose ab und stellte sie ab.

»Nun ja, diesen Ort hier zum Beispiel.«

»Und der Vorteil daran ist ...?«

»Dass du neben uns gelandet bist, und Kerry und ich wollen dich dieses Wochenende von all dem hier wegholen.« Sher nahm Mr. Choo wieder von seinem Partner entgegen und rückte die Schleife auf dessen Schopf zurecht.

»Ich stehe unter Zeitdruck, Sher.«

»Ich verstehe das, Süße, aber du fällst tot um, wenn du hörst, warum.«

»Okay, ich höre.«

Sherwood klimperte mit den Wimpern, legte eine Hand auf seine Brust und brauchte nur noch das goldene Kleid und einen U-Bahn-Schacht für seine Marilyn-Monroe-Parodie. »*Wir* haben diesen Sonntag einen Stand auf dem Tri-State-Bauernmarkt.«

Er mochte zwar eine kleine Drama-Queen sein, aber in diesem Fall war Sher völlig im Recht.

»Wie? Ich dachte, die wären schon seit acht Monaten ausgebucht.« Damals, als sie mühsam das Geld für das undichte Dach zusammengekratzt hatte und keine zusätzlichen Barmittel für die Anmeldegebühr übrig hatte.

Der Tri-State-Markt war der größte in der Gegend, und der Erlös eines einzigen Tages konnte ihre Miete für Monate bezahlen. Wenn sie an Merriweathers *kleinem Test* scheiterte, würde sie dieses Geld brauchen.

»Sie waren ausgebucht. Aber Philip Johnson kennt ein Mädchen namens Mary, die für einen Typen arbeitet, dessen Schwägerin das ganze Ding leitet, und als sie die Absage mitbekamen, hat Mary das mitangehört und sofort bei Philip angerufen. Er hat seinen Stand zwar schon, aber er wusste, dass wir interessiert sind, und voila! Wir sind dabei. Wir wollen, dass du mitkommst. Denk an die Menschenmengen. Das Geschäft, das wir machen könnten. Ich plane, unser gesamtes Inventar loszuwerden.«

Auf dem Markt war es für sie immer gut gelaufen. Jede Menge Empfehlungsgeschäfte für den Rest des Jahres, und die Bekanntheit half dabei, sich einen Namen zu machen. Sie war enttäuscht gewesen, ihn dieses Jahr zu verpassen. »Aber das ist ein Trip mit zwei Übernachtungen. Wen soll ich so kurzfristig finden, der sich um die Tiere kümmert? Richard hat alle College-Zicklein für seinen Hof eingespannt, und ihr beide kommt mit mir. Das ist ja der Grund, warum ich die Tiere überhaupt erst hierher gebracht habe.«

»Ich bin sicher, wir finden jemanden.« Sher tippte sich an die Lippen. »Da ist doch dieser neue Typ, wie heißt er noch gleich? Matthew, Mark, Mike ... Irgendwas mit *Mmmmm*.«

Kerry verdrehte die Augen. Livvy unterdrückte ein Kichern. Trotz all seiner Flirterei war Sher Kerry absolut ergeben, und das wussten sie alle.

»Nun ja, egal. Ich bin sicher, uns fällt jemand ein.«

»Äh, hallo?« Sean stellte die Sprühflasche ab, mit der er hinter Orwell aufgeräumt hatte. »Ich kann das machen.«

»Aber du magst meine Tiere doch gar nicht«, sagte Livvy.

»Es ist nicht so, dass ich sie nicht mag; es sind nur einfach so viele.«

»Und sie fressen Antiquitäten.«

»Nun ja, ja.« Er lächelte, und das löste dieses seltsame Kribbeln in ihrem Magen aus. »Das kommt hinzu.«

»Und sie hinterlassen überall Geschenke.«

»Das auch.« Sein Lächeln wurde breiter – und das Kribbeln ebenfalls.

Nicht gerade ideal, während Sher und Kerry sie so aufmerksam anstarrten – und ihre Hormone so heftig auf die Erinnerung reagierten. Und auf sein Lächeln. »Aber das steht nicht in deiner Stellenbeschreibung.«

»Oh, ich bin sicher, ein kleiner Bonus in seiner Tasche würde diese Sorge ausräumen, Livs«, warf Sher mit so vielsagender Miene ein, dass sogar die Hunde wussten, was er meinte.

»Vorsicht, Sherwood.« Sean stemmte die Hände in die Hüften – eine Bewegung, die das Shirt, das er vor einer Stunde noch ausgezogen hatte, über jene Bauch- und Brustmuskeln spannte, über die sie mit ihren Händen geglitten war, und oh, die Erinnerung ...

»Ich *biete* meine Hilfe an, also behalt deine Unterstellungen für dich.«

Erröten Nummer zweihundertdreizehn setzte ein. Wie süß es war, dass Sean zu ihrer Verteidigung eilte. Und wie seltsam es sich anfühlte, denn so etwas hatte noch nie jemand für sie getan. Aber die Süße siegte über die Seltsamkeit, und sie ließ zu, dass sich die Wärme seiner Geste in ihr ausbreitete. Wenn das ein weiteres Erröten verursachte, dann sollte es eben so sein.

Dann lehnte er sich gegen die Arbeitsplatte, und ihr Erröten hatte einen ganz anderen Grund.

»Zur Hölle mit der Stellenbeschreibung, Livvy«, fuhr Sean fort, als würde er sich nicht über *genau dieselbe Stelle* beugen, über der er sich vor ihr gebeugt hatte, bevor Sher und Kerry aufgetaucht waren. »Davon haben wir uns verabschiedet, als die Tiere den Teppich gefressen haben und ich das Gehege für sie gebaut habe. Und dann ist da noch das Ausmisten der Scheune.« Ganz zu schweigen von der Sache mit dem Küssen auf der Arbeitsplatte. »Ich denke, wir definieren meinen Job im Laufe der Zeit neu.«

»Das klingt interessant.« Sher lehnte sich mit einer Hüfte gegen die Eismaschine und verschränkte die Arme.

Kerry puffte ihn gegen die Schulter.

Livvy strich sich das Haar zurück. »Aber es ist in weniger als zwei Tagen. Ich habe noch gar nichts vorbereitet.«

»Süße«, sagte Sher. »Ich habe dich arbeiten sehen. In deiner winzigen Küche bist du ein Wirbelwind; stell dir vor, was du an diesem Ort hier ausrichten kannst. Du hast den ganzen morgigen Tag, und Mr. Freiwillig hier kann dabei auch helfen, da er ja anscheinend alles kann.«

Sean hob eine Augenbraue in seine Richtung. »Äh, ja. Sicher. Ich kann helfen.«

»Da, siehst du? Alles geregelt.« Sher richtete sich auf und puffte Kerry zurück. »Gehen wir, damit die beiden Zeit haben, die Strategie für das morgige Back-Spektakel zu entwerfen. Außerdem muss ich die Preise für die

Korkenzieher festlegen, die wir gefunden haben. Ich habe das Gefühl, das werden echte Verkaufsschlager.«

Kerry verdrehte die Augen, während er Sher zur Tür folgte. »Piraten«, sagte er zu ihr und Sean. »Er hat *Piraten*-Korkenzieher gekauft, bei denen sich der Teil mit der Schraube an einer, nun ja, interessanten Stelle befindet. Ich glaube, es wird ihm schwerer fallen, sie als ‚familienfreundliches‘ Produkt zu verkaufen, als irgendeine große Nachfrage zu bedienen, aber wenn es ihn glücklich macht ...« Kerry zog die Tür hinter sich zu. »Bis morgen, Liv. Gegen fünf.« Er sah Sean an. »Hat mich gefreut.«

Sean nickte zum Abschied.

Und dann waren sie allein.

Nun ja, so allein man eben sein kann, wenn acht Hunde einen erwartungsvoll ansehen.

Livvy hatte das komische Gefühl, dass sie Sean genauso ansah. »Das hättest du nicht tun müssen, weißt du. Dich freiwillig melden.«

»Wenn man es so nennen will.« Sean nahm seine Handflächen von der Arbeitsplatte.

Der Arbeitsplatte.

»Sherwood kann eine echte Dampfwalze sein.«

Er ging um die Kochinsel herum. »Meinst du?«

»Ich muss wirklich nicht hingehen.«

Sean überbrückte die Distanz zwischen ihnen. »*Willst* du denn gehen?«

Zur Hölle, nein, das wollte sie nicht. Sie wollte genau hier bleiben und dort weitermachen, wo sie aufgehört hatten. »Ich ...«

»Du solltest gehen.«

»Was?« Okay, er war offensichtlich nicht auf derselben Wellenlänge wie sie, was das Weitermachen betraf ...

»Sogar *ich* habe von dem Markt gehört. Das ist eine große Sache, und nach dem, was ich aus dem Gespräch mitbekommen habe, könnte es wichtig für dein Geschäft sein. Geh. Ich kann hier die Stellung halten. Es ist ja nur eine Nacht.«

In einer Nacht konnten so viele Dinge passieren.

»Es sind zwei Nächte.« In zwei Nächten konnten erst recht Dinge passieren.

»Okay, das ist in Ordnung. Ich bin doch schon groß; ich werde mit ein paar Tieren schon fertig.«

Nicht an ihn und *groß* im selben Satz denken …

»Außerdem halte ich es für eine gute Idee.«

»Tust du das?«

Er nickte und streckte die Hand aus, um sie zu berühren, wich dann aber wieder zurück. »Es wird uns etwas Abstand verschaffen.«

»Abstand?«

»Zu dem, was vorhin passiert ist.«

»Oh.«

»Ja. Oh.«

Er sah sie an.

Sie sah ihn an.

War es falsch, ihn küssen zu wollen? Zu vorhin zurückzukehren?

Und falls ja, warum?

Ringo fing an zu jaulen. Ja, sie konnte das nachempfinden.

Doch dann stimmte Mickey mit ein, gefolgt von John, und als Georgia ihr schrilles *Geheule* hinzufügte, tja, da war *dieser* Moment dahin.

»Was ist denn mit denen los?« Sean trat von ihr weg und sah völlig verwirrt aus.

Und er wollte sich um sie kümmern? Er sah nicht so aus, als käme er gut damit klar, während sie direkt hier stand, geschweige denn ganz allein.

Natürlich bezweifelte sie, dass die Hunde auf rasende Pheromone reagieren würden, wenn sie nicht da war.

Davy stellte sich auf die Hinterbeine und stimmte in das Ensemble mit ein, indem er sich drehte, wie Pudel es eben tun. Gibt man ihm ein Tütü, wäre er zirkusreif.

Livvy musste lächeln. Sie wollten ihre Aufmerksamkeit. Er tat das immer, wenn sie traurig oder aufgebracht war, als wüsste er irgendwie, dass es sie zum Lächeln bringen würde. Sogar die Art, wie ihm die Zunge seitlich aus dem Maul hing, ließ ihn so aussehen, als würde er lächeln.

»Livvy? Was sollen wir tun?«

Sie bekam Mitleid mit ihm und den Hunden und kniete sich hin. Sofort wurde sie von acht feuchten Nasen und Freudengeschnaufe überrollt. »Ganz einfach, Sean. Sie wollen nur ein bisschen Liebe.«

. . .

Sean konnte das vollkommen nachempfinden. Und verdammt, wenn alles, was es brauchte, ein paar jämmerliche Jauler und ein bisschen auf den Zehenspitzen Drehen waren, würde er vielleicht diesen Weg wählen.

Wohl eher nicht.

Livvy war Ärger. Er war ihr diese Treppe hinauf in ihr Schlafzimmer gefolgt, dann in seines und in all die anderen in diesem gottverdammt langen Flur, und alles, woran er denken konnte, war, sie in eines davon zu zerren, die Tür zuzuschlagen und das zu beenden, was sie in der Küche angefangen hatten. Gott, er wollte sie.

Und, *Gott*, er durfte sie auf keinen Fall haben.

Er brauchte es, dass sie zu diesem Markt fuhr. Er brauchte den Abstand. Er musste in der Lage sein, klar zu denken und einen Weg aus diesem Schlamassel zu finden, und wenn sie in der Nähe war, war an klares Denken im Dunst der Sinnlichkeit, die jede ihrer Bewegungen beherrschte, nicht zu denken. Von der Art, wie sie sich diese feinen Locken hinter das Ohr schob, bis hin zu dem sexy kleinen Knabbern an ihrem Mundwinkel und der Art, wie sie sich bewegte und jeder Geste Leben einhauchte, sogar wie sie den Kopf wandte, um die schlabberigen Küsse ihrer Hunde entgegenzunehmen – irgendetwas an Livvy streckte die Hand nach ihm aus, wickelte ihn ein und zog ihn in ihren Bann.

Er schob die Hände in die Taschen und ging zurück um die Theke herum. *Die* Arbeitsplatte.

Heiliger Bimbam.

Er wich zurück. Er brauchte keinerlei Erinnerung daran, wie sie dort ausgesehen hatte, als sie ihn begehrte.

Er öffnete die Schublade, in der er bei einem seiner Streifzüge durch diesen Raum auf der Suche nach Hinweisen Stifte und Papier gefunden hatte. »Ich nehme an, du wirst morgen ein paar Backzutaten brauchen. Schreib mir eine Liste und ich gehe einkaufen.« Es sprach Bände über seinen Grad an Frustration – sowohl über die Situation als auch über seine nervtötende Libido –, dass er bereit war, nicht nur einkaufen zu gehen, sondern das Ganze auch noch in seiner bildhaften Kurzschrift aufzuschreiben. In seiner Welt war Schreiben nur eine Stufe über dem Vorlesen als Foltermethode angesiedelt.

Livvy sah zu ihm auf, ihre prachtvollen bernsteinfarbenen Augen eingerahmt von jenen rostfarbenen Wimpern, wie eine Sonnenblume im Herbst.

Da war er schon wieder bei dieser Poesie.

»Ich brauche zwar bestimmte Dinge, aber den Rest entscheide ich spontan, wenn ich dort bin. Außerdem wirst du die Marken nicht kennen, also muss ich wohl mitkommen.«

Er hätte fast wie die Hunde gejault. Der Sinn dieser Liste war doch gerade, dass sie *nicht* mitkommen musste. Sean atmete aus. Er konnte einfach nicht gewinnen.

Kapitel Zwanzig

Einkaufen mit Livvy entpuppte sich überraschenderweise als ein ziemlich gewinnbringendes Erlebnis. Ihre unbeschwerte Art wirkte ansteckend. Sie war wie ein Sonnenstrahl in einer düsteren Welt – ach, verdammt. Er fing schon wieder damit an.

Sean musste über sich selbst schmunzeln. Livvy schaffte einen dauerhaften Zustand von *Glückseligkeit*, und niemand, nicht einmal er, war davor immun. Er sollte also einfach aufhören, dagegen anzukämpfen, und sich darauf einlassen.

Sie lächelte jeden an, und jeder lächelte zurück. Es war tatsächlich eine Gabe, wie sie die schlechte Laune von jemandem vertreiben konnte, als würde sie Feenstaub über sie streuen.

Feenstaub? Was zum Teufel war mit seinem Gehirn passiert? Mit seinem Wortschatz? Er hatte in seinem Leben noch nie das Wort *Feenstaub* benutzt, nicht einmal gegenüber Mac, als sie noch ein Kind war. Natürlich war er nicht derjenige gewesen, der ihr Gute-Nacht-Geschichten vorgelesen hatte, in denen Feenstaub hätte vorkommen können, und warum schwafelte er überhaupt so darüber?

»Ich dachte mir, ich mache Scones. Welche Geschmacksrichtungen magst du?«

Waren Scones nicht diese geschmacklosen, krümeligen Dinger, die die Briten so liebten? »Mir egal. Ich bin da pflegeleicht.«

Sie warf ihm einen Blick zu, der sein Blut wallen ließ.

»Ich meine, was auch immer du backen willst, ist mir recht. Was sind deine Verkaufsschlager?«

»Ich habe keine, aber –«

»Was meinst du damit, du hast keine Verkaufsschlager? Livvy, du musst herausfinden, was deine Klientel will, und dich darauf einstellen. Du kannst nicht einfach backen, wonach dir gerade der Sinn steht. Kunden treiben dein Geschäft an, und wenn sie bei dir nicht bekommen, was sie wollen, gehen sie woandershin. Erfolgreiche Unternehmen nutzen die Wünsche und Bedürfnisse der Kunden und untermauern das mit exzellentem Service. Wenn du nicht anbietest, was die Leute wollen, wirst du keinen Umsatz machen und hast somit keine Mittel, um das Unternehmen oder deine Anstellung darin fortzuführen.«

»Ich bin keine Idiotin, Sean. Ich weiß, wie Unternehmen funktionieren. Wie habe ich es wohl geschafft, meines so lange am Laufen zu halten? *Und* es geschafft, die Auszeit zu nehmen, um wegen der kleinen Laune meiner Großmutter hierherzukommen? Der Cashflow mag knapp sein, aber er fließt. Diese Kerle hier fressen kein Gras, weißt du. Ich habe dich nach deiner Meinung aus persönlichem Interesse gefragt. Ich wollte sichergehen, dass wir etwas machen, das dir auch schmeckt. Und ich habe keine Verkaufsschlager, weil sich *alle* meine Scones gut verkaufen. Ich mache verdammt gute Scones.« Sie hob das Kinn und richtete sich ein wenig auf.

Und haute Sean damit völlig um. Metaphorisch gesehen. Sie war zu zierlich, um physisch viel Schaden anzurichten. Aber ansonsten ...

War es albern von ihm, dass ihm ganz warm ums Herz wurde, weil sie etwas backen wollte, das er mochte? Dass sie gefragt hatte, weil sie ihm etwas Gutes tun wollte? Um ihn miteinzubeziehen? Viel zu lange war er auf diesem Drahtseil aus Budgets, Unwägbarkeiten, Stress und Sorgen gewandert, und jetzt auch noch diese Täuschung ...

Ihre Ehrlichkeit war ebenso erfrischend wie gewissensbisseverursachend. Sie würde ihn hassen, wenn sie es herausfand.

Falls sie es herausfindet. Du könntest das hier immer noch durchziehen, Manley.

»Äh, okay.« Er fuhr sich mit der Hand durchs Haar und knetete die verspannten Muskeln in seinem Nacken. Der heutige Tag war eine einzige Lektion in Folter gewesen, und es sah nicht so aus, als würde das in nächster Zeit nachlassen.

Dann hörte er ein Krachen, gefolgt von: »Scene!«

Auftritt seines Bruders Bryan. Der Spaß nahm kein Ende. »Hey, Bry.«

»Ist das ... Oh mein Gott. Ist das *Bryan Manley*?«

Natürlich wusste Livvy, wer sein Bruder war. Gab es eine Frau auf diesem Planeten, die es nicht wusste? Sean war schockiert, dass ihm nicht wie üblich ein Harem folgte – obwohl die beiden Zicklein bei ihm, die gegen die umgekippten Makkaroni-Packungen traten, die sie umgestoßen hatten, vielleicht etwas damit zu tun hatten. Niemand würde erwarten, dass *der* Bryan Manley mit Kindern im Schlepptau Lebensmittel einkaufte. Wahrscheinlich die beste Tarnung, die sein Bruder je in der Öffentlichkeit hatte.

»Ja, das ist Bry.«

»Bry? Das klingt schrecklich vertraut.«

»Weil er mein Bruder ist.« Es hatte keinen Sinn, es ihr vorzuenthalten. Die Wahrheit würde sowieso ans Licht kommen. Er konnte keine fünf Minuten mit Bry zusammen sein, ohne dass jemand ein Foto machte und es innerhalb von zwanzig Sekunden auf jeder Social-Media-Seite landete. Wenn er es ihr verheimlichte, würde sie misstrauisch werden.

»Das macht dich also zu Sean ... *Manley*?«

»So läuft das normalerweise.«

»Dir gehört also der Reinigungsservice?«

»Nein, meiner Schwester.«

»Mac ist deine *Schwester*? Wie bist du dazu gekommen, für sie zu arbeiten?«

Darauf wollte er nicht eingehen. »Lange Geschichte.« Er führte es nicht weiter aus und entschied sich stattdessen darauf zu warten, dass sich das Gespräch wieder Bryan zuwandte. Das tat es immer.

»Bryan Manley ist also dein Bruder.«

Diesmal jedoch störte es ihn mehr als je zuvor. »Ja, ist er. Und ja, er ist Single. Aber er ist nicht gerade bereit, sesshaft zu werden.«

»Wow. Da spricht wohl der Zyniker.«

»Nein. Ich bin es nur gewohnt.« Und das war er. Er musste sich selbst an diese Tatsache erinnern. Und an die Tatsache, dass Bryan *nicht* bereit war, sesshaft zu werden. So wie Bry redete, würde er das auch nie sein.

»Hey, Scene.« Bryan klopfte ihm auf den Rücken, als er herüberkam. »Und du musst Olivia sein.«

Sean hasste es wirklich, wie Livvy errötete. Ihr Erröten sollte ihm und ihm allein vorbehalten sein.

Was völlig irrational war.

»Ja, ich bin Olivia.«

Olivia? Was zum Teufel war aus *Livvy* geworden?

»Bryan! Bring uns zu deinem Anführer! Wir wollen Limo!« Die Zwillingsjungs neben ihm schwangen ihre Lichtschwerter.

Bryan schob sie mit einem Finger beiseite. »Vorsicht, Jungs. Ihr stecht euch noch ein Auge aus.« Er zwinkerte Livvy zu.

Zwinkerte.

Wären sie nicht an einem öffentlichen Ort, würde Sean seinem Bruder vielleicht eine verpassen, weil er so verdammt charmant war. Besonders, als Livvy erneut errötete.

»Was machst du hier, Bry?«

»Wir. Wollen. Li. Mo!« Die Lichtschwerter zogen nun Kreise in der Luft, inklusive mechanischer Soundeffekte.

»Leute! Ganz ruhig! Ich weiß, dass eure Mutter euch nicht beigebracht hat, unhöflich zu sein, also seid mal friedlich, ja? Wir holen das, was eure Mom aufgeschrieben hat, und kein Stück mehr.« Bryan atmete tief aus. »Warum kriegen die Leute eigentlich noch mal Kinder?«

Livvy kniete sich zu den Jungen hinunter. »Jungs, wisst ihr, was ihr mal ausprobieren wollt? Legt ein hartgekochtes Ei in eure Lieblingscola und wartet ab, was passiert.«

»Warum? Was passiert dann?« Die Jungen waren von Livvy genauso fasziniert wie ihre erwachsenen Gegenstücke.

»Das müsst ihr schon selbst ausprobieren. Aber wenn ihr es tut, werdet ihr es euch zweimal überlegen, ob ihr jemals wieder Limo trinkt.«

»Cool! Ich liebe Limo!«

»Ich auch!«

»Können wir also welche haben, Bryan? Bitte? Sie ist in Gang zwölf.«

Livvy stand auf. »Wie wäre es, wenn ihr zwei das Regal wieder einräumt, das ihr mit euren Schwertern umgeworfen habt, und ich rede mit Bryan über eure Limo.«

»Echt? Du bist cool!«

»Ja, viel cooler als Mom.«

Sean schüttelte nur den Kopf. Wenigstens konnte er sich nicht selbst die Schuld für die Wirkung geben, die sie auf ihn hatte; sie hatte diese Wirkung auf jedes Mitglied der männlichen Spezies, egal ob jung oder alt.

Livvy wuschelte einem der Zwillinge durchs Haar. »Das liegt daran, dass sie eure Mom ist. Mütter müssen streng sein, deshalb können sie nicht cool sein. Aber sie liebt euch, wisst ihr.«

»Das sagt Bryan auch immer.«

»Das liegt daran, dass sie die Einzige ist, die sie lieben *könnte*«, murmelte Bryan.

Sean verbarg sein Grinsen. Alles in allem klang es so, als hätte Bry den schlechtesten Deal von ihnen allen erwischt. Sean würde jeden Tag Vogelkot und Alpakasperma vorziehen, wenn die Alternative schwertkämpfende Acht-jährige wären.

Die Jungen rannten zum Ende des Ganges, um die Lebensmittel wieder aufzustapeln, die sie umgeworfen hatten.

»Limo steht nicht auf der Liste ihrer Mutter«, sagte Bryan. »Sie wird nicht begeistert sein, wenn ich damit nach Hause komme.«

»Vertrau mir. Wenn du das Experiment machst, garantiere ich dir, dass sie nie wieder Limo trinken wollen.«

»Warum? Was passiert?«

»Vierundzwanzig Stunden lassen die Eierschalen dünner und braun werden. Die Parallele dazu sind natürlich ihre Zähne. Es greift den Schmelz an. Wenn man das Ei länger darin lässt, löst sich die Schale ganz auf. Ich habe keine Limo mehr getrunken, seit wir das in der neunten Klasse am ersten Tag gemacht haben. In der letzten Schulwoche war ich von der Limo endgültig geheilt.«

»Wow. Schönheit und Köpfchen. Hast du Lust auf ein Abendessen?« Bryan schenkte ihr den patentierten Bryan-Manley-Schmachtblick.

Und Sean wollte ihm den Manley-Bruder-Zieh-Leine-Schlag verpassen.

»Das ist schrecklich nett von dir, aber Sean und ich haben eine Deadline. Wir können nicht mit dir essen gehen.«

Und er hätte sie am liebsten geküsst, weil sie ihn in die Absage miteinbe-zogen hatte.

Erst recht, als Bryan das Gesicht verzog.

»Ja, Bry. Wir haben Pläne.« Sein Bruder konnte daraus machen, was er wollte.

Dann wollte Sean sich selbst ohrfeigen. Im Ernst. Wie alt waren sie? Zwölf? Sich wegen eines Mädchens streiten …

Bry zog eine Augenbraue hoch. »Pläne, hm? Na dann. Ich schätze, ich überlasse euch euren Vorhaben. Was waren die noch mal?«

»Pläne.« Bry konnte sich seine Anspielungen sonst wohin stecken.

»Ich backe und Sean wird mir helfen.«

Sean wusste, dass das Grinsen auf Bryans Gesicht erscheinen würde, noch bevor es tatsächlich da war.

»Lass es.« Er hob die Hand, um die dämliche Frage zu stoppen, von der er wusste, dass Bry sie stellen würde – einfach nur, weil er es konnte –, aber Bry hielt sich nicht an das Drehbuch.

»Ihr werdet also zusammen in der Küche stehen?«

Er liebte Livvys Erröten allerdings wirklich. Besonders, weil sie tatsächlich in der Küche *gestanden* hatten.

»Hast du nicht Zwillinge, um die du dich kümmern musst oder so?« Sean deutete dorthin, wo die Jungen die Kartons wieder aufstapelten, nur diesmal in Form einer Festung. Um sich selbst herum.

»Ach, verdammt.« Bryan seufzte. »Schön, dich kennenzulernen, Olivia.« Er ging auf das temperamentvolle Paar zu. »Jungs! Das ist kein Spielplatz.«

Sean lachte. Bryan klang wie Gran.

»Sieht so aus, als hätte dein Bruder alle Hände voll zu tun. Ich wusste nicht, dass er Kinder hat. Ist das sein Wochenende oder so?«

Das brachte Sean noch lauter zum Lachen. »Bry? Ein Vater? Dass ich das noch erlebe.« Im Sinne von *niemals*. Bry schwor seit Jahren, dass er nie Kinder haben würde; es war wirklich Karma, dass er den Auftrag mit ihnen bekommen hatte. »Nein. Das sind, äh, die von einem Freund.«

Sean war nicht gerade scharf darauf, die Pokerwette zu erwähnen. Livvy musste an ihn als professionelle Haushaltshilfe glauben. Sie musste glauben, dass Mac ihr Bestes geschickt hatte, und er würde nicht derjenige sein, der diese Blase platzen ließ.

»Ja, das kann ich nachfühlen. Ich meine, sie sind ja ganz süß und so, aber sie großziehen? Das bin absolut nicht ich.«

Sie ging in die entgegengesetzte Richtung davon, während Sean im Geist wiederholte, was sie gerade gesagt hatte. Was sie offenbart hatte. Er wollte eines

Tages Kinder. Wenn er für sie sorgen konnte. Die Art, wie er und seine Geschwister aufgewachsen waren, ließ ihn nach Stabilität streben. Ein Zuhause, das er sein Eigen nennen konnte, und die Mittel, um es zu bezahlen. Das war der Grund, warum dieses Geschäft Erfolg haben *musste*. Er musste daran denken, dass sie unterschiedliche Dinge vom Leben wollten …

Es hätte eine Erleichterung sein sollen, aber stattdessen machte es ihn traurig. Für sie. Wie ihre Kindheit wohl gewesen sein mochte. Von außen betrachtet sah es toll aus: Sie hatte das Internat und das Geld der Martinsons im Rücken gehabt. Aber im Inneren … hatte sie niemanden gehabt, der sie liebte. Er hatte genau das Gegenteil gehabt und war dadurch reicher gewesen.

Es war spät, als sie nach Hause kamen, und noch später, als er ihr geholfen hatte, die Menagerie zu füttern und zu tränken. Und die Ställe auszumisten.

»Sag mir, warum du das Tag für Tag machen willst«, sagte er, während er dem hodenfixierten Schafbock auswich, um ihre Mistgabel an einen Haken an der Wand zu hängen, der eher wie eine Trophäenvitrine aussah als ein Ort zur Aufbewahrung von landwirtschaftlichen Geräten. Jemand hatte ihn sogar mit Zierleisten und anderen nicht stahltypischen Plaketten und Zeug dekoriert. Livvy hatte recht; die Martinsons waren prätentiös.

»Aus allen möglichen Gründen. Die Alpakawolle ist eine Investition wegen des Preises, den sie erzielen kann, und die Schafwolle ist unser tägliches Brot. Dann gibt es noch die Milch von den Ziegen und die Eier vom Geflügel. Alles Dinge, die ich gebrauchen oder verkaufen kann.«

»Und Reggie?«

Sie lächelte, als Reggie grunzte, als er seinen Namen hörte. »Reggie ist nur zur Gesellschaft da. Jemand wollte ihn als Speck verkaufen. Das konnte ich nicht zulassen.«

»Natürlich nicht.«

Er konnte sich vorstellen, wie sie darüber entsetzt war und das kleine Schweinchen hochnahm, es wie ein Baby an sich kuschelte und ihm zuflüsterte, dass er bei ihr sicher sei. Sie. Die Frau, die keine Kinder wollte.

Sie hatte mehr mütterlichen Instinkt, als sie wusste.

»Außerdem verkaufe ich die Junghennen und Lämmer für ein weiteres Einkommen. Ich würde sie am liebsten alle behalten, aber das ist nicht möglich. Wenn ich diesen Ort erst einmal verkauft habe, kann ich einen größeren Stall bauen und mehr von ihnen behalten.«

»Was noch mehr Ausmisten bedeutet.«

Sie zuckte mit den Schultern, wobei eine verirrte Locke über ihre Schulter fiel und in ihrem Camisole verschwand …

Was war das nur mit ihr und Camisoles? Wenigstens trug sie diesmal ein Hemd darüber, aber diese Dinger schmiegten sich an ihre Kurven auf eine Weise, die der männlichen Bevölkerung gegenüber nicht fair war.

»Das Ausmisten ihrer Ställe ist ein kleiner Preis für die Gesellschaft, Liebe und Akzeptanz, die sie mir schenken.«

»Akzeptanz?«

Livvy strich sich die verirrte Locke hinter das Ohr. Schon wieder. Eines Tages würde er das für sie tun.

»Tiere urteilen nicht über einen. Wenn man sich um sie kümmert und das Versprechen erfüllt, das man ihnen gegeben hat, werden sie deine besten Freunde sein. Sie sehen einem sogar einiges nach, wenn man bei der Pflege mal nachlässt, solange man nicht grausam zu ihnen ist. Menschen könnten eine Menge von Tieren lernen.«

In ihren Worten schwang der Schmerz eines ganzen Jahrhunderts mit. Er lehnte die Mistgabel gegen den Ziegenpferch. »Willst du darüber reden?«

»Worüber reden?« Sie beschäftigte sich damit, das Heu von der Wand zu zupfen, die die Pferche unterteilte.

»Livvy.«

Es dauerte gut zehn Sekunden, bevor sie innehielt und zu ihm aufsah. »Es geht mir gut, Sean. Danke, aber das ist nicht nötig. Ich habe vor langer Zeit gelernt, mich nur auf mich selbst zu verlassen. Sicher, ich bin wütend auf Merriweather, aber am Ende nützt Wut niemandem etwas. Sie saugt einen aus. Nach vorne zu schauen, sich auf den nächsten Schritt zu konzentrieren, auf das große Ziel, auf das, was man tun muss, um dorthin zu gelangen … *das* ist produktiv. Über Wenn-und-Aber nachzugrübeln, ist kontraproduktiv.«

Sie bemerkten beide dieses Wort. *Kontra.*

Er machte einen Schritt auf sie zu. Sah, wie sie sich ein Stück zu ihm neigte. Es wäre so einfach, sie in seine Arme zu ziehen und zu beenden, was sie vorhin angefangen hatten.

Aber ihre Worte hallten wie in einer Endlosschleife in seinem Kopf wider. *Sie lassen einen nicht im Stich.*

Genau wie er es tun würde.

Er musste die Zahlen noch einmal durchrechnen. Musste *unbedingt* einen Weg finden, wie dieses Projekt für sie beide funktionierte.

Also trat er zurück. Gab der Versuchung nicht nach. Der Gewissheit, dass sie ihn nicht zurückweisen würde.

Es war wahrscheinlich das Schwierigste, was er je in seinem Leben getan hatte.

Kapitel Einundzwanzig

Der Versuch, letzte Nacht einzuschlafen, war eines der schwersten Dinge, die Livvy je getan hatte. Ihr Körper stand nach der Zeit mit Sean immer noch unter Strom, und sie konnte nicht begreifen, warum er sich zurückgezogen hatte. Sie hatte ihre Absichten – ihre Wünsche, Sehnsüchte, Vorlieben – gestern Abend verdammt deutlich gemacht. Und in der Küche, bevor Kerry und Sher sie unterbrochen hatten –

Ach, Mist. Kerry und Sher.

Livvy sprang aus dem Bett und rempelte dabei Georgia an, die beschlossen hatte, dass Livvys Kopf der perfekte Ort sei, um ihren warmen, vollen Bauch dagegenzulehnen, weshalb sie nun mürrisch brummte, als er ihr entzogen wurde.

Der Mops rollte in die Kuhle hinunter, die Livvy hinterlassen hatte, wobei ihre Hinterbeine Petra an der Schulter trafen. Das veranlasste Petra zu einem Winseln und John zu einem Knurren, was wiederum Mike weckte, der sich gähnend umdrehte und dabei Davy fast zerquetschte.

Innerhalb weniger Minuten war die gesamte Bande wach und verlangte lautstark nach Futter und Auslauf. Und das nicht unbedingt in dieser Reihenfolge.

Sie rieb sich die Augen, nachdem sie alle im Hinterhof freigelassen hatte, und schaltete ihren iPod ein. »One More Night« von Maroon 5 war ein ausreichend tanzbarer Start für einen Tag in der Küche. Sie tänzelte zum Sub-Zero-Kühlschrank hinüber, um sich ein Glas Orangensaft zu holen. Kein Koffein für sie; sie hatte den Jungs im Supermarkt die Wahrheit gesagt. Ein einziger Vierundzwanzigstundenzeitraum des Limonaden-Eier-Experiments hatte gereicht, um sie davon zu überzeugen, die Finger von dem Zeug zu lassen; das ganze Jahr der sich auflösenden Eierschalen hatte diesen Entschluss gefestigt.

Die Eier waren da. Die Eier, die sie und Sean gestern im Laden gekauft hatten. Die, die sie heute verwenden würden, um ihre berühmten Scones zu backen. Gemeinsam.

Sie holte tief Luft und war nicht überrascht, bei dieser Aussicht ein Flattern im Magen zu spüren. In den letzten Tagen hatte ihr Magen ziemlich viel geflattert. Ganz zu schweigen vom Prickeln auf ihrer Haut. Und dann war da noch das ständige Erröten.

Aber bei Weitem nicht genug Küssen.

Sie spürte, wie die Hitze erneut ihre Brust hinaufstieg und in ihre Wangen schoss, aber diesmal lag es nicht an einer bloßen Verlegenheit. Sean war einfach ... nun, er war verdammt nah dran an »fantastisch«. Fast perfekt, falls es so etwas überhaupt gab. Intelligent, witzig, gut aussehend, ein guter Kerl, tolerant, hilfsbereit ...

Sie klang, als würde sie eine Anzeige für eine Aushilfe auf dem Bauernhof schalten, statt die Qualitäten des Mannes aufzuzählen, den sie ... was? Was war Sean für sie?

»Ist das das, was die bestgekleideten Köche heutzutage tragen?«, fragte er.

Wenn man vom Teufel sprach – er tauchte in ihrer Küche auf und sah in Shorts, T-Shirt und Flip-Flops sündhaft gut aus.

Begehrte. Ja, das war ein ebenso guter Begriff wie jeder andere. Und um einiges sicherer als manch anderer.

Sie hörte mitten im Tanzen auf und strich sich die Haare hinter die Ohren. »Äh, guten Morgen. Heute keine Uniform?« Es war definitiv eine Verbesserung.

Er zuckte mit den Schultern und bediente sich an dem Granatapfelsaft, den sie gekauft hatte. Vielleicht war er gesunder Nahrung ohne Maissirup doch nicht so abgeneigt, wie er vorgegeben hatte.

»Ich dachte mir, da wir den ganzen Tag in einer heißen Küche stehen werden, sollte ich mich entsprechend kleiden.«

Oder ausziehen …

Livvy leckte sich über die Lippen, die plötzlich trocken geworden waren, und blickte an sich herab: weißes Unterhemdchen und seidige Pyjamahosen in Capri-Länge. »Nun, ich werde meine Schürze tragen, also ist es eigentlich egal, was ich anhabe.«

Er zog erneut eine Augenbraue hoch. »Wenn du das sagst.«

Auf dem iPod wechselte das Lied zu »Give Me Everything Tonight« von Pitbull. Ja, nicht unbedingt der Song, den sie gerade hören wollte.

Livvy riss die Schürze vom Haken und machte sich daran, die acht Hundeschüsseln mit Frühstück zu füllen, wobei sie versuchte, nicht auf den Text zu achten. Dann holte sie die Backbleche, Rührschüsseln und Auskühlgitter hervor, die sie für das Scones-Backen benötigen würden.

Dann verbrachte sie gute zwei Minuten damit, nach einem Walnussknacker zu suchen, und reihte alle trockenen Zutaten ordentlich auf der Arbeitsfläche auf, bis ihr schließlich nichts mehr einfiel, was sie tun konnte, außer ihn anzusehen, Was sie ohnehin die ganze Zeit schon hatte tun wollen.

Er lehnte an der Spüle, hatte die Arme über dieser fantastischen Brust verschränkt und die Beine in einer so maskulinen Pose überkreuzt, dass ihr das Wasser im Mund zusammenlief.

Sean *Manley*. Es hatte noch nie einen passenderen Namen gegeben.

»Möchtest du also etwas essen, bevor wir anfangen, oder haben heute nur die Hunde Glück?«,, fragte er.

Er konnte jederzeit Glück haben, wenn er wollte – »Äh, sicher. Ich kann fix was zaubern.« Sie nickte zu den Sachen, die er auf der Theke zusammengestellt hatte, während sie nach ihren Utensilien gesucht hatte.

Er stieß sich von der Spüle ab, als Jay Seans »Down« zu spielen begann. »Ich habe nicht gefragt, ob du es machst. Ich habe gefragt, ob du etwas willst. Ich bin durchaus in der Lage, uns ein Frühstück zusammenzuschustern, weißt du.«

»Nein, ehrlich gesagt wusste ich das nicht.«

Er schnappte sich eine Pfanne von dem hängenden Wagenrad über ihm und schaltete den Herd ein. »Hmm, ich schätze, du hast recht. Du hast mich noch nicht wirklich in der Küche in Aktion erlebt.«

Oh doch, das hatte sie, und sie nutzte fünf Takte des Songs, um sich daran zu erinnern.

Offenbar tat Sean das auch, denn er ließ die Pfanne mit einem Scheppern auf die Flamme sinken und hantierte dann etwas ungeschickt damit herum, ein paar Scheiben Mehrkornbrot in den Toaster zu schieben. »Also, äh, setz dich doch einfach, und ich bereite was vor. Du hast extra Eier gekauft, richtig? Und habe ich da Pork Roll oder so was gesehen?«

»Pork Roll?« Livvy schauderte. »Wohl kaum. Reggie würde mir das nie verzeihen.«

»Ich dachte, Elefanten wären diejenigen mit dem Langzeitgedächtnis.« Er ließ etwas Butter in die Pfanne gleiten, wo sie zu brutzeln begann.

Genau wie Livvy es tat. Der Kerl war *heiß*. »Schweine sind auch schlau. Wenn ich Reggie auch nur in die Nähe käme und nach einem seiner Verwandten riechen würde, würde er mir das nie verzeihen.« Sie hatte es einmal getan. Das Schwein war einen ganzen Tag in seinem Bett geblieben, und keine Menge an Hundekuchen konnte ihn herauslocken. Er hatte sogar die Rüsselnase vor ihr gerümpft, als sie versucht hatte, ihn zu streicheln.

»Dein Speiseplan muss ziemlich eingeschränkt sein, wenn du keine Verwandten deiner Tiere isst.«

»Nur Reggie ist so empfindlich. Hühnchen und Eier esse ich ständig. Obwohl ich versuche, sie nicht in Orwells Gegenwart zu essen.«

»Wo wir gerade dabei sind … wo steckt das kleine Ein-Vogel-Abrisskommando eigentlich?«

Die fünfundvierzig Minuten, die sie gestern Abend gebraucht hatten, um den Vogel von den Vorhangstangen zu komplimentieren, waren kein Vergnügen gewesen, daher war dies eine willkommene Ruhepause. Sie liebte Orwell, aber er machte viel Arbeit. »Er schläft. Er ist kein Frühaufsteher.«

»Muss schön sein«, sagte Sean und schlug gleichzeitig zwei Eier mit einer Hand über der Pfanne auf.

»Ziemlich cooler Trick.«

Er zog eine Augenbraue hoch.

»Das da. Das mit den Eiern. Wo hast du das gelernt?«

»Wenn man mit zwei Brüdern und ohne Videospiele aufwächst, lernt man, sich selbst zu beschäftigen. Wir haben früher Wettbewerbe veranstaltet, wer die meisten schafft, ohne Eierschalen in die Pfanne zu bekommen.«

»Und du hast gewonnen?«

Sean lächelte, und es raubte ihr den Atem. Der Kerl war einfach umwerfend.

»Ja, ich habe ihnen ordentlich den Hintern versohlt. Einmal habe ich fünf geschafft.«

»Du musst wirklich große Hände haben.«

Es war kein bloßes Erröten, das über ihre Haut raste. Es war ein tiefroter Mantel, in den sie sich am liebsten gehüllt hätte, um vor Scham zu sterben, denn sie dachten gerade beide daran, womit die Handgröße angeblich korrelierte.

Sie starrte auf seine Hände. Sie waren nicht zu groß. Genau die richtige Größe mit der perfekten Nagelform, dem richtigen Maß an Behaarung, der richtigen Portion Kraft und Muskeln und – oh mein Gott, beschrieb sie sich gerade wirklich hochemotional seine Hände? »Was kann ich tun, um zu helfen?«

Falsche Frage. Seine Augen wurden dunkler, und der Blick, den er ihr zuwarf, drang bis tief in ihren Unterleib vor und entfachte dort ein Feuer, das rein gar nichts mit dem Geschehen auf dem Herd zu tun hatte.

»Nichts. Passt schon.«

Ja. Und wie das passte.

»Gibt es etwas, das du für das Backen vorbereiten musst?«

Sie schüttelte den Kopf, sowohl als Antwort als auch als *Krieg-dich-wieder-einkam-Livvy*-Mechanismus. Scones mussten einzeln zubereitet werden. Zumindest ihre, um die perfekte Blättrigkeit zu erreichen. Wenn sie den Teig zu lange stehen ließ, misslangen die Scones. Bei der Menge, die sie heute backen wollte, musste sie sich voll und ganz auf das Projekt konzentrieren.

Sean holte das Brot aus dem Toaster, bestrich es mit der Apfelbutter, die sie gekauft hatte, goss zwei weitere Gläser Granatapfelsaft in ein Paar verzierte Weingläser aus einem Regal, in das sie nicht einmal hineinsehen, geschweige denn es erreichen konnte, und richtete die Eier an, als wäre er ein Profikoch.

»Hast du je darüber nachgedacht, Privatkoch zu werden anstatt Reinigungskraft? Du bist wirklich gut darin.« Sie nahm die Saftgläser von der Theke und stellte sie über Eck zueinander auf den Tisch. Sie brauchte ihn nicht direkt neben sich sitzen zu haben – zu viel Versuchung –, aber sie wollte ihn auch nicht zu weit weg haben.

Zu viel Enttäuschung.

Er brachte ihre Teller zum Tisch. Die Spiegeleier waren perfekt gebraten, der Toast genau richtig gebräunt und gebuttert, und die Orangenscheiben, die er dazu angerichtet hatte, waren ein zusätzlicher Bonus.

Genau wie er. Ein Bonus, den sie niemals hätte vorhersehen können, als sie vom Tod ihrer Großmutter erfahren hatte.

»Wie soll das heute ablaufen?«, fragte er. »Was soll ich tun?«

So viele Dinge …

Sie legte ihre Gabel ab, tupfte sich mit der Leinenserviette, die er in einer der Schubladen gefunden hatte, die Lippen ab und zügelte ihre Glückshormone.

Sie nahm sich fest vor, ihren iPod auszuschalten, als eine weitere Runde unpassender Liedtexte den Raum erfüllte.

»Ich mache jede Portion einzeln«, sagte sie und versuchte, den Sänger zu ignorieren, der davon sang, dass er seine Augen nicht von einer Frau lassen konnte. »Um genug Schichten in den Teig zu bekommen, muss ich ihn bis zur richtigen Konsistenz kneten, was Zeit kostet. Das geht nicht am Fließband. Aber wir können das bei der Vorbereitung und dem Aufräumen so machen. Ich richte Reihen von Schüsseln für mehrere Portionen her, dann kannst du alle Zutaten darin abmessen und ich komme nach und mische sie nacheinander zusammen. Einverstanden?«

»Klingt nach einem Plan.« Er hob eine Gabel voll Ei. »Und? Was sagst du? Gut genug für dich?«

Er sprach über das Essen, das er gemacht hatte, richtig? Und nicht über sich selbst? Denn ja, er war verdammt noch mal gut genug für sie. Zu gut eigentlich. Da musste doch ein Haken sein. Sean konnte unmöglich so gut sein, wie er schien. Gut aussehend, fleißig, liebevoller Familienmensch, witzig, freundlich, hilfsbereit, zu fast allem fähig – *und* ordentlich – und er hatte aufgehört, sich über ihre Tiere zu beschweren. Er hatte ihr sogar geholfen, sich um sie zu kümmern.

Zum ersten Mal seit langer Zeit ließ Livvy zu, dass das Wort »Hoffnung« in ihrem Vokabular auftauchte.

»Livvy?«

»Oh, äh, ja. Großartig. Du bist in der Küche wirklich fantastisch.«

Das hatte sie jetzt *nicht* wirklich gesagt.

»Wo wir gerade dabei sind …« Sean legte seine Gabel ab. »Es totzuschweigen, wird es nicht ungeschehen machen.« Er legte seine Hand auf ihre, und vergiss die Flammen auf dem Herd oder die Temperatur in diesem Raum, wenn heute erst einmal alle Öfen liefen, oder sogar wie köstlich er in so etwas

Unscheinbarem wie Shorts und T-Shirt aussah; nichts kam gegen das Gefühl an, das Seans Berührung in ihr auslöste.

Die Hoffnung brauste wieder auf, wirbelte in ihrem Inneren umher, berührte jede Faser von ihr und nistete sich fest in ihrer Seele ein – und plötzlich war der Liedtext absolut passend.

»Livvy, wir können keine Wiederholung von gestern haben.«

Bis Sean das sagte.

»Es ist wirklich keine gute Idee.«

»Okay. Gut.« Es gab eine Grenze dafür, wie viel Ablehnung sie ertragen konnte, und ehrlich gesagt war ihr Kontingent dafür auf *ewig* erschöpft. Sie würde nicht betteln. Nein. Nicht sie. Sie hatte bei ihrer Großmutter um nichts gebettelt, und sie würde ganz sicher nicht bei einem Typen um etwas betteln, der nicht einmal schlau genug war, sie zu wollen.

Sie zerknüllte ihre Serviette und warf sie oben auf die nun ungenießbaren Eier, sammelte dann ihr Gedeck ein und stand auf. »Wir sollten mit dem Backen anfangen. Ich muss eine Menge schaffen und das Frühstück war zwar nett, aber wir haben wirklich keine Zeit, hier rumzusitzen und zu quatschen.« Sie schob ihren Teller an den Rand des Tisches, wobei ihre Serviette die Zuckerdose des Teeservices mitriss.

»Livvy –« Der Deckel klirrte auf den Boden, aber Sean schaffte es, die Dose aufzufangen, bevor sie hinterherflog, und starrte sie an, als wüsste er nicht, was das war.

»Kannst du bitte die Hunde wieder reinlassen?« Sie hatten in dem Moment zu winseln begonnen, als sie aufgestanden war, und Livvy war noch nie so froh über ihre Forderungen gewesen wie in diesem Moment. Sie brauchte Zeit, um sich von der Elektrizität zu erholen, die durch sie hindurchsummte, von der Enttäuschung einer weiteren zerschlagenen Hoffnung und von der Peinlichkeit, dass er wusste, wie sehr sie ihn wollte, und sie abgewiesen hatte.

Dabei hatte sie solche Hoffnungen für den heutigen Tag gehegt.

So viel zum Thema Frühstück.

Sean räumte seinen Teller weg; das Essen war ihm egal, es war das Gespräch, das ihn beschäftigte. Er hatte sich fast die ganze Nacht hin- und hergewälzt, wachgehalten vom Verlangen ebenso wie von den Schuldgefühlen.

Gegen vier Uhr morgens hatte er beschlossen, der Sache ein für alle Mal ein Ende zu setzen. Was auch immer *es* war. Er musste es mit ihr besprechen. Ihr klarmachen, dass es nicht so einfach war, wie »lass uns miteinander schlafen«. Nicht, ohne ihr den wahren Grund zu nennen.

Oder dass in der Zuckerdose ein Hinweis steckte.

Gott, er war so ein Arschloch. Es war poetische Gerechtigkeit, das Gesetz des Karma, das Universum, das ihn auslachte, dass gerade er sie abwies. Er war zwar nicht auf Bryans Niveau, was Frauen anging, auch wenn er in dieser Hinsicht nie untätig gewesen war, aber die eine Frau, die er mehr begehrte als jede andere, war die denkbar schlechteste Partie für einen Annäherungsversuch.

Nur ging es hier nicht um einen flüchtigen Fang. Eine Nacht mit gegenseitig befriedigendem Sex könnte eine gute Sache sein, wenn da nicht der ganze Rest wäre, der damit einherging, Livvy zu wollen.

Das Geheule an der Tür fing wieder an, und Sean konnte es absolut nachempfinden. Abgesehen davon, dass er diese außer Kontrolle geratene Anziehung abbremsen musste, *steckte ein Hinweis in der Zuckerdose.*

Was zum Teufel sollte er bloß tun?

Das Kratzen folgte als Nächstes. Sean sprang auf, schnappte sich die acht Futterschüsseln und ging hinaus, um eine weitere Katastrophe abzuwenden, bevor sie sein Leben erschütterte – er musste nicht auch noch jemanden bezahlen, um die Tür zu reparieren.

Überraschenderweise verhielten sich die Hunde für ein Rudel hungriger Tiere ziemlich anständig. Nur ihre wedelnden Schwänze und der hyperaktive Tanz der kleinen Hunde verrieten, wie sehr sie sich auf das Futter freuten. Ringo knurrte ihn nicht einmal an.

Vielleicht wendete sich sein Blatt ja doch noch.

Dieser Gedanke hielt an, als er zurück in die Küche kam und feststellte, dass Livvy sich eine Schürze um die Taille gebunden hatte – und das Latzteil verdeckte Gott sei Dank viel mehr von ihrem Dekolleté als ihr Top. Wenn er sie nicht berühren durfte, brauchte er die Versuchung nicht.

Leider hörte das Universum nicht zu. Die Versuchung umschwirrte ihn den ganzen Vormittag. Jedes Mal, wenn Livvy an ihm vorbeitänzelte – sie tanzte ständig –, über ihn hinweggriff, eine Schüssel über die Theke schob, sich bückte, um die Scones aus dem Ofen zu nehmen, oder sich die Fingerspitze leckte, wenn sie versehentlich das heiße Backblech berührte, war es, als würde jemand da oben ihn auslachen.

Da war ihm das Chaos im Wohnzimmer jederzeit lieber als das hier. Da würde er wenigstens vor Anstrengung und ehrlicher Arbeit schwitzen und nicht vor frustriertem Verlangen, dem er nicht nachgeben konnte.

Er prüfte die Uhr an der Wand. Viel zu viele Stunden, bis sie ging.

Das Lied wechselte, und Sean zuckte zusammen. »Any Way You Want It« war *nicht* das, was er jetzt hören musste. Besonders nicht, als er den Refrain von oben herüberschallen hörte. »Klingt, als wäre Orwell wach.«

Livvy blickte vom Knetbrett auf, ein Mehlfleck auf ihrer Nase. Und ihrer Wange. Und ihrer Schulter.

»Er liebt diesen Song. Ich glaube, es ist der einzige, bei dem er den ganzen Text kann.«

»Wie wäre es, wenn wir ihn dann ändern?« Ein perfekter Vorwand, um den kleinen roten Steve-Perry-Teufel nicht für die nächsten dreieinhalb Minuten – oder wie lange dieser verdammt Song auch dauerte – verlockend auf seiner Schulter sitzen zu haben. Er drückte die Vorwärtstaste am iPod.

Bruno Mars. Ernsthaft, bekam er hier gar keine Atempause, wenn er versuchte, *etwas* richtig und gut zu machen?

Oben war Orwell immer noch voll bei Journey und trillerte Perrys Klassiker: »Ooooooooh.«

»Vielleicht sollte ich ihn holen. Ihn mitten ins Geschehen bringen.« Und sich selbst daraus zurückziehen, wenn auch nur für einen Moment.

Livvy zuckte mit den Schultern, und interessanterweise blieb der Latz ihrer Schürze an Ort und Stelle, aber die Brüste dahinter ... Sie lugten ein wenig mehr oben hervor, und oh Schande, er steckte in Schwierigkeiten.

Wenigstens trug er diese verdammt engen Hosen nicht, und seine Shorts verbargen seine Reaktion besser.

Er machte sich auf den Weg zu Orwell. Er hätte nie gedacht, dass er mal einen Tag erleben würde, an dem er einen Papagei einer Frau vorzog.

Offenbar hätte er auch diese Wette verloren.

Kapitel Zweiundzwanzig

Die zwölfte Ladung Scones kam aus dem Ofen, und Sean war bereit, es für heute gut sein zu lassen. Überall lagen Scones herum, und der verdammte Papagei wusste das auch. Wenn Orwell noch ein einziges Mal »Polly möchte einen Scone« sagte, würde Sean ihn höchstpersönlich in einen *einbacken*.

»Er bringt seine Klischees durcheinander.«

»Das macht er öfter.« Livvy wischte sich ein paar Krümel von der Nase. Die Frau war einfach viel zu entzückend für seinen Geschmack, und das *zusätzlich* dazu, dass sie sexy war. Diese Kombination machte Kleinholz aus seinem Vorsatz, sich von ihr fernzuhalten. Sie konnte gar nicht schnell genug von hier verschwinden.

Was natürlich bedeutete, dass sie letztendlich doch hier hängen blieb.

Sie zog die Ofenhandschuhe aus, ließ sich auf den Barhocker neben ihm plumpsen und ließ ihren nackten Fuß gegen die Querstreben schwingen. Ihre Zehennägel waren rosa lackiert.

Er wusste nicht, warum ihn das überraschte, aber das tat es. Vielleicht, weil er erwartet hätte, dass sie sie blau gemalt hätte. Oder grün. Oder braun. Sie war der größte Widerspruch in Form einer Frau, der ihm je begegnet war. Die meisten würden sich niemals in Springerstiefeln und Zigeunerröcken blicken lassen, als wären sie ein Relikt aus den Siebzigern, aber an Livvy funktionierte das alles, und sie war sich völlig unbewusst darüber, wie gut es aussah. Er hatte das Gefühl, dass sie gar nicht merkte, wie sie wirkte. In egal was.

Er würde sie gerne mal in einem Kleid sehen. Einem richtigen Kleid. Etwas Sexyes, Figurbetontes, aber nicht zu Freizügiges. Ein wenig Glitzern an ihren Handgelenken, aber nicht mehr, und die Schönheit, die in ihr steckte, für sie strahlen lassen.

Und wieder die Poesie, Manley. Ernsthaft jetzt?

Er musste sie sich ernsthaft aus dem Kopf schlagen. Er musste ernsthaft mit dem Plan weitermachen. Und er musste ernsthaft an diesen Hinweis herankommen. Ohne sie.

»Also, wann holen die Jungs dich ab? Haben wir noch viel vor uns?«

»Versuchst du, mich loszuwerden?«

»Natürlich nicht. Es ist schließlich dein Zuhause.« Eher eine Erinnerung für ihn selbst als für sie.

»Noch ist es das nicht.« Sie drückte mit Daumen und Zeigefinger auf ihre Nasenwurzel. »Du hast meine Großmutter besser gekannt als ich. Irgendeine Idee, warum sie das getan hat?«

Er hatte Merriweather überhaupt nicht gekannt. Er hatte es geglaubt, aber nach dieser Sache nicht mehr. »Nicht den leisesten Schimmer. Vielleicht möchte sie dir einfach ein Gefühl für die Familiengeschichte vermitteln.«

»War es nicht genug, dass ich sie durchleben musste? Die Frau hat die halbe Schule gesponsert, um Himmels willen. Es war unmöglich, *nichts* über die Familie zu wissen.«

»Ich nehme an, du warst nicht gerade begeistert, dort zu sein?«

»Wenn ich dort hätte sein *wollen*, dann sicher. Dann wäre ich begeistert gewesen. Aber das wollte ich nicht. Ich wollte nicht von hier weg. Mein Zuhause. Meine Mom. Sie lebte noch, als Merriweather das Sorgerecht bekam. Mein Dad auch. Doch keiner von beiden rührte einen Finger, als ihnen eine alte Frau ihr Kind wegnahm. Als könnten sie es gar nicht *erwarten*, dass ihr kleines *Problem* verschwand. Aus den Augen, aus dem Sinn.«

Ihre Stimme brach, und sie sah weg.

Sean wollte sie in den Arm nehmen und den Schmerz einfach aus ihr heraushauen. Aber er tat es nicht. Weil das all das, was er versuchte zu tun, nur noch viel schwerer machen würde. Für sie beide.

»Sie waren selbst noch Kids, Livvy. Wahrscheinlich zu verängstigt, um zu wissen, was sie tun sollten.«

»Ein nettes Argument, *falls* sie mich sofort mitgenommen hätte. Aber ich war fünf Jahre lang bei meiner Mom. Nur wir zwei, da ihre Eltern sie in der Minute vor die Tür gesetzt haben, als sie von mir erfuhren. Und *Papi* hat keinen Finger krumm gemacht. Keinen Cent. Nicht mal eine Karte. Es wundert mich, dass Merriweather überhaupt von mir wusste, obwohl es nicht an mangelnden Versuchen meiner Mom lag.«

»Sei nicht so hart zu ihr, Livvy. Sie hatte wahrscheinlich Angst davor, sich um dich zu kümmern. Als deine anderen Großeltern sie rausgeworfen haben, war es sicher verdammt hart für sie. Vielleicht war es ihr Versuch, dich an Merriweather zu geben, um dir all die Dinge im Leben zu ermöglichen, die sie selbst nie gehabt hätte.«

»Und dann hat sie sich mit dem Schweigegeld zu Tode gesoffen.«

Diesmal griff er doch nach ihr. Er legte seine Hand auf ihre. Manchmal war einfaches menschliches Mitgefühl wichtiger als alles andere, und Livvy litt. »Du kannst nicht wissen, was in ihrem Kopf vorging. Vielleicht hat sie es bereut, dich weggegeben zu haben. Vielleicht war es das Schwerste, was sie je getan hat. Wer weiß, wo du heute wärst, wenn sie es nicht getan hätte? Du kannst die Vergangenheit nicht ändern, Livvy. Aber du kannst deine Zukunft so gestalten, wie du sie haben willst. Lass nicht zu, dass deine Bitterkeit über diese Ereignisse das bestimmt, wer du heute bist. Denn ich finde …« Und hier bog er auf einen Pfad ab, auf dem er nichts zu suchen hatte. »Ich finde, du bist ganz ordentlich geworden. Mehr als ordentlich.« Er beobachtete, wie sein Daumen ihre weiche Haut liebkoste.

Beobachtete, wie sie ihre Hand nur ein kleines Stück bewegte, um seinen Daumen mit ihrem zu umschließen.

Beobachtete, wie sie den Blick hob, um seinen zu treffen. »Was machen wir hier eigentlich, Sean?«

Weiß der Teufel. Das Liebeslied, das aus dem verdammten iPod dröhnte, half auch nicht gerade.

Gott sei Dank hupte draußen jemand, und die Hunde fingen an zu bellen.

Der Moment war vorbei.

Aber nicht vergessen.

. . .

Zehn Sekunden nachdem sie weggefahren war, brach die Hölle los.

Die Hunde waren nicht länger seine Freunde, Orwell tauschte seine nasale Singstimme gegen ein astreines Dschungel-Papageien-Gekreische ein, und Seans Telefon hörte nicht auf zu klingeln.

Der Architekt hatte Fragen. Sein Anwalt hatte Fragen. Gran hatte auch ein paar. Dann war da noch Mac, die ihn um Hilfe für den nächsten Tag bat, was alles dazu führte, dass es bereits lange nach Einbruch der Dunkelheit war, bis er die Chance hatte, sich hinzusetzen und den Hinweis zu entziffern, den er aus der Zuckerdose stibitzt hatte.

Du wirst ihn zurücklegen, Manley.

Das würde er; er brauchte kein Gewissen, das ihn daran erinnerte. Ganz egal, wie sehr er diesen Ort wollte, er könnte niemals mit sich selbst im Reinen sein, wenn er sie sabotierte.

Sabotage, ihr zuvorkommen ... wo ist da der Unterschied?

Ja, an diesem Teil arbeitete er noch. Aber bis er es herausgefunden hatte, würde er den Hinweis zurücklegen. Nachdem er ihn gelöst hatte.

Der Kampf war komplex, doch er war es auch
Und für ihn verdiente er der Familie den Wappenbrauch.
Unter dem Banner eines Adlers
Beanspruchte dieser Ritter, dieser tadellose,
Den Sieg mit seiner Macht
Vom Rücken seines Rosses.

Noch ein Gedicht, noch ein Rätsel. Die Frau machte ihn wahnsinnig.

Sean tippte erneut auf sein Tablet und ging den Hinweis nach Schlüsselwörtern durch. Ein Adlerbanner, Heraldik, ein Ritter und ein Pferd.

Gott, er hasste Rätsel.

Adler, Ritter, Pferd. Mit der Adlersache konnte er nichts anfangen, aber Pferde wären in der Scheune untergebracht gewesen.

Sean fuhr sich mit der Hand über den Mund. Es war ein vager Versuch, aber immerhin ein Ansatz.

Er steckte das Tablet in die Tasche, betete, dass er Glück haben und den nächsten Hinweis finden würde, und machte sich durch die Küche auf den Weg nach draußen.

Ein großer Fehler. Die Hunde warteten darauf, mit ihm zu gehen. Ja, genau das brauchte er jetzt noch: dass sie bei den Nutztieren in der Scheune für Unruhe sorgten. Auf keinen Fall.

»Sitz«, sagte er, als sie ihm geschlossen zur Tür folgten.

Natürlich funktionierte das nur bei Livvy, der Hundeflüsterin.

»Bleib.« Er hob die Hand, wie sie es getan hatte.

Nichts. Hechelnde Zungen, wedelnde Schwänze, das Geklapper von Krallen auf dem Holzboden ... Die Hunde wollten raus.

Dann jaulte Ringo. John auch. Oder vielleicht war das Paul.

Der kleine Zwergspitz rollte sich auf den Rücken, ruderte mit den Pfoten und weinte erbärmlich.

Großartig. Sean rieb sich die Nasenwurzel. Er wusste nicht, wie man mit einer kollektiven Tierhysterie umging.

Er wich gegen die Fliegengittertür zurück und zog die Innentür mit sich zu. »Leute, hört zu. Ihr könnt nicht mitkommen. Bleibt einfach kurz hier, ich bin gleich wieder da.«

Der Pudel, der offensichtlich nicht einverstanden war, wand sich zwischen seinen Füßen hindurch, stieß die Tür auf und flitzte über den Rasen davon.

Verdammt noch mal! Livvy würde ihn umbringen, wenn er ihren Hund verlor.

Er sperrte die anderen in der Küche ein und rannte dann dem kleinen Nervfaktor hinterher.

Winzige Beine, aber das Ding war *schnell*. Er schlug Haken, um ihm auszuweichen, und Sean war es peinlich, dass der Hund gerade gewann.

»Komm sofort zurück!« Er machte einen Satz nach vorn, aber der Pudel zischte um ihn herum und steuerte direkt auf die Scheune zu.

Sean rannte hinterher, dankbar für das Mondlicht, sodass er das schwarze Tier wenigstens *sehen* konnte, und holte ihn gerade noch ein, als der Hund seine Nase hineinsteckte.

Wie erwartet, brach auch dort die Hölle los. Konnte er nicht *einmal* eine Pause kriegen?

Sean schaltete das Licht ein und sah, wie der Schafbock mit dem Kopf gegen die Boxtür stieß und blökte, während die Zicklein über die Trennwände zwischen den Boxen hüpften und hinuntersprangen, um den Hund in einer umgekehrten Jäger-Beute-Haltung zu umzingeln. Ihre Eltern standen auf den Hinterbeinen, die Vorderbeine über die Boxtüren gelehnt, als wären sie bei einem Baseballspiel.

»Bleibt!«, rief er allen zu.

Keiner hörte auf ihn.

»Sitz!«

Darauf auch nicht. Der Hund kläffte ihn an und rückte näher an ein Zicklein heran, das den Kopf senkte und mit dem Huf scharrte, als wollte es Stierkampf spielen.

Er müsste dem kleinen Ding mal stecken, wie schlecht das normalerweise für die Stiere ausging.

»Bei Fuß!«

Wieder schenkte ihm niemand Beachtung.

»Hör zu, John, Paul, George, Ringo, Yoko ... wie auch immer du verdammt noch mal heißt, komm her!«

Keine Chance. Der Hund kläffte erneut und flitzte diesmal zwischen zwei der Zicklein hindurch.

Die Ziegen rannten hinterher.

Die Eltern sprangen über die Boxtür und rannten hinter ihnen her.

Die Gänse stoben auseinander, schnatterten und watschelten kreuz und quer herum. Ein Paar prallte gegeneinander und knockte sich fast selbst aus.

Rhett fing an, gegen die Boxtür zu treten. Die arme Scarlett blickte mit ihren treuen Augen darüber hinweg, als wünschte sie sich, Sean würde ihr eine eigene Box besorgen.

»Ich werde mit Livvy darüber reden, Scarlett.« Er streckte die Hand aus, um dem Alpaka zur Beruhigung den Hals zu tätscheln, aber Rhett spuckte ihn an.

»Na gut, dann eben nicht.« Sean wich mit erhobenen Händen zurück.

Reggie trottete zu seiner Boxtür, sein Grunzen wurde mit jedem Schritt lauter.

Sean warf ihm ein paar Hundekekse aus der Tüte zu, die außen an der Box hing. Reggie legte einen kleinen Freudentanz zu ihnen hin und wühlte sie in sein Stroh, wobei das Geräusch, das er von sich gab, eher wie ein Schnurren klang als nach irgendetwas anderem, das an ein Schwein erinnerte.

Die Hühner kamen — rein metaphorisch — aus ihrem eigentlich geschlossenen Gehege geflogen, Federn überall, und gackerten, als würde der Himmel einstürzen, und der Schafbock fing jetzt an, gegen die Box zu *treten*. Die Lämmer fingen an zu blöken, was einen Antwortruf der Zicklein zur Folge hatte, und schon bald konnte Sean sein eigenes Wort nicht mehr verstehen, geschweige denn sich gegen den Lärm Gehör verschaffen.

Der Pudel zischte an ihm vorbei, und Sean versuchte ihn zu packen, nur um von drei Zicklein und einer Mutterziege umgerannt zu werden, die ihn auf den kalten, harten, unnachgiebigen Betonboden beförderten.

Er schaffte es, Gott sei Dank, nicht auf seinem Tablet zu landen, und verhinderte, dass es von der Ziege zertrampelt wurde, die auf seinen Rücken kletterte. Aber nachdem er zwei Katastrophen knapp vermieden hatte, wollte Sean kein drittes Risiko eingehen. Sein Glück konnte nicht ewig anhalten.

Er rollte sich zur Seite, um den kleinen Bergsteiger abzuwerfen. Eine der Gänse watschelte um seinen Kopf herum, ein Huhn dicht auf ihren Fersen.

Sean musste darüber lachen. Er war sich ziemlich sicher, dass dies ein Novum in den Annalen der Bauernhofgeschichte war.

Und dann landete ein Lamm auf seinem Bauch und raubte ihm den Atem.

»*Määäääh.*«

Er ließ den Kopf auf den Beton sinken. Autsch. Das war nicht die beste Idee.

Zwei der Zicklein sprangen über ihn hinweg, dann segelte der Hund an ihm vorbei. Mit einem heftigen Tritt in den Schritt.

In *seinen* Schritt.

»Uff!« Sean rollte sich zu einer Kugel zusammen, hielt sich fest und versuchte tief durch den Schmerz zu atmen. Ach, klasse. Dem *Schafbock* war er entkommen, aber dieses kleine Wollknäuel …

Gott, wenn seine Brüder ihn jetzt sähen … niedergestreckt von einem Zicklein und einem zum Leben erweckten Stofftier. Es wäre lustig, wenn es jemand anderem als ihm passiert wäre. Er würde Bry zu gerne in dieser Lage sehen.

Der Hund kam zurück, legte den Kopf schief und sah ihn mit hochgezogenen Augenbrauen an.

»Ach ja. *Jetzt* tauchst du auf. Ich musste mir nur die Eier ramponieren lassen, damit du hörst? Großartig, Hund. Wie heißt du eigentlich?«

Das Ding wedelte mit seinem Stummelschwanz, als wäre es das erste Mal am Tag, dass es jemanden sah, leckte Sean über die Nase, setzte sich dann hin und sah ihn erwartungsvoll an. Hoffnungsvoll. Vertrauensvoll.

Ach, die Loyalität und Liebe eines Tieres, genau wie Livvy gesagt hatte. Wenn man bedachte, wie wenig davon sie in ihrem Leben gehabt hatte, konnte er verstehen, warum sie so viele hielt.

Verdammt. Das brauchte er nicht. Er wollte sie nicht verstehen. Kein Mitleid mit ihr haben. Nicht alles für sie wieder gutmachen wollen.

Millionen von Dollar, Manley. Dieser Ort könnte deine Goldgrube sein. Ist es nicht das, was du willst?

Ja. Das war es.

Nur dass er jetzt außer Gefecht gesetzt war, getreten von einem *Pudel.* Nicht vom Schafbock, nicht von Rhett oder gar Ringo, sondern von einem *Pudel.* Davon durften seine Brüder definitiv *nichts* erfahren.

Ein Schmerzschub durchfuhr ihn. Verdammt noch mal. Er brauchte einen Kühlbeutel.

Und den würde er sich holen — sobald er wieder laufen konnte. Und atmen. Atmen war eine gute Idee.

Er atmete ein, sog jeden Milliliter Sauerstoff in seine Lungen, den er kriegen konnte, konzentrierte sich auf sein Inneres und ignorierte den Schmerz.

Er tat es noch einmal, und diesmal begann der Schmerz nachzulassen. Gott sei Dank.

Er nahm noch einen tiefen Atemzug und öffnete die Augen.

Um einen Adler zu sehen.

Direkt dort. Vor ihm. Nun ja, etwa fünf Meter über ihm, aber trotzdem, es war ein Adler. Eine Art Emblem. Auf einer Plakette. Wie das präsidentielle Siegel.

Unter dem Banner eines Adlers.

Gott sei Dank lief endlich *etwas* nach seinem Plan.

Der Hund leckte ihm wieder über die Nase. Okay, sagen wir *zwei* Dinge.

Sean stützte sich auf die Ellbogen und kraulte dem Hund die Ohren. »Hast du das geplant?« Er wurde mit einem weiteren Lecken belohnt.

Ein paar Minuten — und diverse Gänsezwicker in die Schulter — später hatte Sean sich weit genug erholt, um die Leiter zu dem zu erklimmen, was normalerweise der Heuboden wäre, hier aber als Lagerraum für Kisten diente. *Noch mehr* Kisten. Unmengen an Kisten. Überall. Er würde es nicht genießen, sie alle durchzusehen, aber Gott, wenn die Anwälte und das Schicksal wollten, würde er gerne die Chance dazu bekommen.

Ganz am Rand des Dachbodens war der Adler auf einer Holzplakette montiert, die die gleiche Form hatte. Und dort, zwischen den beiden Schichten, lag ein weiterer Hinweis. Diesmal keine Notiz von Merriweather, aber die Zeilen sagten alles.

Sir Fredericks Strategie, dem Feind ein Rätsel,
Sicherte unserer Familie Wohl und Schätzel.
Sein Lohn, geehrt in Land und Silberzier
War hart verdient, kein Glücksspiel hier.
So bitte ich dich, Olivia, bei diesem Wissensquell,
Such sechs weitere Hinweise, dann gehört dir das Erbe schnell.

Unter ihm drehte der Pudel — dessen Name ihm immer noch nicht eingefallen war — Kreise um eine Ziege, die beschlossen hatte, dass es genug sei, sich auf den Boden geplumpst war und zu blöken anfing. Ihre Mama kam aus dem Hühnerbereich getrottet und blökte zurück. Was einen Antwortruf vom Rest ihrer Zicklein und einen Kopfstoß des Schafbocks gegen den Stützpfeiler in der Mitte des Bodens zur Folge hatte.

Seans Tablet segelte aus seinen Händen und zersplitterte beim Aufprall auf dem Betonboden darunter.

Großartig.

Sean stieß den Atem aus und lehnte sich gegen die Wand, die die Vorderseite der Scheune bildete. Er blickte durch die Fensterfront an der Rückseite, bis der Pfosten aufhörte zu vibrieren.

Was für eine Aussicht. Oder sie wäre es, wenn er etwas sehen könnte. Sean schaltete den Lichtschalter aus, den sie praktischerweise hier oben angebracht hatten.

Die Tiere beruhigten sich, was in seinen Augen schon ein Sieg war, aber ein noch größerer Sieg war das, was da draußen lag.

Das Mondlicht schien über die weiten Flächen des Anwesen der Martinsons. *Lande.* Eines der Wörter im Hinweis.

Ein weiteres war *Rätsel*. Wie die Antwort auf dieses hier, die direkt dort draußen lag.

Der Irrgarten.

Irrgärten waren Rätsel. Und *Quell* war ein anderes Wort für *Brunnen*. In der Mitte des Irrgartens gab es einen Brunnen. Das wusste er, weil er sich einen Kostenvoranschlag hatte geben lassen, um den Wasserdruck zu erhöhen, damit der Wasserfall über die Hecke hinaus sichtbar wäre.

Er hatte erfahren, dass es kostengünstiger wäre, die Hecken auf die aktuelle Fontänenhöhe zurückzuschneiden, und Sean überlegte immer noch, welchen Weg er gehen würde, wenn die Zeit gekommen war, denn diese Hecken waren das Ergebnis jahrelangen Wachstums.

Er musste Merriweather lassen; dieser Hinweis war ziemlich clever. Das bedeutete, ihr Verstand hatte bis zum Schluss funktioniert, und sie hatte genau gewusst, was sie tat.

Sean bekam ein flaues Gefühl im Magen. Sie hatte ihn an der Nase herumgeführt. Ihm Dinge versprochen, die sie nie vorhatte zu halten. Oder vielleicht wollte sie sehen, wer von ihnen das Anwesen mehr wollte und bereit war, alles zu tun, um es zu bekommen.

Ja, Merriweather hätte an dieser Art von Logik Gefallen gefunden.

Sean kletterte die Leiter hinunter, sammelte die Trümmer des Tablets ein und pfiff nach dem Pudel. »Komm schon, Kleiner. Zeit, nach Hause zu gehen. Du kannst deine« — er sah unter die Ziege — »Freundin morgen wiedersehen.«

Während er den Irrgarten inspizieren würde.

Sein Handy klingelte. Sean erkannte die Nummer nicht, aber bei all den Anrufen, die er bei potenziellen Investoren getätigt hatte, würde er ihn nicht ignorieren. »Hallo?«

»Sean? Hier ist Livvy.«

Albern, wie sein Herz sofort klopfte. »Hi. Ist alles okay? Wie hast du meine Nummer bekommen?«

»Von deiner Schwester. Ich habe im Büro angerufen und gefragt, ob ich dich sprechen kann.«

Mac war viel zu offensichtlich. Sie würde niemals die Nummern von Angestellten herausgeben, wenn es echte Angestellte wären. Er wusste genau, warum sie Livvy seine gegeben hatte. »Ist alles in Ordnung?«

»Das wollte ich dich eigentlich fragen. Ich wollte sehen, wie es bei dir läuft.«

Er wusste, was sie gesagt hatte, merkte, dass sie nach seinem Befinden gefragt hatte, aber alles, was Sean hörte, war eine vertraute Stimme, und sofort wurde er hart. Ernsthaft, Livvy müsste dieses einzigartige Etwas, das sie an sich hatte und ihn in einen Achtzehnjährigen verwandelte, patentieren lassen und verkaufen. Sie würde ein Vermögen verdienen und bräuchte diesen Ort nicht mehr, was das Problem für alle lösen würde.

»... weil Davy es nicht mag, wenn ich weggehe.«

Davy. Das war der Name des Pudels.

»Und Reggie könnte ein paar nette Worte gebrauchen. Ich weiß, er versteht sie nicht, aber wenn du in einem freundlichen Ton mit ihm sprichst und ihm vielleicht ein paar Extra-Hundekekse gibst, sollte er für die Nacht zufrieden sein.«

»Da bin ich dir einen Schritt voraus.« Sean sah in die Box des Schweins. Alle Kekse waren weg, und Krümel lagen im Stroh um ihn herum verstreut, während er zufrieden vor sich hin schnarchte.

»Oh. Na, das ist gut. Und was ist mit den Gänsen?«

Sean zählte kurz nach. Er dachte, es wären nur drei. »Denen geht's, äh, prima.« Bis auf die eine, die hinkte ...

»Oh. Okay.«

»Wie geht es *dir*, Livvy?« Da war etwas in ihrer Stimme, das ihn fragen ließ. Ihre *Oho*s klangen ein wenig überrascht, ihre Fragen zaghaft und ihr Tonfall viel zu sanft. »Kommst *du* klar? Den Tieren geht es gut.« Er kreuzte die Finger, sowohl um die Lüge abzuwehren als auch in der Hoffnung, dass sie stimmte.

Ihr Lachen klang verlegen. »Ich weiß, es ist nur ... na ja, es ist nur so, dass sie dich nicht kennen. Du bist ein Fremder für sie, und das ist das erste Mal, dass ich sie bei jemandem gelassen habe, den sie nicht kennen.«

»Sie kennen mich. Scarlet hat sich sogar streicheln lassen. *Rhett* hat mich sogar fast streicheln lassen.« Na ja, fast. »Alle sind getränkt, gefüttert und für die Nacht versorgt. Sie werden alle noch da sein, wenn du zurückkommst.«

»Oh.«

Ja, *oh*. *Oh*, dass sie auf entgegengesetzten Seiten standen und sie keine Ahnung hatte. *Oh*, dass er es wusste. *Oh*, dass es ihm ein Loch in den Magen fraß.

Und wenn er schon dabei war, konnte er sich auch gleich das *Oh* eingestehen, dass sie nicht angerufen hatte, um darüber zu reden, was zwischen ihnen vorging, oder das *Oh*, dass er sich *gewünscht* hatte, sie hätte genau deswegen angerufen.

Und dann war da noch das *Oh*, dass er sie, egal wie sehr er es versuchte, einfach nicht aus seinem Kopf bekam.

Kapitel Dreiundzwanzig

»Und, hast du dir über unser Gespräch von gestern Abend schon Gedanken gemacht?« Sher tippte Livvy am nächsten Morgen am Marktstand während einer Pause zwischen zwei Kunden auf die Schulter.

»Ja.« Es war das *Einzige*, worüber sie nachgedacht hatte. Er und Kerry hatten während der Fahrt hierher versucht, sie davon zu überzeugen, dass sie das Anwesen nicht verkaufen sollte. Sie hatten jedes Argument angeführt: Die Küche sei perfekt für sie, die Scheune und der Rasen ideal für die Tiere, das Haus könne man in ein schickes B&B verwandeln – in das sie, wie sie großzügig angeboten hatten, einziehen und es für sie führen würden, damit sie gegenüber ihrer Großmutter das letzte Wort behielt.

Was ja schön und gut wäre, wenn ihr daran gelegen wäre, zuletzt zu lachen. Dem war aber nicht so. Sie wollte nur das, was ihr zustand, und dann wollte sie weg von dort.

»Livs?«

»Ich will es nicht, Sher. Es ist nicht mein Zuhause. Es ist noch nicht einmal *ein* Zuhause. Ein Zuhause ist ein undichtes Dach. Ein Zuhause ist ein Stall, der drei Boxen zu klein ist, und Reggie, der im Wohnzimmer schläft. Ein Zuhause ist, euch und all die anderen nebenan zu haben. Richard und Marci und alle. Ihr seid meine Familie. *Ihr* seid mein Zuhause. Warum sollte ich weggehen?«

»Süße, du weißt, dass wir nur das Beste für dich wollen, aber es *ist* ein ziemlich beeindruckender Ort. Du könntest dort so viel aufziehen.«

»Ich kann dieselben Dinge auch woanders tun, mit dem Geld, das der Verkauf einbringt. Lass es gut sein, Sher.« Sie legte ihm eine Hand auf die Lippen, als er tief Luft holte – ein sicheres Zeichen dafür, dass er gerade zu einer seiner Belehrungen, nun ja, Vorschläge ansetzen wollte. »Ich weiß, dass du es gut meinst, aber wenn ich Tag für Tag in diesem Haus leben muss und daran erinnert werde, wie unwürdig ich bin, den Namen Martinson zu tragen, werde ich kreuzunglücklich.«

»Lass dir das nicht durch die Idiotie dieser Frau ruinieren. Sie schuldet dir diesen Ort. Sie schuldet dir verdammt noch mal viel mehr, aber das Anwesen ist ein guter Anfang. Es ist nicht deine Schuld, dass die Frau nicht klug genug war, den wahren Schatz direkt vor ihrer Nase zu erkennen, hübsch verpackt in der wundervollsten Form, die sich eine Großmutter jemals *erhoffen* könnte. Sei wütend darüber, dass sie weggeworfen hat, was ihr zwei hättet haben können. Aber halte dich niemals, und ich meine *niemals*, für unwürdig. *Sie* war die Unwürdige. Dich so zu behandeln, wie sie es getan hat...« Sher schüttelte den Kopf und blinzelte ein paar Mal. »Es ist schändlich, und sie sollte sich was schämen.«

Sie umarmte ihn. »Danke, dass du das sagst. Das musste ich hören.«

»Deshalb hast du das Haus verdient, Livs. Nimm es. Mach damit, was du willst. Dir gefällt die Einrichtung nicht? Ändere sie. Du willst den Salon zu einem Innen-Außen-Stall umfunktionieren? Dein Privileg. Du willst die ganzen Bettbezüge auf Camouflage umstellen? Nur zu.«

Das entlockte ihr ein Kichern. Sher schaffte das immer. »Ich glaube, ich verzichte auf das Camouflage-Muster.«

»Worauf ich hinauswill: Es liegt an dir. Achte nur darauf, dass du das Anwesen aus den richtigen Gründen aufgibst und *nicht*, um es ihr heimzuzahlen. Bosheit hat noch nie etwas gelöst. Es fühlt sich gut an, während man dabei ist, aber man muss mit den Konsequenzen leben.«

Sie ordnete die Scones neu an und schob die mit Schokolade weiter nach vorn auf dem Tisch. Zicklein mochten die normalerweise am liebsten, und wenn sie sie dazu verführen konnte, stehen zu bleiben, wurden die Eltern meist zu Stammkunden. Köder und Haken; sie ließ schon immer ihr Essen für sich sprechen, anstatt einen Teil ihres kargen Budgets für Werbung einzuplanen. In diesem Geschäft war Mundpropaganda der beste Weg, um neue

Kunden anzulocken. Das wäre auch der einzige Grund gewesen, warum sie überhaupt darüber nachgedacht hatte, was Sher und Kerry gestern Abend gesagt hatten. In dieser Küche zu arbeiten, *war* wirklich fantastisch gewesen.

Vielleicht, weil Sean bei dir war?

»Und was ist mit dem heißen Hausmädchen-Typen?«

»Hä?«

»Na, du weißt schon: groß, dunkelhaarig und zum Anbeißen. Wenn du den Ort behältst, hättest du den Bonus, ihn um dich zu haben. Nach dem, wobei Kerry und ich euch fast erwischt hätten, kannst du nicht behaupten, dass das eine schlechte Sache wäre.«

Die Röte schoss ihr von den Zehenspitzen aufwärts und überzog jede Stelle ihres Körpers. Sie *erhitzte* einfach alles an ihr. »Es war nicht so, wie du denkst.«

»Süße, ich spiele zwar nicht im selben Team wie er, aber ich weiß, was ich gesehen habe. Der Mann will dich.«

Nur dass er *aufgehört* hatte.

Sie hätte ihn gestern Abend nicht anrufen sollen. Sie war nicht wirklich um die Tiere besorgt gewesen. Es war nur so, dass sie... was? Ihn vermisst hatte? An ihn gedacht hatte? Ihn wollte?

Ja zu allen dreien. Und genau deshalb hätte sie ihn nicht anrufen sollen. Hätte ihn nicht einlassen dürfen. Sie wusste es eigentlich besser. Wusste es besser, als sich Hoffnungen zu machen. Die wurden doch immer enttäuscht.

»Und übrigens, ich will Details. Nach dem, was Orwell so von sich gegeben hat, schätze ich mal, sie sind saftig.«

»Es gibt nichts zu erzählen, Sher.« Verdammter sprechender Vogel. Wann immer sie früher ein Date gehabt hatte, war sie danach sofort zu Sher und Kerry gegangen, um die Verabredung zu analysieren. Die Vor- und Nachteile eines Typen zu diskutieren, ob es sich lohnte, die Beziehung weiterzuverfolgen, was sie gemacht hatten, ob sie Spaß gehabt hatte – so ein Kram eben. Mädelsabend-Gespräche. Aber diesmal... *diesmal* wollte sie es nicht sezieren. Sie wollte diese Beziehung nicht durch Shers Mühle drehen.

Welche Beziehung?

Sie atmete aus und sah sich nach einem Kunden um. *Irgendein* Kunde. Nur einer. Einer wäre völlig ausreichend.

Nichts. Nada. Null.

War ja klar.

»Niemand wird auf seinem weißen Pferd herangeritten kommen und dich vor mir retten, Livs, also rück raus damit.«

Sie atmete erneut aus. »Schön.« Sie strich sich das Haar zurück. »Ja, da war was im Gange, als ihr reingeplatzt seid. Ich meine, kannst du es mir verdenken? Sean ist heiß. Sogar im Hausmädchen-Outfit.«

»*Besonders* im Hausmädchen-Outfit.« Sher wedelte sich Luft zu.

»Bist du nicht verheiratet?«

»Ich bin ja nicht tot. Und du glücklicherweise auch nicht. Also, wie sieht der Plan aus?«

»Plan?«

»Ja, Süße. Um dir den Kerl zu angeln. Du glaubst doch nicht, dass das von alleine passiert, oder? Wenn du ihn willst, musst du ihn dir schnappen.«

»Warum muss er sich nicht mich schnappen?«

»Livs, bitte. So läuft das nicht mehr. Wir müssen dafür sorgen, dass sie uns wollen. Sie glauben lassen, dass sie nicht ohne uns leben können. Ihr Interesse so sehr wecken, dass sie immer wieder zurückkommen.«

»Das klingt nach verdammt viel Arbeit.«

Sher zuckte die Achseln. »Aber es lohnt sich. Schau dir an, bei wem ich gelandet bin.«

Beide beobachteten sie, wie Kerry eine weitere Kiste mit Weinflaschen auf den Tisch hievte, wobei die Muskeln unter seinem Polohemd angenehm spielten. Kerry trainierte religiös, und das sah man ihm an.

»Du bist ein glücklicher Mann, Sher.«

»Und das weiß ich auch. Und das ist Sean auch, wenn er dich kriegt. Wirst du es zulassen?«

»Zulassen? Ich habe mich ihm praktisch an den Hals geworfen, aber er wollte aufhören.«

Das hatte sie eigentlich gar nicht erwähnen wollen. Ihr persönliches Schamgefühl sollte gefälligst ihre Sache bleiben. Aber das war Sher, und er sorgte sich um sie. Und ehrlich gesagt war sie auch einfach ein wenig verärgert darüber, dass Sean *tatsächlich* aufgehört hatte.

»Warte mal. Was?«

»Genau. Da waren wir in der Küche, mitten im Eifer des Gefechts, und er meinte, wir sollten aufhören.«

»So richtig knallhart? Er hat sich zurückgezogen und sich geweigert weiterzumachen?«

Sie machte eine vage Handbewegung. »Nicht direkt geweigert, aber er sagte immer wieder, dass es keine gute Idee sei.«

»*War* es denn eine gute Idee?«

Sie spürte, wie ihre dämliche Röte wieder über ihr Gesicht flammte. »Ich fand schon.«

Sher stupste sie mit dem Finger gegen die Nasenspitze und lachte. »Dann gehe ich mal von einem *Ja* als Antwort auf diese Frage aus. Besonders, wenn er zwar meinte, es sei keine gute Idee, aber nicht komplett aufgehört hat.«

Sie errötete erneut bei der Erinnerung. »Nun ja, er hat das Ganze verlangsamt. Hat nur aufgehört, mich äh, so zu küssen, wie du weißt schon...«

»Ja, ich weiß.«

Beide seufzten sie und sahen wieder zu Kerry hinüber. Er musste ihre Blicke gespürt haben, denn er sah auf und schenkte ihnen ein kurzes Winken und ein Lächeln.

Sie kannte dieses Lächeln. Wusste, was dahintersteckte, während er Sher ansah.

Livvy seufzte abermals. Was die beiden miteinander gefunden hatten, war wunderschön. Etwas Besonderes. Das wollte sie auch. Dieses Gefühl und diesen heimlichen Blick und dieses Wissen, dass man jemanden an seiner Seite hatte. Dass man einander hatte, egal wie schlimm es wurde, egal was das Leben einem vor die Füße warf.

»Na gut.« Sher räusperte sich und wandte sich wieder ihr zu. »Die Frage ist also: Wie bringst du Sean dazu, *wieder anzufangen?*«

»Das *ist* die Frage.« Die andere lautete, ob sie bereit war, ihr Ego erneut aufs Spiel zu setzen, aber diese Antwort konnte Sher ihr nicht geben. Das konnte nur sie selbst, und im Moment war sie sich ihrer Antwort nicht so sicher. Sie sollte sich einfach darauf konzentrieren, die Hinweise zu finden, und dieses ganze Thema beiseitelegen.

Nicht so einfach, wenn man im selben Haus wohnt.

»So schwer sollte das nicht sein.« Sher hob eine Augenbraue. »Streich das. Wir wollen ja, dass er es schwer hat.«

Sie musste lachen.

»Gut. Da ist das Lächeln, das du immer tragen solltest.« Er tippte ihr auf die Nasenspitze. »Wie ich jedenfalls sagte: Ich habe gesehen, wie er dich angesehen hat. Wenn er nicht verheiratet oder schwul ist oder irgendwas Ansteckendes mit sich rumschleppt, gibt es keinen Grund für ihn, aufzuhören. Trifft irgendwas davon zu?«

Sie schüttelte den Kopf. »Nicht dass ich wüsste.«

»Großartig. Was du also tun musst, ist, ihn ganz für dich allein zu haben, am besten an einem Ort, der romantischer ist als eine Küche – oh mein Gott. Olivia Marie Carrolla, sag mir *bitte* nicht, dass ihr auf der Küchenanrichte zur Sache kommen wolltet.«

Livvy strich sich die Haare hinter die Ohren und sah sich erneut nach einem Kunden um. »Gut, dann sage ich es nicht.«

»Oh mein Gott, Mädchen, bist du wahnsinnig? Diese Arbeitsplatten sind *hart*. Und nicht auf die gute Art. Das ist nicht der Ort, an dem man sein erstes Mal mit jemandem haben will. Eine Küche ist der Ort für schnellen, schmutzigen Sex mit dem Partner, wenn man nur eine Schürze trägt und—«

Gott sei Dank hörte *er* auf. Livvy wollte gar nicht so viel über ihre Nachbarn wissen.

»Äh, ja. Also.« Diesmal war Sher derjenige, der Ausschau nach Kundschaft hielt. »Was ich meine: Du willst nicht, dass dein erstes Mal mit ihm eine Nummer auf der Anrichte ist. Du willst Abgeschiedenheit, ein bisschen Romantik, einen Ort, an dem ihr nicht von Leuten unterbrochen werdet, die an der Hintertür auftauchen. Und um Himmels willen, halt Orwell fern. Ich brauche *keinen* Live-Bericht von eurem Liebesspiel.«

Sollte es tatsächlich zu einem Liebesspiel kommen, würde sie sichergehen, genau das zu tun.

»Also lass uns das austüfteln. Was ist der beste Ort in diesem Haus, und wie kannst du ihn dorthin locken?«

»Ich locke niemanden. Wenn er mich will, muss er es mich wissen lassen. Ich bin fertig damit, mich Leuten anzubieten, nur damit sie auf mir herumtrampeln. Ich bin mehr wert als das, und wenn Sean das nicht sieht, dann ist es sein Verlust. Ich kann mich nicht immer wieder bloßstellen, nur um meine Hoffnungen und Gefühle zerschmettert zu bekommen. Du und Kerry seid die einzigen beiden wichtigen Leute in meinem Leben, die mich nicht verstoßen haben. Außerdem ist es ja nicht so, als würde es zu irgendwas führen. In zwei Wochen bin ich weg.«

Sher legte seine Arme um sie. »Ach Süße, komm her. Ich weiß, dass es schwer ist. Wirklich. Aber er hat offensichtlich damit zu kämpfen, dass er dich begehrt, wenn er aufgehört hat. Aber er *steht* auf dich. Du musst ihm nur die

Gelegenheit geben, das zu beenden, was ihr angefangen habt. Es ist ja nicht so, als würdest du so weit weg wohnen; da könnte sich was entwickeln. Aber du musst offen sein für jede Möglichkeit, die sich bietet. Wenn es so sein soll, wird es so sein.« Er küsste sie auf die Schläfe. »Hab einfach keine Angst, ein Risiko einzugehen, und hab keine solche Angst vor der Zukunft, dass du vergisst, in der Gegenwart zu leben.«

Kapitel Vierundzwanzig

Sean blickte auf der Rückfahrt von Mac alle fünfzehn Sekunden auf sein Handy. Ein ganzer Tag, verschwendet. Nun ja, nicht direkt verschwendet. Mac hatte ihren Umzug hinter sich gebracht, und es war schön gewesen, Jared zu sehen, den Enkel von Grans Freundin Mildred, aber, Herr je, die Spannung zwischen den beiden hatte den Tag länger erscheinen lassen, als er eigentlich gewesen war. Er hoffte inständig, dass sie das Problem zwischen ihnen klären konnten, was auch immer es war, aber andererseits waren sie schon immer wie Feuer und Wasser gewesen. Wahrscheinlich war es einfach ihre normale Art, miteinander umzugehen, und er projizierte nur *seinen* Frust auf ihre Dynamik – und was zum Teufel ging es ihn überhaupt an? Der Tag war vorbei, und Macs Liebesleben war ihre Sache.

Verdammt, er wollte nicht einmal daran denken, dass seine kleine Schwester überhaupt ein Liebesleben *hatte*. Erst recht nicht, wenn Jared Nolan darin vorkam. Der Kerl war ein fast so großer Player in der Frauenwelt wie Bry.

Sean tippte auf die Fernbedienung an seinem Armaturenbrett, die die schmiedeeisernen Tore des Anwesens öffnete. Er hatte eigentlich vorgehabt, heute Abend nach Schlüsselherstellern zu suchen, die den Torzugang in Hotelkarten für seine Gäste integrieren konnten – falls er jemals Gäste haben würde –, aber der Irrgarten stand weiter oben auf seiner To-do-Liste.

Er warf einen Blick auf die tiefstehende Sonne. Höchstens eine, vielleicht zwei Stunden, bevor die Suche im Irrgarten zwecklos sein würde. Er fuhr mit dem Wagen ein wenig schneller zum Parkplatz beim Kücheneingang.

Der Jaul-elujah-Chor begrüßte ihn in der Minute, in der er den Motor abstellte.

Verdammt. Er musste sich erst um die Tiere kümmern, bevor er den Irrgarten unter die Lupe nehmen konnte. Er brauchte keine Bescherung, die er bei seiner Rückkehr aufwischen musste.

Er füllte die Futternäpfe, während die Hunde im Garten ihr Geschäft erledigten, und musste sie dann ins Haus treiben, um Davy hinterherzulaufen, der schon wieder in Richtung Scheune abgezischt war. »Mann, Kleiner, zeig mal ein bisschen Beherrschung«, murmelte er, als er den kleinen Hund hochhob. »Sie wird immer noch da sein, wenn wir zurückkommen.«

Worte, nach denen man leben sollte.

Sean schüttelte den Kopf, als er die Scheune betrat. Nach einer weiteren Runde Stallarbeit und Ausmisten – was seinen Reiz mittlerweile echt verloren hatte – drehte er sich um und stellte fest, dass diesmal *Davy* derjenige war, der oben auf der Mauer über dem Ziegenpferch entlanglief.

»Wie zum Teufel bist du da hochgekommen?« Sean entriegelte das Gatter, um sich den kleinen Schlingel zu schnappen.

Der Hund kläffte ihn an und tänzelte über den fünf Zentimeter breiten Sims, als wäre er eine Katze.

»Komm sofort her.«

Natürlich hörte das Tier nicht.

Sean betrat den Ziegenpferch. Die Zicklein hüpften auf den Rücken ihrer Eltern, um sie als Sprungbrett zur Mauerkrone zu benutzen.

Das erste schaffte es nach oben, bevor Sean es erreichen konnte. Das zweite fing er mitten im Sprung ab und verhinderte beim dritten, dass es auf den Rücken des Bocks gelangte. Zum ersten Mal seit ihrem Kennenlernen versuchte der Bock nicht, ihn in die Eier zu rammen.

Das vierte schaffte es auf den Sims und rannte seinem Geschwister hinterher, das hinter dem Hund herumsprang und oben auf dem nächsten Pferch entlangbalancierte, alle direkt auf Rhett zu.

Das Alpaka sah aus, als würde es ordentlich Spucke sammeln, um sie auf sie abzufeuern, die Augen fest auf jede ihrer Bewegungen gerichtet.

»Davy, komm!«

Der Hund machte sich nicht einmal die Mühe, zurückzublicken, während er weiter auf Rhett zuschoß.

Sean verließ den Ziegenpferch, warf eine Handvoll Karotten in ihren Fressnapf, um die restlichen Zicklein zu beschäftigen, und rannte dann zu Reggies Bucht, wo Davy und seine Gefolgschaft jetzt waren.

Rhett kaute immer schneller an seiner Ladung.

»Verdammte Viecher. Alles, was ich will, ist, den Irrgarten zu untersuchen, aber stattdessen spiele ich Fangen mit einem Haufen vierbeiniger Zicklein, die eigentlich schon längst im Bett sein sollten.« Sean entriegelte das Gatter. »Das ist das letzte Mal, dass ich dich mitnehme, Köter«, murmelte er genau in dem Moment, als Rhett seine Munition abfeuerte.

Sie traf den Pudel voll an der Flanke, wodurch das Ding das Gleichgewicht verlor, über die Kante stürzte und direkt dort landete, wo Reggie friedlich ruhte.

»Verdammt noch mal!« Sean vergaß Rhetts Bucht und hechtete durch Reggies Tür, um Davy aufzufangen, damit er das schlafende Schwein nicht weckte, aber beim Versuch, Davy zu schnappen, stolperte er über einen Hundekuchen, drehte sich und landete flach auf dem Rücken direkt auf Reggie – der nur grunzte und sich im Schlaf umdrehte, wodurch er Sean und den Hund auf den Boden beförderte.

»Sean? Was machst du da?«

Er blickte durch die offene Stalltür und sah Livvy im Eingang der Scheune stehen, im Gegenlicht des Mondscheins, der plötzlich aufgegangen war, als hätte jemand eine Kulisse heruntergelassen, nur um ihn in den Wahnsinn zu treiben.

Der Zigeunerrock war weg. An seiner Stelle trug sie eine abgeschnittene Jeans-Shorts mit ausgefransten Säumen, deren Fäden an ihren Oberschenkeln entlanghingen.

Sie hatte großartige Oberschenkel.

Tolle Knie auch. Und ihre Waden ... Er wollte mit seiner Zunge an ihren Waden entlangfahren.

»Deinen Hund fangen, bevor er sich ein Bein bricht.« Seine Stimme klang gepresst, weil seine verdammten Shorts plötzlich eng saßen. Und das waren diese weiten Nylon-Dinger.

Dann sprang ihm eine Ziege auf den Schoß.

»Uff!«, keuchte er und rollte sich auf die Seite, um keinen Hufschlag in die Juwelen abzubekommen.

»Oh, nein!«

Livvy nahm ihm den Hund ab und strich ihm dann mit der Hand über die Seite. »Ist alles okay bei dir?«

Wäre es, wenn sie damit weitermachte.

»Alles bestens«, war alles, was er herausbrachte. Ein Teil von ihm wollte *Nein* sagen, damit sie nicht aufhörte, und der andere Teil ... Der andere Teil wollte sie packen, unter sich ziehen und dafür sorgen, dass sie beide für die nächsten paar Stunden hier auf dem Scheunenboden Hunde, Alpakas, Ziegen, Erbschaften, Hinweise und all den anderen Ballast vergaßen.

Ganz großes Kino, Manley. So zeigt man einer Frau eine gute Zeit.

Er sog tief Luft ein und setzte sich auf. »Mir geht's ... gut.« Auf eine »Atmen-wird-völlig-überbewertet«-Art.

Verdammte Ziege.

Davy kläffte, als er aus ihren Armen sprang, und stellte sich dann auf die Hinterbeine, um Sean einen sabbernden Kuss auf die Schulter zu drücken.

»Ach, er mag dich.« Livvy streichelte den Hund.

Sean wünschte, sie würde ihn streicheln – »Was machst du hier? Hast du nicht diese Marktsache?«

»Wir waren ausverkauft, also haben wir beschlossen, früher nach Hause zu fahren. Spart Hotelkosten. Außerdem dachte ich, du könntest eine Pause brauchen.«

Brauchte er. Von ihr. »Du meinst von all dem hier? Willst du mich verarschen? Ich bin im siebten Himmel, wenn ich Alpakakacke schaufle.«

Sie lächelte, und es war, als ginge die Sonne auf und würde die Scheune fluten.

Guter Gott. Er musste sich beim Sturz ordentlich den Kopf gestoßen haben.

»Ich weiß das wirklich zu schätzen, weißt du«, sagte sie.

»Keine Ursache.« *Lügner.*

»Ich verspreche, ich lasse dich nicht wieder allein.«

Genau das befürchtete er. »Wie gesagt, kein Problem.«

Sie schob sich ein paar Haare hinter die Ohren. »Also ... hast du sie gefüttert?«

»Natürlich.«

Sie knabberte an ihrer Unterlippe. »Ähm –«

»Warum machst du das?« Wenn er noch einmal mitansehen musste, wie sie sich das Haar zurückschob, würde er vielleicht einfach alle guten Vorsätze über Bord werfen und genau hier und jetzt tun, was er wollte.

Mondschein war eine mächtige Sache. Natürlich war Livvy selbst auch ziemlich mächtig. Er konnte sich nur ausmalen, was passieren würde, wenn sie sich der Macht, die sie über ihn besaß, tatsächlich bewusst wäre.

»Warum mache ich was?«, fragte sie und knabberte weiter.

»Das da. Das mit der Lippe.« *Dieses verdammt sexy Ding mit deiner Lippe, das mich so scharf macht, dass ich tatsächlich ohne zu murren Alpakascheiße schaufle, also könntest du bitte damit aufhören*, wollte er hinzufügen, tat es aber nicht.

Es gab einen Grund, warum er es nicht beifügte – und er wusste, welcher es war –, aber als ihre Zunge hervorschnellte, um ihre Lippe erneut zu befeuchten, löste sich der Grund in Luft auf.

»Ich weiß nicht. Gewohnheit, schätze ich.« Sie rutschte von den Knien und ließ sich mit ihrem süßen kleinen Hintern neben ihm auf den Boden plumpsen.

Bleib weg!, schrie sein gesunder Menschenverstand. Seine Libido hingegen gab Vollgas: *Hier entlang, Schätzchen.*

Er verlor den Verstand. »Livvy, es gibt keinen Grund für dich, hier zu sein. Ich habe dir gesagt, ich kümmere mich um die Tiere, und das tue ich. Das habe ich.«

»Ich weiß. Ich vertraue dir. Es ist nur … manchmal muss ich einfach um sie herum sein. Es hat etwas sehr Beruhigendes, sehr Natürliches, bei Tieren zu sein.« Sie strich mit der Hand über Davys Rücken. »Entspannend.«

Witzig, er fühlte sich wie ein Tier in ihrer Nähe, und *entspannt* war nicht gerade das Wort, mit dem er sich beschreiben würde.

»Du hast also gesagt, du wolltest raus zum Irrgarten?«

Noch ein Grund, nicht entspannt zu sein. Sie musste ihn gehört haben, als er mit den Tieren sprach. Ein Dr. Dolittle war er wahrlich nicht. »Mir ist klar geworden, dass ich noch gar nicht drin war, und ich dachte, es wäre cool, ihn mir im Mondschein anzusehen.«

Jesus, das war lahm.

Livvy kaufte es ihm jedoch ab und knabberte weiter an ihrer Lippe. »Im Ernst? Hast du noch nie einen Horrorfilm gesehen? Jeder weiß, dass man bei

Vollmond nicht in verlassene Häuser oder Hotels oder Heckenirrgärten geht. Oder bei einem Schneesturm. Erst recht nicht allein.«

»Ich habe für diesen Anlass extra meine Floh-, Zecken- und Vampirhalsbänder mitgebracht«, sagte er in der Hoffnung, dass ein bisschen Humor die totale Anspannung auflösen würde, die er empfand, weil ihr nackter Oberschenkel direkt neben seinem war.

»Witzig.« Sie lachte nicht, und wenn sie noch fester an ihrer Lippe knabberte, würde sie am Ende ganz prall und geschwollen sein, und der einzige Grund, warum das passieren sollte, war, wenn er sie küsste.

Was er nicht tun sollte. Genauso wie er das nicht tun sollte, was er gleich tun würde, aber trotzdem tun wollte. »Du hast recht. Niemand sollte allein in den Irrgarten gehen.« Er setzte sich auf und streckte ihr die Hand entgegen. »Also komm mit mir.« Verdammt, er hatte den Hinweis zurück in die Zuckerdose gelegt, also war es ohnehin nur eine Frage der Zeit, bis sie das herausfand.

Livvy betrachtete sie. Aber sie ergriff sie nicht.

Nein, sie entschied sich für noch *mehr* Lippenknabbern.

»Was hast du gegen den Irrgarten, Livvy?«

»Nichts.«

Ihr *Nichts* klang nach *Etwas*. »Du hast nicht zufällig *The Shining* gesehen, oder?«

»Schlimmster Film aller Zeiten.«

»Willst du mich veralbern? Das ist ein Klassiker.« Da sie seine Hand nicht nahm, ergriff er ihre. Sie zog sie nicht weg. »Komm schon. Es ist nur ein Film, und ich bin ja bei dir. Was sagst du?«

Sie sagte gar nichts; sie knabberte nur wieder an ihrer Lippe.

Gott steh ihm bei. Sie könnte ihn dazu bringen, ewig Alpakakacke zu schippen, wenn sie so weitermachte.

»Ich habe mich da drin mal verlaufen.« Sie knabberte noch ein bisschen mehr und sah viel zu sexy aus im Mondlicht, das über ihre Locken flüsterte und die hellen Strähnen darin wie Sternschnuppen einfing, während ihre bernsteinfarbenen Augen funkelten, und für einmal machte es Sean nichts aus, poetisch zu werden. Livvy *war* Poesie. Reine Schönheit und Güte und Licht, und er steckte so tief in der Klemme.

»Aber diesmal wirst du das nicht, Livvy. Ich verspreche es.« Er hingegen hatte sich bereits völlig verloren. »Weil ich bei dir bin.«

. . .

Das ist das halbe Problem.

Livvy unterdrückte diese Worte, während sie sich von Sean zum Irrgarten führen ließ, und Shers Worte in ihrem Kopf widerhallten. *Hab nicht so viel Angst vor der Zukunft, dass du vergisst, in der Gegenwart zu leben.*

Sie *hatte* Angst. Angst davor, sich in ihm zu verlieren. Hoffnung und Träume und Pläne in das zu investieren, was zwischen ihnen war, und zu verlieren. Wieder einmal.

Aber wenn sie es nicht versuchte, würde sie definitiv verlieren. Und ihn heute Abend mit ihren Tieren zu sehen, zu wissen, wie bereitwillig er seine Hilfe angeboten hatte, damit sie zum Markt gehen konnte, wie er ihr bei der Schatzsuche half, wie süß und sanft und fürsorglich und unterstützend er jetzt war ... Sean war für sie da, und das allein wäre schon anziehend genug gewesen. Wenn man dann noch dazu nahm, wie er sie fühlen ließ, wie er war, wie er küsste, wie er sie begehrte, nun ja, wenn sie jemals mit irgendwem eine Zukunft wollte, musste sie irgendwann ein Risiko eingehen. Sean war dieses Risiko wert.

Sie blieben am Eingang des Irrgartens stehen. Livvy holte zittrig Luft.

»Es wird alles gut, Livvy.« Er nahm ihr Gesicht in seine Hände. »Ich bin hier.«

Das war er, und das gab ihr den Mut, es noch einmal zu versuchen – und sie meinte nicht in Bezug auf den Irrgarten.

Sie legte ihre Hand in seinen Nacken, vergrub ihre Finger in seinen Wellen, die ein kleines bisschen zu lang waren – genau so, wie sie es mochte – und zog ihn in einen Kuss.

Feuerwerk explodierte hinter ihren Augenlidern, und eine Symphonie stimmte die lauteste, vom Takt getragene Melodie an, während Kesselpauken ihren Herzschlag trommelten, und sie war *völlig bereit,* in der Gegenwart zu leben.

Sean unternahm einen halbherzigen – wenn überhaupt – Versuch, sich zurückzuziehen, und dann erwiderte er den Kuss. Verdammt, er küsste sie nicht bloß, er verschlang sie. Er legte seine starken Arme um sie und presste sie so eng an sich, dass es keinen Millimeter gab, den sie nicht spürte, keinen Teil von ihm, den sie nicht wahrnahm, von seinen Lippen bis zu seinem Atem, der heiß auf ihrer Wange brannte, dem Kratzen seiner Stoppeln an ihrem Kiefer, dem süßen Spiel seiner Zunge gegen ihre, dem Geschmack, dem Duft, seinem gesamten *Sein*, während er alles aufnahm, was sie in diesen Kuss hineingab, und noch mehr.

Nur um ihr so viel mehr zurückzugeben.

Sie schlang die Arme enger um ihn, wollte, *musste* wissen, dass er sie so begehrte, wie sie ihn. Sie fuhr mit der anderen Hand über seinen Rücken, spürte, wie sich die Muskeln dort bei ihrer Berührung anspannten, und sie lächelte gegen seine Lippen. Sollte er doch *jetzt* versuchen aufzuhören?

Aber dann tat er es.

Es geschah langsam, aber er nahm die Hand von ihrem Kopf und knabberte nur noch an ihren Lippen, anstatt sie wie noch vor wenigen Sekunden völlig in Besitz zu nehmen.

Sie stöhnte leise und schmiegte sich an ihn. Er durfte nicht aufhören. Nicht jetzt. Nicht, wenn sie es nicht wollte.

Er nahm ihr Gesicht in beide Hände, kostete ihre Lippen so gründlich aus, und doch war es nicht genug.

»Sean«, flüsterte sie, ein winziger Hauch Flehen in dem Wort, aber definitiv mehr Sehnsucht.

»Schau mal, wo wir sind, Livvy.«

Sie könnten auf dem Mond sein, das wäre ihr völlig egal gewesen. Tatsächlich fühlte es sich an, als wäre sie bereits dort.

»Komm schon. Öffne deine Augen und sieh nach.«

Sie wollte ihre Augen nicht öffnen. Das Öffnen der Augen würde die Gegenwart zurückbringen. Würde die Realität zurückholen. Für diese paar Augenblicke waren sie im Reich der Fantasie gewesen. Im Reich des *Was-wäre-wenn*. Sie musste nicht darüber nachdenken, was ihre Großmutter von ihr wollte; sie musste sich nicht daran erinnern, dass sie noch nie jemand so gehalten hatte; sie musste nicht daran denken, wie einsam sie gewesen war, bis sie Sean getroffen hatte, und sie musste sich keine Sorgen machen, wie lange es anhalten würde, weil es in diesem Moment noch andauerte.

»Livvy.« Er küsste sie auf die Nasenspitze. »Schau mal, was du geschafft hast.«

Was sie geschafft hatte? Ihre Augen flogen auf.

Sie waren im Inneren des Irrgartens. Nur ein paar Schritte, aber die Symbolik war gewaltig.

»Siehst du? Ich hab dir doch gesagt, dass du es schaffst.«

»Du hast mich also nur küssen lassen, damit ich in den Irrgarten gehe?«
Sie schwankte dazwischen, es süß zu finden und verdammt enttäuscht zu sein.

»Ich –« Er atmete aus und fuhr sich mit einer Hand durchs Haar. »Nein.
Natürlich nicht. Ich wollte dich küssen.«

»Wolltest du das? Wirklich? Denn ich kann mich erinnern, dass du beim
letzten Mal, als wir in dieser Situation waren, aufhören wolltest. Irgendwas
davon, dass es keine gute Idee sei.«

»Ist es auch nicht, Livvy. Wirklich nicht.« Der Ausdruck auf seinem
Gesicht war gequält.

Nun, ihr Ego war es auch. Und vielleicht auch ein ganz kleines bisschen
ihr Herz. »Warum?«

»Weil ... ich Angst davor habe, wie sehr ich dich will.«

Was Erklärungen anging, war das ein echtes Ding. Wie sehr er sie wollte?
Der Mann war so willensstark und ehrenhaft wie ein Ochse, wenn er in der
Lage war, zu bremsen, obwohl er sie auch nur halb so sehr wollte, wie sie ihn.

»Sher hat mir dieses Wochenende etwas gesagt, das ich wohl mit dir teilen
sollte.«

»Was?«

Sie fuhr mit ihren Fingerspitzen über seine Wange. »Dass ich nicht so viel
Angst vor der Zukunft haben sollte, dass ich vergesse, in der Gegenwart zu
leben.« Sie trat näher an ihn heran. »Wir sind jetzt hier, Sean. Genau hier.
Gemeinsam. Ich will nicht verpassen, was zwischen uns ist, nur weil wir Angst
davor haben, wohin es führen könnte oder auch nicht. Wir werden es nie
herausfinden, wenn wir dieses Risiko nicht eingehen. Ich bin dazu bereit. Bist
du es auch?«

Kapitel Fünfundzwanzig

Sie würde ihn noch umbringen.

Er versuchte, das Richtige zu tun. Das Edle. Das Ehrenhafte, aber sie führte ihn direkt auf den Pfad der Versuchung, und Gott stehe ihm bei, Sean glaubte nicht, dass er stark genug war, um zu widerstehen, denn ebenjener Gott wusste, dass er es gar nicht wollte.

»Livvy, ich –«

Sie legte ihre Fingerspitzen auf seine Lippen. »Willst du mich, Sean?«

So sehr, dass es ihm den Atem raubte. »Du weißt, dass ich das will.«

»Dann lass diese Nacht uns gehören. Was auch immer morgen, nächste Woche oder nächsten Monat kommt – diese Nacht wird uns immer bleiben.«

Jep, sie brachte ihn um.

Und er ging bereitwillig in den Tod.

Er hob sie in seine Arme. Sie war so ein winziges Ding. Ein winziges kleines Ding, das eine Wucht besaß, die stärker war als jeder Sturm, und er küsste sie erneut und begab sich bereitwillig hinein in den Mahlstrom.

Er ging den Pfad entlang und bog am Ende um die Ecke, ohne den Kuss zu unterbrechen, während er das Gefühl genoss, sie in seinen Armen zu halten.

»Ich hoffe, du weißt, wo wir hingehen«, murmelte sie zwischen zwei Küssen.

Das hoffte er auch.

Er kam an eine Weggabelung. Er war schon einmal hier gewesen und versuchte sich zu erinnern, welcher Weg ihn dorthin geführt hatte, wo er hinwollte.

Er hielt sich rechts, wobei sein Gedächtnis Aussetzer hatte, da ihre Zunge ihn wahnsinnig machte, und entschied, dass sein Instinkt ihn bisher gut geleitet hatte; er würde sich von ihm führen lassen, wohin auch immer.

Er unterbrach den Kuss, als er das Plätschern des Brunnens hörte.

Livvy stöhnte auf. »Nein, Sean. Du kannst nicht schon wieder aufhören.«

»Ich habe nicht die Absicht aufzuhören.« Er nahm ihr Gesicht in seine Hände, um ihr in die Augen sehen zu können. »Schau mal, wo wir sind.«

Sie knabberte an ihrer Lippe – die diesmal von ihm ganz geschwollen war – und sah sich um. Das Zentrum des Irrgartens war ein großer Innenhof mit einem Steinbrunnen und einer Statue in der Mitte; Bänke und Formschnittpflanzen waren wie in einem englischen Garten darum herum angeordnet und das Mondlicht hüllte alles in eine hauchzarte, glitzernde Stille.

»Oh, es ist so wunderschön.«

»Nicht halb so schön wie du.«

Ihre Wangen röteten sich augenblicklich, und um Sean war es geschehen. Zum Teufel mit dem Anwesen, den Hinweisen, den Investoren und Bilanzen, was das Beste für sie und was das Beste für ihn war ... Nichts zählte in diesem Moment außer Livvy und der Art, wie sie ihn ansah. Wie sie ihn begehrte. Wie er sie begehrte. *Das* war das Beste für sie beide.

Sean ließ sich auf eine der Bänke sinken, schlang seine Arme um sie und überließ die Zukunft sich selbst.

Sean zu küssen, war eine ganz eigene Erfahrung. Livvy saß auf seinem Schoß, schlang ihre Arme um seinen Nacken und vertiefte den Kuss. Diesmal würde er nicht aufhören; sie konnte es spüren. Welcher Grund ihn auch immer zurückgehalten hatte, er war, wenn nicht verschwunden, so doch zumindest beiseitegeschoben worden. Sie hoffte, dass es nichts war, was die Dinge zwischen ihnen später schwierig machen würde, aber angesichts dessen, was *jetzt* gerade zwischen ihnen hard wurde, war sie bereit, sich um die Zukunft eben erst in der, nun ja, *Zukunft* zu sorgen.

»Bist du sicher, Livvy?«, grollte Sean gegen ihre Lippen, und der Blick in seinen Augen raubte ihr ebenso sehr den Atem wie sein Kuss. »Denn wenn wir noch länger weitermachen, werde ich nicht mehr aufhören können.« Er fuhr mit der Zunge über ihre Unterlippe, und sie war sich noch nie in ihrem Leben über etwas sicherer gewesen. »Ich werde nicht aufhören *wollen*.« Dann leckte er über ihre Oberlippe. »Ich *will* nicht aufhören.« Er küsste sie. Schnell und hart und wundervoll. »Ich will dich.« Dieser Kuss war süß und köstlich und so gut, dass ihre Haut prickelte. »Hier.« Und noch einer. »Jetzt.«

Sie drehte sich in seinen Armen und schob ein Bein zwischen sie beide, sodass sie rittlings auf ihm auf der Bank saß. Es sollte *keinen* Zweifel daran geben, wie sehr sie ihn wirklich wollte.

Es gab sicher auch keine Frage darüber, was *er* wollte. Seine Erektion spannte gegen den seidigen Stoff seiner Shorts und überließ ihrer Fantasie gleichzeitig nichts und doch alles.

Sie bewegte sich gegen ihn.

Seans Hände schnellten zu ihren Hüften, und er riss seinen Mund von ihrem Hals weg, an dem er gerade köstliche Dinge getan hatte. »Halt still. Das ist zu viel auf einmal. Ich ertrage das nicht.«

»Ach, du sagst die süßesten Sachen, Sean.«

»Wenn du das süß findest, wirst du das, was ich als Nächstes sage, geradezu dekadent finden.«

»Oh? Und was wäre das?«

Er strich mit einer Hand über ihr Haar, dann ihre Schulter entlang und ihren Arm hinunter, was nicht *exakt* die Stelle war, an der sie seine Berührung spüren wollte. Etwa fünf Zentimeter weiter rechts wäre perfekt gewesen. Perfekt dekadent.

»Dass du aufhören solltest, dich so zu bewegen, wenn du nicht willst, dass ich dich ins Gras werfe und meinen Willen mit dir habe.«

Sie bewegte sich gegen ihn.

Und bewegte sich erneut.

»Ah, Gott, Livvy, tu das nicht.« Seine Lippen zuckten, während sein Lächeln in eine Grimasse überging, aber Livvy kaufte ihm das nicht ab. Ein gewisser Teil von ihm verriet, dass er den Moment genauso genoss wie sie, also interpretierte sie sein *»Tu das nicht«* als *»Hör nicht auf«*, denn es war für sie viel zu lange her gewesen, und Sean war viel zu begehrenswert. Und wenn er ein Problem damit hatte, nun ja, dann konnte er sie einfach so lange lieben, bis sie es beide aus ihren Köpfen bekamen.

Hm, wie konnte sie sicherstellen, dass er tatsächlich ein Problem damit bekam?

Livvy drückte sich mit ihren Fersen von den Latten der Bank ab und rutschte bis ganz an den Rand seiner Knie zurück. Er wollte es verrucht? Sie konnte verrucht sein ...

Er zog an ihren Hüften. »Hey, wo willst du hin?«

Sie verschränkte die Arme, zog ihr Camisole aus und schüttelte dann den Kopf, damit ihre Locken den Rücken hinunterfielen; sie wollte seine Hände darin spüren – und an sich selbst.

Sie musste nicht lange warten.

»Oh mein Gott.« Die Worte sprudelten aus ihm heraus, während sein Atem heftig entwich. »Du hast das herrlichste Haar überhaupt.« Er führte eine Handvoll davon zu seinem Gesicht und strich damit über seine Lippen, bevor er es entlang ihrer Nase und über ihre eigenen Lippen wandern ließ. Dann tiefer, an ihrer Kehle entlang, hinunter zu ihrem Schlüsselbein, und ließ es dann federleicht über die Mitte ihrer Brust gleiten.

Viel

zu

langsam.

Sie wölbte den Rücken, ihre Brüste sehnten sich nach seiner Berührung. »Bitte, Sean.«

Er sog die Luft ebenso heftig ein wie das Verlangen, das sie spürte. »Gott, Livvy, weißt du eigentlich, was du mit mir anrichtest?« Er ließ ihr Haar los und fuhr stattdessen mit der Handfläche von ihrem Halsansatz hinunter zwischen ihre Brüste, wobei seine Fingerspitzen die Distanz überbrückten und sie damit neckten, wie nah sie ihren festen Brustwarzen kamen.

Also neckte sie ihn direkt zurück. »Ja, ich denke schon.« Sie strich mit *ihrer* Handfläche über *seine* Brust und lächelte, als *sein* Atem stockte, während *ihre* Fingerspitzen seine Erektion streiften. »Und, was meinst du? Weiß ich, was ich tue?«

»Jesus, Frau«, sagte er mit einem langen Ausatmen. Dann schob er seine Hände unter ihren Hintern und zog sie wieder fest an sich. »Letzte Chance«, flüsterte er an ihre Lippen.

»Ich verzichte«, sagte sie und biss ihn leicht in die Unterlippe.

Er drehte den Spieß um, sog *ihre* Unterlippe zwischen seine Zähne und glitt von der Bank auf das weiche Gras davor.

»Du bist so unglaublich hinreißend, Livvy.« Sean kniete auf allen vieren über ihr und beugte sich hinunter, um sie zu küssen. Ihre Lippen waren der einzige Berührungspunkt, aber die Kraft an dieser kleinen Stelle reichte aus, um sie um den Verstand zu bringen.

Sie lag auf dem Boden unter ihm, zitternd vor Verlangen, ihre Brüste brannten darauf, gegen ihn gepresst zu werden. Von ihm berührt zu werden. »Hör auf, mich zu necken und küss mich, Sean.«

»Das habe ich gerade getan.«

»Ich meine, küss mich *richtig*.« Sie umklammerte sein Hemd und zog daran.

Er bewegte sich keinen Millimeter. »Ungeduldig, was?«

»*Wir* offenbar nicht. *Ich* hingegen schon. Also, wirst du jetzt hier runterkommen und den Job erledigen oder werden wir unsere Nacht stattdessen mit Wortgefechten verbringen?«

»Nicht die ganze Nacht.« Er küsste sie. Kurz und süß und wundervoll. Aber nicht das, was sie wollte. »Da. Zufrieden?«

»Dein Ernst?« Sie zog die Augenbrauen hoch.

»Was? Du willst mehr?« Sean beugte sich vor, wobei sein Schritt den ihren streifte, was sie vergessen ließ, worüber sie eigentlich gesprochen hatten.

Sie vergaß jedoch nicht, dass sie sein Hemd in den Händen hielt.

Sie zerriss es.

Es schien der einfachste Weg zu sein, es ihm auszuziehen.

Sean sah an seiner Brust hinunter, dann in ihre Augen und lächelte. »So läuft das also, ja?«

Sie knabberte an ihrer Unterlippe. Er mochte es, wenn sie das tat. »Ich weiß nicht, wovon du sprichst.«

»Aha.« Sean verlagerte sein Gewicht und hob einen Arm neben ihr, um ihn aus dem Ärmel zu befreien.

»Verrat mir jetzt nicht, dass du einarmige Liegestütze kannst.« Denn das fand sie absolut anturnend. Sie hatte keine Ahnung warum, aber einen Mann zu sehen, der das konnte, war genau ihr Ding.

Der Blick, den Sean ihr zuwarf, war auch genau ihr Ding. »Ich kann es, wenn ich motiviert bin.«

Sie knabberte an ihrer Lippe. »Ist das genug Motivation?«

Er streifte mit seiner Nase über ihre. »Noch nicht ganz.«

»Wie wäre es damit?« Sie ließ beide Hände über seine Brust gleiten, dann um ihn herum zu seiner Rückseite und drückte zu. Er hatte eine fantastische Rückseite.

»Du kommst der Sache näher.«

Das tat sie ganz bestimmt.

»Wie wäre es hiermit?« Sie hob den Kopf und berührte seine Brustwarze kurz mit der Zunge.

»Heilige Scheiße.« Seine Ellbogen zitterten, und er fing sich im letzten Moment ab, bevor er auf sie fiel. »Verdammt, Frau, das ist nicht fair.«

»Spielen wir fair?« Sie leckte über die andere. »Inwiefern ist es fair, dass du da ganz oben bist und ich hier ganz unten?«

»Oh, ist das ein Problem?« Er nahm eine Position ein, bei der seine Beine direkt über ihren in einer klassischen Liegestütz-Pose waren, hielt sich dort mühelos und machte keinerlei Anstalten, näher zu kommen.

Also drückte sie auf seinen Hintern.

Sean wehrte sich nicht dagegen. Er ließ sich auf sie herabsinken, hielt aber immer noch den Großteil seines Gewichts von ihr fern und neckte sie stattdessen mit den köstlichsten Berührungspunkten überhaupt. Er wiegte sich leicht hin und her, seine Brust versetzte ihre Brustwarzen in höchste Alarmbereitschaft, und sie wünschte sich inständig, er würde ihrem Beispiel folgen und auch etwas Kleidung zerreißen. Sie musste ihn direkt an sich spüren.

Sie drückte noch etwas mehr auf seinen Hintern.

Dann packte sie ihn richtig fest.

Das half. Er legte sich *endlich* ganz auf sie, und es war der reine Himmel.

Er drehte den Kopf zur anderen Seite, verlagerte sein Gewicht auf seine Ellbogen und bettete ihren Kopf in seine Handflächen, während er den Kuss vertiefte.

Sie schlang ihre Arme um sein Kreuz. Gott, er fühlte sich so gut an, wie er gegen sie gepresst lag. Lauter harte Kraft und geballtes Verlangen. Er begehrte sie *tatsächlich*; daran gab es keinen Zweifel.

Und jetzt hatte sie auch keine Zweifel mehr daran, was sie gerade taten. Wie weit sie gehen wollte. Sher hatte recht gehabt; es machte keinen Sinn, in der Zukunft zu leben, wenn man dort nie ankam. Eines Tages würde die Zukunft die Gegenwart sein und dies war ein so guter Zeitpunkt wie jeder andere, das zu begreifen.

Sie schob ihre Hände unter seinen Hosenbund. »Ich will dich, Sean.«

Er sog die Luft ein – und ihre Zunge dazu – und seine Arme sackten unter ihm weg.

Er fing sich schnell – zu schnell – und hob sich von ihr ab. Aber Gott sei Dank längst nicht so weit von ihr entfernt wie zuvor. »Jesus, Livvy. Weißt du überhaupt, was du da sagst?«

»Das weiß ich. Ohne jeden Zweifel.« Und zum ersten Mal in ihrem Leben handelte sie, ohne die Konsequenzen bis ins kleinste Detail durchzuspielen. Sie waren zwei erwachsene, einwilligende Menschen, die keine anderen Pläne hatten als den, den das Schicksal ihnen gerade zugespielt hatte, und sie war mehr als bereit, diesen Ball direkt aus dem Stadion zu schlagen.

»Nein«, hauchte sie, als er von ihr herunterrollte und den Kuss unterbrach. »Sean, du –«

»Schhh.« Er strich ihr das Haar aus der Wange. »Ich bin zu schwer für dich.« Er rollte sich auf den Rücken und in einer Bewegung, die fast der Schwerkraft trotzte, zog er sie auf sich hinauf.

»So sollte es sein. Hier solltest du sein.« Er nahm ihr Haar mit einer Hand zu einem Pferdeschwanz zusammen und fuhr mit der anderen ihren Rücken hinunter.

Sie zitterte.

»Gefällt dir das?«

Sie nickte.

»Wie wäre es damit?«

Er kniff ihr in den Po.

Sie leckte sich über die Lippen.

»Ach, verdammt, Livvy. Dagegen bin ich wehrlos.« Er zog sie zu sich herab und küsste sie erneut.

Und dann küsste sie ihn. Oben zu liegen gab ihr eine gewisse Freiheit, die sie nicht hatte, wenn er über ihr war. Jetzt konnte sie sich ein Stück nach rechts bewegen und ihren Oberschenkel gegen seine Erektion pressen.

Er stöhnte.

Sie lächelte.

»Du bringst mich noch um.«

»Ich hoffe doch sehr, nicht.« Sie knabberte an seinem Kiefer. »Das würde die Nacht irgendwie ruinieren.«

»Meinst du?«, grollte er, als sie sich knabbernd seinen Hals hinunterarbeitete, wobei genau das richtige Maß an Brusthaar ihr Kinn kitzelte, während sie sich küssend vom Schlüsselbein bis zu seinem Nabel vorarbeitete. Und vielleicht noch tiefer, wenn ihr danach war.

Im Moment war ihr danach, mit der Zunge über seine Brustwarze zu fahren. Sie wollte ihn in ebenjenem atemlosen Flüstern vor lauter Ehrfurcht nach Luft schnappen hören, das sie auch fühlte.

Du bist rettungslos verloren.

Ihr Gewissen hatte recht, aber für diesmal würde sie nicht darauf hören.

Er ließ sich von ihr necken, vergrub seine Hände in ihrem Haar, während sein Brustkorb – sein prachtvolles Sixpack, das perfekt genug war, um Fantasien anzuregen – unter ihren Fingerspitzen bebte.

Irgendwie gesellten sich ihre Shorts zu ihrem Unterhemdchen. Sie wusste nicht, wie, und es war ihr auch völlig egal. Wenn sie jetzt nur noch diesen verflixten Tanga loswerden könnte.

Sean half ihr dabei.

Also half sie ihm, und ehe sie sich versah, lagen sie nackt im Gras.

Nackt im Gras. Sie hätte nie gedacht, dass sie den Tag erleben würde, an dem sie nackt im Mondschein auf dem Rasen herumrollte, mit einem göttlichen Kerl, der aussah, als hätte er für den in der Mitte des Brunnens Modell gestanden.

Eros.

Kein echter Mann konnte mit einem Gott mithalten, aber Sean war verdammt nah dran. An ihm war kein Gramm Fett zu finden, eine Tatsache, die sie mit allen zehn Fingern bestätigte. Und mit ihren Lippen. Ihren Wangen. Und ihren Brüsten. Oh, wie ihre Brüste das bestätigten, als sie über jede definierte Linie seiner Bauchmuskeln glitten, während sie sich mit Küssen an seinem Körper hinunterarbeitete. Sie bewegte sich ein Stück, um jene sexy Linie an seiner Hüfte nachzufahren, von der sie sicher war, dass sie von genau diesen Göttern entworfen worden war, um Frauen um den Verstand zu bringen, und sie wollte als Erste in der Schlange stehen.

»Livvy, komm her.«

Sie machte sich nicht die Mühe, den Kopf zu heben. Sein Duft rief nach ihr. Sie schlang ihre Finger um ihn.

»Jesus.«

»Nein, *Livvy.* Vergessen wir nicht, mit wem du es hier zu tun hast.«

Sean schob seine Finger unter ihren Kiefer und hob ihren Kopf an.

»Dann komm doch hoch zu mir und erinnere mich daran. Da, wo du gerade bist ... werde ich mich in spätestens einer Minute wohl kaum an *meinen* Namen erinnern können, also solltest du es vielleicht etwas langsamer angehen lassen, sonst ist alles vorbei, bevor es überhaupt angefangen hat.«

Sie löste ihre Finger nacheinander von ihm. Ganz langsam. »Das können wir ja nicht zulassen, oder?«

Dann strich sie mit ihren Nägeln sanft an seinem Glied hinauf.

Er stöhnte. »Oh Gott.«

»Nein, *Livvy*.« Sie küsste sich den Weg an seinem Körper wieder hoch, ohne ihre Hand von ihm zu nehmen, während ihre Fingerspitzen ganz sacht die Eichel umkreisten.

Er vergrub seine Hand unter ihrem Haar, umfasste ihr Gesicht und zog sie zu einem Kuss heran, der jeder Beschreibung spottete. Jede perfekte Bewegung, jedes sexy, sinnliche Gefühl nahm in diesem Kuss seinen Anfang. Es war ein Kuss wie kein anderer; er bat sie, er umschmeichelte sie, er erzählte ihr etwas und verlangte ihr Dinge ab, und alles, was sie wollte, war, sich darin zu verlieren. In ihm.

Sie löste ihre Lippen von seinen und schnappte nach Sauerstoff, in der vergeblichen Hoffnung, dass ihre Herzfrequenz aus der Stratosphäre herabsinken würde, damit sie sich selbst denken hören konnte, aber sie dachte im Moment nicht viel. Sie fühlte.

Und sie fühlte, dass sie die Sache vorantreiben mussten.

Sie sah sich nach ihren Shorts um. Da. Etwa einen knappen Meter links von ihnen. Gott sei Dank hatte er sie nicht zu weit weggeworfen.

»Wo willst du hin?« Sean packte sie am Knöchel, als sie zu ihren Shorts krabbelte.

»Das wirst du gleich sehen.« Sie streckte sich danach aus, ihre Fingerspitzen tasteten sich die letzten Zentimeter vor, um sie zu schnappen. »Sean, lass los. Du wirst froh darüber sein. Versprochen.«

»Ich werde froh sein, *nicht* loszulassen.« Seine Finger spannten sich auf ihrer Haut.

Seine Worte wärmten ihr Herz, und sie erlaubte sich für eine Sekunde zu träumen, was das bedeuten könnte. Wohin das führen könnte. Aber nur für eine Sekunde. Träumen war ein großer Schritt für sie. Sie hatte schon sehr lange nicht mehr von so etwas geträumt.

Sie hakte ihren Mittelfinger in die Gürtelschlaufe und zog ihre Shorts zu sich herüber, dann huschte sie zurück an Seans Seite. »Hier. Das ist es, was ich wollte.«

Sie holte zwei Kondome aus ihrer Gesäßtasche.

»*Du* hast Kondome mitgebracht?«, fragte er halb lachend, halb stöhnend.

Gut, genau so wollte sie ihn: ein wenig aus dem Konzept gebracht, aber den Moment genießend. »Eine Frau muss sich schützen.«

Sein linker Mundwinkel zuckte nach oben. »Ich werde dich schützen, aber es ist gut zu wissen, dass wir die hier haben. Ich habe offensichtlich nicht damit gerechnet, dass das passiert.«

»Warum nicht?«

»Wie bitte?«

»Warum *nicht*? Das kann doch keine so große Überraschung sein. Die Arbeitsplatte in der Küche war eine unerledigte Angelegenheit. Oder habe ich das falsch gedeutet?«

»Was? Nein. Doch.« Er atmete aus und stützte sich auf die Ellbogen. Das Heben und Senken seines verdammt sexy Brustkorbs erzeugte eine Wellenbewegung über seinen Bauch, die faszinierend war. Sie hätte ihm den ganzen Tag zusehen können.

Die ganze Nacht auch.

»Nein, du hast es nicht falsch gedeutet, Livvy, aber es ist eine Sache, von, nun ja, *dem hier* zu fantasieren. Von dir. Aber zu glauben, dass es passieren könnte, und sich darauf vorzubereiten ... das wäre ein bisschen zu viel vorausgesetzt.«

»Aber *ich* habe es vorausgesetzt. Ich habe darüber nachgedacht, und ich habe es vorausgesetzt, und jetzt sind wir hier.« Sie hielt die Kondome hoch. »Also *carpe noctem* und such dir eine Farbe aus. Rot oder Grün?«

»Was bin ich, ein Weihnachtsbaum?«

Sie blickte auf seinen Schritt. »Nun, du bist zumindest eine Douglasie, und vielleicht sogar eine mächtige Eiche.«

»Ich würde eher auf einen Mammutbaum tippen.«

Sie wünschte sich wirklich, sie hätte die Kunst des Augenbrauenhochziehens für diesen Moment gemeistert. »Halten wir wohl ein bisschen viel von uns selbst, was?«

Er lächelte. »Wenn ich es nicht tue, wer dann?«

Sie tippte sich an die Lippen und genoss es, wie seine Augen aufleuchteten, als sie sich auf ihren Finger konzentrierten. »Was? Gibt es etwa keine Legionen von Frauen, die Schlange stehen, um dir die Ehre zu erweisen? Bei einem Typen wie dir würde ich denken, dass du einen Harem hast, der dir zu Diensten steht und nur auf deinen Anruf wartet.«

Sie sagte es zwar leichtfertig, aber es war tatsächlich etwas, worüber sie sich Sorgen machte. Sicher, sie wusste, dass sie sich nicht gerade die ewige Liebe schworen und Monogamie bis in den Tod gelobten, aber trotzdem ... Eine Frau wollte gern wissen, dass sie etwas Besonderes war.

Er setzte sich auf und ließ seine Finger ihren Arm hinaufgleiten, bis er ihren Kiefer erreichte. Er legte sie dort ab, den Daumen unter ihrem Kinn; jeder einzelne Finger fühlte sich an wie eine Fackel, die ein langsames Brennen durch ihren ganzen Körper schickte.

»Es gibt keinen Harem, Livvy. Nicht mal einen einzigen Ersatz. Nur dich. Du bist die einzige Frau, von der ich fantasiert habe.«

»Du hast von mir *fantasiert*?«

Er hob ihr Kinn noch ein kleines Stück weiter an. »Ist das falsch?«

Ja.

Nein.

Sie wusste es nicht.

Er hatte von ihr fantasiert. Was, wenn sie dieser Fantasie nicht gerecht wurde? Was, wenn sie ihn enttäuschte? Nicht das sein konnte, was er wollte?

Was, wenn er sie nie wiedersehen wollte?

Er ließ die Hand sinken. »Gott, tut mir leid. Ich schätze, das klingt nicht gut, so über seine Chefin zu denken, während man unter demselben Dach lebt. Ich verspreche dir, Livvy, es wird nicht wieder vorkommen.«

»Dieses Versprechen will ich nicht.«

»Wie?«

»Ich sagte, ich will dieses Versprechen nicht. Ich will das, was du vorhin gesagt hast. Dass du mich willst. Das Hier und Jetzt und die Fantasien. Das darfst du nicht zurücknehmen.«

Er war der einzige Mann – der *einzige* Mann –, der ihr jemals gesagt hatte, dass er von ihr fantasiert hatte, und da sie selbst viel fantasierte, wusste sie genau, wie mächtig diese Fantasien sein konnten und wie gut. Jetzt, wo sie die Chance hatte, eine ihrer eigenen wahr werden zu lassen, würde sie nicht aufhören. Und er auch nicht, wenn sie ein Wörtchen mitzureden hatte.

Sie warf das rote Kondom ins Gras und riss das grüne mit den Zähnen auf.
Sean sah erst darauf, dann zu ihr.

Dieses Beben auf seinen Bauchmuskeln beschleunigte sich.

Sie setzte sich auf ihre Fersen und rollte das Kondom ganz bewusst und entschlossen über ihn. »Also, was haben wir in deiner Fantasie getan?«

Sean gab auf. Er gab den Versuch auf, sich zurückzuhalten, er gab den Versuch auf, das zu stoppen, was sie so offensichtlich wollte – was er wollte –, und er hörte auf, über alles nachzugrübeln. Das Testament und die Hinweise und das Anwesen ... Verdammt, er würde das einzige Grundstück verkaufen, das er noch hatte, wenn es die Situation klären würde, aber darum würde er sich später kümmern. In diesem Moment gab es nur Livvy.

»Das hier.« Er legte seine Hand flach in ihren Nacken und zog sie zu sich heran, wobei er diese Lippen mit einer Intensität kostete, die ihn selbst schockierte.

Sie schmeckte fantastisch. Sie sah fantastisch aus und sie *war* fantastisch, wie sie da saß, so stolz und ihrer selbst sicher, während das Mondlicht über ihren großartigen Körper kaskadierte, und das Ganze war einfach, nun ja, fantastisch.

Er stöhnte in ihren Mund, denn er wollte das hier.

Er umfasste ihre Brust, sein Daumen fand ihre Brustwarze und er umkreiste sie. Rieben sie. Lächelte gegen ihre Lippen, als sie für ihn hart wurde.

Lächelte noch mehr, als sie stöhnte.

»Gefällt dir das?«

Sie nickte, ihr Atem stockte.

»Und das?« Er umfasste die andere. »Gefällt dir das, Livvy?«

Sie nickte und biss sich auf die Lippe.

Er nahm sie in die Arme und legte sie ins Gras, und diesmal brauchte er keine Aufforderung, um sich über sie zu legen. Kein Zögern, keine Fragen. Das hier war der Ort, an dem sie sein mussten, und der Rest würde sich schon finden.

Sie schlang ihre Beine um ihn. »Ich will dich, Sean.«

Er vergrub sein Gesicht in der süßen Wölbung ihres Halses und sog den

Duft ein, der ganz Livvy war. Äpfel und Lavendel und noch etwas anderes. Etwas Undefinierbares, das sich nach ihm ausstreckte und ihn umfing, ihn einlud.

Er konnte nicht Nein sagen. »Gott, ich will dich auch.«

»Ich sag es dir immer wieder, es ist *Livvy*.« Sie keuchte auf, als er sie in die Schulter biss, und rief seinen Namen.

»Ich nenne dich, wie immer du willst, nur um dich meinen Namen noch einmal so sagen zu hören.«

Er biss in die andere Seite und sie sagte ihn wieder, ein Schuss direkt in seine Seele.

Er steckte in viel größeren Schwierigkeiten, als er je für möglich gehalten hätte, und in diesem Moment war ihm das völlig egal.

Er ließ seine Hand an der Kurve ihres Körpers hinuntergleiten, über ihre perfekten Hüften, und schob sie unter ihren Oberschenkel. Er würde irgendwann mit der Zunge diesen Oberschenkel hinaufgleiten, aber im Moment war keine Zeit dafür. »Ich muss dich haben.«

Sie hob ihr Bein. »Dann nimm mich.«

Das tat er. Sie öffnete sich für ihn und er glitt in sie hinein, und es war, als wäre alles in Ordnung mit der Welt. Als wäre sie aus dem Lot gewesen und plötzlich wieder im Gleichgewicht. Ebenmäßig. Zusammenhängend.

Was man von ihm nicht behaupten konnte. Besonders, als sie zu ihm aufsah und ihre Augen blinzelten ... Oh nein. Er war noch nie gut mit den Tränen einer Frau umgegangen. »Was ist los, Livvy?«

Sie lächelte, ein sanftes Lächeln, das von so viel Emotion geprägt war, dass ihre Unterlippe – jene, auf der sie so provokant herumkaute – zitterte. »Das ist so viel besser als jede Fantasie.«

»*Du* bist besser als jede Fantasie.« Er zog sich dann zurück, da er sich bewegen wollte – musste.

»Geh nicht weg.« Ihre bernsteinfarbenen Augen verdunkelten sich, während sie ihre Arme – und ihre inneren Muskeln – um ihn zusammenzog.

Nichts würde ihn dazu bringen zu gehen. »Das werde ich nicht.« Er kippte seine Hüften und sank wieder in sie hinein – in mehr als einer Hinsicht.

Sie lockerte ihren Griff ein wenig und ihre Mundwinkel hoben sich. »Mach das noch mal.«

»Mit Vergnügen.« Und das war es.

Sie schloss die Augen und wölbte den Rücken, wobei sich ihr Hals so verführerisch bog, dass er ihn wieder kosten musste.

Er küsste einen Pfad von ihrem Ohr zu ihrem Kiefer, diesen süßen, weichen Hals hinunter, und spürte jeden Schlag ihres Herzens mit seinen Lippen. Sein eigenes passte sich an.

Er bewegte sich in ihr und genoss das Gefühl, wie ihr Körper den seinen aufnahm, wie sie ihn in sich aufnahm und ihn liebkoste, ihn umklammerte, ihn wollte. Er beschleunigte das Tempo, die Nachtluft war warm auf seinem Rücken, das Gras glatt unter seinen Beinen und Livvy so weich und seidig und perfekt unter ihm.

Sie schlang ihre Beine um ihn, ihre Fersen gruben sich in seinen Hintern, ihre Nägel ritzten seinen Rücken, und Sean konnte nicht länger langsam machen. Er musste sie haben. Musste sie so verrückt machen, wie sie ihn machte. Musste ihr das gleiche Vergnügen bereiten, das er empfand.

Er küsste sie erneut, lang und ausgiebig, und legte jedes Körnchen Verlangen und Bedürfnis und Gefühl hinein, während er in sie stieß.

»Genau so, Sean. Hör nicht auf.«

Als ob er das könnte.

Er stieß in sie hinein und es fühlte sich so verdammt gut an, dass er nie wollte, dass es aufhörte.

Er schlang eine Hand um ihre Taille und glitt dann hinunter, um ihre perfekte Kehrseite zu umfassen. Er streichelte sie und lächelte, als sie mit einem Keuchen seine Zunge in ihren Mund sog.

Das gefiel ihr.

Er streichelte sie erneut und Livvy bewegte sich, und es war, als würde das gesamte Universum an diesem einen Punkt zusammenlaufen, an dem ihre Körper vereint waren. Hitze und Bedürfnis und Verlangen und schieres, unverfälschtes Vergnügen schossen durch ihn hindurch, und Sean musste ihren Hintern mit beiden Händen packen und sie gegen sich pressen, während er versuchte, sie, nun ja, zu *absorbieren*.

»Oh Gott, Sean, ja. Genau so.« Sie klammerte sich an seinen Rücken, seinen Hintern, seine Schultern, ihre Knie umspannten ihn, und Sean konnte sich nicht mehr zurückhalten.

Er stöhnte und riss seine Lippen von ihren, um sich gegen sie zu wölben, der Moment voller Erwartung, und er verharrte dort für etwa zwei Nanosekunden, bevor die Gefühle durch ihn hindurchströmten und er immer wieder in sie stieß, während sich der Höhepunkt in ihm aufbaute. Und in ihr, als sie die Augen schloss und ihren Rücken wölbte und oh Gott, ja. Da. Noch einmal – nein zweimal – und dann ... und dann ... schrie sie seinen Namen und riss ihn mit sich über den Abgrund.

Er steckte in so gewaltigen Schwierigkeiten.

Kapitel Sechsundzwanzig

Irgendwann mitten in der Nacht, oder vielleicht war es auch schon eher Morgen, da es nicht mehr ganz dunkel war, erwachte Livvy in Seans Armen.

Der einzige Ort, an dem sie sein wollte.

Sie schmiegte ihre Wange an seine und liebte das raue Gefühl seiner Stoppeln, den stetigen Schlag seines Herzens und seinen Geschmack, der noch immer auf ihren Lippen lag, während sie fast schon Angst davor hatte, dass sie *ihn* liebte.

Warte mal. *Liebe*? War sie denn wahnsinnig geworden? Sie konnte ihn doch nicht lieben. Sie kannte ihn kaum. Wie lange war das alles her? Eine Woche, seit sie sich getroffen hatten? Leute verliebten sich nicht innerhalb einer Woche. Und schon gar nicht nach einer einzigen gemeinsamen Nacht. Sicher, es war fantastische, heiße, sexintensive Liebe gewesen, aber trotzdem nur *eine* Nacht?

Ihre Mutter war der perfekte Beweis dafür, dass sie die Emotionen der letzten Nacht und deren Bedeutung falsch interpretierte. Unlogische hormonelle Reaktionen waren keine Liebe; das war Chemie. Liebe war ein *Gefühl*. Es waren gemeinsame Hoffnungen und Träume. Einander zu mögen, Freunde zu sein. Der Sex war nur ein zusätzlicher Bonus.

Und was für ein Bonus er mit Sean war.

»Da starrt uns ein Vogel an.« Seans Arm schlang sich fester um sie.

»Was?«

»Ein Vogel. Da.« Er stupste sie an.

Sie öffnete ein Auge.

Ein schwarzes Knopfauge starrte sie an, umgeben von juwelenfarbenen, blaugrünen Federn.

»Oh. Die Pfauen.«

»Pfauen?« Sean versteifte sich neben ihr.

Sie warf einen Blick nach unten, um zu sehen, ob sich noch etwas anderes versteift hatte.

Verdammt. Er hatte sich mit seinen Händen bedeckt.

»Ich glaube nicht, dass es den Pfau interessiert, dass wir nackt sind, Sean.«

»Ich auch nicht. Ich will nur nicht, dass er nach mir pickt.«

Sie kicherte. »Nach deinem Schniedel picken? Pfauen fressen Getreide, kein Fleisch.«

»Das hast du jetzt nicht wirklich gesagt.«

»Huch, ich glaube doch.«

Der Pfau stolzierte näher.

»Ich weiß nicht, Livvy. Das Ding sieht aus, als wollte es mir die Augen auskacken.«

Sein gelber, spitzer Schnabel konnte durchaus gefährlich sein. Pfauen konnten aggressiv werden. Sie konnte sich kein schlimmeres Ende für ihre gemeinsame Nacht vorstellen, als nackt herumzurennen, während ein Pfau ihnen in die Weichteile zwickte.

Livvy seufzte und setzte sich auf. Der Vogel wich nur ein winziges Stück zurück. Frecher Kerl. Aber konnte sie von Merriweathers Marotten etwas anderes erwarten?

»Ksch!«, sie fuchtelte mit den Händen.

Der Vogel blinzelte nur.

»Ab jetzt! Verschwinde!« Diesmal riss sie ein wenig Gras aus und warf es nach ihm.

Er rührte sich immer noch nicht.

Sean stand auf, ließ sein kostbares Paket los, breitete die Arme aus, zog die Schultern hoch und ...

Krächzte.

Der Vogel rannte schreiend um den Sockel des Brunnens herum, als ginge es um sein Leben. Livvy hatte einen Schluckauf, als sie schließlich aufhörte, sich vor Lachen am Boden zu wälzen. »*Was* war das denn?«

Sean setzte sich im Schneidersitz neben sie, als wäre es das Natürlichste auf der Welt, splitternackt mitten in einem englischen Irrgarten im Nordosten Pennsylvanias zu sitzen und einen Pfau anzukrächzen. »Ich habe getan, was man bei bedrohlichen Tieren eben macht. Größer und wilder wirken, damit sie Angst und Respekt haben und tun, was man ihnen sagt.«

»Bitte sag mir, dass du das nicht auf menschliche Tiere anwendest.«

Er zog eine Augenbraue hoch. Der Blick sah an ihm viel zu sexy aus, als dass sie hätte beleidigt sein können. »Willst du damit sagen, dass du letzte Nacht kein Tier warst?«

»Oh mein Gott. Ich kann nicht glauben, dass du das gesagt hast.« Sie versetzte ihm einen Schlag auf diese sehr gut geformte, sehr glatte, muskulöse Schulter. »Das ist nicht sehr gentlemanlike.«

»Letzte Nacht standest du nicht darauf, dass ich ein Gentleman bin.«

Verdammt, sie wurde rot. Sie hasste es, wenn sie errötete.

»Ich liebe es, wenn du rot wirst.«

Oder vielleicht hasste sie es doch nicht. »Warum?«

Er strich mit der Hand über ihre Schulter. »Weil du dann diesen Gesichtsausdruck bekommst. Er ist fast schüchtern, aber doch nicht ganz. Er sagt so viel mit so wenig aus. Ich liebe es, dass du keine Angst hast, deine Reaktionen zu zeigen. Die meisten Leute verhalten sich so, wie sie glauben, dass andere es von ihnen erwarten, um dazuzugehören und geschätzt zu werden. Aber nicht du. Du stehst zu deinen Überzeugungen. Du schwimmst nicht mit dem Strom. Weißt du, wie selten das ist? Wie selten *du* bist?« Er strich ihr das Haar aus dem Gesicht. »Wie besonders du bist?«

Besonders. Sie war noch nie zuvor etwas Besonderes gewesen.

Sie kniete sich hin und nahm sein Gesicht in ihre Hände. Sie fuhr mit dem Daumen über seine Lippen. Auf keinen Fall würde sie in der Lage sein, Sean einfach den Rücken zu kehren, wenn ihre Zeit abgelaufen war. Irgendwie mussten sie die logistischen Probleme lösen.

Oder vielleicht, ganz vielleicht, könnte sie in Erwägung ziehen, den Ort zu behalten und hier zu leben. Er würde seinen Job behalten, ihre Tiere hätten ihren Stall, und sie könnte das haben, was sie sich immer gewünscht hatte. Ein Zuhause. Und jemanden, mit dem sie es teilen konnte.

Der Gedanke ließ sie ausnahmsweise nicht zusammenzucken. Für Sean könnte sie hier leben. Es gab kein Gesetz, das besagte, dass sie sofort verkaufen musste. Sie konnte eine Weile hierbleiben. Die Dinge klären.

Das klang von Minute zu Minute reizvoller.

»Du gibst mir das Gefühl, etwas Besonderes zu sein.« Sie zeichnete weiter seine Gesichtszüge nach. Sein wunderschönes, sexy Gesicht, das genauso perfekt war wie das seines Bruders, des Filmstars, aber unendlich viel kostbarer wegen der Person, die dahintersteckte. Die Person, die sie ...

Soweit konnte sie noch nicht gehen. Nicht jetzt. Noch nicht. Sie war nur bereit zuzugeben, dass sie ihn mehr wollte, als sie jemals zuvor jemanden gewollt hatte, und für Livvy war das ein großes Geständnis.

»Livvy.« Er stöhnte ihren Namen, als ihre Finger sanft über seine Lippen strichen.

»Ja?«

»Ich will dich.«

Sie blickte an ihm herab. Er wollte sie definitiv.

Livvy lächelte. »Und du, Sean, sollst mich haben.«

Ganz und gar. Mit Haut und Haar.

Denn egal, was sie sich einzureden versuchte, egal, wie sie es umschrieb, es lief auf eines hinaus: Sie war dabei, sich in Sean Manley zu verlieben.

Kapitel Siebenundzwanzig

»Hier muss irgendwo ein Hinweis sein. Wir müssen gründlicher suchen.«

Er musste gar nichts mehr gründlicher machen; sein Schwanz war schon gründlich genug versteift. Und es wäre so viel hilfreicher, wenn sie sich verdammt noch mal etwas anziehen würde. Selbst ihr Hauch von einem Unterhemdchen und diese knappen Daisy-Duke-Shorts wären besser als ihr perfekt herzförmiger Hintern, alles straff und kurvig und *nackt*, was ihm jedes Mal den Mund austrocknen ließ, wenn sie sich bückte, um unter eine Bank oder auf den Ziegelpfad rund um den Brunnen zu schauen. Und dann waren da noch ihre Brüste. Mehr als eine Handvoll – und dieses alte Sprichwort war falsch; er mochte ihre großen Brüste, danke sehr –, ihre Brustwarzen flach gegen die blassen Vorhöfe gepresst, wobei ihn jede einzelne Sommersprosse drumherum dazu verführte, sie zu köstlichen Spitzen zu lecken. Im Mondschein hatte er nicht all ihre Sommersprossen gesehen, aber heute Morgen, als sie auf ihm gewesen war … Er hatte sie zu sich heruntergezogen, um jede einzelne zu lecken, und verdammt, er wollte es unbedingt wieder tun.

»Merriweather *musste* den Irrgarten einfach in ihre Schnitzeljagd einbauen. Der Ort ist zu markant, als dass sie mir nicht alles darüber hätte beibringen wollen. Wer wem was angetan hat und wie unsere glorreiche Familie die Früchte geerntet hat. Meine Güte, man sollte meinen, sie hätte eine Trophäenwand oder so was.«

Wie ein Emblem in der Scheune.

Ach, nichts wirkte so gut gegen eine Erektion wie Schuldgefühle. Das sollte er in ihrer Nähe öfter versuchen. Weiß Gott, er hatte genug Gründe, sich schuldig zu fühlen.

Das war auch der Grund, warum Sean mitgespielt hatte, als sie ganz von allein und ohne jeden Hinweis auf die Idee gekommen war, den Bereich um den Brunnen abzusuchen. Er wusste immer noch nicht, was er tun würde, wenn er ihn zuerst fände. Würde er es ihr sagen oder würde er ihn für sich behalten?

Wie konnte er das nach letzter Nacht überhaupt in Erwägung ziehen?

Letzte Nacht war ... es war fantastisch gewesen. Sie war fantastisch gewesen. Sie beide waren fantastisch gewesen. Sex mit Livvy war anders als mit jeder anderen Frau. Da war etwas mehr gewesen als nur das Körperliche – und das jagte ihm eine Heidenangst ein. Es war eine Sache, sie zu bewundern, sie zu mögen und sie zu begehren, aber sich verbunden zu fühlen?

Ja, das Universum lachte sich garantiert gerade über ihn kaputt. Die eine Frau, zu der er eine echte Verbindung spürte, und er war dabei, sie zu sabotieren.

Er konnte nicht.

Da war es. Er konnte es einfach nicht tun. Aber wie zur Hölle sollte er das hier durchziehen *und* Livvy in seinem Leben behalten?

Wäre nicht das Vertrauen seiner Brüder in ihn, ihre Hilfe und ihr Geld, würde er einfach weggehen. Er würde seine Verluste hinnehmen und neu anfangen. Er hatte ganz am Anfang bei Null angefangen; er konnte es wieder tun. Aber etwas mit Livvy aufzubauen ... Wenn sie jemals erfuhr, was er geplant hatte, würde es das Fundament dessen, was sie gerade aufbauten, dem Erdboden gleichmachen.

Das konnte er nicht zulassen. Er musste eine Lösung finden.

»Hier! Sean, hier ist es!«

Da war wieder ihr perfekter Hintern, der – natürlich – auf und ab wippte, während sie auf eine Statue am Rand des Brunnens zeigte. Ein paar andere Dinge wippten ebenfalls.

Ja, er musste das hier klären.

Er sammelte ihre Kleider auf und joggte zu ihr. Sollen doch seine eigenen Körperteile mal ein bisschen wippen, mal sehen, wie ihr das gefällt.

Ihre bernsteinfarbenen Augen verdunkelten sich, als er näher kam.

»Hübsch«, war alles, was sie sagte, aber es sagte viel aus.

Sie nahm ihre Kleider entgegen, und gäbe es einen Wettbewerb für umgekehrtes Strippen, sie wäre der Star der Show. Er hatte noch nie jemanden gesehen, der ein Unterhemdchen auf eine Weise *anzog*, die einen noch provokanter dazu aufforderte, es wieder auszuziehen, als sie es tat. Und die Art, wie sie in ihre Shorts schlüpfte und dabei ihren Tanga wegließ – und es war reine Ermessenssache, ob das nun gut war oder nicht –, sorgte dafür, dass er bereit war, ihr die verdammten Dinger sofort wieder vom Leib zu reißen.

»Gefällt dir die Show?«

Er schluckte schwer. »Ja.«

Sie lachte, als er seine eigenen Shorts hochzog. Sein T-Shirt hingegen löste eine andere Reaktion aus. Es war zerfetzt, und beide erinnerten sich noch genau daran, warum. Und wie.

Sie wollte sich gerade eine Haarsträhne hinter das Ohr schieben, doch Sean hielt sie auf. »Lass mich das machen.«

Sie lächelte zu ihm auf, und es dauerte ein paar Sekunden, bis er wieder atmen konnte. Er nutzte diese Sekunden, um das zu tun, was er mit dieser widerspenstigen Haarsträhne schon tun wollte, seit er sie zum ersten Mal gesehen hatte. »Du hast doch gesagt, du hast einen der Hinweise gefunden?«

Sie nickte, wobei die Locken, die letzte Nacht so erotisch über seinen Bauch geglitten waren, über ihre Schultern fielen. »Die Mädchen in der Schule haben mich früher immer damit aufgezogen, dass meine Familie sicher eimerweise Geld herumliegen hat. Als ich also von dem speziellen Eimer an diesem Brunnen hörte, in dem tatsächlich Münzen *waren*, musste ich ihn mir unbedingt ansehen. Daher kam die Sache mit dem Verirren im Irrgarten.«

»Das ist jetzt nicht dein Ernst, oder? Da steht einfach ein Eimer voll Geld auf dem Grundstück rum?«

»Er enthält Pennys für die Leute, damit sie sich etwas wünschen können. Sie werden wiederverwertet, wenn der Brunnenmann ihn reinigt, aber trotzdem. Die Idee *ist* ein bisschen übertrieben. Genau Merriweathers Stil.« Sie wippte auf ihren Fersen – ihren nackten, nicht denen der Springerstiefel, Gott sei Dank – und lächelte dieses Lächeln, das ihn schon beim ersten Anblick in Wallung bringen konnte.

Und das meinte er wörtlich. »Ich gebe auf. Was ist es?«

»Das hier.« Sie hielt eine kleine, ovale, längliche Silberröhre hoch. Sah aus wie eine Patrone auf Steroiden mit einer Naht in der Mitte. »Der nächste Hinweis.«

»Was steht drin?«

Sie öffnete sie.

Gut gemacht, Olivia. Noch fünf. Werden Sie rechtzeitig fertig werden, oder sind Sie wütend genug auf eine alte Frau, um das Handtuch zu werfen?

Das sollten Sie vielleicht noch nicht tun. Sie werden dieses Handtuch – und einen Badeanzug – für diesen nächsten Hinweis brauchen. Aber wenn Sie schon mal hier sind, betrachten Sie den Brunnen genau. Die Steine stammen von unseren Ländereien in England, und die Statue wurde für Phillip Martinson zu Ehren seiner Frau Catherine in Auftrag gegeben. Die Legende besagt, dass dieser Irrgarten ihr geheimer Treffpunkt war, den er ihr an ihrem Hochzeitstag schenkte. Eine wahre Liebesheirat. Leider hatten nicht alle Martinsons so viel Glück in der Liebe. Deshalb sind dieses Land und dieses Haus so wichtig. Verlassen Sie sich niemals auf jemanden außer sich selbst, um Ihren Weg im Leben zu gehen. People können gehen; das Land bleibt dauerhaft.

Klinge ich wie Mr. O'Hara? Seine Worte enthielten viel Wahrheit, und ich weiß ja, wie sehr Sie diesen Film mögen.

»Ah ha!«, lachte Sean. »Das erklärt die Alpakas.«

»Na, sag ich doch.«

»Und warum dann nicht Mammy und Melanie und Ashley und der Rest der Truppe statt der Beatles?«

»Die anderen Tiere waren alle aus dem Tierschutz. Rhett und Scarlett waren die einzigen, die ich benennen durfte.«

Vielleicht war es ganz gut, dass Livvy keine Zicklein wollte; Sean konnte sich lebhaft vorstellen, einen Sohn namens Ashley zu haben.

Warte mal. Was zum Teufel tat er da, sich Zicklein mit Livvy vorzustellen? Er musste erst einmal sicherstellen, dass es überhaupt eine Beziehung gab *und* dass er die Mittel hatte, für diese Zicklein zu sorgen, bevor er überhaupt *daran denken* konnte, welche zu haben. Und dann musste er Livvy erst einmal davon überzeugen, welche zu bekommen –

»Und hier ist das schlechte Gedicht.«

Sean hörte nur mit halbem Ohr zu, während er versuchte, das Bild der schwangeren Livvy aus seinem Kopf zu verdrängen. Es wollte nicht weichen.

»Ich schätze, als Nächstes geht es zum See.« Sie rollte den Hinweis zusammen und steckte ihn zurück in die Röhre. »Sollen wir unsere Badesachen holen oder gehen wir *au naturel*?«

Es würde ihn wahrscheinlich umbringen, wenn sie das täten.

Zwei Stunden später, nachdem sie sich um die Tiere gekümmert hatten, hatten sie ihre Badesachen angezogen, ein Picknick gepackt und sich auf den Weg zum See auf dem Anwesen gemacht.

Sean hatte große Pläne für den See. In der Mitte gab es eine Insel, die den perfekten Rahmen für kleine Hochzeiten bilden würde. Wenn er Strom und Wasser dorthin legen könnte, würde er vielleicht sogar ein Flitterwochen-Cottage dort errichten. Das würde er der Baubehörde vorlegen, sobald er das Anwesen in Besitz nahm.

»Oh, sieh mal! Ein Weißkopfseeadler!« Livvy zeigte nach rechts vom Golfcar aus, wo der Vogel mit dem weißen Kopf zur Landung auf dem höchsten Baum der Insel ansetzte.

Der Ort war ein Kunstwerk. *Das* perfekte Grundstück für das, was er im Sinn hatte. Er *musste* einen Weg finden, es zu bekommen. Absolut zwingend.

»Livvy, ich habe mich gefragt ...«

»Ja?« Sie wandte sich ihm mit einem breiten, hoffnungsvollen Lächeln zu, ihre Augen blitzten, ihre Finger umschlossen die seinen, und Aufregung und Glück schwirrten förmlich wie elektrischer Strom von ihr aus.

Wenn das bloß erklären würde, warum er so unter Strom stand.

»Ist es nicht herrlich? Ich kann nicht glauben, dass ich nie hier draußen war. Ob es wohl Fische im See gibt? Was für ein toller Ort, um einfach abzuhängen und zu entspannen.«

Oder einen Hochzeitsstrom abzuhalten.

Für Gäste. Nicht für sich selbst oder Livvy. Nein. Er dachte rein geschäftlich. Das war sein erster Gedanke gewesen, als er den See sah. Die Ufer waren perfekt gepflegt, jeder Stein, jedes Moospolster und jedes Gebüsch streng geplant und instand gehalten. Merriweather war in dieser Hinsicht akribisch gewesen.

Sean brachte das Golfcar zwei Fuß vor dem Wasserrand abrupt zum Stehen. »Also, ähm, wo ist hier der nächste der Hinweise?«

»Gute Frage.« Livvy stieg aus und schnappte sich den Picknickkorb vom Rücksitz. »Ich war noch nie hier, also habe ich keine Ahnung.« Sie holte den vorherigen Hinweis heraus. »Sie erwähnt etwas davon, dass wir unsere Handtücher brauchen, also schätze ich, wir müssen ins Wasser.«

»Die Insel. Der Hinweis ist auf der Insel.«

Merriweather hatte sich sehr für seine Ideen für Hochzeiten auf dieser Insel interessiert, war jedoch besorgt wegen der Auswirkungen auf die Tierwelt gewesen. Sean hatte eine beachtliche Summe in seinem Budget für ein Umweltverträglichkeitsgutachten eingeplant, das er glücklicherweise noch nicht in Auftrag gegeben hatte. Er könnte das Projekt aufschieben und das Geld für Livvys Forderung verwenden.

Es war nicht genug, aber es war ein Anfang.

Sie stellten den Picknickkorb und die Decke neben einer der Quellen ab, die den See speisten, wobei das kühle Wasser in einer sanften Serenade über glatte Steine plätscherte.

Das Seewasser war kristallklar. Und kalt. Merriweather hatte erzählt, dass ein Schmelzwasserreservoir den See füllte, und das war genau das, was Sean brauchte, als Livvy ihren Rock auszog – sie trug wieder Röcke –, um einen Bikini zu enthüllen.

In seinen Händen kribbelte es; er wollte ihn ausziehen und sich all ihre Kurven aufs Neue einprägen.

Es wurde nur noch schlimmer, als sie ins Wasser ging und ihre Brustwarzen in höchste Alarmbereitschaft versetzt wurden.

Sean tauchte unter und betete, dass es seine Wirkung tat.

Das tat es. Bis er sie wieder sah.

Also tauchte er wieder ab und hielt so lange wie möglich den Atem an, bevor er wieder auftauchen musste. Glücklicherweise war die Insel nicht mehr allzu weit entfernt, und er watete an Land. Er war in seinem Leben noch nie so froh über das temperaturbedingte Schrumpfen gewisser Körperteile gewesen.

Livvy ließ sich Zeit, um zur Insel zu gelangen. Sean stand dort und sah in jeder Hinsicht so perfekt aus wie Eros – bis auf die Shorts eben –, und sie wollte den

Anblick genießen. Sie konnte immer noch nicht fassen, dass er genauso auf sie stand wie sie auf ihn.

Vielleicht sieht er nur Dollarzeichen.

Tja, das war ein Gedanke, der einem jegliches Vergnügen rauben konnte.

Aber hey, es gab sowieso keine Garantie, dass sie der Ort am Ende gehören würde, also könnte Sean, falls er tatsächlich nur seine Chancen absicherte, das alles völlig umsonst tun. Aber das tat er nicht, denn er war nicht so ein Mensch. Das wusste sie einfach. Sie wusste nicht, woher sie es wusste; sie wusste es einfach. Ihr Instinkt hatte ihr all die Jahre gute Dienste geleistet und sie ganz allein durchschlagen lassen, also würde sie ihn jetzt nicht ignorieren.

»Ist dir nicht kalt?«, rief er vom Ufer aus, die Hände in die Hüften gestützt, wodurch seine Bauchmuskeln zusammen mit den breiten Schultern ein schönes V bildeten. Schultern, über die sie letzte Nacht ihre Lippen hatte gleiten lassen. Und heute Morgen.

Schade, dass sie nicht mehr als zwei Kondome mitgenommen hatte. Wo wir gerade dabei sind, sie musste irgendwann mal zur Apotheke.

»Nichts geht über kaltes Wasser, um einen hellwach zu machen.« Und um die Nervenenden zu beruhigen.

Sie gesellte sich zu ihm am Strand, und es war das Natürlichste auf der Welt, seine Hand zu nehmen. Also tat sie es. Oder er nahm ihre. Wie auch immer, es spielte keine Rolle, denn sie berührten einander, während sie begannen, die Insel abzusuchen.

Er sollte ihre Hand nicht halten. Er vergaß Dinge, wenn er ihre Hand hielt. Wichtige Dinge. Dinge wie Bryan und Liam und einen ganzen Haufen Geld. Dinge wie die Zukunft und seine Pläne und das, was er mit seinem Leben anfangen wollte und was er nicht nur allen anderen, sondern auch sich selbst beweisen musste.

Die Sache war die, er hatte nicht mit Livvy gerechnet. Nicht damit, sie so sehr zu wollen. Und nicht nur im fleischlichen Sinne – obwohl das auch da war –, sondern in *jeder* Hinsicht. Er wollte sie fernab von diesem Ort sehen. Fernab von der Scheune und ihren Tieren. Einfach irgendwo spazieren gehen, wo es für sie beide neu war. Etwas, das sie ihr Eigen call konnten. Er wollte ihr kleines Bauernhaus sehen und das Leben, das sie sich aufgebaut hatte. Er wollte von ihrer Kindheit hören und ihre Ängste lindern. Er wollte die

Einsamkeit vertreiben und ihr versprechen, dass sie nie wieder allein sein würde.

Sean stolperte über einen Stein. Zumindest dachte er, es wäre ein Stein. Vielleicht war es auch ein metaphorischer gewesen, denn was er dachte … war schwer. Viel schwerer, als er es zu diesem Zeitpunkt in seinem Leben gewollt hatte, aber wenn er auch nur für eine Sekunde daran dachte, ihre Hand loszulassen und einen Schritt zurückzutreten – und noch einen und noch einen –, dann konnte er es einfach nicht.

Weil sich das hier – sie, er – richtig anfühlte.

Konzentrier dich wieder auf das eigentliche Spiel, Manley.

Witzig, er hätte schwören können, dass sein Gewissen genau wie sein Buchhalter klang.

Millionen von Dollar.

Ja, es klang tatsächlich wie Don.

Aber Don würde nur auf seine finanziellen Interessen achten, also versuchte Sean, sich auf etwas anderes zu konzentrieren.

Die Sträucher waren interessant. Diese spezielle Pflanze kannte er nicht. Sie säumten den Strand wie ein Zaun mit Durchgängen, die hindurchführten, aber sie begannen bereits zuzuwuchern. »Sie hat den Gärtner auch in Rente geschickt, nicht wahr?« Ja, das war es. Konzentration auf das Gras. Ein garantierter Stimmungskiller für jeden Moment.

Livvy nickte. »Jemand wird hier eine Menge Personal einstellen müssen.«

Er hatte die Anforderungen bereits an eine Personalagentur geschickt.

Sie gingen durch eine Obstplantage.

»Oh, wow!« Livvy klatschte in die Hände. »Birnen und Äpfel und Pfirsiche und Kirschen. Und schau mal. Auch Blaubeersträucher. Das ist fantastisch.« Sie berührte die knospenden Früchte fast ehrfürchtig. »Weißt du, wie viele Pies ich daraus backen kann?«

»Vergessen wir nicht die Scones.«

Sie lächelte ihn an, ihre bernsteinfarbenen Augen funkelten wie Sonnenschein. »Wärst du bereit zu helfen?«

»Ich habe mich beim letzten Mal nicht so schlecht angestellt, oder?«

»Nein. Du warst toll. *Es* war toll.«

Und schlagartig änderten sich all seine guten Vorsätze. Die Flora und Fauna waren nicht länger interessant. Die Insel und das kristallklare Wasser um sie herum waren ihm völlig egal, ebenso wie die Tatsache, dass es der perfekte Ort für einen privaten Rückzugsort wäre.

Er würde sich gerne mit ihr zurückziehen. Nur sie beide, ohne dass etwas zwischen ihnen stünde: keine Geheimnisse, keine Hinweise, keine Vergangenheit oder Zukunft und definitiv keine Kleider.

Er streckte die Hand aus, um diese widerspenstige Locke wieder wegzustreichen, aber sie räusperte sich und wandte sich ab.

Es wurmte ihn, dass sie es tat. Es wurmte ihn, dass es ihn wurmte. Er sollte froh sein, dass sie einfach so weggehen konnte. Wenn sie es konnte, konnte er es auch, und dann wäre die ganze Sache mit dem Erbe kein Thema mehr. Sie könnten einander genießen und dann getrennte Wege gehen und tun, was sie tun mussten.

Nur war er nicht so gestrickt. Gran hatte ihm einen starken Sinn für Richtig und Falsch eingeimpft. Ein Gefühl von Stolz. Fairness.

»Ich glaube nicht, dass der Hinweis hier sein wird«, sagte sie und verließ die Plantage. »»Der letzte Hinweis erwähnte irgendwas übers Angeln.«

Sean nickte und folgte ihr, wobei er sich selbst nicht traute zu sprechen – unsicher, was er sagen würde. Er wollte reinen Tisch machen. Ihr sagen, was los war, und sie um Hilfe bei der Lösung bitten. Aber was hätte das für einen Sinn? Sie wollte weg von diesem Ort und sie brauchte das Geld. Nur eine Närrin würde das alles für einen Typen aufgeben, den sie aller Wahrscheinlichkeit nach hassen würde, sobald sie die ganze Geschichte hörte, also wozu die Mühe?

»»Aha!« Sie zeigte auf eine weitere Statue, diese hier direkt am Strand.

Anhand des Wasserrands am Bein des Mannes schätzte Sean, dass die Statue irgendwann einmal im Wasser gestanden hatte.

»Merriweather liebte ihre Statuen wirklich, oder?« Livvy betrachtete die lebensgroße Steinfigur und den echten Angelkoffer, der über der Schulter der Statue hing. »Aha, mal wieder!« Sie hielt etwas hoch. »Bingo. Ein weiterer Hinweis.«

Sean trat zu ihr, während sie das Papier entfaltete.

Ihr Ururgroßvater William, der Vater meines geliebten Henry, hat das Angeln geliebt. Ihr Vater wünschte sich diese Statue zu seinem zehnten Geburtstag, in dem Jahr, als sein Großvater starb. Im Sommer gingen sie jeden Sonntag gemeinsam angeln, und ich habe Ihren Vater nie glücklicher erlebt. Nach dem Tod seines Großvaters war er nie wieder derselbe. Um ihn aufzuheitern, gaben wir diese Statue in Auftrag, und Lawrence sorgte dafür, dass sie immer mit Ködern gefüllt war. Hinter der Gruppe von Weymouth-Kiefern steht ein kleiner Schuppen mit weiterem Angelzubehör, das jeder benutzen kann. Als er älter wurde, verlor er diesen Teil von sich selbst, und es tut mir leid, sagen zu müssen, dass sein Vater und ich nicht daran dachten, dies zu korrigieren. Nach seinem Tod habe ich es getan, und ich hoffe, dass Sie diesen Tribut an beide Männer fortsetzen werden, falls Sie das Anwesen erben.«

Falls sie das Erbe antrat. Merriweather glaubte *immer noch* nicht, dass sie fähig war, alles herauszufinden.

Livvy stopfte den Rest des Briefes in die Gesäßtasche ihrer Shorts.

»Wer ist er? Was ist der nächste Hinweis?«

Sean hatte schweigend danebengestanden, während sie gelesen hatte. Gott sei Dank hatte sie es nicht laut vorgelesen. Er musste nicht mitbekommen, wie wenig Vertrauen ihre Großmutter in sie gehabt hatte.

»Er ist mein Urgroßvater. Er hat das Angeln geliebt. Früher war er sonntags immer mit meinem Dad hier draußen.« Sie schirmte ihre Augen gegen die Sonne ab und blickte über den See. »Weißt du was? Lass uns die Hinweise für eine Weile vergessen, okay? Es kommt mir so vor, als hätte ich an nichts anderes mehr gedacht, seit ich hier bin, und ich könnte eine Auszeit vertragen.«

»»Erstens ist es nicht das *Einzige*, woran du gedacht hast.« Da war er wieder, dieser Blick mit der hochgezogenen Augenbraue. »Und zweitens warst du gerade erst auf dem Markt, du hattest also schon eine Auszeit, und drittens rückt deine Frist immer näher, oder? Ich dachte, du wolltest diese Hinweise so schnell wie möglich finden.«

»Könnte man meinen.« Sie zuckte mit den Schultern und legte so viel Nonchalance hinein, wie sie aufbringen konnte. Entweder das oder sie würde wegen der brutalen Ehrlichkeit ihrer Großmutter in Tränen ausbrechen. »Aber so ist es nicht. Ich könnte einen schönen, entspannten Nachmittag gebrauchen. Lass uns zu Mittag essen und danach finden wir es vielleicht heraus.«

Sean sah ein wenig ungeduldig aus, und sie konnte es ihm nicht verübeln.

Seine Zukunft war ebenfalls mit diesen Hinweisen verknüpft. Würde er einen Job haben oder nicht?

»Weißt du«, sagte sie, während sie zurück ins Wasser wateten. »Falls du dir Sorgen um deinen Job machst, lass es. Ich habe dir doch gesagt, dass ich etwas Geld beiseitelegen werde, um dir über den Berg zu helfen, falls die neuen Eigentümer deinen Vertrag nicht verlängern wollen.«

»Ich will dein Geld nicht, Livvy.«

Sie mochte es, dass er stolz war. Mochte es, dass er Skrupel hatte. Aber sie war selbst schon in der Lage gewesen, nichts zu haben, und das war beschissen. Sie würde bald mehr haben, als sie jemals ausgeben könnte, also konnte sie es sich leisten, ihm unter die Arme zu greifen. Aber so wie sich sein Tonfall bei dem Thema Hinweis verändert hatte, sollte sie ihn wohl lieber erst einmal füttern, bevor sie das Thema vertiefte. »Ich wollte nur nicht, dass du dir Sorgen machst, das ist alles.«

»Ich mache mir keine Sorgen.«

Von wegen. Genau deshalb hatten sich seine wunderschönen Lippen zu einer schmalen Linie zusammengezogen und seine Schultermuskeln standen stramm.

Etwa fünf Meter vom Ufer entfernt beschloss sie, etwas dagegen zu unternehmen.

»Sean!«

Er drehte sich um und bekam eine Ladung Wasser mitten ins Gesicht. »Wofür war das denn?«, fragte er, während er sich die nassen Haare aus den Augen schüttelte und Seewasser ausspuckte.

»Ich dachte, du brauchst ein bisschen Spaß.«

»Du nennst das Spaß, mich zu ertränken?«

»Du warst nie in Gefahr zu ertrinken, und das weißt du auch.«

Er zog wieder eine Augenbraue hoch. »Du spielst ein gefährliches Spiel, Frau.«

»Wer spielt hier?«

Sie liebte den Blick in seinen Augen in diesem Moment. Verengt und ganz auf sie fokussiert; ihr Blau war so intensiv, dass es ihr den Atem raubte.

Und dann fing er an, auf sie zuzuschwimmen.

Oje.

Livvy blickte zurück zum Ufer. Sie waren auf halbem Weg. Sie würde ihn niemals umschwimmen, und selbst wenn sie es könnte, hätte er die größere Reichweite.

»Darüber hättest du nachdenken sollen, bevor du mich nassgespritzt hast«, sagte er mit tiefer Stimme, während er wie ein tödliches Krokodil durch das Wasser glitt.

Verdammt. Jetzt war sie dran.

Dann tauchte er unter die Oberfläche ab.

Der Weiße Hai stand zusammen mit *Shining* ganz oben auf ihrer Liste der schlimmsten Filme aller Zeiten.

Sie drehte sich nach rechts und kraulte so fest sie konnte.

Einmal.

Dann schlossen sich seine Hände um ihren Knöchel und er riss sie unter Wasser.

Sie schnappte kurz nach Luft und ließ es geschehen. Zu viel Gegenwehr würde nur ihre Energie rauben, und auch wenn sie ihn vielleicht nicht umschwimmen oder seine Reichweite schlagen konnte, so wollte sie ihn doch zumindest überlisten.

Sie wehrte sich nicht, als er sie um die Taille packte, und versuchte, nicht zu lächeln, als er sie finster anstarrte, wobei das kristallklare Wasser seine blauen Augen schimmern ließ.

Dann küsste sie ihn.

Das überraschte ihn allerdings. Er ließ ihre Taille los und seine Hände wanderten nach oben zu ihrem Kopf, aber Livvy stieß sich kräftig ab und entkam.

Sie legte an Geschwindigkeit zu, zickzackte durch den See und schaffte es, sich ans Ufer zu ziehen, bevor er sie einholte.

»Ich call Foul!«, rief er und stapfte auf den Strand.

»Beim Mittagessen und im Krieg ist alles erlaubt!« Livvy war schon wieder auf den Beinen und rannte zu ihrer Decke.

Sie schaffte es nicht ganz.

Sean kam herbeigerannt und hob sie in seine Arme, wobei er kaum langsamer wurde. »Jetzt hab ich dich, meine Schöne!«

Das hatte er allerdings. Und sie würde ihn gewähren lassen.

Er ließ sich auf der Decke auf die Knie sinken, bevor er sie absetzte. »Ich habe gewonnen.«

»Wenn du das glauben willst, gern geschehen.«

»Wovon redest du? Der einzige Grund, warum du mit mir auf dieser Decke liegst, ist, dass ich dich nicht dorthingetragen habe. Wenn ich nicht wäre, würdest du immer noch rennen.«

Sie ließ ihre Finger über seinen Unterarm tanzen. Er hatte wirklich schöne Unterarme. Stark und muskulös, mit genau der richtigen Menge an Härchen, die ihre Haut auf so viele köstliche Arten kitzelten. »Jap. Genau. »Du bist der Gewinner.«

Er sah auf ihre Hand. Dann sah er sie an, mit dem süßesten Ausdruck von Verwirrung im Gesicht. Er würde es früher oder später verstehen.

»Wir haben beide gewonnen, nicht wahr?«

Früher. Definitiv früher.

Sie nickte. Und knabberte an ihrer Lippe, einfach nur so.

»Ach, Livvy.« Er beugte sich vor, um sie zu küssen.

Sie schlang ihre Arme um seinen Nacken und hielt sich fest, als ginge es um ihr Leben, denn ganz ehrlich, so fühlte es sich an.

Ihre Sinne waren in höchster Alarmbereitschaft. Überall dort, wo Sean sie berührte – von seiner Hand, die ihren Rücken hinunterstrich, bis zu der Stelle, an der ihre Oberschenkel auf seinen ruhten, bis zu seinem Stocken im Atem und dem Berühren ihrer Brust, das viel zu sanft war – nahm Livvy ihn vollkommen und absolut wahr. Wie sich seine Arme anspannten, als er sie zu sich hochhob, wie sich seine Schenkel unter ihren anspannten, als sie sich bewegte, um sich aufrechter hinzuknien, wie seine Zunge zwischen ihre Lippen drang, so wie er gestern Abend in sie eingedrungen war – Livvy konnte bei der Erinnerung ein Stöhnen nicht unterdrücken.

Sean antwortete mit einem eigenen Stöhnen und riss seine Lippen von ihren, um sie an ihrem Hals zu vergraben. »Ich will dich. Hier. Jetzt.« Er löste das Oberteil ihres Bikinis mit nur einer Hand.

Talentierter Kerl. Wie sie aus erster Hand wusste.

»Wir haben keine Kondome.« Das war ihr schon klargeworden, als sie den Korb gepackt hatte, aber ohne das Gelände zu verlassen und zur nächsten Apotheke zu fahren, die etwa zwanzig Minuten entfernt war, hatte sie keine Wahl gehabt. Die beiden, die sie gestern Abend gehabt hatte, waren in ihrem Koffer gewesen. Sie wusste mit Sicherheit, dass dort keine weiteren mehr waren.

»Für das, was ich vorhabe, brauchen wir keine Kondome.«

Sie konnte sich nur zu gut vorstellen, was er vorhatte...

»Sofern du es herausfinden willst.«

»Ich will.« Das war keine Frage.

Seine Augen blitzten auf und er atmete scharf ein. »Du kannst es unmöglich so sehr wollen wie ich.«

»Wollen wir wetten?«

»Keine Wetten. Nur du und ich und…« Er strich mit dem Daumen über ihre Brustwarze. »Das hier.«

Ein Schauer lief ihr bis in die Zehenspitzen.

Und genau dort fing er an, sie zu küssen. Alle zehn. Einen nach dem anderen, süß und ausgiebig.

Dann wanderte er zu ihrem Spann. Dann zu ihren Knöcheln.

Er brauchte eine Ewigkeit, um bei ihren Waden anzukommen, und als er ihre Knie erreichte, wusste Livvy nicht einmal mehr, was ein Knie war, geschweige denn, wie viel mehr sie davon noch ertragen konnte.

Ziemlich viel, wie sich herausstellte.

Sean küsste jeden Zentimeter an ihr. *Jeden* Zentimeter. Manche länger als andere. Manche nicht lange genug. Aber als er zu der einen Stelle zurückkehrte, an der sie ihn wirklich brauchte, ließ er sich Zeit. Sorgte dafür, dass es sich für sie lohnte. Und wenn man nach seinem zufriedenen Knurren ging, als sie seinen Namen auf einer Welle des Vergnügens ausschrie, die so unglaublich war, dass sie sicher war, der Himmel hätte sich gerade aufgetan und ihr einen Blick ins Paradies gewährt, dann hatte es sich für ihn auch gelohnt.

»Siehst du?«, sagte er, als sie endlich wieder die Augen öffnen konnte und ihn zwischen ihren Beinen knien sah; sein zufriedenes Lächeln war wahrscheinlich genauso breit wie ihres. »Kein Kondom nötig und all das Vergnügen, das du dir wünschen kannst.«

Eingebildeter Kerl. Sie biss sich ein Lächeln fest. »Oh, ich weiß nicht. Ich will noch viel mehr.«

Er ließ sich neben ihr auf die Decke fallen. »Du meine Güte, Frau. Du bringst mich noch um.«

»Ich bringe dich um, wenn du meinen Namen nicht richtig nennst. Ich heiße Livvy, nicht ›du meine Güte‹. »Und obwohl ich mich sehr freue, dass du mich für ein göttliches Wesen hältst, genieße ich es doch sehr, wenn es *mein* Name ist, den du ausrufst, wenn du kommst.«

»Und wenn es so weit ist, werde ich das ganz sicher tun.«

»Wenn du… Ist das eine Herausforderung?«

Er zog wieder diese eine Augenbraue hoch. »Wenn du willst, dass es eine ist.«

Oh, und sie wollte.

Livvy setzte sich auf und streifte ihr Bikinihöschen vom linken Fuß ab, wo Sean es, aus welchem Grund auch immer, gelassen hatte. Sie wollte völlige Bewegungsfreiheit, denn als er sie herausgefordert hatte, hatte er keine Ahnung gehabt, worauf er sich einließ.

Wie sich herausstellte, wusste sie das auch nicht.

Livvy ließ sich Zeit und erkundete jeden Zentimeter seines Körpers. Nun, nicht ganz *jeden* Zentimeter; sie stand nicht so sehr auf Zehen wie er, aber es gab bestimmte Zentimeter, auf die sie *sehr* stand.

»Jesus – Gott, Göttin – Livvy«, rief er aus, wobei sich seine Finger in ihrem Haar zusammenzogen, als der finale Moment näher rückte, was ihr eine knappe Warnung gab, damit sie sich zurückziehen und zusehen konnte, wie die Lust ihn übermannte.

»Wenigstens hast du meinen Namen irgendwo dazwischen unterge-bracht«, sagte sie und bettete ihren Kopf in seine Armbeuge, während ihre Finger ihn immer noch umschlossen hielten und sie die Schauer genoss, die ihn danach noch durchzuckten. Vergiss das Umschwimmen; sie hatte ihn viel-leicht gerade beim Sex *ausgestochen*.

»Süße, ich wusste ganz genau, wer hier was mit wem macht.« Er fuhr sich mit den Fingern durch ihr Haar, und das leichte Ziehen elektrisierte sie.

Sie spielte mit seinem Brusthaar und wollte sich revanchieren. »Willst du mir also verraten, warum das hier keine gute Idee ist?«

In diesem Moment versteifte er sich. Mist. Sie hätte es nicht ansprechen sollen.

Aber dann entspannte er sich wieder. »Vergiss es. Ich lag falsch.«

»Wow. Ein Mann, der diese drei kleinen Worte sagen kann, ohne in der Sonne zu vertrocknen. Du *bist* wirklich erstaunlich.«

Er drehte den Kopf und hob ihr Kinn an. »Schlechte Erfahrung?«

Sie schüttelte den Kopf. »Lange her. Ich hätte nichts sagen sollen. Du bist überhaupt nicht wie er.«

Er stippte ihr auf die Nasenspitze. »Und wehe, du vergisst das.«

Er scherzte, aber sie meinte es ernst. Sie rollte sich auf den Bauch und stützte ihr Kinn auf ihre Hand, während sie auf seiner Brust lag. »Es stimmt,

Sean. Du bist wie kein anderer Mann, mit dem ich je zusammen war. Ich mag dich viel lieber.«

Wieder versteifte er sich kurzzeitig, aber dann lächelte er. Okay, vielleicht hätte sie nicht so ehrlich sein sollen.

»Das sagst du nur, weil ich Fenster putze.«

In Ordnung, sie konnte auf den spielerischen Ton einsteigen. »Und Toiletten. Vergiss nicht, dass du Toiletten schrubbst.«

»Als ob ich das könnte.«

»Und Alpakamist schippst.«

»Ah, aber das wird dich etwas kosten.«

Sie leckte sich die Lippen. »Nenn mir deinen Preis.«

Er stöhnte und ließ seinen Kopf zurück auf die Decke sinken. »Verdammt, Livvy, das sollst du nicht sagen. Nicht, wenn wir keine Kondome mehr haben.«

»Nun, dann müssen wir jetzt wohl dafür sorgen, dass wir *in* Kondome kommen, oder?«

Er kicherte. »Ich würde gern sehen, wie du in ein Kondom kommst. Wo würdest du es denn anziehen?«

Sie griff nach unten. »Hier natürlich, du Dussel.« Sie ließ ihre Finger an ihm entlanggleiten.

»Heiliger Strohsack.« Er atmete stoßweise aus. »Verdammt, Frau, ich kann nicht—«

»Oh doch, du kannst.«

Und sie zeigte ihm, wie sehr er konnte.

Es war spät, als sie zum Haus zurückkehrten. Noch später war es, nachdem sie die Hunde gefüttert, zu Abend gegessen und die Stallarbeit erledigt hatten, wobei beide grinsten, als es an der Zeit war, den Alpakastall auszumisten.

»Wer hätte gedacht, dass das hier unser kleiner Insider-Witz werden würde?«, sagte Sean, während er das letzte bisschen auf die Schubkarre schaufelte. »Wollen die meisten Frauen nicht Romantik? Du kannst mir nicht erzählen, dass das hier romantisch ist.«

Sie nahm ihm die Mistgabel ab. »Ich bin nicht wie die meisten Frauen, und da ich das jahrelang allein machen musste, kannst du dir gar nicht vorstellen, wie romantisch es ist, wenn mir jemand hilft.«

»Jemand? Oder ich?«

Sie küsste ihn. »Du natürlich, Dussel. Ich sehe sonst niemanden hier.«

Sie drehte sich um, um zu gehen, aber er packte sie um die Taille und zog sie an sich. »Ein Glück.«

Dann machte er sich daran, ihr zu zeigen, wie ein richtiger Kuss aussah. Oder eher, wie ein *unanständiger* Kuss aussah.

»Du hast nicht zufällig doch noch irgendwo ein Kondom dabei, oder?«, fragte sie.

Sean schüttelte den Kopf und legte dann mit einem Seufzer seine Stirn gegen ihre. »Leider nein. Ich habe nicht damit gerechnet, dass das hier passiert, wenn ich hier allein wohne.«

»Was ist mit Verabredungen? Ich hätte gedacht, dass das Leben allein in so einem riesigen Herrenhaus gewissen außerschulischen Bachelor-Aktivitäten sehr förderlich ist.«

»Wenn man so zu außerschulischen Bachelor-Aktivitäten neigt, hättest du vielleicht recht. Ich habe jedoch andere Dinge im Kopf.«

»Zum Beispiel?«

Scheiße. Ja. Zum Beispiel? Zum Beispiel, wie er sie um Millionen prellen wollte?

Er war unvorsichtig gewesen. Jetzt musste er zusehen, wie er die Deckung wieder hochfuhr. »Ich, äh, arbeite nur für Mac, bis ein paar Geschäftsprojekte, an denen ich arbeite, Früchte tragen.«

»Was für Geschäftsprojekte?«

Ja, Genie, was für welche? Die Sorte Übernahmen, über die du eigentlich nicht reden willst?

»Haus- oder Immobilien-Flipping.« Denn ganz ehrlich, er flippte sie wirklich. Er verwandelte sie in Pensionen.

Und jetzt in Ferienresorts.

»Oh, ich hatte einen Freund, der das gemacht hat«, sagte sie und schmiegte sich an ihn, was es ihm schwer machte, sich zu konzentrieren. Andererseits war es schon schwer sich zu konzentrieren, wenn er nur an Livvy dachte. »Er hat sich eine goldene Nase verdient, bis der Immobilienmarkt einbrach.«

Genau deshalb verwandelte Sean sie in Pensionen. People wollten immer weg, besonders wenn die Wirtschaft den Bach runterging. Er hatte nie Probleme mit Leerstand gehabt. Das war einer der Gründe, warum dieses

Projekt für Investoren so attraktiv gewesen war und warum er sich entschlossen hatte, es mit Bryan und Liam durchzuziehen, in der Hoffnung, den Gewinn mit ihnen zu teilen. Eine Idee, die ihm nun gewaltig auf die Füße fiel.

»Hallo, Sean.« Sie wedelte mit einer Hand vor seinem Gesicht. »Bist du noch bei mir?«

Er rang sich ein kurzes Lachen ab. »Bin ich. Ich denke nur gerade, dass ich mir zum ersten Mal in meinem Berufsleben wünsche, ich hätte mich mehr auf etwas anderes als das Geschäftliche konzentriert. Wenn ich das getan hätte, wäre ich besser vorbereitet und wir könnten diese Nacht in meinem Bett beenden.«

Sie küsste seinen Hals. »Das können wir immer noch. Falls du dich erinnerst, gibt es eine Menge Dinge, die wir ohne Kondome tun können.«

»Ich erinnere mich.«

Und sie entdeckten noch ein paar mehr.

Kapitel Achtundzwanzig

In seinem Schädel dröhnte ein Gong.

Sean fuhr sich mit der Hand an den Kopf, um das Geräusch zu stoppen.

Seine Hand bewegte sich jedoch keinen Millimeter.

Das lag daran, dass jemand im Weg lag.

Livvy.

Letzte Nacht.

Der See.

Ahhhh.

Sean lächelte und schloss die Augen wieder, um die Erinnerungen noch einmal Revue passieren zu lassen. Doch dieser verdammte Gong ließ ihn nicht. Was zum Teufel war das?

»Livvy.«

»Hmmm?«, murmelte sie und bewegte sich so, dass ihre Brust seinen Bauch streifte.

Heiliger Strohsack.

Da war dieser verdammte Gong schon wieder. Das waren wohl die beiden entgegengesetzten Enden des Spektrums, wie man aufwachen konnte.

»Livvy. Die Türklingel.« Falls man das so nennen konnte. Nur Merriweather kam auf die Idee, ihr Haus mit Glocken auszustatten, die wie die von

Notre Dame durch die Hallen läuteten, um Besucher zu beeindrucken. Oder einzuschüchtern. Oder beides.

»Livvy, komm schon. Ich glaube, wir haben verschlafen und die Freundinnen deiner Großmutter sind jetzt da.« Was bedeutete, dass Gran auch da war. Großartig. Er musste einigermaßen auf der Höhe sein, nachdem er die Nacht bis in die frühen Morgenstunden damit verbracht hatte, Dinge mit Livvy zu tun, bei denen Kondome eher optional gewesen waren.

»Mmmm«, murmelte Livvy erneut, und diesmal schürzte sie ihre Lippen so süß, dass er sie am liebsten geküsst hätte. Und sie dann dazu gebracht hätte, das um einen bestimmten Teil seiner Anatomie herum zu tun.

»Komm schon, Süße.« Er stupste sie stattdessen an. Wenn er sie küssen würde, müssten Gran und ihre Freundinnen stundenlang warten. »Wir haben Besuch.«

»Will nicht. Brauche Schlaf.«

»Du kannst später schlafen. Im Moment müssen wir drei alte Damen unterhalten.«

»Seniorinnen.«

»Wie bitte?«

Sie öffnete ein Auge. »Nenn sie Seniorinnen. Bei *alte Damen* kriegst du eine Handtasche über den Schädel.«

»Oh. Stimmt. Na schön, komm. Wenn wir zu spät kommen, passiert das auch, egal, wie ich sie nenne.«

Er zog seinen Arm unter ihr hervor, wobei jede Zelle seines Körpers protestierte. Und das nicht wegen Schlafmangels. Es war schon komisch, wie sein Körper auch ohne Schlaf funktionierte, wenn er mit solch angenehmen Aktivitäten beschäftigt war. Was heute leider nicht der Fall sein würde.

Er gähnte. »Komm schon, Livvy. Du hast sie eingeladen.«

»Ein Gentleman würde mich nicht daran erinnern.« Sie hievte sich in eine halb aufrechte Position und warf ihre Haare mit dem Unterarm wie eine Löwenmähne zurück. Sie hatte *ihn* die ganze Nacht zum Knurren gebracht, das stand fest.

Und wenn sie ihre wunderschönen Brüste nicht gleich bedeckte, würde er es wieder tun.

Er warf ihr ein Kissen zu. Dann angelte er ein anderes vom Boden auf, das dort gelandet war, und hielt es sich vor den Schritt. »Spring du unter die Dusche. Ich halte sie solange hin.«

»So?« Sie musterte ihn von oben bis unten.

Er spürte diesen Blick bis in die Zehenspitzen. »Na ja, nein, offensichtlich nicht. Ich ziehe mir was an.«

»Schade.« Sie seufzte und kletterte aus dem Bett. Ohne das Kissen. »Ich brauche nur einen Moment.«

Schläfrig und missmutig, und trotzdem konnte sie ihn immer noch strammstehen lassen. Das würde ein Problem werden, wenn er seine Großmutter sah.

Glücklicherweise reichte der Gedanke an seine Großmutter aus, um den kleinen Kerl wieder schlafen zu schicken, und fünf Minuten später – nachdem Sean in ein Paar khakifarbene Shorts und ein Golfshirt geschlüpft war, sich die Zähne geputzt, das Gesicht gewaschen, sich mit den Fingern durch die Haare gefahren war und die Tür geöffnet hatte – war er in wesentlich besserer Verfassung.

»Hey, Gran.« Er gab ihr einen Kuss auf die Wange.

»Du hast uns warten lassen, Sean. So habe ich dich nicht erzogen.«

»Tut mir leid. Ich war in einem anderen Teil des Hauses und, na ja, es ist groß.«

Sie schürzte die Lippen. Gran konnte man noch nie etwas vormachen. »Das sind Merriweathers Freundinnen. Dafna Fine und Hetta Rothenberger. Olivia hat sie eingeladen.«

»Ja, ich weiß. Sie kommt gleich. Sie, äh, hatte gestern Abend einen anstrengenden Tag.«

Er spürte, wie ihm die Röte ins Gesicht stieg. Das war lächerlich. Er war ein erwachsener Mann, verdammt noch mal, und wenn er die ganze Nacht mit einer wunderschönen Frau Liebe machen wollte, gab es keinen Grund, ein schlechtes Gewissen zu haben.

Na gut, vielleicht gab es bei dieser speziellen wunderschönen Frau *einiges*, weswegen er ein schlechtes Gewissen haben sollte, aber das Liebesspiel war nicht der Grund dafür, und außerdem ging es Gran sowieso nichts an.

»Hallo!«

Wenn man vom Teufel sprach: Livvy kam die Treppe herunterstolziert, das Haar zu einem unordentlichen Pferdeschwanz hochgesteckt, die Haut noch feucht vom Duschen, und zum ersten Mal, seit er sie kannte, trug sie kein Unterhemdchen. Zumindest keines, das er sehen konnte. Aber ihr Oberteil war eines dieser blusigen, leichten Dinger mit indischem Muster, also hatte sie wahrscheinlich eins darunter.

Ja, er sollte lieber nicht darüber nachdenken, was unter Livvys Kleidung war, während seine Großmutter ihm gegenüberstand.

So. Einmal an Gran gedacht und sein Schwanz verabschiedete sich wieder in den Winterschlaf. Das versprach ein interessanter Tag zu werden, mit Livvy an seiner Seite und Gran direkt vor ihm.

»Ich bin Livvy. Dafna, es ist so schön, dich wiederzusehen.« Livvy schüttelte Dafna die Hand und griff dann nach Hettas. »Und du musst Hetta sein, denn diese reizende Dame ist ganz offensichtlich Seans Großmutter.« Sie nahm Grans Hand in beide Hände. »Er sieht dir unheimlich ähnlich.«

Sie fand, er sah aus wie seine Großmutter? Na toll. Wahrscheinlich würde seine Schrumpfung nun von Dauer sein.

»Unsere Merri hat von dir erzählt«, sagte Hetta und schlurfte ins Foyer. Ihr langsamer, mühsamer Gang gab ihm erst recht ein schlechtes Gewissen wegen der fünf Minuten, die er sie hatte warten lassen.

»Wollen wir nicht in den, äh ...« Er wollte gerade den Salon vorschlagen, aber er wollte nicht, dass Merriweathers Freundinnen die Verwüstung durch die Tiere sahen. »In das Arbeitszimmer gehen? Macht es euch bequem, ich bringe ein paar Snacks rein.«

»Snacks? Sean, es ist fast elf Uhr. Wir wollen uns doch nicht den Appetit auf das Mittagessen verderben.«

Elf? Wo war der Morgen nur hin?

Livvys Gesicht glühte, als er sie ansah. Oh ja. Eine Nacht mit großartigem Sex ausschlafen, darin war er aufgegangen.

»Dann werde ich sehen, was ich in Sachen Mittagessen tun kann.«

»Moment.« Livvy hob die Hand. »Das mache ich. Und lasst uns alle in die Küche gehen. Ich bin sicher, ihr wollt eine Hausführung, und das ist der beste Ort, um anzufangen.«

»Das stimmt wohl«, sagte Gran und stützte Hetta. »Die Küche *ist* das Herz des Hauses.«

Sean folgte ihnen, besorgt, ob Hetta den Weg überhaupt schaffen würde. Zu seiner Überraschung schaffte sie es nicht nur, sondern kletterte auch noch auf einen der Barhocker. Erstaunlich, was eine entschlossene Frau alles fertigbrachte.

»Wie gefällt dir die Küche?«, fragte Hetta und rückte ihren Rock zurecht. »Merriweather hat den Designer extra recherchieren lassen, welche Geräte zum Backen am besten geeignet sind, als sie alles neu gemacht hat. Deshalb sind es verschiedene Marken. Sie wollte sichergehen, dass du alles hast, was du brauchst, wenn du einziehst.«

»Oh, aber –«

Sean drückte ihre Hand. Kein Grund, die Illusionen der Frauen zu zerstören. Jedenfalls die von zwei von ihnen. Gran machte sich keine Illusionen. Obwohl das Händchenhalten mit Livvy bei ihr andere Vermutungen wecken könnte. Sie lag ihnen allen vieren schon ewig in den Ohren, sie sollten endlich sesshaft werden und ihr Urenkel schenken.

Der Gedanke löste ein warmes Ziehen in seiner Brust aus. Er würde das liebend gern für Gran tun, aber er hatte die richtige Person noch nicht gefunden. Und mit Livvys strikter Ablehnung von Kindern hatte er sie immer noch nicht gefunden, egal wie sehr er sich zu ihr hingezogen fühlte.

Livvy fühlte sich ein wenig schuldig, als sie sah, wie Seans Großmutter ihre verschlungenen Hände fixierte, aber sie war froh darüber gewesen nach Hettas kleiner Bombe. Ihre Großmutter hatte die Küche extra für sie umgestaltet?

Livvy blickte aus dem Fenster und erwartete, einen Schneesturm zu sehen, weil die Hölle zugefroren war, aber nein. Ein sonniger, wolkenloser Himmel, das strahlende Blau sah aus wie auf einer Postkarte.

»Das stimmt.« Dafna rutschte auf den Barhocker neben Hetta. »Sie bestand darauf, dir einen Heißluftofen *und* einen traditionellen Ofen einzubauen. *Und* sie rief die Krankenschwester deiner Schule an, um deine Körpergröße zu erfahren, damit sie die Arbeitsfläche zum Backen auf genau der richtigen Höhe anbringen lassen konnte.«

Livvy wollte Sean auf gar keinen Fall ansehen. Sie war sich sicher, dass Merriweather *das* nicht im Sinn gehabt hatte, als sie Maß nahm.

Aber was hatte sie sich dabei gedacht? Und diese Sache mit dem Herd? Glaubte Merriweather nun, dass sie fähig war, dieses Haus zu erben, oder nicht?

Und warum war die Antwort darauf so wichtig?

»Und das Kochfeld. Erinnerst du dich, Dafna?« Hetta tippte Dafna am

Arm an. »Sie hat darüber gesprochen, einen Herd mit zehn Brennern speziell für dich entwerfen zu lassen, mit einer Grillplatte und einem Grill und noch ein paar anderen Spielereien, aber der Innenausstatter hat sie davon überzeugt, dass ein Sechs-Flammen-Herd mit einer Warmhalteplatte handlicher wäre. Was meinst du, Olivia? Hatte der Ausstatter recht? Wäre das zu viel des Guten gewesen?«

Diese ganze Enthüllung war zu viel des Guten. Sie hatte keine Ahnung gehabt, dass Merriweather sich so viel Mühe gegeben hatte. Und sie hatte keine Ahnung, warum. Aber es änderte nichts. Sie konnte nicht hierbleiben. Sie war eine einzelne Frau und das hier war eine Villa. Ein Denkmal für Ideale, mit denen sie nicht übereinstimmte. Sie ließ sich nicht mit ein paar High-End-Küchengeräten kaufen.

Dennoch benutzte sie diese High-End-Geräte, um das Mittagessen zuzubereiten – und genoss es viel zu sehr. Hetta und Dafna lieferten einen fortlaufenden Kommentar zu den verschiedenen Renovierungsgeschichten ab, die »Merri« mit ihnen geteilt hatte, sowie kleine Anekdoten aus dem Leben ihrer Großmutter. Dinge, die sie nie erfahren hätte, wenn sie sie nicht eingeladen hätte.

Da war das Feuerwehrauto mit der Drehleiter, das Merriweather der örtlichen Feuerwehr gespendet hatte. Wahrscheinlich nur um sicherzugehen, dass sie auch den höchsten Turm auf dem Anwesen der Martinsons erreichen konnten, aber immerhin, sie *hatte* es gespendet. Dann war da der Zirkus, den sie für eine Benefizveranstaltung der örtlichen Kirche organisiert hatte. Livvy hätte gedacht, ihre Großmutter hätte einfach nur einen Scheck ausgestellt, aber stattdessen hatte sie etwas getan, woran alle Freude hatten. Livvy war überrascht zu hören, dass ihre Großmutter die Ehre abgelehnt hatte, die Veranstaltung zu eröffnen, mit der Begründung, es gehe um die Gemeinschaft, nicht um die Familie.

»Und dann war da noch dieses ältere Ehepaar, das sein Haus verloren hat«, sagte Hetta. »Erinnerst du dich, Dafna? Es war so untypisch für Merri, etwas so Persönliches zu tun. Wie hießen die beiden noch mal? Ich komme nicht auf den Namen.«

Dafna bekam einen seltsamen Gesichtsausdruck. »Das ist jetzt nicht wichtig, Hetta.«

»Sicher ist es das. Ich bin sicher, Olivia würde gerne wissen, wem ihre Großmutter geholfen hat.« Hetta legte eine Hand an ihren Hals. »Mein

Gedächtnis ist nicht mehr so gut wie früher, fürchte ich.« Sie stieß Dafna am Arm an. »Komm schon, Dafna. Wenn du dich erinnerst, sag es ihr.«

Dafna nestelte an einem Knopf ihrer Bluse. »Es waren die Carollas.« Sie sah Livvy an. »Merriweather hat das Haus deiner Großeltern wieder aufgebaut. Sie hat es für dich bewahrt.«

Livvy wusste nicht, was sie sagen sollte. Sie wusste nicht einmal, was sie *denken* sollte. Merriweather hatte *das* getan? Für *sie*? Warum? Ihre Großeltern mütterlicherseits hatten sowohl sie als auch ihre Mutter verstoßen. Wenn überhaupt, hätte Livvy erwartet, dass Merriweather diejenige gewesen war, die das Haus überhaupt erst angezündet hatte – als Vergeltung dafür, dass sie ihre Mutter mit einer unehelichen Martinson auf die Straße gesetzt hatten. Schlimm genug, dass sie unehelich war, aber dann auch noch obdachlos? Es war ein Wunder, dass Merriweather gewartet hatte, bis Livvy fünf war, um die Adoption voranzutreiben.

Aber das Haus für sie wiederaufzubauen... Es ergab einfach keinen Sinn.

»Ich weiß gar nicht, was ich sagen soll.«

»Na bitte. Siehst du? Es *ist* wichtig.« Hetta lächelte und drückte Livvys Arm. »Deine Großmutter hat sich sehr um dich gesorgt, auch wenn sie es nicht gezeigt hat.«

»*Gezeigt*? Sie hat sich nicht einmal bei mir gemeldet.«

»Sie hatte sicher ihre Gründe.«

»Es gibt keinen Grund, sich nicht bei seiner Enkelin zu melden.« Mrs. Manley verschränkte die Arme. »Ich könnte mir nicht vorstellen, auch nur einen Tag lang nicht mit meinen Enkeln zu sprechen, geschweige denn Wochen.«

»Jahre.« Livvy zuckte zusammen. Sie hatte nicht gewollt, dass ihre Bitterkeit so offen zutage trat.

»Jahre?«, fragten Hetta und Dafna wie aus einem Munde mit weit aufgerissenen Augen.

Livvy kniff die Augen zusammen. »Äm... ja. Es waren Jahre. Aber das ist jetzt nicht mehr wichtig. Wie Sie schon sagten, sie hat getan, wozu sie in der Lage war.« Dass Livvy sich so viel mehr gewünscht hatte, musste man hier nicht diskutieren.

Tatsächlich war sie so gut wie fertig damit, all das zu erörtern. Sie hatte genug von dieser Reise in die Vergangenheit und sprang auf, um den Tisch abzuräumen.

Seans Großmutter half ihr. »Das Mittagessen war köstlich, aber etwas anderes habe ich auch nicht erwartet. Ich liebe diesen Paprika-Braten, den du machst. Ich habe die Jungs überredet, ihn zu probieren, als sie am Donnerstagabend zum Essen kamen. Sean hat ihn wirklich genossen, nicht wahr, mein Lieber?«

Livvy sah zu ihm auf. Donnerstagabend? Das war der Abend gewesen, an dem er *Pläne* gehabt hatte. Pläne, die seine Großmutter einschlossen. Gab es irgendetwas an diesem Kerl, das man *nicht* lieben konnte?

»Du solltest erst mal ihre Scones probieren«, antwortete Sean, aber der Blick, den er ihr zuwarf, verriet, dass er nicht von Scones sprach.

Sie spürte, wie ihr erneut die Röte ins Gesicht schoss.

Sah, dass er es auch bemerkte.

Erinnerte sich an das, was er dazu gesagt hatte, und ihr wurde auf eine ganz andere Weise warm.

»Wenn dein Angebot noch steht, Olivia, würden Hetta und ich gerne ein Erbstück zur Erinnerung an Merri mitnehmen«, sagte Dafna, als sie Livvy ihren Teller reichte.

»Natürlich.«

»Nein«, sagte Sean zur gleichen Zeit.

Alle sahen ihn an.

»Nein?« Seine Großmutter zog eine Augenbraue hoch. Wenig überraschend war es nur die eine. »Ich glaube, Livvy ist diejenige, die das Recht hat zu entscheiden, wie mit dem Inventar dieses Hauses verfahren wird.«

Genauso rätselhaft wie Seans Reaktion war die seiner Großmutter. Livvy wusste die Unterstützung zu schätzen, aber sie brauchte sie nicht. Sie *würde* ihnen etwas geben, und nichts, was Sean sagen konnte, würde sie davon abhalten.

»Äh, du hast recht, Gran.« Er lächelte die Damen an, aber sein Lächeln erreichte seine Augen nicht. »Entschuldigung. Es ist nur so, nun ja, das Anwesen sollte so erhalten bleiben, wie es ist.« Er sah sie an und da stand tatsächlich etwas in seinen Augen, aber es war kein Lächeln. »Jedes Teil hier hat eine Geschichte zu erzählen. Ein Hinweis auf die Vergangenheit. Sie wissen ja, wie pingelig Mrs. Martinson mit diesem Anwesen war. Ich bezweifle, dass sie wollte, dass es auseinandergenommen wird.«

»Sie reden doch nicht davon, es auseinanderzunehmen, mein Lieber.«

Seine Großmutter tätschelte seinen Arm. »Sie wollen lediglich eine Erinnerung an sie. Olivia hat es doch angeboten.«

Livvy hätte diesen Moment am liebsten fotografiert. Dieser große, muskulöse, attraktive Typ, der so wirkte, als könnte er jeden Raum für sich einnehmen – selbst einen, in dem sein Bruder, der Filmstar, war –, wich vor dem Blick einer kleinen, grauhaarigen alten Dame zurück. Es war fast schon komisch.

Fast, denn Livvy las zwischen den Zeilen seiner kleinen Rede. Er hatte Angst, sie könnte einen Hinweis weggeben, und obwohl es süß von ihm war, so auf sie aufzupassen, änderte es nichts an ihrem Entschluss.

»Ich habe es angeboten, und ich meinte es ernst. Hattet ihr etwas Bestimmtes im Sinn?«, fragte sie die beiden.

Sie sahen sich an und lächelten dann. »Da waren diese hübschen Lladró-Figuren von unserer Geburtstagsreise nach Spanien«, sagte Dafna.

»Ich finde, das ist eine wunderbare Idee. Ich wüsste nicht, wie eine Statue, die ihr erst kürzlich gekauft habt, ein Hinweis auf die Vergangenheit sein könnte.«

Sean versuchte mit seinen Augen zu ihr zu sprechen, während sie sie aus der Küche führte. Oder besser gesagt, er versuchte sie mit seinen Blicken anzuschreien, aber Livvy lächelte nur, als hätte sie keine Ahnung, was er ihr sagen wollte. Ihren Gästen *Nein* zu sagen... als ob er das Recht dazu hätte.

Ach, aber was, wenn er es hätte? Was, wenn ihr beide einfach hierbleiben und es offiziell machen würdet? Du, er, das Haus, das ganze Paket. Ist es nicht das, was du dir schon immer gewünscht hast, Livs?

Sie führte die Damen zum Salon und hasste es, dass ihr Gewissen wie Sher klang, denn sie *hatte* Sher gesagt, dass es das war, was sie wollte. Der ultimative Traum: eine normale Beziehung, ein gemeinsames Leben, vielleicht sogar Kinder.

Bei dem Gedanken an Babys mit Sean kribbelte ihr Bauch. Hatte sie *diesen* Typen gefunden? Denjenigen, der sie an ein Happy End glauben lassen konnte?

Sie warf einen Blick über ihre Schulter zurück. Er sah definitiv aus wie ein Märchenprinz. Groß, dunkelhaarig und umwerfend, witzig, süß, rücksichtsvoll, liebte kleine alte Damen und Tiere und hatte eine tolle Persönlichkeit. Ganz zu schweigen davon, dass er ein unglaublicher Liebhaber war.

»Es muss eine Heidenarbeit sein, diesen Ort sauber zu halten«, sagte

Hetta. »Du bist ein bemerkenswert tüchtiger junger Mann, Sean, wenn man deine Großmutter so reden hört. Zu unserer Zeit hätte man keinen Mann mit einem Staubwedel erwischt.«

»Ich benutze keinen Staubwedel.«

Und putzen tat er auch noch.

Ja, Sean Manley in ihrem Leben zu haben, könnte es einfach perfekt machen.

Doch dann öffnete Sean die Flügeltüren.

Kapitel Neunundzwanzig

»Verdammt noch mal …!« Sean starrte in den Raum. Nicht schon wieder.

»*Miststück!*« Orwell hockte oben auf der *offenen* Tür zur Terrasse.

»Ach nein«, sagte Gran.

»Ach du meine Güte«, sagte Dafna.

»Ach, *Herrje*«, sagte Hetta.

»Eigentlich ist das eine Ziege.« Sean wollte am liebsten stöhnen. Warum war Dodger im Salon? Und woher wusste er überhaupt, dass das Dodger *war*? Und wie hatte Orwell die verdammte Tür aufbekommen? Dieser Vogel sah ein bisschen zu zufrieden mit sich selbst aus.

»Was haben sie jetzt schon wieder angestellt?« Livvy schlüpfte an ihm vorbei, und ausnahmsweise nahm er etwas anderes deutlicher wahr als ihre weichen Brüste, die seinen Rücken streiften, und den Duft nach Lavendel, der ihn für immer an sie erinnern würde —

Na gut, vielleicht rückte der Albtraum im Salon nicht *völlig* in den Vordergrund, aber ignorieren konnte er ihn definitiv nicht.

Dodger sprang mit einem Klappern der Hufe auf das Sideboard. Gott sei Dank war die Platte aus Marmor, sodass er sie nicht beschädigen würde, aber die ausgestellten Kristallstücke …

»Livvy, schnapp dir deine Ziege!«

Livvy schnaubte, während sie an ihm vorbeirannte. »Du weißt schon, was dieser Spruch eigentlich bedeutet, oder?«

»Mir egal, was er bedeutet. Du musst die verdammte Ziege einfangen, bevor sie was kaputt macht.« Er sah seine Großmutter an. »Entschuldige die Ausdrucksweise, Gran.«

Gran tat seine Bemerkung mit einer Handbewegung ab. »Ich weiß die Entschuldigung zu schätzen, Sean, aber rette das Kristall.«

Sean lächelte sie an, bevor er Dodger finster anblickte. Und nun auch Digger. Randy ebenfalls, und die andere. Wie hieß sie noch gleich? Wie zur Hölle hatte Orwell sie aus dem Stall und hierher gebracht? Und warum?

Livvy versuchte sie einzufangen, aber die Tiere nutzten die Möbel als ihr persönliches Gebirge und — verdammt. Eine von ihnen sprang auf den Kaminsims — den Sims, auf dem Merriweathers Sammlung von Kristallkugeln stand. Sehr passend für eine Frau, die die Zukunft kontrollieren wollte, Instrumente zu sammeln, um in sie hineinzusehen, aber er brauchte keine, um zu wissen, welche Scharte sie in den Marmorsockel darunter schlagen würden, wenn eine von ihnen herunterrollte.

Sean sprang über einen Hocker, rückte den Stuhl gerade, den er fast umgestoßen hätte, und hätte fast eine Hechtrolle auf den Kaminboden hingelegt, wenn die Kugel, die die Ziege von ihrem Sockel gestoßen hatte, nicht an etwas hängen geblieben wäre und aufgehört hätte, zur Kante zu rollen.

Dann stieß Digger mit seinem Huf dagegen.

»Neeeeeeein!« Sean hechtete los und bereitete sich auf den Aufprall auf hartem, unnachgiebigem Marmor vor.

Stattdessen landete er auf etwas Weichem. Federndem.

Weiblichem.

»*Uff*!«

Die, Gott sei Dank, noch sprechen konnte.

»Würdest du *bitte* von mir runtergehen?«

»Ist alles okay mit dir?« Er rollte von ihr herunter und strich ihr die Locken aus dem Gesicht. »Livvy? Hab ich dir wehgetan?«

»Nein, aber — ach du meine Güte — *weg da*!«

Sean blickte auf, während er sich wegrollte, und sah die Kristallkugel auf sich zurasen. Er streckte eine Hand aus und fing sie im letzten Bruchteil einer Sekunde ab; die Wucht brannte in seiner Handfläche.

»Gut gefangen.« Gran winkte ihm zu.

Er lächelte sie an, doch in seiner Magengegend breitete sich ein flaues Gefühl aus. Wenn er nicht aus dem Weg gerollt wäre, wenn er nicht auf Livvy gelandet wäre, hätte *sie* einen heftigen Schlag auf den Kopf abbekommen.

Verdammte Ziege.

Er setzte sich auf und fuhr sich mit der Hand durchs Haar. »Alles klar bei dir?«

Livvy setzte sich auf und richtete ihre Bluse — yep, da war das Unterhemd. »Ich werde morgen einen ordentlichen blauen Fleck am Knie haben, aber ansonsten geht es mir gut.«

Sean sprang auf die Füße und hielt ihr eine Hand hin, wobei er sich weigerte, darüber nachzudenken, wie *gut* sie aussah. Gran war hier. Das sollte eigentlich reichen, um seine Hormone abzukühlen.

Dann blickte Livvy unter ihren Wimpern hervor zu ihm auf, und Sean musste hart kämpfen, um sich daran zu erinnern, dass noch *jemand* außer ihnen beiden im Raum war.

»Danke.«

»Gern geschehen.« Er hielt ihre Hand ein wenig länger als nötig, denn ja, es war ihm ein Vergnügen.

Und dann meckerte die Ziege und zerstörte den Moment.

»Wie sind die hier reingekommen?«

Sie zeigte auf den verdammten Vogel. »Ich hab dir doch gesagt, dass Orwell weiß, wie man die Türen entriegelt. Er muss aus seinem Käfig entwischt sein. Er ist gern unter Leuten. Ich hätte ihn nicht so lange allein in meinem Zimmer lassen dürfen.«

Digger lief neben Livvy auf dem Kaminsims entlang und beugte sich vor, um an ihren Haaren zu knabbern.

Verdammte Ziege.

Sean hob sie hoch und ignorierte ihr meckerndes Protestieren. Und ihre Stoßversuche mit dem Kopf. »Einer weniger. Lasst uns den Rest zusammentreiben und sie zurück in den Stall bringen.«

»Oder, noch besser.« Livvy steckte den Kopf aus der Tür und pfiff. »Davy? Komm her, Junge!«

»Was hast du vor?« Sie brauchten nicht noch mehr Chaos im Raum.

»Vertrau mir. Warte ab, bis du siehst, was Davy kann. Lass Digger runter.« Sean war skeptisch, aber das änderte sich, als der Pudel in den Raum geschossen kam und begann, alle zusammenzutreiben, als wäre er ein Border Collie und sie seine Schafe, äh, Ziegen.

Digger, Randy und Bo folgten bereitwillig genug, aber bei Dodger war das eine andere Geschichte. Er dachte gar nicht daran, sprang von einem Möbelstück zum nächsten, um dem schnappenden kleinen Pudel auszuweichen.

Also setzte Davy ihm nach, sprang auf das Sofa und dann auf die Rückenlehne.

Von der er abrutschte.

Wieder einmal hechtete Sean los, um etwas aufzufangen, aber diesmal schaffte er es nicht rechtzeitig.

Der arme Davy bezahlte den Preis.

Dieses Bein sah nicht gut aus.

»Was, wenn er stirbt?«, fragte Livvy zum vierten Mal, seit sie Stunden zuvor die Tierarztpraxis verlassen hatten.

Sean lenkte seinen Truck auf den kleinen Parkplatz hinter das Anwesen bei der Küche. »Er wird nicht sterben. Dr. Carston weiß, was sie tut. Sie hat gesagt, es ist ein einfacher Bruch. Davy wird im Handumdrehen wieder der Alte sein.«

»Aber was, wenn er nicht aus der Narkose aufwacht?«

Er stellte den Motor ab und wandte sich ihr zu. »Livvy, mal den Teufel nicht an die Wand. Das ist ein Routineeingriff.«

»Nein, ist es nicht.« Sie schob sich die Haare hinter die Ohren. »Es ist keine Routine, dass ein Hund sich das Bein bricht, während er im Salon eines Herrenhauses einer Ziege nachjagt. Siehst du nicht, wie *unnatürlich* das alles ist? Wie konnte ich auch nur eine Minute lang glauben, dass ich hier bleiben könnte? Sie sind diesen Ort nicht gewohnt, und bei all dem Umbruch in ihrem Leben ... Ich habe ihnen – und mir selbst – Beständigkeit versprochen. Und doch tanze ich hier nach Merriweathers Pfeife und riskiere die Sicherheit und Geborgenheit, die ich ihnen versprochen habe, als ich sie adoptiert habe.«

Sean ergriff ihre Hände, die in ihrem Schoß geballt waren. »Livvy, es sind Tiere. Sie werden sich anpassen. Mach dich nicht so fertig deswegen. Davy wird wieder gesund.«

Sie riss ihre Hände los und fuhr sich damit durch ihre Locken. »Es sind *nicht* nur Tiere, Sean. Es sind *meine* Tiere. Ich bin für sie verantwortlich, und ich nehme meine Verantwortung nicht auf die leichte Schulter.«

Sie sprach es zwar nicht aus, aber er hörte das *im Gegensatz zu meinen Eltern* heraus, und plötzlich verstand er. Das hier ging weit über ein gebrochenes Bein hinaus. Es sagte etwas darüber aus, wer sie war, was sie geprägt hatte, was ihre Hoffnungen und Träume waren. Livvy brauchte Stabilität. Sie brauchte jemanden an ihrer Seite, der ihr die Sicherheit gab, die sie benötigte. Sie brauchte jemanden, der auf sie aufpasste, sich um sie sorgte und langfristig für sie da sein würde. Er hatte kein Recht, eine Affäre zu beginnen, die er nicht zu Ende führen konnte. Und was das Stehlen ihres Erbes betraf ...

Nun war er an der Reihe, sich mit den Händen durchs Haar zu fahren. Eine aussichtslose Situation.

Er holte sein Handy heraus und rief in der Tierarztpraxis an. »Hallo. Ich war gerade mit Livvy Carolla und dem Pudel mit dem Beinbruch da. Bitte richten Sie Dr. Carston aus, sie möge Livvy anrufen, sobald Davy wach ist.« Er dankte der Sprechstundenhilfe und beendete den Anruf. »In Ordnung? Mehr können wir heute Abend nicht tun. Lass uns reingehen, ich mache dir was zu essen. Du siehst ziemlich fertig aus.«

»Danke, aber ich gehe rüber zum Stall. Ich muss nachsehen, ob es ihnen gut geht.«

Er widersprach ihr nicht. Sie ging nicht raus, um zu sehen, ob es den Tieren gut ging; sie ging raus, um sicherzugehen, dass es *ihr* gut ging.

»Soll ich mitkommen?«

Für einen Moment blitzte etwas in ihren Augen auf, doch dann schüttelte sie den Kopf. »Nein. Ich brauche etwas Zeit allein mit ihnen.«

Er strich ihr eine Haarsträhne von der Schulter. »In Ordnung. Aber wenn du mich brauchst, ruf einfach an.«

Sie versprach es und machte sich auf den Weg zum Stall, wobei sie über einen Backstein auf dem Pfad stolperte, den er noch nicht repariert hatte. Sean streckte kurz die Hand aus, um sie abzufangen, bevor sie ihren Weg fortsetzte — eine Metapher für ihre gesamte Beziehung, wie er befürchtete.

Das war's. Die Dinge mussten sich ändern. Was bedeutete, dass er ein paar Anrufe zu erledigen hatte.

Kapitel Dreißig

Livvy war letzte Nacht nicht ins Bett gekommen.

Das war Seans erster Gedanke, als er allein aufwachte, und es fühlte sich falsch an.

Er verzichtete auf eine Dusche, zog sich Shorts und ein T-Shirt über und machte sich auf den Weg nach unten und hinaus zum Stall.

So weit kam er jedoch gar nicht.

Sie schlief im Salon, umgeben von ihrer Menagerie. Nun ja, die Hunde und Reggie waren da, und sie sahen nicht sonderlich bequem aus, wie sie so an sie gepresst dalagen.

Livvy hingegen sah verdammt sexy aus. Ihr Haar fiel ihr über die Schultern, als hätte er die ganze Nacht seine Finger hindurchgleiten lassen. Eine Locke lag über ihren Lippen und bewegte sich bei jedem Ausatmen leicht auf und ab. Ihre Lippen waren geschürzt, und ihre langen Wimpern ruhten auf ihren Wangen, als würden sie auf jede einzelne ihrer bezaubernden Sommersprossen deuten. Ein Bein war über Ringo geschlungen – glücklicher Hund – und sie hatte einen Arm über Petra gelegt; ihre Finger streiften Reggies Rücken, während das Schwein auf dem Boden schlief und seine Glöckchen bei jedem Atemzug leise bimmelten.

»Verdammt noch mal.«

Und Orwell saß auf der Rückenlehne des Sofas, den Kopf unter den Flügel gesteckt, und murmelte im Schlaf vor sich hin.

Livvy rührte sich und öffnete ihre wunderschönen Augen. Es dauerte ein paar Sekunden, bis sie richtig wach war, aber als es so weit war... wow. Dieses Lächeln. Er könnte für den Rest seines Lebens zu diesem Lächeln aufwachen.

»Guten Morgen.« Ihre Stimme war rau vom Schlaf, und es dauerte einen Moment, bis Sean antworten konnte, weil er immer noch an dem Gedanken mit dem *Rest seines Lebens* feshing.

»Hi.«

»Ich bin, äh, hier eingeschlafen.«

»Das sehe ich.«

»Es wurde spät.«

»Ich weiß.« Er hatte schließlich auf sie gewartet.

»Im Stall war es... friedlich.«

Er ging zum Sofa hinüber und schob Ringo ein Stück beiseite, um sich setzen zu können. »Du musst dich nicht vor mir rechtfertigen, Livvy. Es ist dein Haus.«

Sie entwand sich der Umklammerung der Hunde, wobei ihr nacktes Bein das seine streifte, was jede Zelle in seinem Körper in Alarmbereitschaft versetzte. Erst recht, als sie sich ihre Mähne aus dem Gesicht nach hinten strich, sodass die Locken in einem sexy Kaskadeneffekt fielen.

»Was würdest du denken, wenn ich hierbleiben würde?«

Das lenkte seine Aufmerksamkeit von ihrem Körper ab. »Hierbleiben? In diesem Haus? Im Sinne von: nicht verkaufen?«

Sie nickte. »Ich weiß, es ist riesig und braucht viel Pflege, aber ich habe über das nachgedacht, was die Damen gestern gesagt haben. Wie viel Mühe sich Merriweather mit der Küche gegeben hat und was sie mit dieser Schatzsuche bezweckt... und, nun ja, ich frage mich, ob ich zu voreilig damit bin, alles zu Geld machen zu wollen. Es könnte eigentlich ganz schön sein, hier zu leben. Ich muss mir keine Sorgen um ein undichtes Dach machen und der Stall... er ist perfekt für alle. Und der See... die Gänse würden ihn lieben. Ich könnte ihnen einen Unterstand auf der Insel bauen, und sie hätten das ganze Areal für sich. Er ist mindestens dreimal so groß wie der Teich zu Hause, den sie sich mit all den anderen Vögeln teilen müssen. Ich könnte für Rhett und Scarlett ein großes Außengehege bauen, und die Hunde lieben den Garten jetzt schon.«

»Und dieses Zimmer. Vergiss nicht, wie sehr sie alle dieses Zimmer lieben.«

»Stimmt.« Sie lachte, und ihr Lächeln traf ihn wie ein Schlag in die Magengrube.

Genau wie die Vorstellung, dass sie tatsächlich in dem Haus bleiben wollte. Damit hatte er nicht gerechnet. Sie war so versessen darauf gewesen, zu gehen, dass er keine Sekunde lang in Erwägung gezogen hatte, sie könne bleiben wollen.

So viel zu all den Calls, die er gestern Abend getätigt hatte, um sein letztes B&B zu verkaufen. Ein paar Leute hatten Interesse gezeigt und waren bei seinem geforderten Preis nicht einmal zurückgeschreckt. Wenn er das Geld bekäme, könnte er diesen Deal tatsächlich durchziehen, falls Livvy das Erbe antreten und verkaufen wollte. Er war voller Hoffnung gewesen. Aber jetzt … Wenn er sein Objekt verkaufte und sie sich entschied, ihres doch zu behalten, stünde er wieder am Anfang – mit nichts in der Hand. »Du denkst also wirklich ans Bleiben?«

»Es ist noch in der Phase, in der ich das Für und Wider abwäge. Ich habe noch nichts ausgeschlossen. Ich werde die Leute von der Kooperative vermissen, aber eigentlich gibt es keinen Grund mehr für mich, dort zu wohnen, wenn es eine Warteliste von Leuten gibt, die einziehen wollen. Es ist nur fair, wenn ich hier doch so viel Platz habe. Hey, vielleicht könnte ich aus *diesem* Ort eine Kooperative machen. An Grundstücksfläche mangelt es uns hier jedenfalls nicht.«

Jetzt versetzte Seans Magen ihm einen weiteren Schlag, aber nicht wegen ihres Lächelns. Dieser Ort war ein Vermögen wert, und sie wollte eine Kooperative daraus machen? Der Immobilienwert würde in den Keller rauschen, und was die umliegenden Grundstücke betraf, die er gekauft hatte und verkaufen müsste, um seinen Brüdern das Geld zurückzuzahlen… Eine Kooperative würde ihren Wert halbieren.

»Du solltest dich vielleicht beim Bauamt erkundigen, bevor du diesen Weg einschlägst, Livvy.« Das würde sein nächster Call sein. »Ich nehme also an, Dr. Carston hat angerufen?«

»Jep. Davy geht es gut. Wir können ihn heute nach Hause holen. Danke, dass du uns gestern gefahren hast. Ich weiß, du hättest wahrscheinlich lieber mehr Zeit mit deiner Großmutter verbracht.«

»Kein Problem. Und Gran hatte Verständnis.« Gran hatte zu viel Verständnis gehabt; es hatte ihm nichts ausgemacht, zu gehen.

»Ich sollte sie und die anderen Damen anrufen, um mich dafür zu entschuldigen, dass ich so plötzlich weggerannt bin. Sie haben gar nicht bekommen, weswegen sie gekommen waren.«

Gran hatte es sehr wohl bekommen. Sie hatte gesagt, was sie sagen wollte, *und* sie hatte gesehen, wie er Livvys Hand hielt. Als er sie gestern Abend nach der Rückkehr vom Tierarzt angerufen hatte, hatte sie nur eines gesagt: »Ich segne sie ab, Sean, aber ich segne nicht ab, was du planst. Ich weiß, dass du das Richtige tun wirst.«

Als ob er wegen dieser Situation nicht schon genug Schuldgefühle hätte.

»Wenn du bleibst, wirst du genug Zeit haben, damit sie dich wieder besuchen können. Aber dazu müssen wir den nächsten Hinweis finden. Irgendeine Idee, wo wir anfangen sollen?«

Sie strich sich das Haar hinter die Ohren. »Meine Großmutter sagte, es habe mit meinem Großvater Henry zu tun. Irgendwas über sein Lieblingsprojekt. Hast du eine Ahnung, was das bedeuten könnte?«

Er hatte eine Ahnung, aber als Haushaltshilfe sollte er eigentlich nichts über den Vergnügungspark wissen, den ihr Großvater gebaut hatte. Als Beteiligter an Merriweathers Testament wusste er es hingegen sehr wohl.

»Ich bin sicher, das lässt sich mit ein paar Internet-Recherchen leicht herausfinden.«

»Was bedeutet, dass ich wohl wieder in die Bibliothek muss. Kommst du mit?«

»Eigentlich...« Er holte sein Telefon heraus. »Smartphone. Ich habe es besorgt, während du auf dem Markt warst. Such ruhig.«

Es dauerte weniger als fünf Minuten, bis sie entdeckte, was er bereits wusste.

»Du wirst nie erraten, was es ist.« Sie reichte ihm das Telefon.

»Okay.« Er ließ ihre Hand nicht los.

Sie verdrehte die Augen, lächelte aber trotzdem. »Willst du es nicht einmal versuchen?«

»Du hast gesagt, ich würde es eh nicht erraten, also warum die Mühe?«

»Im Ernst, Sean, du bist ein Spielverderber.«

Er zog eine Augenbraue hoch.

»Okay, bist du nicht, aber du könntest mir wenigstens den Gefallen tun.«

»Na gut. Mal sehen. Hat er eine Straße gebaut?«

»Nein.«

»Ein Bürogebäude?«

»Nö.«

»Ein Einkaufszentrum?«

»Nicht mal annähernd.«

»Mensch, dieses Spiel macht ja so richtig Spaß.«

Livvy verdrehte erneut die Augen. »Na gut, Herr schlechter Verlierer. Es ist ein Vergnügungspark.«

»Ich bin *kein* schlechter Verlierer, und du hast recht. Auf einen Vergnügungspark wäre ich nie gekommen. Du planst, dorthin zu fahren, nicht wahr?«

»Es sei denn, du hast andere Pläne für heute.«

»Da gibt es nur ein Problem.«

»Oh?«

Er zog sie näher zu sich. »Ja. Siehst du, ich habe da so eine Sache, die nennt sich Job. Für den ich bezahlt werde. Und meine Chefin ist ziemlich streng, wenn es darum geht, die Kunden bei Laune zu halten.«

Sie legte ihre Handflächen flach gegen seine Brust, und plötzlich fand Sean an ihrer Situation gar nichts Amüsantes mehr. Heiß und intensiv, erregend, sexy, ja. Aber lustig... ganz und gar nicht. Er begehrte sie mit einer Intensität, die fast beängstigend war.

»Nun, *diese* Kundin wäre viel glücklicher, wenn du sie in einen Vergnügungspark begleiten würdest, statt die Treppen zu saugen. Wenn du also keine merkwürdige Abneigung gegen Freizeitparks hast, gehe ich davon aus, dass du mitkommst.« Sie drückte gegen seine Brust, und er ließ sie widerwillig – sehr widerwillig – los. »Gib mir fünfzehn Minuten zum Fertigmachen, und dann können wir los.«

»Klingt gut, aber warum essen wir nicht vorher noch was?«

»Gute Idee. Lass uns das Diner auf dem Weg zur Autobahn ausprobieren. Ich lade dich ein.«

»Klingt nach einem Plan, aber *ich* lade dich ein. Ich habe in meinem Leben noch nie eine Frau für ein Essen bezahlen lassen und werde sicher nicht jetzt damit anfangen.«

Sie zuckte mit den Schultern, und die Art, wie sich dabei ihre Brüste bewegten, war Belohnung genug, falls sie unbedingt darauf bestehen wollte.

»Okay, von mir aus. Aber nur damit du es weißt: Ich habe Lust auf ein richtig großes Frühstück.«

Sie hatte nicht übertrieben.

Livvy war die erste Frau, mit der er jemals in ein Restaurant gegangen war, die ihr Essen tatsächlich *aß*. Alle anderen hatten winzige Bissen genommen und alles auf dem Teller hin- und hergeschoben, aber nicht Livvy. Sie hatte recht; sie war nicht wie andere Frauen.

Nicht dass er ihre Bestätigung dafür gebraucht hätte.

Sie verputzte ihr drittes Spiegelei und spülte es und das vierte Stück Toast mit ihrem zweiten Glas Grapefruitsaft hinunter.

»Wo lässt du das bloß alles?«, fragte Sean und versuchte, sie objektiv zu betrachten. Ja, das klappte nicht.

»Zu viel? Tut mir leid, aber ich hatte Hunger.«

»Entschuldige dich nicht bei mir. Ich freue mich, dass du einen gesunden Appetit hast. Auch wenn du wegen des Mehrkornbrots ein bisschen durchgedreht bist.«

»Hey, ich musste wissen, ob es Bio ist oder nicht. Von einer Kellnerin im Teenageralter erwarte ich nicht, dass sie das weiß. Der einfachste Weg, es herauszufinden, ist ein Blick auf die Verpackung.«

»Ich bin überrascht, dass du nicht gefragt hast, ob die Butter handgemustert ist.«

Sie knüllte ihre Serviette zusammen und warf sie nach ihm. »Jetzt machst du dich über mich lustig.«

»Nein, ich genieße dich. All deine kleinen Macken und Eigenarten.«

»Es macht dir nichts aus?«

Er griff nach ihrer Hand. »Wie könnte es? Das ist es doch, was dich ausmacht.«

Sie schluckte und leckte sich dann über die Lippen. Es war kein züchtiges Knabbern, aber genauso wirkungsvoll. »Danke, dass du das sagst. Das war wirklich lieb von dir.«

»Das bist du auch, Livvy.« Er senkte die Stimme und beugte sich vor. »Und ich hätte nichts dagegen, dich jetzt sofort zu kosten.«

Er erreichte das Erröten, auf das er abgezielt hatte. Er bekam auch eine gewaltige Erektion, aber gut, er befand sich sowieso im Dauerzustand der

Erregung, seit sie in Shorts und Sandalen die Treppe heruntergekommen war – einem Outfit, das in ihm den Wunsch weckte, mit den Händen ihre Beine hinaufzufahren – und ihrem obligatorischen Top mit der offenen Bluse darüber, was eher ein aufreizendes Versteckspiel war als irgendetwas, das ihre Kurven verbarg.

»Solche Sachen darfst du nicht sagen«, flüsterte sie.

»Sicher darf ich das. Es ist die Wahrheit.«

Falls es überhaupt möglich war, wurde ihr Erröten noch tiefer. Und es breitete sich über ihren Hals und unter diese Bluse und dieses Top aus, und verdammt, er würde diesen Weg nur zu gerne mit seiner Zunge nachfahren.

»Ich denke, wir sollten gehen«, sagte sie, entzog ihm ihre Hand und lehnte sich zurück.

»Denke ich auch, aber leider werde ich dich, mich selbst und alle hier blamieren, wenn ich jetzt aus dieser Nische aufstehe.«

Es dauerte ein paar Sekunden, bis sie es begriff, aber als es so weit war, lief sie schon wieder rot an.

Sean stöhnte leise. »Livvy, bitte hör auf zu erröten.«

»Dann hör auf, solche Dinge zu sagen.«

»Darf ich sie denn noch denken?«

Sie verdrehte die Augen. »Du bist unverbesserlich.«

»Nein, ich leide Qualen. Hab Mitleid mit mir und lass uns über etwas reden, das... ach, ich weiß nicht. *Kalt* ist.«

»Wie ein Gletscher?«

»Das ist ein guter Anfang.«

»Oder wie wäre es mit einem zugefrorenen See?«

»Noch besser.«

»Eisbär?«

»Passt.«

»Ich, nackt vor einem prasselnden Kaminfeuer, während draußen vor dem Fenster der Schnee fällt?«

»Das ist nicht fair.«

Sie strich eine Haarsträhne beiseite, die ihm in die Stirn gefallen war.

»In der Liebe und im Krieg ist alles erlaubt, weißt du noch?«

»Ich erinnere mich sehr gut, danke, aber das hier ist Frühstück.« Er erinnerte sich daran, wie er sie gesehen hatte, ausgestreckt und nackt in der Sonne, umgeben vom Gurgeln fließenden Wassers, den blauen Himmel über sich und keine Seele weit und breit, und wie sie sich geliebt hatten, als wären sie die einzigen zwei Menschen auf Erden, in ihrem ganz persönlichen Eden. »Du wirst schon wieder rot.«

»Das ist *kein* Erröten.«

Der Blick, den sie ihm zuwarf, verriet ihm alles, was er wissen musste. »Schau mich nicht so an, Frau, sonst übernehme ich für die Folgen keine Haftung.«

»Ich würde diese Folgen liebend gern mit dir erkunden, aber da warten Fahrgeschäfte auf uns.«

Einen Ritt könnte er ihr auch bieten...

Er musste es gar nicht laut aussprechen – sie wurde schon wieder puterrot.

Der heutige Tag versprach, eine Menge Spaß zu machen.

Kapitel Einunddreißig

»Noch mal!« Livvy hüpfte wie ein Flummi umher, Gott stehe ihm bei. Die Stufen vom Fahrgeschäft hinunter, über den Asphalt, wobei sie ihn wie ihr tanzender Pudel umkreiste. Nur um einiges süßer.

»Du willst das *noch mal* machen? Bist du nicht kurz davor, deine drei Eier, vier Scheiben Bio-Mehrkorn-Toast und zwei Gläser Grapefruitsaft von vorhin wieder von dir zu geben?«

»Technisch gesehen war es nur anderthalb.«

»Ach, richtig. Ein gewaltiger Unterschied. Wenn es also zwei volle Gläser gewesen wären, *dann* würdest du dich jetzt übergeben?«

»Nein, Dummkopf. Ich liebe dieses Ding. Wenn einem der Boden unter den Füßen weggezogen wird, ist das wie dieses Gefühl im Bauch, wenn man ... du weißt schon.« Sie knabberte an ihrer Unterlippe, und Sean hatte das Gefühl, genau zu wissen, was sie sagen wollte.

Er zog sie an sich und verschränkte seine Hände an ihrem Kreuz. »Du meinst wie das Gefühl, das du bekommst, wenn ich das hier mache?«

Er küsste sie. Mitten im Park, vor den Augen aller, küsste er sie, als wären sie ganz allein wie am See. Als könne er es kaum erwarten, sie mit nach Hause zu nehmen.

Er konnte es wirklich nicht. »Ich will dich, Livvy«, murmelte er gegen ihre Haut.

»Sean, wir sind in der Öffentlichkeit.«

»Glaub mir, das weiß ich.« Er knabberte mit den Zähnen an ihrem Ohrläppchen. »Ich wollte nur sichergehen, dass *du* es auch weißt.«

Sie machte ein leichtes Hohlkreuz und drückte ihren Bauch gegen seine Erektion. »Oh, das weiß ich.«

Er lachte schnaubend auf und küsste sie auf die Nasenspitze. »Was glaubst du, wie lange wir so stehen bleiben können, bevor es jemand merkt?«

»Wahrscheinlich viel länger, als wenn du jetzt loslässt und dich umdrehst.«

»Guter Punkt.«

»Ich würde sagen, als Nächstes probieren wir die Wildwasserbahn aus. Das Wasser wird dich sicher abkühlen.«

»Bis du am Ende klatschnass bist.«

»Oh, stimmt. Guter Punkt. Wie wäre es stattdessen mit dem Irrgarten?«

»Klingt nach einem Plan.«

Es war ein guter Plan. Diese beweglichen Treppen sorgten dafür, dass sie immer wieder direkt in seine Arme taumelte. Und dieses Seilklettern ... gut, dass Gran ihm beigebracht hatte, ein Gentleman zu sein; er hatte ihr den Vortritt gelassen.

»Zuckerwatte?«, fragte sie, nachdem sie sich durch das Hamsterrad bis auf die Plattform am Ende vorgearbeitet hatten.

»Zuckerwatte? Du?« Sean legte eine Hand auf seine Brust und tat so, als würde er fassungslos gegen die Absperrseile taumeln. »Ist das Zeug nicht voller Chemikalien, Farbstoffe, Nitrate oder so was?«

»Zucker und Luft. Vielleicht ein bisschen Lebensmittelfarbe. Nicht so schlimm.«

»Wer hätte das gedacht? Das Zeug, vor dem Mütter ihre Zicklein warnen, besteht vor deinen Augen die Prüfung.«

Sie piekste ihm in die Brust. »Mütter warnen Mädchen auch vor Typen wie dir, und trotzdem höre ich auch darauf nicht.«

Sean ließ nicht zu, dass sie ihre Hand wegzog. Er presste sie fest gegen sich, bereit, jede Ausrede zu nutzen, um ihre Hände an seinem Körper zu spüren. Verdammt, er hatte es echt erwischt. »Hey, ich bin ein guter Kerl. Mütter lieben mich.«

»Das tun sie sicher.« Sie wackelte mit den Augenbrauen, wand sich aus seinem Griff und steuerte das nächste Fahrgeschäft an.

Sean folgte ihr und holte sie schnell ein. Bryan war derjenige, den alle Frauen liebten. Und das war für Sean völlig okay. Er musste nicht das Objekt der Fantasie jeder Frau sein. Nur das einer ganz bestimmten.

Einer ganz besonderen.

Livvy.

»Sean? Alles okay bei dir?«

Livvy drehte sich um, als er stehen blieb. Verdammt, er glaubte, er hätte sogar aufgehört zu *atmen*.

»Sean?«

»Häh? Oh, ja. Alles bestens.« Auf eine »meine-Welt-hat-sich-gerade-verschoben«-Art.

»Können wir zum Kettenkarussell? Ich liebe es, mich so im Kreis zu drehen.«

Sie sollte mal versuchen, sich so zu drehen, wie er es gerade tat. Heiliger Strohsack, er war dabei, sich in sie zu verlieben. Und nicht nur, weil der Sex großartig gewesen war. Obwohl er das zweifellos war. Aber er wollte ihr Lächeln am Morgen und ihr Stöhnen in der Nacht. Ihre Küsse den ganzen Tag lang. Er wollte ihr Lachen und ihre Unsicherheiten und ihre Witze und ihre Seufzer, wenn sie schlief. Er würde sogar die Hunde nehmen, wenn er dafür Livvy bekäme. Und ihr Erröten. Oh, wie sehr er ihr Erröten wollte.

»Oder willst du lieber auf dieses Piratenschiff?«

Er blickte dorthin, wo sie hinzeigte. Ein riesiges Schiff, das hin und her schwang, bis es fast senkrecht zum Boden stand. Nein, darauf musste er nicht gehen; sein Inneres führte dieses Manöver bereits von ganz allein aus.

»Oder wie wäre es mit dem Double Shot? Das ist ein echter Adrenalinkick.«

Mehr Adrenalin brauchte er wahrlich nicht. Aber das konnte er ihr schlecht sagen. »Klar. Klingt nach Spaß.«

Er war dabei, sich in Livvy *zu verlieben*.

Livvy konnte sich an keinen schöneren Tag erinnern. Nun ja, vielleicht der am See, aber dieser hier war ein knapper zweiter Platz. Sean machte so viel Spaß, war so geduldig und der perfekte Begleiter für einen Freizeitpark. Natürlich traf er beim »Hau den Lukas« die Glocke. Er ließ mit seinen Pfeilen alle sechs Ballons platzen, gewann für sie ein Stoff-Flusspferd »für ihre Menagerie« und störte sich nicht an dem Puderzucker auf seinem ganzen Gesicht, den der Trichterkuchen hinterlassen hatte.

Natürlich könnte das etwas damit zu tun gehabt haben, dass sie ihn von seinem Gesicht geküsst hatte, aber trotzdem ...

Sie probierten jedes Fahrgeschäft aus, manche zweimal, kauften alle überteuerten Fotos, die während der Fahrten von ihnen gemacht wurden, sahen einem Clown beim Jonglieren zu, einem Schwertschlucker beim Schwerterschlucken (offensichtlich), und die Dressurnummer mit den Hunden ließ sie ernsthaft über ihre eigenen Tiere nachdenken. Ihre waren klug, sie könnten lernen, solche Kunststücke zu machen. Vielleicht könnte sie Shows in Seniorenheimen oder Kinderkrankenhäusern vorführen, jetzt, wo sie Zeit für solche Dinge haben würde – *falls* sie den Rest der Hinweise fände.

Sie gab nach und aß einen Hotdog – er war ziemlich gut, obwohl sie ihm das niemals gestehen würde –, als Sean mit ihren Getränken zum Tisch zurückkkam.

»Hier. Ich habe dir einen Eistee mitgebracht. Ich dachte mir, die Zuckerwatte und der Trichterkuchen waren heute genug Zucker für dich, also habe ich die Limonade weggelassen. Wollte es nicht übertreiben.« Er stibitzte ihr den Hotdog aus der Hand. »Das hier eingeschlossen. Die ganzen Nitrate, weißt du ja.« Er verschlang ihn mit einem Bissen.

»Hey! Das ist mein Abendessen!«

Er zog eine Augenbraue hoch. »Wirklich? Hat es dir geschmeckt? Ich dachte, du isst es nur, um mich zu beruhigen, weil es hier weit und breit kein Fleisch von weidegefütterten Rindern gibt.«

Sie verschränkte die Arme und atmete tief aus. »Ich wollte *mich* beruhigen. Meinen Appetit.«

Er holte noch etwas Bargeld hervor. »Oh. In dem Fall hole ich dir noch einen.«

»Schon gut. Es ist nicht so, als bräuchte ich noch mehr. Außerdem habe ich ja das hier.« Sie hielt ihren Tee hoch. Was für eine ausgesprochen süße Geste. »Danke.«

»Kein Ding.« Er nahm einen ordentlichen Schluck von seiner Limonade und wischte sich dann mit dem Handrücken über den Mund. Sie verbarg ein Lächeln. »Was ist so lustig?«

»Nichts.«

»Hm-hm. Kauf ich dir nicht ab. Dein ›Nichts‹ klingt für mich immer nach einem Etwas, also raus mit der Sprache. Ich will wissen, warum du mich auslachst.«

»Ich lache dich nicht aus; ich *lächle* dich an.«

»Dasselbe in Grün. Sag's mir.«

Sie schüttelte den Kopf. »Du würdest es nicht verstehen.«

»Versuch's doch mal.«

Sie hob die Brauen und senkte ihre Stimme. »Das habe ich bereits.«

Sie liebte es, ihn zu necken. Liebte es, wie sich seine blauen Augen verdunkelten. Liebte es, wie seine Schultern straffer wurden, als er sich aufrichtete. Liebte dieses Zucken in seinem Kiefer, das verriet, dass er ihre Anspielung verstanden hatte und sich genau an das erinnerte, woran sie auch dachte.

»Du wirst dafür bezahlen, dass du diesen Kommentar in der Öffentlichkeit gemacht hast, Carolla.« Sein Blick ließ sie genau wissen, wovon er redete.

»Darauf zähle ich.« Sie pickte ein paar Krümel vom Hotdog-Brötchen von ihrer Serviette auf. »Also, wir sollten wahrscheinlich den nächsten Hinweis finden, bevor es dunkel wird. Du hast hier nicht zufällig eine Plakette oder so was gesehen, die den glorreichen Namen Martinson verkündet?«

Sean sah sie noch ein paar Sekunden länger mit *diesem* Blick an. »Tatsächlich habe ich das. Was gibst du mir, wenn ich dir sage, wo sie ist?«

»Was willst du haben?«

»Du kennst die Antwort auf diese Frage.«

»Ja, das tue ich.«

»Und?«

»Und ich bin absolut einverstanden.« Sie stand auf und hielt ihm die Hand hin. Was auch immer Merriweathers Pläne für die Schatzsuche waren, Livvy war einfach froh, dass Sean ein Teil davon war. »Lass uns diesen Hinweis suchen, damit wir den Rest des Abends gemeinsam verbringen können.«

Kapitel Zweiunddreißig

Es war bereits später Vormittag, als Livvy in einem billigen Motel aufwachte, das wahrscheinlich Zimmer stundenweise vermietete.

Sie lächelte. Für sie und Sean war es günstiger gewesen, es für die ganze Nacht zu mieten.

Sie betrachtete ihn, wie er schlafend neben ihr lag. Sie liebte sein Gesicht. Oh, nicht nur, weil er gut aussah, obwohl das stimmte, sondern weil es so ausdrucksstark war. Sean hielt nichts zurück. Er sah sie mit einer solchen Fürsorge in den Augen an, so klar und direkt und ehrlich... Es fühlte sich an, als könne sie bis in seine Seele blicken, wenn sie ihm in die Augen sah. Sein Gesicht war so markant, so männlich, so perfekt geschnitten, als hätte Mutter Natur es darauf angelegt, nicht nur das perfekte *Innere* eines Mannes zu erschaffen, sondern auch das *Äußere*. Bei Sean war ihr beides hervorragend gelungen.

Livvy streckte die Hand aus, um seine Nase nachzuzeichnen. Das hatte sie gestern Abend oft getan. Seans Nase hatte einfach etwas an sich... und seine Lippen... und sein Kinn... und—

»Siehst du etwas, das dir gefällt?« Er fing ihre Hand ab und führte sie zu seinem Mund, um ihre Finger zu küssen.

Und um ihr den Atem zu rauben.

»Ja.« Es gefiel ihr nicht nur, sie liebte es.

Er rollte sich auf die Seite zu ihr, hielt ihre Hand immer noch fest und drückte sie dann gegen seine Brust. Gegen sein Herz. »Mir auch.« Er küsste sie.

Es war ein sanfter Kuss. Süß. Forderungslos und einfach. Aber erfüllt von einer Welt voller Güte, die ihr Tränen in die Augen trieb. Sie wusste nicht, wie sie mit Sean solches Glück verdient hatte, aber sie würde es nicht hinterfragen. Zum ersten Mal in ihrem Leben musste sie nicht hart dafür arbeiten, dass ihr etwas Gutes widerfuhr. Es war, als würde das Universum all ihre Bemühungen anerkennen und ihr eine große Belohnung dafür geben, dass sie niemals aufgegeben hatte.

»Mmmm, du schmeckst gut«, flüsterte er gegen ihre Lippen.

»Das hast du gestern schon gesagt.«

»Letzte Nacht hast du mir bewiesen, dass ich recht hatte.«

Ja, sie wurde schon wieder rot.

»Ach, Livvy, komm her.« Er schloss sie in eine feste, innige Umarmung und zog sie eng an sich. Sie schlang die Arme um seine Taille, vergrub das Gesicht in seiner Schulterbeuge, und es gab keinen Ort auf der Welt, an dem sie lieber gewesen wäre.

»Zimmerservice.« Die Tür ging auf.

Okay, vielleicht wäre sie doch lieber zu Hause, damit niemand diesen Moment störte.

»Hey!« Sean zog hastig die Laken über sie und setzte sich dann auf. »Wir sind hier drin!«

»Oh, das tut mir so leid!« Das Zimmermädchen wich aus dem Raum zurück, wahrscheinlich noch roter im Gesicht als Livvy.

»Das ist *nicht* die Art, wie ich aufwachen wollte.« Er fuhr mit der Hand über ihren Rücken, und Livvy erschauerte. Ja, Mutter Natur hatte bei Sean ganze Arbeit geleistet.

Sie warf ihr Haar zurück und stützte sich auf die Ellbogen. »Zumindest wissen wir jetzt, dass die Zimmer sauber sind.«

Sean lachte, warf dann die Decke beiseite und gab ihr einen Klaps auf den Po. »Komm schon, du. Ich könnte zwar den ganzen Tag hier bleiben und gar nichts tun, aber wir müssen noch einen Hund abholen und einen Hinweis finden. Du hast den aus dem Park doch noch, oder?«

Sie suchte nach ihrem BH und kicherte, als sie ihn an der Lampe auf dem Nachttisch hängen sah.

»Was ist so lustig?«

»Das hier.« Sie hielt ihn hoch.

»Unterwäsche ist komisch? Nicht für Männer.«

»Nicht der BH, sondern der Ort, an dem ich ihn gefunden habe. Noch nie hat jemand meinen BH über einen Lampenschirm geworfen.«

»Ihr Pech. Es hat Spaß gemacht. Besonders das, was danach kam.«

Er war viel zu attraktiv, als dass ein schmieriges Grinsen bei ihm billig gewirkt hätte. Es weckte in ihr nur den Wunsch nach einer Wiederholung der letzten Nacht. Aber er hatte recht; sie hatten keine Zeit. Die Uhr für ihr Erbe tickte. Sie war sich immer noch nicht sicher, ob sie dort leben wollte, aber sie wollte die Möglichkeit haben, diese Entscheidung selbst zu treffen.

»Also, wo ist der Hinweis?«, fragte er, während er seine Shorts anzog. Ohne etwas darunter.

Livvy versuchte zu schlucken, doch ihr Mund war plötzlich so trocken, dass es ihr nicht gelang.

Sie räusperte sich und zog den Hinweis, den sie vom Geschäftsführer des Merri-Juwelierladens im Park erhalten hatten, aus ihrem BH. Sean hatte das Rätsel anhand der Zeile »etwas Kostbareres als Juwelen« im vorigen Hinweis gelöst. »Äh, hier.«

»Gestern Abend war der da noch nicht«, sagte er. »Ich habe nachgesehen.«

»Er war zwischen dem Stoff und dem Futter. Du hast nicht an der richtigen Stelle gesucht.«

»Glaub mir, ich war an der ganz richtigen Stelle.«

Sie spürte, wie ihr die Röte schon wieder ins Gesicht stieg.

»Ach, Livvy, bei dir ist es zu einfach. Verliere niemals dieses Erröten, okay? Ich würde es vermissen.«

»Ich werde versuchen, es beizubehalten.« Und wenn er weiterhin solche Dinge sagte, würde sie sich gar nicht erst anstrengen müssen.

Sie sprangen kurz unter die Dusche – getrennt, damit sie das Motel auch tatsächlich *verließen* –, warfen die Reise-Toilettenartikel, die sie gestern Abend in einem Kiosk gekauft hatten, in den Müll, und dann las Livvy ihm den Hinweis unterwegs noch einmal vor.

»Ein Medaillon? Das sollte doch leicht zu finden sein.«

»Wäre es auch, wenn es nicht im Safe liegen würde. Und sie hat mir die Kombination nicht gegeben.«

»Ich bin sicher, Scanlon hat sie.«

»Aber ich kann ihn nicht danach fragen. Siehst du, hier steht: 'Auf dich allein gestellt'? Ich muss die Kombination selbst herausfinden.«

»Das könnte Jahre dauern.«

»Erzähl mir was Neues.«

Sean atmete tief aus und verstärkte seinen Griff um das Lenkrad. »Es ist fast so, als wollte sie, dass du scheiterst.«

»Oder die Kombination ist so offensichtlich, dass ich eigentlich darauf kommen müsste.«

»Wenn es so einfach wäre, könnte es jeder. Merriweather war nicht dumm. Die Zahl muss eine Bedeutung für dich haben.« Sein Handy klingelte. »Wart mal kurz. Ich muss diesen Anruf annehmen.«

Er tippte auf den Bildschirm. »Manley.« Seine Lippen wurden schmaler, während er der Person am anderen Ende zuhörte. »Ja, das passt. Um eins ist gut. Wo wollen wir uns treffen? Okay. Richtig. Alles klar. Bis dann.«

»Und, wo fahren wir hin?«, fragte sie, als er den Anruf beendet hatte.

»*Wir* fahren nirgendwohin. *Ich* habe allerdings einen Geschäftstermin, also wirst du bei der Hinweissuche auf dich allein gestellt sein. Traust du dir das zu?«

»Als ob. Ich bin eine geborene Hinweissucherin. Ich habe dich nur mitkommen lassen, weil du mir leidtatst, so eingesperrt mit Chemikalien, Mopps, Staubsaugern und Alpakakacke. Ich komme schon klar.« Sie schob den Hinweis zurück in ihren BH und genoss sichtlich das Feuer, das in seinen Augen aufflammte, als sie es tat. »Hat dieser Geschäftstermin mit deinem Haus-Renovierungs-Business zu tun?«

»Ja. Ein potenzieller Käufer.«

»Und das ist gut, oder?«

Er stieß den Atem aus. »Ja, es ist gut.«

»Du klingst nicht besonders begeistert.«

»Es ist ein zweischneidiges Schwert. Einerseits bin ich froh, den Ort zu verkaufen, aber andererseits hasse ich es, mich von ihm zu trennen. Der Ort hat für mich einen ideellen Wert und liegt in einer Gegend, die in den nächsten Jahren zum absoluten Trendviertel aufsteigen wird. Wenn ich es so lange halten könnte, würde sich meine Investition wahrscheinlich vervierfachen.«

»Warum tust du es dann nicht?«

Er atmete erneut aus und kratzte sich am Kiefer. Das Raspeln seiner morgendlichen Stoppeln erinnerte Livvy genau daran, wie es sich auf ihrem Bauch angefühlt hatte. Auf ihren Schenkeln...

»Manchmal kommt ein Angebot rein, das man einfach nicht ausschlagen kann. Das hier könnte so eins sein.«

»Oh. Okay.«

Er musste schließlich Geld verdienen, besonders jetzt, wo sie nicht sicher waren, ob er seinen Job behalten würde. Das war ein weiterer Grund für sie, das Haus zu behalten. Sie könnte Sean den Job dauerhaft geben. Oder noch besser, ihm sagen, er solle das Putzen ganz sein lassen und einfach nur Zeit mit ihr verbringen. Aber Sean war stolz. Er würde keine Almosen von ihr wollen, und allein das ließ sie sich noch ein Stück mehr in ihn verlieben.

Das galt auch für seine Zärtlichkeit, als sie auf dem Heimweg beim Tierarzt anhielten, um Davy abzuholen. Er trug den Pudel zum Auto und setzte ihn behutsam auf ihren Schoß, wobei er darauf achtete, dass das frisch eingegipste Vorderbein bequem lag. Auf dem Rückweg streichelte er Davy ein paar Mal und zog seine Hand nicht zurück, als Davy ihn abschleckte. Sean gewöhnte sich definitiv an ihre Tiere.

Genau wie sie sich an den Gedanken gewöhnte, diesen Ort ihr Zuhause zu nennen.

Kapitel Dreiunddreißig

Sean verließ das Restaurant, in dem sein Makler sich hatte treffen wollen, und machte sich auf den Weg zurück zum Anwesen, wobei sich ein flaues Gefühl in seiner Magengegend mit einem Gefühl der Erleichterung in seinem Kopf mischte. Es war vollbracht. Das Cottage war verkauft. Da er nun auch die Elektrifizierung der Insel aufschob, hatte er eine Chance, mit den Angeboten gleichzuziehen, von denen er gehört hatte. Die Rendite seiner Brüder stand zwar noch infrage, aber diese Hürde würde er nehmen, wenn es so weit war. *Falls* es so weit kam. Es gab keine Garantie dafür, dass sie überhaupt verkaufen würde. Oder dass sie an ihn verkaufen würde. Erst recht nicht, wenn sie erst einmal herausfand, dass er diesen Ort von Anfang an gewollt hatte.

Sean atmete tief aus. Noch eine Sache, um die er sich Sorgen machen musste.

Immerhin war sein Gewissen nun rein. Das Gefühl der Erleichterung, das er verspürte, als die Last seiner Lügen von seinen Schultern wich, war gewaltig. Jetzt konnten er und Livvy unter gleichen Bedingungen miteinander verhandeln, ohne geheime Sabotageakte zwischen ihnen.

Er parkte den Truck und wollte gerade in Richtung Küche gehen, als er bemerkte, dass die Tür zum Salon offen stand. Was war denn jetzt schon wieder?

Er änderte die Richtung und – ach, zur Hölle. Sie hatten den Raum demoliert. Schon wieder.

Überall waren schlammige Pfotenabdrücke in allen Größen. Auf den Möbeln, auf dem Boden, auf den bodenlangen Vorhängen, an den Wänden, auf den Gemälden –

Auf den *Gemälden*? Wie zur Hölle war das passiert? *Warum* zur Hölle war das passiert?

»Livvy?«

Nichts. Nicht einmal ein »*Sonofabitch*« von Orwell.

Er ging weiter in den Raum hinein. »Livvy? Orwell? Davy?« Gott sei Dank standen die Lladró-Figuren noch unversehrt in der Vitrine, aber sie waren so ziemlich das Einzige. Lampenschirme saßen schief, Kissen waren auf den Boden gepresst – natürlich mit Pfotenabdrücken übersät – und eines der Tischbeine des Couchtisches war eingeknickt, sodass das Ding wie betrunken gegen das Sofa lehnte. Die Tischecke hatte ein Loch in den Polsterbezug des Sofas gerissen. Großartig. Da floss noch mehr Geld dahin.

Er zog die Türen zum Flur hinter sich zu. Sie blieben dankenswerterweise geschlossen. »Livvy? Bist du hier?«

»Oben!«, erklang ihre körperlose Stimme.

Er fand sie in ihrem Badezimmer, wo eine Menge Kerzen Flieder-, Rosen- und eine Art Beerenduft im Raum verbreiteten – die perfekte Kulisse für eine Verführung.

»*Sonofabitch.*«

Oder mit Orwell im Zimmer vielleicht auch nicht.

Er bog um die Ecke und wurde mit einem Lächeln begrüßt, das ihn glatt mit ihr in die Wanne gelockt hätte, *wenn* sie nicht voll bekleidet wäre und bis zu den Knien in Seifenschaum und nassen Hunden stecken würde. Vier waren bei ihr in der Wanne, einer versuchte reinzukommen, und zwei andere rollten sich auf Handtüchern auf dem Boden herum. Davy saß auf einem Handtuch auf dem Toilettendeckel, sein eingegipstes Bein zierlich über das nicht gebrochene geschlagen.

»Was ist passiert?«

Sie pustete sich eine Haarsträhne aus dem Gesicht.

Sie hielt nicht.

Sie wischte sie mit ihrer Schulter beiseite.

Sie hielt immer noch nicht.

Sean beugte sich vor und schob sie ihr hinter das Ohr.

»Danke.« Sie holte tief Luft. »Es war dieser verdammte Pfau. Er saß auf der anderen Seite der Hecke und hat die Hunde verspottet, denen es wohl schließlich gereicht hat. So wie ich das sehe, hat Ringo angefangen, und die anderen haben es irgendwie geschafft, sich unter dem Zaun durchzuzwängen. Ich weiß es nicht. Alles, was ich weiß, ist, dass wir jetzt einen fast schwanzlosen Pfau haben, der herumrennt und dringend eine Therapie oder Medikamente gebrauchen könnte, einen Gehweg, der aufgegraben und zerstört wurde, Hecken, die neu gestutzt werden müssen, und ich habe die letzten vier Stunden damit verbracht, Stacheln und Dornen aus ihren Nasen, ihrem Fell, ihren Ohren, Schwänzen und Pfotenballen zu ziehen. Und ich versuche, sie zu baden, denn durch was auch immer sie diesen Pfau gejagt haben – es riecht nicht gut.«

Das erklärte die Kerzen.

Sean schnappte sich ein Handtuch, rollte es zusammen und legte es neben die Wanne, um darauf zu knien. »Was soll ich tun?«

Sie sah aus, als wäre sie den Tränen nahe. »Nichts. Das gehört nicht zu deiner Stellenbeschreibung.«

»Haben wir nicht längst festgestellt, dass ich *keine* Stellenbeschreibung habe? Außerdem möchte ich das für *dich* tun, nicht weil ich gerade Dienst habe.« Er nahm ihr eine Bürste ab. »Wer ist als Nächstes dran?«

»Dafür könnte ich dich küssen.«

»Gut. Darauf werde ich dich festnageln, wenn wir hier fertig sind. Also, wer braucht ein Bad?«

»»Paula. Nein, Petra. Nein, ich glaube, die habe ich schon gemacht.« Livvy setzte sich auf den hinteren Rand der Wanne, wobei ihre Shorts klatschnass wurden. »Ich bin mir nicht sicher.«

Sean griff nach der Shampooflasche am Wannenrand. »Okay, dann fangen wir einfach von vorne an. Die beiden auf den Handtüchern; sind die fertig?«

»Ja. John und Mike hat es am schlimmsten erwischt, deshalb habe ich sie zuerst gemacht.«

»Okay, zwei erledigt, einer außer Gefecht, bleiben noch fünf.«

Er war klatschnass, als alle Hunde gebadet waren. Livvy ebenso.

Das war ein Pluspunkt.

Ihr Camisole klebte wieder an ihr, ihre Brustwarzen waren hart geworden, und das flatterige Ding darüber hatte sie im Laufe der Zeit abgelegt. Mit seinem Wissen aus erster Hand über ihren Körper war es ein Glück, dass er das *Eau de nasse Hunde* in der Nase hatte, um seine Sinne anderweitig zu beschäftigen, sonst wäre er so hart wie das Porzellan, in dem sie die Tiere badeten.

Er rubbelte Georgia tüchtig trocken. Sie war ein älterer Hund; er wollte nicht, dass sie sich erkältete, aber die anderen zwirbelten die Handtücher bereits wie Korkenzieher zusammen. Er half Livvy aus der Wanne, damit sie nicht auf dem Wasser ausrutschte, das die Hunde überall verteilt hatten, als sie sich trocken schüttelten.

»»Und was machen wir jetzt mit ihnen? Wir brauchen keine Wiederholung des Salon-Dramas in jedem Zimmer des Hauses.«

Sie seufzte. »Sie haben ihn ruiniert, ich weiß. Ich werde mich darum kümmern.«

»Kein großes Ding. Ich habe ihn schon mal saubergemacht; ich mache es wieder.«

Etwas Feuer kehrte in ihre Augen zurück. Sie richtete sich auf, strich ihr Haar nach hinten und drehte es zu einem seltsamen, unordentlichen Knoten zusammen. Das sah verdammt sexy aus.

»Oh nein, du wirst *nicht* hinter ihnen herräumen. »Das sind meine Tiere; ich mache das.«

»Du hast keine Zeit. Du würdest fast den ganzen Tag brauchen, um das Chaos aufzuräumen, und wir müssen diesen Hinweis finden, weißt du noch?« Sean hielt kurz inne. Wenn er wollte, dass sie scheiterte, warum drängte er sie dann dazu, weiterzusuchen? »Wir bringen sie auf die Terrasse, aber dieses Mal benutzen wir Leinen.«

»»Sie werden es hassen.«

Er hob ein paar klatschnasse Handtücher vom Boden auf und warf sie in die Wanne. Noch etwas, das er saubermachen würde. Er würde definitiv Mac einstellen, sobald er das Anwesen kaufte.

Das Anwesen kaufen klang so viel besser als *sie um ihr Erbe betrügen*. Jetzt konnte er mit Livvy zusammen sein und musste sie nicht mehr anlügen. Es fühlte sich so gut an, dass der Knoten in seinem Magen verschwunden war – nur um durch etwas anderes ersetzt zu werden, als sie an ihrem nassen Camisole zupfte.

»Und ich werde es noch mehr hassen, sie noch einmal zu baden. Also, was hättest du lieber? Wütende, müde, frustrierte Hunde oder einen wütenden, müden, frustrierten und *knatschigen* Sean?«

Livvy reichte ihm ein weiteres nasses Handtuch. »»Könnte ich stattdessen Ähm-Sean, den Pool-Boy, haben? Der hat viel mehr Spaß gemacht.«

»Willst du damit sagen, dass ich keinen Spaß mache?«

»Nun, Ähm-Sean würde vorschlagen, im Garten mit ihnen Fangenspielen zu spielen, um sie auszupowern, bevor man sie auf der Terrasse anbindet.«

»Ähm-Sean muss auch nicht hinter ihnen herputzen«, murmelte er und klaubte noch mehr Handtücher vom Boden auf. Die Waschmaschine würde bestimmt eine Sicherung heraushauen, bis dieser Schlamassel erledigt war.

»Sie werden todunglücklich sein.«

Er schnippte ein paar Seifenblasen von ihrer Nase. »Besser sie als wir.« Er rieb sich den unteren Rücken und versuchte, sich zu dehnen. »Sieh es positiv: Der Pfau wird es dir danken.«

»Ich würde lieber den *Pfau* anbinden. Verdammte Nervensäge. Das Erste, was ich mache, wenn mir dieser Ort offiziell gehört, ist, das Vieh an einen örtlichen Zoo zu spenden.«

»Wo wir gerade dabei sind: Irgendwelche Ideen für die Tresorkombination?«

Sie schüttelte den Kopf. »Ich hatte keine Gelegenheit, es zu versuchen. Das Große Pfauen-Fiasko passierte so ziemlich in dem Moment, als ich reinkam.«

»Dann gibt es wohl keinen besseren Zeitpunkt als jetzt, um es zu probieren.«

Livvy nahm Davy auf den Arm. »Können wir nicht stattdessen den Pfau erschießen?«

Fünf Stunden später war Livvy so weit, den Pfau zu vergessen und lieber denjenigen zu erschießen, der diesen dämlichen Tresor entworfen hatte. Sie und Sean hatten jede Zahlenkombination ausprobiert, die ihnen einfiel: Geburtstage, Jahrestage, Todestage, wichtige historische Daten, die Sommer- und Wintersonnenwende, Feiertage... aber das verdammte Ding hatte sich keinen Millimeter bewegt. Um den Spaß abzurunden, wussten sie nicht einmal, wie viele Zahlen die Kombination überhaupt hatte, also war das

Ganze ein einziges Ratespiel. Merriweathers kleines Spielchen ging ihr *so* auf die Nerven.

»Wie wäre es mit eins-zwei-drei-vier-fünf?« Sie ließ sich auf das Chesterfield-Sofa unter den Fenstern im Arbeitszimmer sinken.

»Haben wir das nicht schon probiert?«

»Ich weiß nicht. Ich sehe Zahlenketten vor meinen Augen, jedes Mal, wenn ich sie schließe.« Sie legte sich einen Arm über die Stirn. »Wir werden das nie herausfinden.«

»Und mir bleibt nicht mehr viel Zeit zum Probieren.«

»Heißes Date?« Sie versuchte, die Frage klanglos beiläufig klingen zu lassen, aber in Wahrheit schnürte sie ihr fast die Kehle zu.

Sean drehte sich um. »Erwartest du ernsthaft von mir, dass ich mich mit jemand anderem treffe, nachdem ich mit dir geschlafen habe?«

»Es wurde ja nicht gerade viel geschlafen.« Sie versuchte, abgeklärt zu klingen, so cool und modern und lässig, aber Sex war eine ziemlich große Sache für sie.

»Genau das meine ich. Wie kommst du darauf, dass ich ein Date hätte?«

»Kam ich gar nicht.« Nun ja, nicht länger als für eine Sekunde.

»Das kaufe ich dir nicht ab, Livvy. Das ist dir so schnell rausgerutscht, dass du gar keine Zeit hattest, dir was Schlaues zu überlegen. Du hast es ernst gemeint. Warum? Was habe ich getan, um dir den Eindruck zu vermitteln, du wärst mir so unwichtig, dass ich mich mit anderen people treffen würde? Ich hüpfe nicht mit jeder schönen Frau ins Bett, der ich begegne, weißt du. Ich dachte, du tust das auch nicht.«

Sie wurde schon wieder rot, aber diesmal vor Wut. Auf sich selbst. Sie war voreiligen Schlüssen gefolgt und hatte seine Gefühle verletzt, obwohl er ihr absolut keinen Grund gegeben hatte, so zu denken. »Ich hüpfe auch nicht mit jedem schönen Mann ins Bett, dem ich begegne.«

»Nicht witzig.«

Okay, Humor war also raus.

Livvy setzte sich auf und schob ihre Füße unter das Sofa und ihre Hände unter ihre Oberschenkel. »Es tut mir leid. Ich glaube... ich glaube, ich habe einfach ein bisschen Angst. Was ich für dich empfinde...« Sie stieß einen langen Atemzug aus. »Es ist neu. Und es ist aufregend, aber es ist auch ein bisschen beängstigend. Ich habe nicht gerade die beste Erfahrung damit gemacht, dass Menschen sich wirklich um mich sorgen.«

Sean starrte sie so lange an, dass sie am liebsten im Erdboden versunken wäre vor Demütigung. Großartig, jetzt hatte sie Druck aufgebaut. Sich um sie sorgen – Gott. Wann würde sie es endlich lernen, sich keine Hoffnungen zu machen? Wann würde sie lernen, einfach das zu akzeptieren, was jemand bereit war zu geben, und nicht nach mehr zu verlangen? Es war ja nicht so, als wäre der Sex mit Sean nicht fantastisch genug gewesen. Sie hätte einfach ihren großen Mund halten und das hier als das genießen sollen, was es war, anstatt sich so von dem Moment mitreißen zu lassen.

Aber verdammt, sie war es *leid*, sich immer zufrieden geben zu müssen. Sich immer nach dem Programm eines anderen zu richten. Und sie sprach nicht nur von Männern. Merriweather, ihre Mutter, ihr Vater ... All die Menschen, die sie bedingungslos hätten lieben sollen, hatten es nicht getan. Sie alle hatten sie bei jemand anderem abgeladen. Warum sollte sie erwarten, dass ein Typ auf seinem Staubsauger dahergeritten kam und die Antwort auf all ihre Gebete war?

Sie musste aufhören, an Märchen zu glauben. Sie war kein Aschenputtel und er kein Märchenprinz, und vielleicht war das für das arme Aschenputtel auf lange Sicht ohnehin nicht so toll ausgegangen. Diese Gebrüder Grimm hatten schließlich nie eine Fortsetzung veröffentlicht. Vielleicht, weil es keine gab.

»Livvy?«

Sie wollte ihn nicht ansehen. »Ist schon okay, Sean, ich –«

»Livvy, sieh mich an.«

Das tat sie. Sie konnte gar nicht anders.

»Ich muss jetzt los. Meine Brüder warten, und ich habe eine Menge Dinge, die ich mit ihnen besprechen muss. Aber wenn ich zurückkomme, reden wir, okay?«

Sie leckte sich die trockenen Lippen. »Okay.«

Und genau deshalb wird dir jedes Mal das Herz gebrochen. Du glaubst *an people, und sie lassen dich immer hängen.*

Sean würde das nicht tun.

Jaja, sicher doch.

Er würde es nicht tun. Er war nicht dieser Typ Mann. Er würde niemanden verlassen, der ihm am Herzen lag. Er würde nicht ihr Vertrauen missbrauchen, ihre Träume zerschlagen, in ihrem Leben herumpfuschen. Sean war ein guter Kerl.

Und vielleicht würde er nach ihrem Gespräch heute Abend *ihr* Kerl sein.

Viele Stunden später als geplant schlich Sean sich durch die Küchentür herein – *nachdem* er die Türen zum salon kontrolliert hatte. Glücklicherweise waren sie von innen immer noch verriegelt, sodass das ganze Viehzeug da war, wo es sein sollte. Gut. Er war heute Abend nicht in der Verfassung, sich mit ihnen herumzuschlagen.

Er blickte auf sein Handy. Eigentlich war es schon Morgen. Er hatte nicht geplant, so lange wegzubleiben, aber seine Brüder hatten ihn während des Pokerspiels mit Fragen zu seinen Plänen gelöchert, während sie ihm gleichzeitig das Geld aus der Tasche zogen. Und obwohl es nicht gerade ein Vergnügen gewesen war, waren sie jetzt wenigstens alle auf demselben Stand. Wenn auch Bry ihn für verrückt hielt, weil er seinen Traum für eine Frau aufgab.

»Und du bist nicht mal mit ihr verheiratet«, hatte er gesagt.

Komisch, dass er das sagen musste...

Sean warf einen Blick auf *die* Küchentheke. Der Gedanke an Livvy dort, so wie sie gewesen war, bevor Sher und Kerry sie unterbrochen hatten...

Sie würden denken, er hätte endgültig den Verstand verloren, wenn sie wüssten, was er dachte. Aber warum eigentlich nicht? Warum konnte Livvy nicht die Eine sein? Er sprach ja nicht von einem sofortigen Heiratsantrag, aber später einmal? Sie brachte ihn zum Lächeln, sie brachte ihn zum Lachen; sie machte ihn verdammt noch mal rattenscharf. Livvy war eine Kämpferin, die sich nicht von der Welt unterkriegen ließ. Das bewunderte er an ihr. Er mochte ihr sonniges Wesen, ihre starke Arbeitsmoral und ihre unbändige Loyalität gegenüber denen, die ihr wichtig waren, egal ob sie zwei oder vier Beine hatten. Sie hatte ein weiches, fürsorgliches Herz, eine große Gebebereitschaft und die Art, wie sie errötete...

Ja, er konnte sich definitiv ein *bis ans Ende ihrer Tage* mit Livvy vorstellen.

Er ging ins Foyer und sah im Salon nach. Keine Livvy, glücklicherweise.

Leider waren da auch keine Hunde – weil sie alle in seinem Bett lagen. Livvy war auch da, zusammen mit einer der Ziegen – sah aus wie Digger –, was kaum Platz für ihn ließ.

Sean musste schmunzeln. Er hatte auf dem Heimweg noch an einer

Drogerie angehalten und sich niemals träumen lassen, dass er von *Hunden* aus seinem Bett verdrängt werden würde.

Und das würde er heute Nacht auch nicht.

Er zog sein Hemd und seine Shorts aus und schob Paula und Georgia ein Stück beiseite. Sie brummelten, aber machten Platz. Ein paar Zentimeter.

Er schlüpfte unter die Decke und legte sich Livvy gegenüber. Das Mondlicht fiel durch die Jalousien auf ihr Gesicht, und am liebsten hätte er ihre Konturen nachgezeichnet. Sie berühren. Ihr zeigen, dass das, was er für sie empfand, nicht flüchtig und oberflächlich war. Aber er tat es nicht; es hatte keinen Sinn, sie zu wecken, wenn ein ganzer Zoo zwischen ihnen lag.

Er erhaschte jedoch ein paar ihrer Locken und genoss das seidige Gefühl zwischen seinen Fingerspitzen. Und auf seinem Bauch. Seinen Oberschenkeln...

Sean seufzte und versuchte, eine bequemere Position zu finden, aber Mike knurrte ihn vom Fußende des Bettes aus an.

Na ja. Er musste wohl das Beste daraus machen und betete, dass er wenigstens ein paar Stunden Schlaf bekam.

Dann wehte ein leises »*Sonofabitch*« von der Kommode in der fernen Ecke herüber.

Großartig. Der verdammte Vogel redete im Schlaf. Zwischen dem Vogel, den Hunden und der Packung Kondome, die ihn vom Nachttisch aus verspottete, würde das eine verdammt lange Nacht werden.

Kapitel Vierunddreißig

»Wer hat in meinem Bett geschlafen? Na komm, Dornröschen. Zeit zum Aufstehen.«

Livvy öffnete mühsam ein Auge.

Sean hatte sich auf einen Ellbogen gestützt, sein Oberkörper war nackt, und er ließ einige ihrer Locken durch seine Finger gleiten.

»Du bringst da deine Märchen durcheinander«, brummte sie. Sie hatte nicht gut geschlafen, weil sie eigentlich wach bleiben wollte, bis er nach Hause kam, damit sie ihre Aussprache führen konnten. Aber ihre Truppe bei Laune zu halten, damit sie nicht noch ein Zimmer an dem Ort verwüsteten, hatte sie völlig erschöpft. Es sah ganz danach aus, als wäre aus dem zehnminütigen »Nickerchen«, das sie hatte einlegen wollen, ein zehn-*stündiges* geworden.

»Ich stand sowieso nie besonders auf dieses ganze Drachenkampf-Szenario.« Er streckte die Hand aus, um leider nicht sie, sondern Digger zu streicheln. »Na, kleiner Kerl. Was für ein Chaos hat dich dazu gebracht, dich hier drin zur Ruhe zu betten?«

»Er hat die ganze Zeit geweint, als Davy und ich gestern Abend den Stall verlassen wollten. Ich dachte, er würde einschlafen und ich könnte ihn zurückbringen. Aber auf dem Sofa kletterten die Hunde überall auf uns herum, also bin ich hierhergekommen. Du siehst ja, wie gut das geklappt hat. Es tut mir leid.«

»Kein Grund, dich zu entschuldigen. Meine Brüder und ich hatten viel zu besprechen.«

»Hast du alles erledigt, was du erledigen musstest?«

»Nicht ganz, aber genug.« Er setzte sich auf – praktisch nackt. Mann, wenn die Tiere nicht mit ihr hier drin wären … »Also, kehren wir zum Knacken des Safes zurück oder hast du die Kombination gestern Abend noch herausgefunden?«

»Leider müssen wir wieder ans Knacken gehen.«

»Dafür brauchst du mich nicht, oder? Ich habe meine Pflichten hier vernachlässigt.«

»Ich hatte vor, mich um den Salon zu kümmern.«

»Mach dir darüber keine Gedanken. Du kümmerst dich um den Safe und ich übernehme das Zimmer.«

Es war eine Entscheidung, die er in den nächsten viereinhalb Stunden mehrfach hinterfragte, während er die beschädigten Möbel hinaus zu seinem Truck schleppte. Einiges davon war wahrscheinlich nicht mehr zu retten, aber er musste es zumindest versuchen. Da er das Anwesen nun zu einem höheren Preis kaufen würde, würde ihm das Kapital fehlen, um in einige der geplanten Verbesserungen zu investieren, also musste das, was vorhanden war, funktionieren.

»*Miststück*!«, hatte Orwell seinen Lieblingsspruch durch das ganze Haus gekrächzt, bis Sean ihn in den Salon gebracht hatte, in der Hoffnung, ihn zum Schweigen zu bringen.

Er hätte wissen müssen, dass das nicht funktionieren würde.

»*Miststück*!«

»Hallo, Orwell.« Sean tippte zum zwölften Mal gegen den Käfig, und zum zwölften Mal stimmte Orwell ein Lied an. Bisher hatten sie Journey, The Police, etwas von Tom Petty, Red Jumpsuit Apparatus und Michael Bublé durch. Er müsste Livvy mal fragen, wo *das* herkam. Der Vogel hatte ein beachtliches Repertoire.

»Willst du etwas zu Mittag essen?« Livvy steckte ihr wunderschönes Gesicht in den Raum.

»Kein Glück mit dem Safe?«

Ihre Locken hüpften, als sie den Kopf schüttelte. »Ich versuche es jetzt mit den Geburtsdaten jedes englischen Monarchen. Bisher ohne Erfolg. Nach dem Essen fange ich mit den Plantagenets an.«

Es war fast Zeit für das Abendessen, bevor Sean wieder einen Ton von Livvy hörte. Wobei es eher ein Schrei war.

Er warf das letzte neun Meter lange Stück des schweren Stoffes, der als Vorhang durchging und den er wegen der Schweineschnauzen-Abdrücke auf den unteren Bahnen von der Stange nehmen musste, beiseite und rannte ins Arbeitszimmer. »Was ist passiert? Bist du verletzt?«

Sie blickte vom Sofa auf und drehte ein Medaillon um ihren Finger. »Ich habe den Safe aufbekommen. Hier ist der nächste Hinweis!«

»Du hast es geknackt?« Wie standen die Chancen dafür?

»Ich habe tatsächlich Dafna angerufen und gefragt, ob es irgendwelche Zahlen oder Daten gibt, die für meine Großmutter eine besondere Bedeutung hatten.« Livvy holte tief Luft – was in ihrem Camisole-Top sehr hübsch aussah. »Die Kombination ist der siebte Oktober.«

»Drei Ziffern? Das ist alles?«

»Nein, acht. Sie hat das Datum gewählt, an dem ich ...« Livvy räusperte sich. »Den Tag, an dem sie mich meiner Mutter abgekauft hat.«

»Du meinst, als sie dich adoptiert hat?«

»Kommt aufs Gleiche raus.«

Sean wusste nicht, wie er darauf reagieren sollte, außer sie zu fragen, ob es ihr gut gehe.

»Mir geht's gut.«

Schon klar. Deshalb war ihre Stimme auch eine Oktave höher gerutscht und sie hatte ihm geantwortet, bevor er die Frage überhaupt ganz ausgesprochen hatte. »Livvy.«

»Schon gut; es *wird* mir gut gehen.« Sie schob sich die Haare hinter die Ohren. »Es ist schließlich nur ein Datum. Wahrscheinlich hat sie es gewählt, damit ich nie vergesse, dass sie sich herabgelassen hat, die Verantwortung für ihren Sohn zu übernehmen und mich in den Kreis der Familie aufzunehmen. Für all das Gute, das es mir gebracht hat.«

Er wollte sie umarmen, wollte unter diese so harte Schale zu der Frau vordringen, die ihr Leben lang von ihrer Großmutter und ihrer gesamten Familie abgewiesen worden war. »Aber Livvy, sie gibt dir das Familienerbe. Sie vertraut dir an, den Namen weiterzuführen – etwas, das ihr über alles andere ging.«

»Sogar über ihr eigenes Fleisch und Blut.«

»Genau. Sie gibt dir die Schlüssel zum Schloss. Im buchstäblichen wie im übertragenen Sinne. Nach allem, was wir über Merriweather wissen und wie sie zum Familiennamen stand, ist das eine riesige Sache. Sie gibt dir alles.«

»Das liegt nur daran, dass sie keine Wahl hat. Wenn sie nicht krank geworden wäre, wäre ich jetzt nicht hier. Bei all ihren Möglichkeiten, was sie mit diesem Ort anfangen könnte, war ich wahrscheinlich das kleinste aller Übel. Aber ich garantiere dir, sie hat einen Plan B für den Fall, dass ich versage. Vielleicht ist der für sie etwas weniger attraktiv, als das Anwesen in der Familie zu behalten, aber sie hat einen weiteren Plan.«

Ja, den hatte Merriweather tatsächlich. *Er* war Plan B.

»Hey, du hast hier drin ganze Arbeit geleistet.« Livvy ließ sich in einen der wenigen verbliebenen Stühle im aufgeräumten und geputzten Salon fallen, vor den Kamin, in dem Sean ein Feuer entfacht hatte.

»Danke. Wie bist du vorangekommen?«

Sie öffnete das Medaillon zum x-ten Mal und starrte auf die Bilder ihrer Eltern, wie sie sie nie in Erinnerung gehabt hatte. Seite an Seite. Zusammen. Das war nie passiert, als sie noch am Leben gewesen waren.

Illusion, alles davon.

»Schau nur, wie jung und glücklich sie waren. So anders, als ich sie in Erinnerung habe.« Mom war bitter, wütend und verängstigt gewesen. Dad – Larry – nun ja, er war sein ganzes kurzes Leben lang ein kleiner Lebemann gewesen, und Livvys einzige Erinnerung an ihn war, wie er lächelte und ein bisschen zu laut lachte, als er in der einen Woche, in der sie hier gewesen war, da war. Er hatte keine »väterlichen« Dinge mit ihr unternommen und er hatte sie definitiv nicht hochgenommen, um sie zu halten. Das wusste sie noch.

»Sie waren noch Kids, Livvy.«

»Vermutlich.« Sie klappte das Medaillon zu und steckte es in ihre Tasche.

»Hast du herausgefunden, was der Hinweis bedeutet?«

»Nein, und mein Gehirn ist Matsch. Willst du es mal versuchen?« Sie reichte ihm das Papier, das wie ein Glückskeks-Zettel im Medaillon gesteckt hatte.

Stattdessen nahm er ihre Hand. »Ich bin auch erledigt. Lass uns drüber schlafen. Wir haben etwas Zeit und wie der Namensgeber deines Alpakas schon sagte: Morgen *ist* auch noch ein Tag.«

Nur dass der morgige Tag am Ende ein langer und frustrierender Tag wurde.

Kapitel Fünfunddreißig

Morgen war ebenfalls ein verlorener Tag. Der Vertreter von Livvys wichtigstem Kunden hatte angerufen und benötigte für den nächsten Tag eine Bestellung spezieller Desserts, und Livvy konnte es sich nicht leisten, ihm abzusagen. Besonders nicht, da ihnen der letzte Hinweis entgangen war. Wenn sie scheiterte, würde sie diesen Kunden mehr denn je brauchen.

Eine weitere Backrunde folgte – wenn auch dieses Mal ohne einen erneuten Zwischenfall auf der Arbeitsplatte. Kuchen waren aufwendiger als Scones, und als sie mit den Soufflés begann, traute Sean sich kaum zu atmen, aus Angst, sie könnten in sich zusammenfallen, ganz zu schweigen von irgendetwas anderem.

Sie beluden seinen Pritschenwagen, und Sean fuhr wie eine alte Dame an einem Sommersonntag, um die Bestellung auszuliefern.

Auf dem Rückweg fuhr er jedoch wie ein Verrückter. »Wir haben noch ein paar Stunden Zeit, nach diesem Hinweis zu suchen.«

»Er ergibt für mich jetzt genauso wenig Sinn wie gestern Abend.« Sie kletterte aus dem Fahrerhaus, bevor er um den Wagen herumgehen konnte. Sie lehnte sich gegen die geschlossene Tür und starrte das Haus an.

Sean gesellte sich zu ihr. »Es wird alles gut, Livvy. Wir finden es schon heraus.«

»Ich hoffe es.«

»Das werden wir. Komm schon, gehen wir rein.«

Sie folgte ihm den Pfad entlang und mied dabei die Ziegelsteine, die die Hunde bei ihrem kleinen Ausbruchsversuch samt Pfauen-Episode ausgebuddelt hatten.

»Das bringe ich morgen in Ordnung«, sagte er, während er ihr die Küchentür aufhielt.

»Mühe dich nicht ab. Wenn ich den Hinweis nicht entschlüsseln kann, ist es ohnehin sinnlos. Das können dann die neuen Besitzer machen.«

Sie starrte mit fahlem Gesichtsausdruck in die Küche.

Was er nicht alles für eines ihrer Erröten geben würde. »Komm schon. Es ist noch nicht vorbei. Du darfst nicht aufgeben. Lies mir den Hinweis noch einmal vor.«

Ignorieren wir mal die Tatsache, dass er gewinnen würde, wenn sie *tatsächlich* aufgab. Er wollte seinen Triumph nicht in ihrer Niederlage finden. Nicht, wenn es einen Weg gab, das zu verhindern, was bedeutete, dass er sie nicht kampflos aufgeben lassen würde.

Sie atmete tief aus und sagte das Gedicht auswendig auf, ein Beweis dafür, wie oft sie es heute schon gelesen hatte.

> *Du bist mit den Generationen der Martinsons gegangen,*
> *die vor dir kamen,*
> *Und hast alles erbaut, was du siehst,*
> *Doch ein Hinweis bleibt, der deine Aufrichtigkeit prüft.*
> *Dein Weg ist frei, die Belohnung ist groß,*
> *Wenn du achtest auf jeden Schritt, den du tust.*

»Ich war bei jeder einzelnen Statue auf dem Grundstück«, sagte sie, schwang sich auf den Barhocker und stützte das Kinn in die Handfläche. »Siebenundvierzig Gedenkbrocken aus Granit, die Rasenornamente nicht mitgezählt, die von der Größe meiner Vorfahren zeugen, und auf keinem einzigen ist ein Hinweis. Ich habe keine Ahnung, was sie damit meint.«

Sean wusste es auch nicht, aber wenn der Hinweis nicht draußen war, dann musste er *drinnen* sein.

»Wir brauchen einen frischen Blick.«

Livvy lugte unter der Hand hervor, mit der sie sich die Stirn rieb. »Und wie genau stellst du dir das vor? Du hast gesehen, wie Sher wegen dieses Ortes völlig aus dem Häuschen war; wenn wir ihn herholen, wird er sich nur von all den Antiquitäten ablenken lassen.«

»Überlass das alles mir. Ich kümmere mich darum.« Sean klopfte auf die Arbeitsplatte. *Die* Arbeitsplatte. »In der Zwischenzeit sehen wir nach den Tieren.«

»Das sind meine Tiere; ich mache das schon.« Sie rutschte vom Barhocker, die Erschöpfung stand ihr in den hängenden Schultern geschrieben.

»He, nichts da.« Sean legte einen Arm um sie und lenkte sie zur Hintertür. »Wir machen das zusammen. Alles.«

Zusammen klang eigentlich ganz gut ... bis etwa Mitternacht. Dann klang gar *nichts* mehr gut, denn Livvy war jenseits von müde, und ihre Unfähigkeit, den letzten Hinweis zu finden, machte sie wahnsinnig.

»Ich höre auf. Ich kann das nicht mehr.« Sie wandte sich von dem Bücherstapel in der Familienbibliothek ab. Sie hatten beschlossen, dort anzufangen, nachdem sie die Tiere im Stall für die Nacht versorgt hatten, aber bisher hatte sie nur zwei zerrissene Zettel mit Zahlen darauf gefunden, drei alte Fotos und eine herausgerissene Seite in der Familienbibel. »Ich gebe auf. Merriweather hat gewonnen.«

Sean stellte das schwere alte Buch zurück in das Regal über ihrem Kopf. »Nein, hat sie nicht. Wir haben noch zwei Tage.«

»Weniger als achtundvierzig Stunden.«

»Wir schaffen das, Livvy.«

»Wie kannst du dir da so sicher sein? Was, wenn nicht? Was, wenn ich versage? Dann bin ich genau das, was sie immer gesagt hat. Unwürdig. Nutzlos. Eine Schande.«

»Hat sie diese Worte zu dir gesagt?«

»Nun, nein, aber sie schwangen immer mit. Ich meine, ich war verdammt noch mal ihre Enkelin, und sie hat sich nicht einmal die Mühe gemacht, mich zu besuchen. Nicht ein einziges Mal. Ich habe nie eine Geburtstagskarte bekommen, und von einem Abschlussgeschenk fangen wir gar nicht erst an. Ich habe im Laufe der Jahre immer wieder den Kontakt gesucht und nichts – *gar nichts* – zurückbekommen. Und jetzt, ganz plötzlich, aus heiterem Himmel, will sie mir die Zügel einer Dynastie übergeben? Das kaufe ich ihr nicht ab. Sie macht das nur, um Salz in die Wunden zu streuen.«

Verdammt, ihre Stimme stockte. Sie war *fertig* damit. Schon seit Jahren. Aber nach zwei Wochen an diesem Ort war das Pflaster, das sie über den Schmerz geklebt hatte, so langsam abgezogen worden, dass sie es erst jetzt bemerkte. Und die Wunde war noch genauso frisch wie beim ersten Mal. Und beim zweiten. Und beim dritten. Deshalb hatte es kein viertes Mal gegeben; sie hatte aufgehört, zuzulassen, dass Merriweather ihr nahekam. Sie hatte aufgehört zu schreiben, sie hatte aufgehört zu telefonieren, und sie hatte aufgehört, auch nur einen Funken einfacher menschlicher Anständigkeit und Freundlichkeit zu erwarten, nur zu bereit, Merriweather den Rest ihres Lebens in irgendeinem abgelegenen Monstrum von Haus verrotten zu lassen, wo sie an Idealen der Vergangenheit und toten Menschen festhielt.

Livvy hatte die bewusste Entscheidung getroffen, mit ihrem Leben weiterzumachen, doch diese Schatzsuche zog sie zurück in den wirbelnden Morast ihrer Vergangenheit. Sie wollte hier raus. Und wenn das bedeutete, auf das Erbe zu verzichten, nun, dann sollte es so sein. Sie war fertig mit den Martinsons. Endgültig fertig mit der Familie. Sie brauchte sie nicht.

»Livvy? Woran denkst du gerade?« Sean strich ihr mit den Handrücken seiner Finger über die Wange.

Sie knapperte an ihrer Lippe.

Ja, seine Augen fixierten sie sofort.

»Ich denke, ich will nicht mehr suchen. Das Einzige, worüber ich in dieser Situation die Kontrolle habe, ist, wie *ich* darauf reagiere. Merriweather ist tot, und das soll sie auch bleiben. Sie wollte mich als Kind nie hier haben, es gibt keinen Grund für mich, jetzt hier rumzuhängen. Das war ihr Zuhause; es war nie meines.«

»Das meinst du nicht ernst. Wir sind so kurz davor.«

»Doch, Sean, das meine ich so. Ich bin fertig. Merriweather mag denken, dass sie gewonnen hat, aber ich bin die Gewinnerin. Ich habe mir mein Leben zurückgeholt. *Ich* treffe meine Entscheidungen. Und ich entscheide, dass ich das hier nicht mehr tun will.«

· · ·

Sean sollte froh darüber sein. Er *sollte* sich erleichtert fühlen. Er könnte das Haus bekommen, ohne sie zu sabotieren, und sie wäre einverstanden damit. Oder wenn nicht einverstanden, so könnte sie ihm zumindest nicht böse sein, wenn sie selbst die Entscheidung getroffen hatte, zu gehen.

Aber sie *wollte* es nicht. Das war der Punkt. Sie hätte nicht so hart gekämpft, um das Haus am Ende doch nicht zu bekommen. Er konnte sie jetzt nicht einfach aufgeben lassen.

»Livvy, du bist müde. Deshalb sagst du das. Aber du darfst nicht aufgeben. Du darfst sie nicht gewinnen lassen.«

Was tust du da, Manley? Du wirfst alles weg! Es liegt doch direkt vor dir!

Auch er holte sich sein Leben zurück. Er wollte das Anwesen, aber nicht auf diese Weise. Sie würde es eines Tages bereuen, Merriweather diese Macht über sie gegeben zu haben, und das konnte er nicht zulassen.

Er hob sie auf seine Arme. Sie kreischte auf und schlang ihre Arme um seinen Hals. »Was machst du da?«

»Ich bringe dich ins Bett. Morgen sieht die Welt schon wieder ganz anders aus, wenn du erst einmal ausgeschlafen hast.«

Er schaffte es bis in den zweiten Stock, bevor sie etwas sagte. Und als sie es tat, war Sean froh, dass sie gewartet hatte.

»Ich will nicht schlafen, Sean. Ich will dich.«

Er war auch froh, dass sein Zimmer nicht zu weit den Flur hinunter lag. Und dass er ein Kingsize-Bett hatte. Und dass er Kondome gekauft hatte.

»Livvy, du bist müde.«

»Sag mir nicht, was ich bin, Sean Manley. Ich habe es verdammt noch mal *satt*, dass Leute mir sagen, was ich bin und was nicht. *Ich* weiß, was ich bin. *Ich* weiß, was ich will. Und ich will dich. Gibt es in dir irgendwelche gegenseitigen Gefühle, nach denen du vielleicht handeln möchtest? Denn wenn ja, dann ist hier deine Chance.«

Gott, sie war umwerfend. Sie zappelte mit ihren Beinen, damit er sie absetzte, dann schüttelte sie ihre Mähne über den Rücken und hob das Kinn, ihr Blick bohrte sich mit der Kraft ihres Begehrens in ihn. Dann drehte sie sich auf dem Absatz um und ging in ihr Zimmer, ein kurviges, sexy Bündel aus einer bereiten und selbstbewussten Frau, die bei jedem Schritt ein Kleidungsstück fallen ließ.

Sean rannte in sein Zimmer, schnappte sich die Packung Kondome und stürmte hinter ihr her.

Man muss eine Frau, die weiß, was sie will, einfach lieben.

Und ja, das tat er.

Kapitel Sechsunddreißig

Sean rief am nächsten Morgen die Truppen zusammen, und die Manley-Sippe rückte auf Casa Martinson an, bereit und willens zu helfen. Auf seine Familie konnte er sich immer verlassen.

»Hey, Livvy«, sagte Liam, als er ankam. »Steht die Revanche noch an – ich meine, unser Racquetball-Spiel? Cassidy und ich geben euch eine Chance, eure Würde zurückzugewinnen, aber an eurer Stelle würde ich nicht darauf wetten.«

»Wenn das hier alles vorbei ist, bist du fällig. Stell dich schon mal darauf ein, haushoch zu verlieren. Stimmt's, Sean?«

»Äh, ja. Sicher.« Falls sie zu diesem Zeitpunkt überhaupt noch miteinander redeten.

In diesem Moment kam Mac herein. »Komm schon, Jared. Entweder du hilfst uns oder nicht, aber du kannst dich nicht immer als Invalide ausgeben, wenn es dir gerade passt.« Mac umging Jareds Krücken mit einer Ungeduld, die eigentlich gar nicht ihre Art war.

Bryans Geduldsfaden hingegen war so kurz, wie man es von ihm gewohnt war. Verdammt, in Anbetracht der drei Zicklein, die er mitgebracht hatte, war sein Verhalten geradezu heroisch.

»Was ist mit den Zicklein los, Bry?«, fragte Sean und tauschte einen Faustgruß mit den Zwillingen aus. Die Jüngste, ein kleines Mädchen, starrte ihn nur mit großen braunen Augen an und hielt eine Puppe im Arm, die fast so groß war wie sie selbst.

»Frag nicht«, brummte Bry. »Tommy! Keine Lichtschwertkämpfe in diesem Haus. Du machst noch was kaputt. Scheiße.« Er rannte den Zwillingen hinterher.

Maggie, ihre kleine Schwester, schüttelte den Kopf und stieß einen Seufzer aus, der größer war als sie selbst. »Er lernt es nie. Die Jungs werden die Lichtschwerter niemals aufgeben.«

Sean hustete, um sein Lachen zu verbergen. Bry hatte definitiv die schwierigste Aufgabe von ihnen allen abbekommen.

Livvy war es gewohnt, mit einer Gruppe von Leuten zusammenzuarbeiten, aber Leute, die sich so gut kannten wie dieser Haufen, sorgten für einen, nun ja, interessanten Tag. Es wurde viel gelacht, viel gefrotzelt, aber auch viel gearbeitet. In den Zimmern im Erdgeschoss kamen sie zügig voran und deckten jeden Millimeter ab, den sie und Sean bereits untersucht hatten, und noch einiges mehr.

Nach dem Mittagessen zogen sie nach oben und versammelten sich nach gemeinsamem Beschluss im Korridor mit den Porträts.

»Hier muss es sein«, sagte Liam. »*Generationen der Martinsons* muss das hier bedeuten. Sie sind alle hier.«

Seine Brüder, seine Schwester und deren Freunde nahmen jedes Bild ab und untersuchten die Rahmen nach Hinweisen, während die Zicklein den Flur auf und ab rannten, Verstecken spielten und die armen Hunde völlig fertig machten.

Eine Stunde nach dem Mittagessen hatte Maggie das Maximum an Reizüberflutung erreicht. Sie ließ sich samt Puppe und Davy mitten im Flur nieder, steckte den Daumen in den Mund und ließ die Stormtrooper-Schlacht um sie herum toben.

Livvy setzte sich zu ihr. »Ich hatte nie Brüder. Wie ist das so?«

Maggie blinzelte sie an, nuckelte fest an ihrem Daumen und verzog ihr ganzes Gesicht – ein absolut entzückender Anblick. »Laut.«

Livvy lachte. »Das verstehe ich.«

Tatsächlich konnte sie es *hören*. Das Scheppern und Jaulen, das auf ein

»*En garde!*« aus dem Schlafzimmer auf der rechten Seite folgte, verhieß nichts Gutes.

Sie stand auf und hielt Maggie die Hand hin. »Willst du mitkommen, während ich nachsehe, was deine Brüder so treiben?«

»Wirst du sie bestrafen?«

»Nein, Süße. Das würde ich nicht tun.«

»Solltest du aber. Das sagt Kelsey auch immer.«

»Wer ist Kelsey?«

»Meine Schwester. Sie sagt, die Jungs sind Blagen.«

»Blagen?«

»Plagen«, verbesserte Bryan, während er den Martinson-Verwandten Nummer sechsundfünfzig zurück an die Wand hängte.

Lady Heather Martinson Capshaw von den Baltimore-Capshaws. Eine vorteilhafte Ehe, wie Livvy sich erinnerte, als sie den Namen hörte. Ganz groß im Exportgeschäft.

»Und sie hat recht, sie *sind* Plagen. Deren Mutter brauchte mal eine Pause, also habe ich sie für heute übernommen. Wie die Frau das Tag für Tag durchsteht, ist mir ein Rätsel.«

»Weil sie sie liebt.« *Echte* Mütter taten alles Nötige, um ihre Familien zusammenzuhalten. *Echte* Mütter ließen ihre Kinder nicht im Stich.

Aber echte Mütter wollten auch das Beste für ihre Kinder, und vielleicht hatte Sean recht; vielleicht hatte ihre Mutter tatsächlich geglaubt, das Beste für sie wäre, die Martinson-Millionen im Rücken zu haben.

Livvy zuckte mit den Schultern. Jetzt würde sie es nie mehr erfahren. Es war zu spät, um die Beteiligten zu fragen. Es war, wie es war, und sie konnte nichts tun, um es zu ändern.

Die Vergangenheit nicht, aber was ist mit der Zukunft?

»Hey, Bruder.« Bryan hielt einen weiteren Rahmen in den Händen. »Willst du dir mal die Oberseite dieses Rahmens ansehen? Sieht ein bisschen—«

»Locker aus?« Sean sprang über Petra hinweg und fing den Rahmen auf, bevor er den Boden berührte. Die beiden handhabten das Ganze so, als hätten sie es schon tausendmal gemacht.

Vielleicht hatten sie das. Sie waren zusammen aufgewachsen, kannten einander so gut wie sonst niemand.

Sie blickte zu Mac und Liam. Mac reichte Liam ein Stück Draht, um das

Gemälde, das er gerade geprüft hatte, neu zu bespannen; zwischen ihnen waren keine Worte nötig.

Sie waren gekommen, als Sean gefragt hatte, ohne Wenn und Aber, und packten mit an, als wäre die Sache für sie genauso wichtig wie für sie.

Sie waren eine Familie.

Sie nahm Maggies Hand. »Komm schon, Süße. Gehen wir mal schauen, was deine Brüder anstellen.«

Sean beobachtete, wie Livvy und das kleine Mädchen gemeinsam den Flur entlanggingen, und ein tiefes Verlangen hielt ihn an Ort und Stelle fest. Sie würde eine großartige Mutter sein. Trotz des fehlenden Vorbilds auf diesem Gebiet wusste Livvy genau, worauf es bei einem Elternteil ankam. Als ein Kind, das praktisch verlassen worden war, würde sie sicherstellen, dass *ihren* Kindern so etwas niemals zustieß.

Sean wusste aus erster Hand, wie wichtig Sicherheit und Stabilität für Kinder waren.

Er wollte Kinder mit Livvy. Wollte ihr Gesicht in dem ihren sehen, ihre Eigenheiten beobachten, während sie aufwuchsen, und miterleben, wie sie sie auf eine Weise umsorgte und liebte, wie Eltern es tun sollten. Er hatte Glück gehabt, seine Gran zu haben; Livvy hatte niemanden gehabt. Nicht wirklich. Dass Merriweather ihr das Anwesen hinterließ, war ein zu spätes Trostpflaster, denn wenn es darauf ankam, war Geld nur ein Mittel, um Kindern ein Haus zu geben; Eltern gaben ihnen das Zuhause.

»Du ziehst ein komisches Gesicht«, bemerkte Liam.

»Das ist sein ganz normales Gesicht«, sagte Bryan. »Es ist immer komisch.«

»Ha. Ha.« Sean verdrehte die Augen. »Kommt schon. Gehen wir wieder an die Arbeit. Wir sind fast zur Hälfte fertig.«

Mac stöhnte auf. »Hälfte? Willst du damit sagen, dass da noch mehr Porträts kommen? Von wie vielen Generationen reden wir hier eigentlich?«

Sean deutete den nächsten Korridor hinunter. »Die Martinsons liebten es, jedes einzelne Familienmitglied zur Schau zu stellen.«

Jared tippte ihr auf den Arm. »Kopf hoch, Schätzchen. Wir haben noch einen weiten Weg vor uns.«

. . .

Macs Freund, oder was auch immer er war, hatte nicht gescherzt. Sie hatten beschlossen, sich die Bibliothek noch einmal vorzunehmen, nachdem die Porträts keine Hinweise geliefert hatten, für den Fall, dass sie und Sean etwas übersehen hatten. In diesem Raum gab es so viele Dinge zu durchsuchen, dass Livvy gar nicht erst versuchte, es ihnen auszureden.

Sie konnte es immer noch nicht fassen, dass sie gekommen waren, um ihr zu helfen.

Sean spielte das Laufmädchen, während die anderen die Bücher durchforsteten; er brachte den anderen Abendessen und Getränke und hielt die Kinder bei Laune. Er hatte sogar ein paar Tiere aus dem Stall in den Salon geholt. Livvy hatte die Augenbrauen hochgezogen (immer noch beide!), als er das vorgeschlagen hatte.

»Die Kinder sind wichtiger als jeder Raum«, hatte er gesagt. »In diesem hier kennen wir wenigstens die potenziellen Probleme. Ich habe ihn schon mal saubergemacht; ich werde es wieder tun.«

Er hatte sogar das Abendessen gekocht. Wenn nicht schon alles andere ihre Gefühle für ihn besiegelt hätte, dann taten es das und seine Familie.

Sie wollte so etwas. Genau wie sie. Mit Kindern, die überall herumliefen, Partnern, die da waren, und der Sicherheit, dass ihr immer jemand den Rücken stärken würde.

Bei dem Gedanken zog sich ihr die Kehle zusammen. So lange hatte sie geglaubt, sie würde nie ein normales Leben führen, mit Kindern und einem Haus voller Verwandter, aber jetzt, da sie das hier sah, wollte sie es. Wollte Teil einer großen, lautstarken, chaotischen Familie sein.

Vielleicht sogar von dieser hier.

Zwischen ihnen herrschte so viel Liebe, dass sie sich hätte ausgeschlossen fühlen können, wenn sie es zugelassen hätten. Aber das taten sie nicht. Sie bezogen sie in jedes Gespräch ein und erklärten Anspielungen, die sie nicht verstand. Sie bezogen die Kinder in ihre Diskussionen ein. Sogar Bryan war rührend besorgt um die Kleinen, schnitt ihr Hühnchen für sie (»Messer sind Waffen«, hatte er gesagt) und half Maggie dabei, ihre Puppe zu füttern.

Diese Häuslichkeit war mehr wert als jede Villa, und als sie bis zur Schlafenszeit der Kinder keinen Hinweis gefunden hatten, war das für Livvy völlig in Ordnung. Was sie ihr heute gezeigt hatten, was sie ihr gegeben hatten, war mehr wert als Geld.

»Morgen finden wir es«, sagte Sean, während sie allen von der Eingangs-
treppe aus zum Abschied winkten.

Sie erlaubte es sich, sich gegen ihn zu lehnen, als er seine Hände auf ihre
Schultern legte. »Wir werden es zumindest versuchen.«

»Wir werden es finden, Livvy. Ganz sicher.«

Sie drehte sich in seinen Armen um. »Es ist okay, wenn nicht. Das Erbe
würde mein Leben einfacher machen, aber es war nie Teil meines Plans. Das
hier ist nicht alles für mich; es war ein schönes *Was-wäre-wenn*. Aber wenn es
nicht passiert, dann passiert es eben nicht. Ich habe immer noch ein Leben, in
das ich zurückkehren kann.«

Eines, von dem sie hoffte, dass es ihn einschloss. Sie sagte es jedoch nicht.
Es gab noch zu viele Variablen, und sie mussten ihre Zukunft nicht jetzt analysieren, wo die nächsten vierundzwanzig Stunden so entscheidend waren.

Es waren jedoch die nächsten acht Stunden, auf die sie sich konzentrieren
wollte.

Sie führte ihn nach oben.

Kapitel Siebenunddreißig

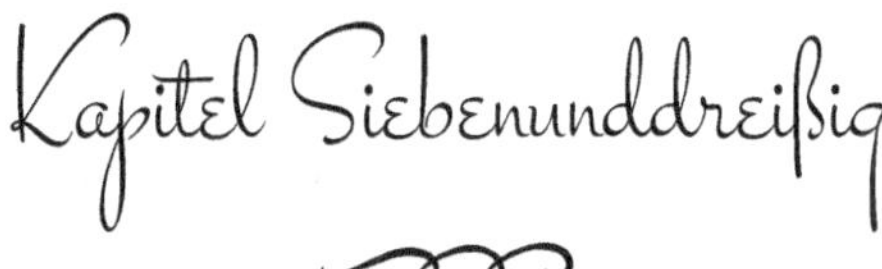

Tag X war gekommen.

Sean erwachte vom Duft von Livvys Lavendelshampoo und ihrem Atem, der über seine Brust strich. Keine schlechte Art aufzuwachen. Und keine schlechte Art einzuschlafen. Sie hatten bis weit nach Mitternacht Liebe gemacht, und er konnte immer noch nicht genug von ihr bekommen. Wenn heute nicht die Frist ablaufen würde ...

»Komm schon, Livvy. Zeit zum Aufstehen.«

»Mmmm. Will nicht.«

Am Morgen war sie absolut entzückend. Den ganzen Tag über war sie mit einem Feuer und einer Leidenschaft bei der Sache, die er liebte, aber er liebte auch diese Zeit. Die weiche, kuschelige, sanftere Seite von Livvy.

Sieh es ein, Manley. Du liebst sie.

Das war *wirklich* mal eine Art aufzuwachen.

»Komm schon, Schätzchen. Wir haben nicht mehr viel Zeit.«

»Ich weiß, ich weiß.« Sie rückte von ihm weg, und Sean wollte sie am liebsten zurückziehen.

Morgen würde er das tun. Wenn das alles hier vorbei war.

»Ich werde zum Historischen Verein gehen«, sagte sie und zog das Laken mit sich, als sie aufstand. »Vielleicht wissen die etwas. Willst du mitkommen?«

Sean schnappte sich ein Kissen und klemmte es sich vor den Schritt. Ja, eigentlich wollte er das, aber nicht zum Historischen Verein. »Es ergibt keinen Sinn, dass wir beide etwas tun, was einer allein erledigen kann. Ich habe hier noch ein paar Dinge zu tun und schaue, ob mir noch etwas anderes einfällt. Geh du nur, wir treffen uns dann wieder hier.«

»Bevor wir in Mr. Scanlons Büro gehen, um unsere Niederlage einzugestehen, meinst du?«

»Hey, es ist erst vorbei, wenn buchstäblich die dicke Frau singt. Und zu deinem Glück treffe ich keinen Ton.«

Er begleitete sie hinaus zu ihrem Auto, fing sie auf, als sie über diesen blöden Ziegelstein stolperte, und winkte ihr zum Abschied nach, als sie wegfuhr.

Erste Amtshandlung: Er würde diesen Stein und den Rest des Pfades reparieren, der bei dem Pfauenjagd-Wahnsinn beschädigt worden war.

Es stellte sich heraus, dass es der beste Pfauenjagd-Wahnsinn in der Geschichte der Martinson-Pfauenjagd gewesen war.

Er hatte den Hinweis gefunden.

Kapitel Achtunddreißig

Sean starrte auf den Hinweis. Hier, begraben unter diesem schiefen Ziegelstein, lag das Ticket für den Rest seines Lebens.

Und das Ende von Livvys Plan für das ihre.

Verdammt noch mal.

Er zerknüllte das Papier und wünschte, es wäre so einfach, es loszuwerden. *Soll ich oder soll ich nicht?*

Sollte er es ihr sagen? Sollte er *ihren* Traum wahr werden lassen oder *seinen*?

Sean fuhr sich mit einer Hand durch das Haar und sah sich um. Es gab keine Garantie, dass er genug Geld hatte, um den Ort zu kaufen. Ja, er hoffte es – nach dem letzten Angebot, das er am Telefon angenommen hatte, reichte sein Kapital aus, um mitzuhalten, aber da war immer noch die Unbekannte namens Scanlon. Welche Angebote prüfte der Anwalt gerade?

Aber dieser Hinweis ... das war die Garantie. Wenn er ihn vor ihr geheim hielt, gehörte der Ort ihm zum ursprünglichen Preis. Er würde in der Lage sein, das Cottage zurückzukaufen und diese Flitterwochen-Suite auf der Insel im See zu bauen. Das war es. Sein Traum. Sein Weg, sich einen Namen zu machen. Die Chance zu bekommen, denselben Erfolg wie seine Brüder zu erzielen. Ein Vorreiter in seinem Fachgebiet zu sein.

Oder das alles aufgeben, damit Livvy ihre Pies im alten Stammsitz ihrer Familie backen konnte und ihre Schafe seinen Golfplatz abgrasten.

Er würde sich das nie verzeihen.

Er stützte sich auf die Schaufel, das Kinn auf die Brust gesenkt. Da war seine Antwort. Denn am Ende kam es darauf an, was er von sich selbst hielt, nicht was andere über ihn dachten. Er musste mit sich selbst leben. Sich jeden Tag im Spiegel gegenübertreten können.

Das konnte er nicht, wenn er Livvy verletzte.

Er rannte zurück in sein Zimmer, fuhr seinen Laptop und sein Smartphone hoch und erledigte die notwendigen Schritte, um sich den Hinweis vorlesen zu lassen.

Dies ist der letzte, Olivia. Du brauchst nichts mehr herauszufinden oder zu suchen. Präsentiere ihn einfach zu der angegebenen Zeit am festgesetzten Datum bei Mr. Scanlon, und er wird die Antworten auf all deine Fragen haben. Ich gratuliere dir. Du bist nun wahrhaftig eine der Martinsons geworden – einer feinen, ruhmreichen Familie.

~ Merriweather Knightsbridge Martinson

Da stand es schwarz auf weiß. Livvy hatte gewonnen. Das Haus würde ihr gehören.

Sean lächelte. Eigentlich sollte er wohl weinen, aber es gefiel ihm, dass Livvy den Zuschlag bekommen würde. Es gefiel ihm, dass Merriweather sie hierin nicht besiegt hatte. Es gefiel ihm, dass sie gewonnen hatte.

Er strich den Hinweis glatt. Alles, was Livvy tun musste, war, dies dem Anwalt vorzulegen, und zwar bis – er sah auf die Uhr an seinem Laptop. Scheiße. Zweiundzwanzig Minuten. Und Livvy war noch nicht zurück.

Er musste es vorbeibringen.

Glücklicherweise waren die Hunde noch auf der Terrasse angebunden, sodass er sie dort lassen konnte. Er schnappte sich seine Schlüssel sowie sein

Handy, rannte zu seinem Truck und raste mit quietschenden Reifen aus der Einfahrt. Er würde sie anrufen, sobald er den Hinweis abgeliefert hatte, denn er musste sich voll und ganz darauf konzentrieren, die dreißig Meilen zum Büro des Anwalts zu fahren. Sonst würde es keine Rolle spielen, wofür er sich entschieden hatte, denn wenn dieser Hinweis nicht rechtzeitig dort ankäme, wäre Livvy aufgeschmissen.

Livvy bog in die Einfahrt ein, als ihr noch fünfzehn Minuten bis zum Ablauf der Frist blieben. Selbst wenn sie den Hinweis *gefunden hätte,* würde sie es niemals rechtzeitig zum Büro des Anwalts schaffen. Es war vorbei. Sie hatte verloren. Merriweather hatte recht behalten.

Selbstmitleid drohte sie zu übermannen, während sie aus ihrem schäbigen alten Baja kletterte, bis sie Davy jaulen hörte. Sie rannte den Pfad zum Haus hinunter, vorbei an der Stelle, die Sean gerade reparierte, und auf die Terrasse. Warum waren die Hunde hier draußen allein und wo war Sean? Und warum hing Davy mit seinem Gips am Zaun fest?

Sie blickte über die Hecke. Der dämliche Pfau ohne Schwanzfedern hatte seine Lektion nicht gelernt; er stand dort und putzte sich, als hätte er immer noch all seine Pracht.

Sie mochte Pfauen wirklich nicht.

Sie befreite Davy vom Zaun und setzte sich mit ihm auf den warmen Schieferboden. Die anderen versammelten sich um sie, und ihre nassen Nasen und das warme, atemlose Schnuffeln linderten ihre Enttäuschung darüber, ihr Erbe verloren zu haben.

Eigentlich war es dumm. Es war nur ein Haus. Wenn ihr der Tag mit Seans Familie eines gezeigt hatte, dann, dass people zählten. Beziehungen zählten, nicht Häuser oder Geld. Man konnte Beziehungen nicht mit einem Preisschild versehen.

Und die Beziehung zu Sean war unbezahlbar. Wenn aus dieser Schatzsuche sonst nichts hervorgegangen war, dann doch er. Er war der größte Schatz von allen, und sie würde keine weitere Minute verstreichen lassen, ohne es ihm zu sagen. Merriweather würde die Freude nicht länger aus ihrem Leben saugen. Livvy hatte ihr bereits zu viel Macht gegeben. Auch damit war nun Schluss.

Sie verkürzte Davys Leine, damit er den Zaun nicht erreichen konnte, und setzte ihn mit einem strengen »Bleib« für beide neben Micki ab. Dann machte sie sich auf die Suche nach Sean.

Was sie stattdessen fand, war schlimmer als der Verlust des Erbes.

Kapitel Neununddreißig

Mit quietschenden Reifen bog Sean auf den Parkplatz der Anwaltskanzlei ein. Noch zwei Minuten.

Er ignorierte den Fahrstuhl – er konnte nicht darauf warten, bis er auftauchte – und nahm die Nottreppe, wobei er immer drei Stufen auf einmal nahm. Gott sei Dank war die Kanzlei nur im dritten Stock.

Er stürmte durch die Tür und erschreckte die Empfangsdame. »Scanlon? Welches ist sein Büro?«

»Es tut mir leid, Sir –«

»Ich habe den letzten Hinweis! Wo ist sein Büro?«

Gott sei Dank verstand die Frau, wovon er redete. »Dritte Tür rechts.«

Sean dankte ihr nicht einmal. Das würde er auf dem Rückweg nachholen.

Er hastete in Scanlons Büro. »Hier! Die Zeit!« Er knallte den Hinweis auf den Schreibtisch, die Handfläche flach darauf gepresst. »Livvys Hinweis«, sagte er und versuchte, zu Atem zu kommen. »Ich hab's geschafft.«

Scanlon hob hinter seiner Drahtbrille eine Augenbraue und blickte auf seine Uhr. Dann zog er den Hinweis unter Seans Hand hervor.

Sean trat einen Schritt zurück, während Scanlon sich quälend viel Zeit ließ, das verdammte Ding zu lesen.

»Ja, das ist der letzte.« Der Anwalt legte ihn auf seinen Schreibtisch.

»Aber ich fürchte, Olivia muss diejenige sein, die ihn präsentiert. Mrs. Martinson war diesbezüglich sehr eindeutig.«

»Nein. Auf keinen Fall. Sie können Livvy nicht auf diese Weise um ihr Erbe bringen. Sie konnte nicht kommen. Ihr Auto ist liegen geblieben.«

»Warum ist sie dann nicht mit Ihnen gekommen?«

»Es ist auf dem Heimweg liegen geblieben, als sie den Hinweis *holen* wollte, um ihn Ihnen zu bringen. Sie war völlig in Panik. Sie hätten sie am Telefon hören sollen.« Er improvisierte hier, aber das war ein Talent, das ihm bei Verhandlungen schon oft gute Dienste geleistet hatte, und hier ging es um den größten Deal seines Lebens. Um Livvys Leben. Vielleicht um ihr gemeinsames.

»Ja, das hätte ich wohl.« Scanlon zog eine Akte aus seiner obersten Schreibtischschublade und rückte seine Brille zurecht, während er das Blatt darin las. »Hm, es scheint tatsächlich so zu sein, dass Mrs. Martinson es in ihren Anweisungen *nicht* so detailliert formuliert hat, obwohl das ihre Absicht war.«

»Wenn es nicht schriftlich fixiert ist, kann Livvy dagegen angehen. Wollen Sie wirklich so einen Kampf ausfechten? Sie hat den Hinweis gefunden, und wenn ihr *altes* Wrack von einem Auto nicht den Geist aufgegeben hätte – das sie sich erst reparieren lassen kann, wenn sie ihr Erbe hat –, säße sie jetzt hier an meiner Stelle.« Sean kreuzte hinter seinem Rücken die Finger und betete, dass seine Nase nicht wuchs. Er hatte in letzter Zeit verdammt viel gelogen, und es beunruhigte ihn, wie natürlich ihm das mittlerweile von den Lippen ging. Aber *das* hier war für einen guten Zweck. Den *richtigen* Zweck. Livvy verdiente ihr Erbe, und er würde hier nicht weggehen, bis sie es hatte.

»Wenn sie es nur bestätigen würde –«

»Sie wird vorbeikommen. Ich bringe sie her, aber wir wollten, dass der Hinweis zuerst hier ankommt.«

Mr. Scanlon spähte über seine Brille hinweg. »Ich bin überrascht, dass *Sie* das vorbeibringen. Ziemlich überrascht.«

»Livvy verdient ihr Erbe.« Mist, der Kerl wusste *doch*, wer er war. Hinter was er hergewesen war. »Warum haben Sie es ihr nicht gesagt?«

»Das war nicht meine Aufgabe. Solange sie nicht geerbt hat, arbeite ich für das Anwesen. Ich habe meine Anweisungen.« Er tippte auf die Akte und klappte sie dann auf seiner Schreibtischunterlage zu. »Ich muss so bald wie möglich mit Ms. Carolla sprechen.«

»Werden Sie es ihr sagen?« Sean wollte das Anwesen nicht aufgegeben haben, nur um sie dann auch noch zu verlieren. Nicht, dass er es deswegen getan hätte, denn den Hinweis abzugeben war das Richtige, aber wenn Scanlon es ihr erzählte, würde sie alles infrage stellen, was zwischen ihnen passiert war.

Sean wollte nicht, dass sie das tat, denn das zwischen ihnen war echt. Unabhängig von der Situation mit dem Anwesen hatte er alles, was er ihr gesagt hatte, so gemeint, und noch mehr. Und er musste ihr noch mehr sagen. Musste ihr sagen, was er fühlte. Was er wollte.

»Ich sehe keinen Grund, es ihr zu sagen, da es keine Anfechtung des Testaments geben wird, ist das korrekt?«

Der Mann konnte mit einem einzigen Blick über den Rand seiner Brille viel vermitteln. Sean fühlte sich wie im Büro des Direktors. »Korrekt.«

»Sehr gut.« Scanlon schob die Akte in seine oberste Schublade. »Ich freue mich darauf, mit Ms. Carolla zu sprechen.«

Damit war er kurz und bündig entlassen. Sean machte sich auf den Rückweg zu seinem Truck. Es lag nun nicht mehr in seiner Hand. Er hatte getan, was er tun musste; jetzt war es an der Zeit, mit den Konsequenzen zu leben.

Livvy starrte auf den Computerbildschirm in Seans Zimmer.

Er hatte einen Computer.

Viel wichtiger war jedoch: Er hatte den Hinweis.

Außerdem hatte er Pläne für das Anwesen. *Ihr* Anwesen.

Sie strich über das Touchpad, um nach unten zu scrollen. Blaupausen. Kostenvoranschläge. Zahlen. Dollarzeichen. Prognosen.

Ein Brief von ihrer Großmutter.

Wenn der Computer und die Tabellenblätter ihr nicht schon den Boden unter den Füßen weggezogen hätten, dann wäre dieser Brief allein dazu in der Lage gewesen. So wie die Dinge lagen, musste Livvy sich erst einmal setzen.

Sie sank auf seine Matratze in seinem Zimmer und versuchte, sich *nicht* daran zu erinnern, wann sie das letzte Mal hier drin gewesen war. Was sie hier getan hatten. Zusammen. Auf diesem Bett.

Wo ihr sein Verrat nun hämisch entgegengrinste.

Sie scrollte durch die Zahlen. Neuer Teppichboden, Personal, Bettwäsche, Reinigung, ein Koch, Golfprofi, Wartungsteam, Concierge …

Es gab Pläne für einen Golfplatz. Einen Infinity-Pool mit einem Poolhaus samt Außen-Essbereich.

Er plante, diesen Ort in ein Hotel zu verwandeln.

Sie blickte auf die Ausgabenspalte. Architektur, Technik, Genehmigungen, Grundstücke … Die Summe in dieser Spalte war erschütternd. Beträge, die bereits ausgegeben worden waren.

Was zum Teufel war das? Woher hatte Sean diese Zahlen? *Warum* hatte er diese Zahlen zusammengestellt? Wie war er davon, Häuser zu renovieren, zu … zu so etwas gekommen?

Sie öffnete ein Suchfenster und tippte seinen Namen und *Hotels* ein.

Was dabei herauskam, war ebenso erschütternd wie die Zahlen.

Sean besaß Pensionen. Ziemlich viele sogar.

Er plante, dieses Haus seiner Liste von Immobilien hinzuzufügen. Und Merriweather, so stand es in ihrem Brief, überließ es ihm praktisch zu einem Preis weit unter dem Marktwert. In dem Brief wurde sogar ausdrücklich *erwähnt*, dass es unter dem Marktwert lag. Was zum Teufel?

Livvy klickte zurück zum Blatt mit den Prognosen und stellte eine schnelle Rechnung an. Er brauchte diesen Preis. Basierend auf den prognostizierten Einnahmen wäre sein ROI deutlich geringer, wenn er mehr für das Anwesen zahlte, als Merriweather ihm versprochen hatte.

Hatte er die ganze Zeit hier gearbeitet – die ganze Zeit mit ihr geschlafen – und erwartet, dass sie dabei mitspielen würde? Und wann hatte er vorgehabt, es ihr zu sagen, vor oder nachdem sie geerbt hatte –

Oh Gott, ihr wurde schlecht.

Livvy spürte, wie sich der Raum drehte, und sie hielt sich am Fußende des Bettes fest, um nicht umzukippen. War alles nur Fassade gewesen? Hatte er sie die ganze Zeit angelogen, und sie, die arme, erbärmliche, einsame Närrin, war voll und ganz auf seine Pläne hereingefallen?

Und der Hinweis … Wenn er den Hinweis hatte, bedeutete das … das bedeutete, dass er ihn vor ihr verheimlicht hatte. War das der Grund, warum sie ihn nicht hatte finden können? War *er* derjenige gewesen, der sie auf eine Schnitzeljagd geschickt hatte, und nicht Merriweather? Hatte sie die ganze Zeit dem Falschen die Schuld gegeben?

Livvy klickte zurück zum Hinweis.

· · ·

Ich gratuliere Ihnen. Sie sind nun eine der Martinsons geworden – eine feine, illustre Familie.

~Merriweather Knightsbridge Martinson

Ihr *gratulieren*? Ernsthaft? Die Frau dachte, *das* hier sei so ein Hauptgewinn? Wie wäre es mit dem Geld, das es einbringen würde? *Das* war der Gewinn, nicht irgendein veralteter, unzeitgemäßer feudaler Ritterstand, der im einundzwanzigsten Jahrhundert nichts mehr bedeutete.

Besonders wenn ihre Ritter-in-strahlendem-Minzgrün sie verraten hatte.

Er wollte das Anwesen.

Sie sollte eigentlich eine gewisse Genugtuung darüber empfinden, dass Merriweather ihn ebenfalls verraten hatte, aber im Moment fühlte sie nur Schmerz.

Er hatte sie benutzt. Das war schlimmer, als von ihrer Familie ignoriert und nicht anerkannt zu werden. Er hatte ihre Gefühle, ihre Großzügigkeit, ihr *Vertrauen* genommen und für seinen eigenen Vorteil missbraucht.

Er hatte den Hinweis.

Der Gedanke wollte ihr nicht aus dem Kopf. Er hatte ihn vor ihr versteckt gehalten. Er hatte dafür gesorgt, dass sie nicht gewinnen konnte. Dass sie ihr Erbe nicht einfordern können würde.

Wenn sie nicht schon gesessen hätte, hätte diese Erkenntnis ihr die Beine weggezogen. Wer *war* er eigentlich? Er war nicht der Typ, den sie zu kennen geglaubt hatte. Derjenige, der sie wollte und sich um sie sorgte und gern mit ihr zusammen war. Er hatte sie für seine eigenen Zwecke benutzt.

Es schien, als wäre sie am Ende doch genau wie ihre Mutter.

Livvy schüttelte diesen deprimierenden Gedanken ab. Nein. Sie war nicht wie ihre Mutter. Sie würde diesen Kerl nicht anflehen und anbetteln, dass er sie wollte. Sie würde nicht darauf warten, dass er »zur Vernunft kam«. Und sie würde auch nicht hier rumsitzen und darauf warten, dass er sie rauswarf.

Oh Gott, und da hatte sie schon darüber nachgedacht, wie sie ihn für immer bei sich behalten konnte, und er wollte sie die ganze Zeit über nur loswerden.

Kein Wunder, dass er so einen Aufstand wegen des Teppichs und der Möbel gemacht hatte. Kein Wunder, dass er bei jeder Hinweissuche dabei gewesen war. Sie hatte gedacht, er sei so hilfsbereit, so großzügig mit seiner Zeit. Dass sie ihm genug bedeutete, sodass er wollte, dass sie Erfolg hat, während sie in Wahrheit die ganze Zeit die Drecksarbeit für ihn erledigt hatte. Sie hatte ihn geradewegs zu dem Weg geführt, der ihr Scheitern besiegelte.

Ausnahmsweise war sie dankbar für die zwecklosen Stühle, die den Flur säumten; sie kam nicht weit, als ihre Beine zittrig wurden. Sie setzte sich und stützte das Kinn in die Handfläche.

War er gerade jetzt dort? In Mr. Scanlons Büro und prahlte damit, wie er sie geschlagen hatte? Stellte er in diesem Moment den Scheck aus, um ihr den Ort unter dem Hintern wegzukaufen, während sie hier machtlos saß und nichts am Ergebnis ändern konnte? Würde sie noch vor Einbruch der Dunkelheit auf der Straße stehen?

Was sollte sie wegen der Tiere tun? Die Hunde konnte sie wahrscheinlich in ihr Auto bekommen. Sie würden nicht gerade begeistert sein, aber sie könnte sie alle dort hineinquetschen, wenn es sein müsste. Aber die im Stall ... Sie würde mindestens einen Tag brauchen, um einen Lastwagen zu mieten. Sicherlich würde Sean sie nicht einfach rauswerfen? Er hatte eine Bindung zu ihnen aufgebaut; das konnte er nicht vorgetäuscht haben. Tiere spürten so etwas. Sie alle hatten ihn akzeptiert, kamen, wenn er rief, begrüßten ihn, wenn er den Stall betrat. Sogar Rhett hatte ihn in die Nähe von Scarlett gelassen. Tiere konnten einen Blender aus meilenweiter Entfernung erkennen. Warum hatten sie es diesmal nicht getan?

Warum hatte *sie* es nicht getan? War sie so arm an Zuneigung, dass sie sich auf die erstbeste Gelegenheit gestürzt hatte? *War* sie so bedürftig wie ihre Mutter?

Das brachte sie wieder auf die Beine. Nein. Sie war *nicht* ihre Mutter. Oder ihr Vater *oder* ihre Großmutter. Sie war Livvy Carolla. Ihr eigener Mensch. Und sie war die Herrin über ihre Zukunft. Nicht das Schicksal, nicht Merriweather und ganz sicher *nicht* Sean.

»Mistkerl!«, sagte Orwell, als sie in ihr Zimmer stürmte. Ausnahmsweise störte sie sich nicht an seinem losen Mundwerk. Ja, Sean war ein Mistkerl, und es passte nur zu gut, dass er es war, der Orwell dieses Wort beigebracht hatte.

Sie warf die Decke über Orwells Käfig. Sie stimmte zwar zu, dass Sean ein Mistkerl war, aber sie brauchte Orwell nicht, um sie wie bei einer hängengebliebenen Schallplatte daran zu erinnern.

Sie stopfte ihre Kleider in eine Reisetasche, packte ihre Toilettenartikel in eine andere und kritzelte hastig eine Notiz an den Mistkerl, in der sie ihm *genau* sagte, was sie von ihm hielt und dass sie morgen wegen der restlichen Tiere wiederkommen würde. Zehn Minuten, und sie hatte ihre Existenz aus diesem Zimmer ausgelöscht.

Es war zu traurig, um länger darüber nachzudenken. Außerdem hatte sie keine Zeit zum Nachdenken. Sie musste schleunigst von hier verschwinden, damit sie ihm nicht gegenübertreten musste, wenn er zurückkam. Voller Schadenfreude.

Kapitel Vierzig

Livvys Telefon klingelte zum sechsten Mal innerhalb weniger Minuten. Sie musste gar nicht erst draufblicken, um zu wissen, dass es Sean war. Er konnte von ihr aus ewig weiter anrufen; sie würde nicht rangehen.

Es klingelte erneut. Georgia fing an zu winseln.

Oh Gott, nein. Livvy schnappte sich das Handy. Sie sprach lieber mit Sean, als zu riskieren, dass Georgia den Rest der Hunde aufstachelte.

»Hör zu, Sean, ich will nicht—«

»Hier spricht Mr. Scanlon, Ms. Carolla.«

»Oh. Es tut mir leid. Ich—«

»Ich habe mich gefragt, wann Sie vorbeikommen würden. Es gibt Dinge, die wir besprechen müssen.«

»Hören Sie, Mr. Scanlon, ich weiß über alles Bescheid, was Sean getan hat. Worüber gibt es da noch zu reden?«

»Die Verfügung über das Anwesen.«

Sie hätte über die »Verfügung« des Anwesens fast gelacht, aber ihr war in *ihrer* eigenen Verfassung nicht danach zumute, irgendetwas davon komisch zu finden. »Muss ich das wirklich jetzt tun?«

»Ich fürchte, ja. Es müssen bestimmte Richtlinien eingehalten werden und dies ist eine davon.«

Ihre Großmutter musste jenseits des Grabes *wirklich* triumphieren: Sie hatte recht behalten *und* Livvy tanzte immer noch nach ihrer Pfeife.

»Ich bin noch eine halbe Stunde hier, aber danach treffe ich mich mit meiner Frau – äh, einem anderen Klienten und werde nicht mehr erreichbar sein.«

Mist. Er opferte die Zeit mit seiner Frau für sie, und die Zeit reichte nicht aus, um zum Haus zurückzufahren und die Hunde dort unterzubringen – ganz zu schweigen von dem Risiko, Sean über den Weg zu laufen.

Man konnte sie meinetwegen eine Närrin für die wahre Liebe nennen, aber sie würde Mr. Scanlon oder seine Frau nicht wegen ihr oder diesem Mistkerl warten lassen. Die Hunde mussten einfach im Auto bleiben. »Ich bin in ein paar Minuten da.«

Sean drückte immer wieder auf Wahlwiederholung, um Livvy zu erreichen, aber seine Anrufe gingen direkt an die Mailbox. Nachdem er die dritte Nachricht hinterlassen hatte, gab er es auf. Sie musste ihr Handy wohl nicht bei sich haben.

Er hoffte verdammt noch mal, dass sie nicht heulend auf ihrem Bett lag, weil sie glaubte, alles verloren zu haben. Er musste ihr sagen, dass das nicht stimmte. Musste ihr sagen, dass sie gewonnen hatte.

Jetzt galt es, seinen Brüdern zu sagen, dass sie verloren hatten.

Nun, sie waren darauf vorbereitet gewesen. Beide hatten versucht, es ihm auszureden, und ihn davor gewarnt, sein Leben für eine Frau aufzugeben. Liam war in dieser Hinsicht schon einmal böse reingefallen, und Bry hatte sich die Lektion zu Herzen genommen. Sean war der einzige Romantiker, der in der Truppe noch übrig war, aber das hatte seinen Blick nicht getrübt. Livvy war eine großartige Person. Ein guter Mensch. Eine fantastische Frau. Und sie würde eine unglaubliche Ehefrau und Mutter sein. Seine Frau und die Mutter *seiner* Kinder. Er wollte sie für immer, und er würde verdammt noch mal alles tun, um sie zu bekommen. Sie und ihre verrückte Menagerie, ihre acht Hunde und den fluchenden Papagei, der Songtexte verstümmelte.

Ihr Auto stand nicht in der Einfahrt, als er vorfuhr. Vielleicht war sie zum Büro des Anwalts gefahren?

Er rief dort an, aber the call landed in voicemail außerhalb der Geschäftszeiten.

Wo war sie also?

Er ging zur Küchentür. Wo waren die Hunde?

Er versuchte es erneut bei ihr, erreichte aber wieder nur die Mailbox.

»Livvy?«, rief er, als er hineinging.

Nichts.

»Ringo?« Er dachte, der große Hund würde durch die Tür gestürmt kommen, wenn er seine Stimme hörte, und Sean musste sich keine Sorgen machen, was die Krallen des Huskys mit dem Boden anstellen würden. Das war jetzt Livvys Problem.

»John?«

Nichts.

»Davy?«

Überhaupt nichts.

»Ist jemand zu Hause?« Wo konnte Livvy mit den Hunden hingegangen sein? Und womit? Ihre Schrottlaube war nicht groß genug, um Ringo zu transportieren, geschweige denn sieben andere.

Er fand sie in keinem der Zimmer im Erdgeschoss, also ging er nach oben. Sie würde sie doch nicht wieder ins Badezimmer gesperrt haben, oder? Sie war so verärgert gewesen, als er es getan hatte.

Sean lächelte bei der Erinnerung. Sie war so entrüstet gewesen, mit den Händen in den Hüften und ihrem wilden Haar um ihre Schultern. Er hatte sich konzentrieren müssen, um überhaupt etwas zum Gespräch beizutragen, denn alles, was er wollte, war, sie an sich zu ziehen und sie besinnungslos zu küssen.

Was er auch tun würde, sobald er sie gefunden hätte, dachte er, während er auf ihr Zimmer zuging.

Das Erste, was ihm auffiel, war, dass Orwell weg war. *Gott sei Dank*, schoss es ihm durch den Kopf, aber dann bemerkte er, dass ihr Kleiderschrank leer war. Und dass eine Notiz auf dem Bett lag.

Es war kein Hinweis.

Sean hob sie auf. Sie bestand aus einem großen Wirrwarr aus Schnörkeln. Natürlich hatte Livvy eine verschnörkelte Handschrift; das passte zu den rosa Zehennägeln.

Schade nur, dass er kein Wort davon verstand und sein Computerprogramm mit Schnörkelschrift nicht gut zurechtkam. Trotzdem musste er es versuchen.

Er ging über den Flur in sein Zimmer, um die Notiz in seinen Laptop einzuscannen, und—

Sein Laptop war nicht in seiner Tasche.

Er war offen.

Er war an.

Er berührte das Touchpad, und der Bildschirm erwachte zum Leben.

Heiliger Strohsack. Merriweathers Brief.

Er ließ sich auf die Matratze sinken. Livvy durfte das nicht gesehen haben.

Er sah über den Flur in ihr leeres Zimmer und betete, dass es nicht das bedeutete, was er inzwischen vermutete.

Er klickte auf ein anderes offenes Dokument.

Der Hinweis.

Eine Tabelle war ebenfalls offen, und Sean musste eigentlich nicht darauf klicken, um zu wissen, was es war, aber er tat es trotzdem in der vergeblichen Hoffnung, dass seine Welt nicht gerade über ihm zusammenbrach.

Die Prognosen. *Und* es war ein Suchfenster offen.

Er klickte darauf.

Sie wusste es. Oder zumindest glaubte sie es zu wissen.

Mistkerl. Da hatte er endlich das Richtige getan, und es war ihm direkt um die Ohren geflogen. Er hätte es nicht tun sollen. Er hätte den Hinweis einfach verschweigen und hierbleiben sollen und—

Nein. Nein, hätte er nicht. Er hatte das Richtige getan und konnte in den Spiegel schauen, in dem Wissen, dass er es getan hatte. Ob Livvy ihn jemals wieder ansehen würde oder nicht, er hatte das Richtige getan.

Er nahm sein Handy und wählte noch einmal ihre Nummer. Wieder die Mailbox. Diesmal hinterließ er eine Nachricht.

»Livvy, es ist nicht so, wie du denkst. Lass es mich erklären. Bitte.«

Er hielt inne, denn was konnte er noch sagen? Entweder wollte sie ihn oder nicht.

Aber dann sagte er das eine, was er ihr unbedingt sagen musste. Das eine, das er für den Rest seines Lebens bereuen würde, wenn er es nicht täte.

»Livvy... ich liebe dich. Es hat nichts mit dem Haus zu tun. Nichts mit dem, was ich dachte zu wollen, als ich angefangen habe, hier zu arbeiten, sondern es hat alles mit dir zu tun. Du hast mir klargemacht, was in dieser Welt wirklich wichtig ist, und ich hoffe, du gibst mir die Chance, dir das persönlich zu sagen. Ich liebe dich, Livvy. Ob du auf dem Bauernhof lebst oder in dem Anwesen oder in einer winzigen kleinen Wohnung, in der die Tiere auf den Möbeln schlafen, spielt für mich keine Rolle. Wo immer du bist, ist mein Zuhause, und dort möchte ich sein. Bitte gib mir eine Chance. Gib *uns* eine Chance.«

Er beendete den Anruf, bevor er anfing zu betteln, obwohl er auch das tun würde, wenn es nötig wäre, damit sie ihm zuhörte. Er durfte sie nicht auch noch verlieren. Denn letztendlich war sie das Einzige, was zählte.

Kapitel Einundvierzig

»Darf ich Ihnen als Erster meine besten Wünsche übermitteln?«, sagte Mr. Scanlon und streckte ihr die Hand entgegen, völlig unbeeindruckt von den acht Hunden, die sie zwangsläufig mitgebracht hatte. Georgia hatte angefangen zu jaulen, als Livvy den Wagen geparkt hatte, und die anderen hatten mit eingestimmt. Da sie nicht wollte, dass das Innere des Autos bei ihrer Rückkehr in Fetzen lag, hatte sie sie mitgenommen. Dankenswerterweise zeigten sie sich von ihrer besten Seite.

Ganz im Gegensatz zu einem gewissen Mistkerl, den sie kannte.

»Meinen Sie nicht eher Beileidsbekundungen?« Sie hantierte mit den Leinen, um seine Hand zu schütteln. Sie wusste nicht, warum sie sich die Mühe machte, aber es war nicht seine Schuld, dass sie versagt hatte. Was sollte der arme Kerl auch sagen, wenn er ihr mitteilte, dass ihr gerade mehr als ein paar Millionen Dollar durch die Lappen gegangen waren?

»Nun, ich schätze, man könnte es so sehen, aber es war der aufrichtige Wunsch Ihrer Großmutter, dass Sie das Anwesen lieben lernen würden. oder zumindest genug für die Familiengeschichte empfänden, um es im Familienbesitz zu halten. Aber falls nicht, kann ich Ihnen sagen, dass ich bereits mehrere Angebote sondiert habe, sollten Sie verkaufen wollen.« Er reichte ihr ein Blatt Papier. »Hier sind die höheren Beträge, und ich wage zu behaupten, dass Sie noch höher gehen könnten. Sie, junge Dame, haben für den Rest Ihres Lebens ausgesorgt, sollten Sie verkaufen wollen.«

Er sprach zwar Englisch, aber bei ihr kam nichts an. Was verkaufen?

Sie nahm das Papier und setzte sich auf einen Stuhl gegenüber seinem Schreibtisch.

Die Hunde ließen sich zu ihren Füßen nieder.

Wahnsinn. Das waren verdammt hohe Zahlen. Jede Menge Nullen.

»Es tut mir leid, aber ich verstehe nicht.«

»Das Anwesen der Martinsons ist ein höchst begehrtes Immobilienobjekt. Wie ich schon sagte, das sind vorläufige Zahlen. Sobald es tatsächlich zum Verkauf steht, rechne ich damit, dass sie noch steigen werden.«

Sie schüttelte den Kopf. »Es tut mir leid, Mr. Scanlon, aber was hat das mit mir zu tun?« Hatte er den Auftrag, Salz in ihre Wunden zu streuen?

Mr. Scanlon lächelte. Es sah nicht nach einem sadistischen, hämischen Lächeln aus, aber andererseits hatte sie auch geglaubt, Sean sei ehrlich zu ihr gewesen – was wusste sie also noch über die menschliche Natur?

»Ich begreife, dass das viel auf einmal ist, aber meine Kanzlei und ich persönlich stehen bereit, den Verkauf des Anwesens in Ihrem Namen abzuwickeln.«

»In meinem Namen? Aber es gehört mir doch gar nicht.«

»Eine reine Formalität.« Er nahm einen blau gebundenen Stapel Papiere aus einer Akte auf seinem Schreibtisch. »Vielleicht möchten Sie diese Dokumente von Ihrem eigenen Rechtsbeistand prüfen lassen, aber Sie werden feststellen, dass sie rechtmäßig sind. Ihre Großmutter hat dafür gesorgt.«

Livvy nahm die Dokumente und überflog sie, um den Sinn zu verstehen – *Urkunde* sprang ihr ins Auge.

Und da stand ihr Name.

Und die Adresse des Anwesens.

Sie verstand *wirklich* nicht, was hier vor sich ging.

»Mr. Scanlon, ich habe keinen blassen Schimmer«, sagte sie.

»Ja, ich verstehe«, erwiderte er.

Sie wünschte, sie täte es. »Aber Sie sagen mir, dass ich ihn nicht brauche? Dass das Anwesen die ganze Zeit mir gehört hat? Hat meine Großmutter mich völlig umsonst auf diese Schnitzeljagd geschickt?«

Die Hunde wurden unruhig, als ihre Stimme lauter wurde. John starrte den Anwalt mit einem grollenden Knurren an.

»Oh nein, meine Liebe. Die Schatzsuche war sehr real. Hätten Sie die Hinweise nicht rechtzeitig abgeliefert, hätte ich Anweisungen für die Veräußerung des Anwesens gehabt.«

»An Sean.«

»Nun, äh ...« Jetzt wirkte Mr. Scanlon *beunruhigt.* »Äh, ja. Mr. Manley wäre der eingetragene Käufer gewesen.«

»Warum ist er es dann nicht? Ich habe die Hinweise nicht abgeliefert.«

»Aber er hat es an Ihrer Stelle getan«, erklärte er und hielt ein anderes Blatt Papier hoch. »Hat mich überrascht, wenn man bedenkt, wie versessen er darauf war, Eigentümer zu werden, aber er hat sie tatsächlich abgeliefert. Er hat mir auch alles über Ihre Autopanne erzählt. Das Anwesen gehört Ihnen.«

Sie wusste nicht, was sie zuerst verarbeiten sollte. Die faustdicke Lüge über ihr Auto oder die Tatsache, dass Sean ihr das Anwesen mit allem Drum und Dran überlassen und damit auf all das Geld verzichtet hatte.

Und sie hatte ihm diesen Brief geschrieben ...

Oh Gott.

»Ms. Carolla, ist alles in Ordnung mit Ihnen?«, fragte er. »Möchten Sie ein Glas Wasser?«

Wein wäre besser. Ein ganzer Krug voll. Oh Gott, was hatte sie nur getan?

»Ich muss gehen.« Sie sprang auf und verhedderte sich in den Leinen, als sie loswollte. Die Hunde teilten ihr Gefühl der Dringlichkeit nicht.

»Aber Ms. Carolla – Olivia. Darf ich Sie so nennen? Sie können sich gewiss Zeit lassen und die Urkunde von Ihren Anwälten prüfen lassen, aber das hier muss ich Ihnen noch geben.« Er holte noch einen Brief hervor. Der Mann war wie der Weihnachtsmann, der am ersten Feiertag Geschenke verteilte.

»Er ist von Ihrer Großmutter.«

Oder vielleicht war es doch nur Kohle.

Livvy setzte sich wieder. Das war alles zu viel. Seans Verrat, der keiner war, ihr Brief, der nie hätte sein dürfen, und nun Merriweathers Triumphgeheul.

»Ich kann das im Moment wirklich nicht lesen«, sagte Livvy.

»Ich verstehe, dass Sie überwältigt sind. Aber Ihre Großmutter hatte das Gefühl, dass dies helfen könnte. Ich denke das auch«, sagte er und hielt ihr den Umschlag hin. »Bitte. Lesen Sie ihn.«

Livvy nahm den Umschlag und den Brieföffner, den Mr. Scanlon ihr anbot, und schob ihn unter die Lasche. Sie zog ein Stück Pergament heraus.

Natürlich war es Pergament. Nichts so Banales wie Kopierpapier oder parfümiertes Briefpapier für Merriweather Martinson.

»Ich lasse Sie ihn in Ruhe lesen.« Mr. Scanlon stand auf, machte einen Schritt und hielt dann inne. »Wenn ich darf, Olivia?«

Livvy sah ihn durch einen Schleier aus ... etwas an. Verwirrung? Surrealität? »Ja?«, fragte sie.

»Ich sehe viel von Ihrer Großmutter in Ihnen. Ich glaube, sie hat das auch gesehen. Und das ist etwas Gutes«, sagte er. Er tippte einmal leise auf die Lederunterlage, räusperte sich und verließ den Raum, woraufhin die Klinke ins Schloss klickte.

Noch ein Punkt auf der Surrealitäts-Skala. Sie war wie ihre Großmutter? Nicht in diesem Leben.

Sie lehnte sich im Stuhl zurück und entfaltete das Pergament. Die krakelige Schrift, die sie erwartet hatte, war durch eine starke, kühne Hand ersetzt worden.

Olivia,

Ich hatte Unrecht. Das sind Worte, die ich niemals zuvor in meinem Leben ausgesprochen habe, aber hier, an seinem Ende, stelle ich fest, dass ich es muss. Ja, ich hatte Unrecht.

Ich hätte dich als meine Enkelin annehmen sollen, unehelich oder nicht. Du warst nicht schuld an den Umständen deiner Geburt; das fällt auf meinen Sohn und seine Vorlieben zurück. Aber du, du warst unschuldig, und in meinem Zorn und meiner Enttäuschung habe ich das vergessen.

Wenn sich das Leben dem Ende zuneigt, hat man die Gelegenheit, über vieles nachzudenken. Ich werde niemals die Wachsamkeit bereuen, mit der ich den Namen Martinson geschützt habe. Es ist ein Name, der die Jahrhunderte sowohl mit Bewunderung als auch mit Verurteilung überdauert hat. Ich war entschlossen, dass die Bewunderung unter meiner Führung fortbestehen würde. Doch dabei habe ich an dir versagt.

Ich will und kann keine Ausreden finden. Ein Kind, das weiß ich wohl, ist immer ein Segen. Da ich nur eines zur Welt bringen konnte, steht dieser Grundsatz für mich an erster Stelle. Ich wollte, dass Lawrence, dein treuloser Vater, der

Mann wird, der sein Vater gewesen wäre, hätte die Zeit ihm die Chance dazu gegeben. Aber es scheint, Lawrence war einer jener Martinsons, die unserem Namen Schande einbringen würden. Und so habe ich dich versteckt. Ich habe dich ignoriert. Ich wollte diesen Makel für die Familie nicht.

Jetzt sehe ich, dass der Makel von mir selbst verursacht wurde. Hätte ich dich nur angenommen, dich in der Familie willkommen geheißen, deinen Vater dazu gebracht, seine Verantwortung zu übernehmen, wäre dieser selbstverschuldete Fleck auf dem Familiennamen – und meinem Gewissen – niemals entstanden. Und du hättest die Familie gehabt, die du verdienst.

Ich habe es mit diesem einen Besuch versucht, aber ... nun ja, es gibt keine Ausreden. Ich bin eine eigensinnige Frau und war es schon immer.

Wahrlich, Olivia, du bist eine starke, entschlossene Persönlichkeit, nicht unähnlich mir selbst. Während ich mein Leben lang Privilegien genoss, war das bei dir nicht der Fall. Und dafür habe nur ich die Schuld zu tragen.

Ich möchte Wiedergutmachung leisten und hoffe, dass du nicht zulässt, dass dein Stolz – und ich weiß, dass es ein gewaltiger ist, denn ich teile ihn – dir im Weg steht. Du bist eine Martinson. Du bist in jeder Hinsicht so stark und entschlossen und leidenschaftlich und loyal wie dein Großvater, mein geliebter Henry. Hätte ich mir nur erlaubt, das in dir zu sehen, bevor ich die Kluft in unserer Beziehung vertiefte, wären die Dinge anders verlaufen.

Natürlich kann ich das Vergangene nicht ungeschehen machen, aber es ist mein Wunsch, dass du diese Familie mit all unseren Fehlern annimmst und das Erbe antrittst, das du so reichlich und rechtmäßig verdienst.

Die Hinweise haben dich wahrscheinlich frustriert und verärgert; ich weiß, mir wäre es ebenso ergangen. Aber ich wollte, dass du siehst, woher du kommst, wer du bist, bevor du alles wegwirfst. Ich hatte gehofft, dass dein leidenschaftlicher Sinn für Gerechtigkeit und dein Einsatz für die Unterlegenen dich bis zum Ende weitermachen lassen würden. Dass du die Gelegenheit nutzen würdest, dein Erbe anzunehmen und es für die Dinge einzusetzen, an die du glaubst, statt es an irgendeinen Großkonzern zu verscherbeln, der nur darauf aus ist, an jenen zu verdienen, die weniger privilegiert sind als die meisten. Das ist der Grund, warum ich Mr. Manleys Angebot angenommen habe: Mir gefiel, was er mit dem Anwesen vorhatte. Aber ich hatte gehofft, dass du es für dich beanspruchen würdest.

Dass du dies hier liest, ist der Beweis, dass ich mit meiner Einschätzung über dich richtig lag.

Ich habe deine Entwicklung über die Jahre verfolgt, Olivia. Ob zu Recht oder zu Unrecht, ich musste sehen, was aus dir werden würde. Dein Kommune-Lebensstil schien meine Distanz zu rechtfertigen, zumindest vor mir selbst. Ich redete mir ein, dass du genau wie deine Eltern wärst. Ich hatte so große Hoffnungen, dass Lawrence es auf sich nehmen würde, eine Frau von gutem Charakter und Stand zu heiraten, mit einem Sohn, der unseren Familiennamen weitertragen würde. Ich habe mich selbst belogen.

Du bist nicht wie dein Vater. Ob du etwas von deiner Mutter in dir hast, werden wir bedauerlicherweise nie erfahren. Aber ich glaube nicht, Olivia, denn beide Elternteile hatten nicht die innere Stärke, die du bewiesen hast, indem du dein Leben nach deinen Vorstellungen aufgebaut hast.

Ich habe deine Kuchen und Brote gekostet. Deine Backkünste sind den meinen überlegen, weshalb ich wohl auch immer einen Koch hatte. Aber trotz deines Talents ist es dein Glaube an dich selbst, deine absolute Entschlossenheit, wenn die Chancen schlecht stehen, die deinen wahren Charakter zeigen. Du bist eine Kämpferin, Olivia, weil du immer weiter für das kämpfst, was du willst. Ich frage mich, was aus dir geworden wäre, wenn ich diesen Kampfgeist gefördert statt unterdrückt hätte.

Es war meine Absicht, dich schon früher zu kontaktieren, aber da ich deinen Stolz kannte, wusste ich, dass du erst nach meinem Tod in dieses Haus zurückkehren würdest. Und so habe ich dieses Spiel für dich vorbereitet. Es hat mir große Freude bereitet, mich darauf zu konzentrieren, dir das zurückzugeben, was ich dir genommen habe. Es hat mir jedoch auch große Reue bereitet für das, was wir hätten haben können.

Mir ist klar geworden, dass ich nicht perfekt bin, was ein ziemliches Geständnis für den alten Drachen ist. Ja, ich wusste von deinem Spitznamen für mich und habe ihn heimlich genossen, denn das war das Bild, das ich der Welt vermitteln wollte. Die stolze, starke Frau am Steuer des Martinson-Schiffes.

Es ist mir eine Ehre, diesen Titel an dich weitergeben zu dürfen. Ich bin stolz darauf, wer du bist, Olivia, und ich hoffe, dass es dir eines Tages etwas bedeuten wird. Ich bin stolz auf dich, dass du die Vergangenheit und deinen Stolz beiseitegelassen hast, um die Kontrolle über dein Erbe zu übernehmen, trotz deines Hasses auf mich. Ich bin stolz, dass du so fest zu deinen Überzeugungen gestanden hast, immer wieder neue Wege zu gehen. Ich bin stolz, dir das Erbe von Jahrhunderten der Martinsons zu übergeben und dir die Fortführung dieses Namens anzuvertrauen.

Ich bin stolz darauf, dich meine Enkelin zu nennen, und wünschte, ich hätte diese Wahrheit schon vor Jahrzehnten erkannt.

Doch letztendlich habe ich herausgefunden, dass das Eine, von dem ich wünschte, ich hätte es dir vor all den Jahren gesagt, stärker ist als mein Beschützerinstinkt für diese Familie. Was ich mir gewünscht hätte, dir persönlich zu sagen, und was ich nun bis zu meinem Tod nicht getan haben werde – mein größtes Bedauern – ist:

Ich liebe dich, Olivia.

Deine Großmutter,
Merriweather Knightsbridge Martinson

Livvy starrte auf den letzten Satz, bis die Worte durch ihre Tränen verschwammen. Ihre Großmutter respektierte sie. Offenbar liebte sie sie sogar.

Livvy presste den Brief an ihre Brust und beugte sich vor, während Schluchzer ihren Körper erschütterten – all die Tränen, gegen die sie so lange und hart angekämpft hatte. All die verschwendeten Jahre. All die Einsamkeit. All die einsamen Feiertage und die leeren Plätze im Zuschauerraum bei den Schulaufführungen. All die Sommer, in denen sie von einem Freund zum nächsten abgeschoben worden war und nie einen Ort hatte, den sie ihr Eigen nennen konnte. All der Groll und der Schmerz und die Fragen ...

Es würde eine Weile dauern, bis die Wut verflog. Bis der Schmerz nachließ. Ihre Großmutter hatte sie falsch eingeschätzt und ihr dadurch Leid zugefügt, das sie nie verdient hatte.

Oh mein Gott – sie hatte Sean genau dasselbe angetan.

Sie stand auf, wischte sich die Augen und entwirrte die Leinen. Sie musste zu ihm. Musste es ihm sagen ... Was eigentlich? Dass sie ihm verzieh? Natürlich. Dass sie ihn verstand? Ja. Das tat sie.

Dass sie ohne ihn nicht leben konnte?

Ja. Das auch.

Dass sie ihn liebte?

Das war es, was sie ihm mehr als alles andere sagen musste.

Mr. Scanlon und sogar Merriweather selbst mochten glauben, dass viel von ihrer Großmutter in ihr steckte, doch der eine große Unterschied zwischen ihnen war, dass Livvy wusste, wann sie zugeben musste, dass sie falsch lag, und um Vergebung bitten musste.

»Kommt schon, Leute.« Sie zog an den Leinen. »Gehen wir nach Hause.«

Kapitel Zweiundvierzig

Sean fluchte, während er versuchte, die zweite Zeile von Livvys Brief in seinen Laptop einzutippen. Verdammt, er vermisste sein Tablet mit der Vorlesefunktion. Das hier würde ewig dauern.

War das ein *E* oder ein *A*? Er konnte es nicht erkennen, und es machte ihn wahnsinnig. Er würde Mac um Hilfe anrufen müssen, und das würde ätzend werden. Und sie würde genauso ausrasten, wenn sie erfuhr, dass er ging, aber Livvys Abwesenheit und die Notiz verhießen nichts Gutes. Sie würde ihn sicher nicht sehen wollen, wenn sie das Anwesen forderte, und er konnte es ihr nicht verdenken.

Mac würde es allerdings tun. Es ihm verdenken, nämlich. Und er konnte verdammt noch mal nichts dagegen tun, denn er war im Sinne der Anklage schuldig.

Er mühte sich mit dem Rest des Wortes ab, gab dann aber auf. Druckschrift war schon schwer genug zu lesen, aber geschwungene Schreibschrift war für ihn so gut wie unmöglich. Mit Hieroglyphen wäre er besser dran. Das waren wenigstens Bilder.

Er klappte seinen Laptop zu. Er sollte wahrscheinlich gehen, ihr Zeit geben, das Erbe zu verarbeiten, das, was er getan hatte, und was er in seiner Nachricht gesagt hatte, aber er wollte sie sehen. Wollte die Chance, alles persönlich zu sagen. Um sie zu kämpfen. Wenn es auf dieser Welt etwas gab, wofür es sich zu kämpfen lohnte, dann war es Livvy.

Er sah aus seinem Fenster. Die Scheune. Die Tiere fragten sich wahrscheinlich, wo das Abendessen blieb. Und warum ihre Boxen dreckig waren. Er konnte das erledigen, um etwas Zeit totzuschlagen. Gott wusste, dass er es verdient hatte, noch mehr Scheiße zu schippen.

Überraschenderweise waren die Tiere ruhig, als er hineinging. Wahrscheinlich spürten sie, wie er sich fühlte. Oder es lag daran, dass er Davy, den Unruhestifter, nicht dabeihatte. Er vermisste den kleinen Kerl.

Wenn er so darüber nachdachte, vermisste er sie alle. Er würde all diese Kerle hier auch vermissen, wenn Livvy die Sache beendete.

»Weißt du, Rhett, ich hätte nie gedacht, dass ich das mal sagen würde, aber ich bin eifersüchtig auf dich, Kumpel. Deine Lady ist direkt bei dir, Tag für Tag, an deiner Seite, und liebt dich.«

Rhett musste es verstanden haben, denn er trat hinter Scarlett und stupste sie an.

Sean schüttelte den Kopf. Das Alpaka gab jetzt einfach nur an.

Aber Scarlett wandte sich diesmal gegen ihn. Sie fuhr herum und spuckte Rhett an. Traf ihn mitten ins Gesicht. Der große Kerl sah so überrascht aus, dass es komisch wäre, wenn Sean nicht genau wüsste, wie er sich fühlte.

Und sie hatten es beide verdient.

»Versuch es nächstes Mal mit ein bisschen Zärtlichkeit, Kumpel. Zeig ihr, dass sie dir wichtig ist. Überlass ihr als Erster das Luzerneheu.«

»Oder rück den Hinweis raus, der ihr das Anwesen verschafft und deine Firma in den Ruin treibt.«

Sean fuhr herum. »Livvy.« In einem weiteren ihrer Röcke, mit einem weiteren ihrer langweiligen grünen Unterhemden und diesen klobigen Stiefeln – und sie hatte noch nie schöner ausgesehen. »Ich kann das erklären –«

»Ja, das solltest du auch.« Sie ging auf ihn zu, die untergehende Sonne ließ ihr Haar wie Feuer leuchten. »Mr. Scanlon hat mir erzählt, was du getan hast. Ich will wissen, warum.«

Sie blieb vor ihm stehen, das Kinn nach oben gereckt. »Warum hast du mir geholfen, Sean?«

Er bekämpfte den Drang, ihr diese eine Strähne hinter das Ohr zu schieben. Er hatte nicht mehr das Recht dazu. »Hast du deine Mailbox abgehört?«

»Meine was?«

»Ich habe dir eine Nachricht hinterlassen.«

Sie schüttelte den Kopf. »Tut mir leid, aber bei dem Wirbel der letzten zwei Stunden habe ich nicht mal daran gedacht. Warum? Was hast du gesagt?«

Sie wusste nicht, wie er empfand. »Warum bist du hier, Livvy?«

Sie zog die Augenbrauen hoch. »Gerade du solltest wissen, dass es daran liegt, dass mir der Ort gehört.«

»Ich meine, warum bist du *hier*? In der Scheune. Jetzt. Um mich zu suchen.«

Ihre Zunge glitt über ihre Lippen. »Ich will eine Erklärung.«

»Du willst mich nicht vom Grundstück werfen?«

»Kommt auf deine Erklärung an.«

Sie hatte nicht *Nein* gesagt. Es gab noch Hoffnung.

Sean holte tief Luft. Zeit, seine Karten auf den Tisch zu legen. Er hoffte verdammt noch mal, dass er nicht die gleiche Überraschung erlebte wie beim Spiel mit Mac. Damals hatte er gedacht, er hätte ein Gewinnerblatt.

Jetzt brauchte er eines mehr denn je.

Er nahm ihre Hände in seine. Es war vielversprechend, dass sie nicht zurückwich.

Er machte einen Schritt auf sie zu.

Sie wich nicht zurück. Ein weiteres gutes Zeichen.

»Ich weiß, dass du meinen Laptop gesehen hast, also weißt du Bescheid, dass deine Großmutter mein Angebot angenommen hat. Du weißt, dass ich geplant hatte, das Anwesen in ein Resort zu verwandeln.«

Sie nickte.

Sean schluckte. »Ich hatte das geplant, lange bevor ich von dir wusste. Ich habe alles in die Wege geleitet, sobald ich mich mit deiner Großmutter getroffen hatte. Ihr gefiel der Gedanke, dass das Anwesen in diesem Zustand erhalten bleibt. Dass es nicht als Wohnheim genutzt oder in Bürogebäude verwandelt wird und das Land für Wohngrundstücke verkauft wird. Darum geht es in den meisten Angeboten, die Scanlons Kanzlei erhalten hat. Das hier ist eine erstklassige Lage. Ein großes Grundstück, auf dem man nicht so viel investieren muss wie auf anderen in der Gegend, um darauf zu bauen. Was ich mit dem Anwesen vorhatte, entsprach Merriweathers Ansicht über die Bedeutung des Anwesens. Also trieb ich meine Pläne voran. Schließlich war ihr einziger Erbe eine Enkelin, mit der sie nie etwas zu tun haben wollte. Ich habe die Änderung ihres Testaments niemals kommen sehen.«

Da schenkte sie ihm ein Lächeln. Klein, aber es war da.

»Da warst du nicht der Einzige.«

Er nickte. »Als Mac also jemanden brauchte, der hier übernimmt, dachte ich mir, das wäre perfekt. Das Anwesen würde mir in ein paar Wochen gehören, und ich hatte die Chance, den Renovierungen vorgreifen zu können. Es war ein guter Plan. Bis du aufgetaucht bist.«

Sie kaute auf ihrer Lippe.

Gott steh ihm bei.

»Ich war hin- und hergerissen, Livvy. Du verdienst diesen Ort. Aber ich hatte zu viel investiert. Zu viel zu verlieren. Es ist nicht nur mein Geld; meine Brüder hängen mit in dem Deal, und ich habe eine Menge für die Vorarbeiten ausgegeben.«

»Ich weiß. Ich habe die Prognosen gesehen. Architekt, Ingenieure … Du hast wirklich alles in die Waagschale geworfen.«

»Es sollte mein Debüt im Luxus-Resort-Geschäft sein. Das Anwesen selbst wäre ein Magnet, dazu die Annehmlichkeiten, die wir bieten würden. Die Lage ist perfekt, in Reichweite einiger der größten Städte des Landes und die perfekte Mischung aus ländlich und städtisch, um jeden Geschmack zu bedienen. Es war ein Volltreffer.«

»Bis ich aufgetaucht bin.«

»Ja.«

»Warum hast du ihm dann den letzten Hinweis gegeben?«

Er ließ ihre Hände los und fuhr sich durch das Haar. »Weil ich dir das nicht antun konnte. Ich konnte dir nicht deinen Traum, deine Zukunft stehlen. Wenn wir den Hinweis nicht gefunden hätten, wäre das eine Sache gewesen, aber ich habe ihn gefunden und, nun ja, es lag nicht an mir. Sie hatte es dir hinterlassen. Es gehört dir.«

»Mir gegenüber hat noch nie jemand auf die Chance auf Millionen von Dollar verzichtet.«

»Du bist so viel mehr wert als bloße Millionen, Livvy, und lass dir nie von jemandem etwas anderes erzählen. Deine Großmutter war eine Närrin, dass sie das nicht in dem Moment erkannt hat, als sie dich zum ersten Mal sah.« Er schluckte und fasste sich ein Herz. »Denn ich habe es definitiv erkannt.«

Ihre bernsteinfarbenen Augen blitzten auf. »Hast du das?«

Er nickte. »Ja.« Seine Stimme war heiser, erstickt von Gefühlen, vor denen er sich gleichermaßen fürchtete wie er sich danach sehnte, sie ihr zu zeigen. Nie hatte ihm etwas mehr bedeutet als dieser Augenblick.

»Ich liebe dich, Livvy. Ich weiß, du hast keinen Grund, das zu glauben, aber ich tue es. Und ich will dich. In meinem Leben. Für immer. Und wenn du willst, dass ich etwas unterschreibe, womit ich auf jegliche Rechte am Anwesen verzichte, werde ich es tun. Ich will nie, dass du denkst, ich will nur mit dir zusammen sein, um meine Finger an diesen Ort zu kriegen.« Er lächelte nun. »Das Einzige, woran ich meine Finger kriegen will, bist du.«

Sie leckte sich über die Lippen, ohne sein Lächeln zu erwidern.

Aber dann griff sie nach seinen Händen und legte sie an ihre Taille. Sie sah unter ihren Wimpern zu ihm auf. »Nun, da du deine Hände an mir hast, was hast du jetzt vor?«

Sean stand einen Herzschlag lang da – oder fünf –, um den Moment in sich aufzusaugen. Um zu begreifen, dass es wirklich geschah. Dass sie ihm, nun ja, wenn nicht verziehen hatte, so doch bereit war, es zu versuchen.

»Sean? Ich warte.« Diese bernsteinfarbenen Augen funkelten jetzt.

Er ließ sich auf ein Knie sinken. Völlig ungeplant und völlig unvorbereitet. Kein Ring, keine Ahnung, was er sagen wollte, aber es fühlte sich einfach richtig an. »Ich werde dich fragen, ob du mich heiratest. Ob du für immer in meinem Leben sein willst. Ob du jeden Morgen mit mir in einem riesigen Kingsize-Bett aufwachen willst, umgeben von Hunden, um mir zu helfen, Alpaka-Mist auszumisten, eigenwillige Papageien und tanzende Pudel einzufangen und Babys zu machen, damit wir aus diesem Mausoleum ein Zuhause machen können.«

Sie weinte, als er fertig war, aber mit diesen Tränen konnte er umgehen.

»Es tut mir leid, Livvy. Dass ich dir nicht die Wahrheit gesagt habe. Aber du musst wissen, du musst *glauben*, dass ich dich nicht benutzt habe. Jedes Mal, wenn wir zusammen waren, jede Berührung, jeder Blick, jeder Kuss ... Das alles war echt. Es ging nur um uns. Das Anwesen spielte keine Rolle.«

»Ich weiß.«

»Ich habe die ganze Zeit versucht herauszufinden, wie zum Teufel ich es für uns beide hinkriegen kann, aber am Ende konnte ich es nicht. Weil ich dir nicht wegnehmen konnte, was deins war.«

»Ich weiß.«

»Egal, was zwischen uns passiert ist, ich konnte dir dein Geburtsrecht nicht verweigern.«

»Ich weiß.«

»Ich – du weißt es? Du glaubst mir?«

Sie lächelte schließlich, und oh, was das mit dem Inneren der Scheune anstellte. Es war, als ob die Sonne aufginge und die Tiere sängen und der Himmel Glück herabregnete –

Er fing schon wieder an zu dichten.

»Ich liebe dich, Livvy. In deiner Genossenschaft, in dem Farmhaus mit dem undichten Dach oder hier, das spielt keine Rolle. Ich liebe *dich*. Und deine Arche Noah.«

Sie zupfte an seinem Haar. »Gut so, denn sie lieben dich auch. Und ...« Sie leckte sich über die Lippen. »Ich auch.«

»Danke, Jesus.« Er zog sie hoch in einen Kuss, der ihm die Chance gab, wenigstens einen winzigen Teil seiner Gefühle hineinzulegen. Der Rest würde Jahre dauern. Mindestens fünfzig oder sechzig.

Als sie sich schließlich voneinander lösten, riss sie an seinem Haar, diesmal etwas fester als ein Zupfen. »Weißt du, ich versuche ständig, dich daran zu erinnern, dass mein Name Livvy ist. L-i-v-v-y C-a-r-o-l-l-a.«

Er zog seinerseits an ihrem Haar – direkt zu sich herab für einen weiteren Kuss. »Nein, ist er nicht«, sagte er, als sie ein zweites Mal nach Luft schnappten. »Er lautet L-i-v-v-y M-a-n-l-e-y.«

»Nun, er *wird* es sein.«

»Verdammt richtig. Sobald ich einen Standesbeamten finden kann. Ich hoffe, du willst keine große Hochzeit.«

»Wen sollte ich einladen? Du bist die einzige Familie, die ich habe.«

Er küsste ihre Nase. »Nein, bin ich nicht. Du hast sie alle.« Er nickte in Richtung der Menagerie hinter ihm.

»Sie können nicht zur Hochzeit kommen, Dummkopf.«

»Dann bringen wir die Hochzeit eben zu ihnen. Was hältst du davon, wenn wir direkt hier heiraten? Während deine Familie zuschaut?«

Sie schlang die Arme um ihn. »Ich sage, dass du der verrückteste Mistkerl bist, dem ich je begegnet bin.«

Er wich ein Stück zurück. »*Mistkerl*?«

»Betrachte es als Kosewort. Immerhin wirst du es mit Orwell in der Nähe noch sehr lange hören.«

»Dann gewöhnst du dich besser daran, *Jesus* zu hören.«

»Das macht mir nichts aus. Denn jedes Mal, wenn du mich küsst, ist es göttlich.«

341

Männerabend… plus drei

Achtzehn Monate später

»Ich gehe mit.«

»Seht sie euch an und heult, Jungs.« Cooper Wexford fächerte seine drei Asse auf dem Pokertisch auf, in dem Raum, der früher der im französischen Landhausstil gehaltene Salon des Martinson-Anwesens gewesen war, jetzt aber als Spielzimmer des Hideaway Hills Bed & Breakfast diente. »Viel Glück beim nächsten Mal.« Er scharrte die Chips zu sich herüber.

»Moment mal.« Kerry stellte seine Margarita ab und nahm seine Karten auf. Er warf sie auf den Tisch. »Full House.«

»Verdammt noch mal!«

»Verdammtnochmal!«

»Orwell, ganz ruhig.« Livvy tippte gegen die Gitterstäbe seines Käfigs, als sie mit ihrer berühmten Bio-Salsa und selbstgemachten Chips vorbeiging. »Sorry, Jungs«, sagte sie und stellte die Snacks am Rand des Tisches ab. »Spielt weiter.«

»Danke, Livvy«, sagte Cooper und nahm sich eine ordentliche Portion. »Greift zu, Jungs. Geht auf mich.«

Livvy verdrehte die Augen. Die Salsa gehörte zum Standard des Hauses und kostete die Gäste nichts extra. Und Cooper, ihr Landschaftsgärtner, wusste das genau.

»Nimmst du auch was, Schatz?« Sean legte seinen Arm um ihre Taille.

»Kann ich nicht. Das vertragen sie nicht.« Sie rieb sich den Bauch.

»Noch ein paar Wochen, dann kannst du wieder.«

»Noch ein paar Wochen und ich werde stillen, und dann werde ich *erst recht* kein scharfes Essen wollen.«

»Leute, ernsthaft!«, sagte Bryan. »Keine Gespräche über... nun ja, *darüber* vor meiner Schwägerin. Es ist Spieleabend. Meine Güte.«

»Ich bin raus«, sagte Drake Fletcher und warf seine zwei Paare auf den Tisch. Der Autor war alle sechs Monate Stammgast, wenn er sich für die Woche vor seinem Abgabetermin vergrub, um in einer Schreib-Marathon-Sitzung sein Buch fertigzustellen.

Livvy hatte ihn noch nie im Spielzimmer gesehen, also konnte sie nur vermuten, dass er früher fertig geworden war. Schade nur, dass er herausgekommen war, um zu verlieren.

Sie erkannte diesen Ausdruck im Gesicht ihres Mannes. Sean mochte den anderen gegenüber ein gutes Pokerface bewahren, aber sie kannte ihn. Sie kannte dieses Gesicht und all seine Stimmungen in- und auswendig. Die meisten seiner Gedanken auch, da sie jeden Tag zusammen arbeiteten und jede Nacht zusammen schliefen.

Sie rieb sich den Bauch, ein Beweis für den Erfolg *dieses* Unternehmens. Noch drei Wochen, dann würden die Zwillinge kommen.

»Was hast du, Bry?« Sean klopfte mit den Kanten seiner Karten auf den Filz.

Bryan verdrehte die Augen. »Mehr als genug, um euch Trottel zu schlagen.« Er warf vier Zweier hin.

»Euch ist schon klar, dass heute der dritte Samstag des Monats ist.«

»Ach, du Scheiße.« Cooper lehnte sich zurück und fuhr sich mit der Hand über den Mund.

Kerry verschluckte sich an seiner Margarita. »Sheri bringt mich um.«

Bryan wurde einfach nur grün. In einem gewissen *mintfarbenen* Grünton.

»Was? Was ist los?« Drake blickte in die Runde.

Sean konnte nicht aufhören zu lächeln. »Der dritte Samstag jedes dritten Monats ist Zimmermädchen-Nacht.«

»*Zimmer*-was?«

»Zimmermädchen«, sagte Cooper, bevor er sein Bier auf ex austrank.

»Der Verlierer muss hier eine Woche lang den Zimmerservice machen«, sagte Kerry.

Sean grinste nur, als er seine Straße hinlegte. »Sieht so aus, als wärst du dran, Drake. Ich lasse meine Schwester für deine Uniform Maß nehmen. Willkommen bei den Manley-Zimmermädchen.«

Ende und vielen Dank fürs Lesen

Ende. Danke fürs Lesen! Bitte helfen Sie anderen Lesern, meine Bücher zu finden, indem Sie dort eine Rezension hinterlassen, wo Sie es gekauft haben. Und wenn Sie mehr von meinen Geschichten sehen möchten, blättern Sie einfach um!

WAS EINE FRAU
BRAUCHT
JUDI FENNELL

Was eine Frau braucht

Was passiert, wenn drei unwiderstehlich sexy Brüder eine Pokerwette gegen ihre geschäftstüchtige Schwester verlieren? Sie werden für deren Reinigungsunternehmen vermietet. Jetzt stehen Ihnen die Manley Maids zu Diensten. Zufriedenheit garantiert. Es ist das, was eine Frau braucht ...

Es ist ihr Haus; er ist nur zum Putzen da.

Filmstar Bryan Manley sieht in fast allem gut aus – außer in einer Schürze. Und als Vaterfigur.

Die verwitwete Mutter Beth Hamilton sieht das allerdings anders, als er zum Putzen in ihrem Haus auftaucht und ihre Kinder ihn sofort ins Herz schließen.

Das Problem ist, dass auch die Paparazzi auftauchen. Ihre Kinder hatten nach dem Tod ihres Vaters genug Aufmerksamkeit, das Letzte, was sie brauchen, ist das Rampenlicht, das Bryan überallhin folgt.

Außerdem ist Cinderella nur ein Märchen und einen Märchenprinzen gibt es nicht ... oder ist Bryans neue Rolle etwa die Rolle seines Lebens?

Was passiert, wenn drei unwiderstehlich sexy Brüder eine Pokerwette gegen ihre geschäftstüchtige Schwester verlieren? Sie werden für deren Reinigungsunternehmen vermietet. Jetzt stehen Ihnen die Manley Maids zu Diensten. Zufriedenheit garantiert. Es ist das, was eine Frau braucht ...

Männerabend... plus eins

Er hatte verloren.

Bryan Manley starrte auf die Karten, die auf dem Tisch vor ihm lagen.

Straight Flush. Bube hoch.

Das schlug sein Full House. Es schlug Liams vier Damen und Seans Straight Flush, Neun hoch.

Er hatte verloren.

Gegen seine *Schwester*.

Gegen diejenige, die noch nie Poker gespielt hatte.

Und sie hatte nicht nur ihn geschlagen, sondern alle *drei*. Mary-Alice Catherine Manley hatte die Manley-Männer in ihrem eigenen Spiel besiegt.

Und nun mussten sie nach ihrer Pfeife tanzen.

Bryan räusperte sich; Ekel brannte ihm im Rachen. Er, der Hauptdarsteller, das Futter der Paparazzi, der Herzensbrecher von Nachwuchsstars und das »Next Biggest Thing« des *People Magazine*, würde jemandes Hausmädchen sein.

»Ich glaube, werte Brüder, ihr müsst alle für die Uniformen von Manley Maids vermessen werden«, sagte Mac, als wäre es nicht das Todesurteil für sein Image.

»Ich trage keine Schürze.« Die Worte waren ihm herausgerutscht, noch bevor er den Gedanken zu Ende gedacht hatte, aber es bewies nur, dass seine

Instinkte goldrichtig waren. Jeder Regisseur, mit dem er jemals gearbeitet hatte, hatte das behauptet, und Bryan war verdammt froh darüber.

Eine Schürze. Herrje. Die Boulevardpresse würde sich darauf stürzen wie die Geier. Sein Agent? Wohl eher weniger.

Interessanterweise versuchte keiner der Brüder, Mac diesen lächerlichen Wetteinsatz auszureden. Sie hatten ihre Einsätze gemacht und fair verloren.

Aber, gütiger Himmel. Ein Hausmädchen.

»Wann sollen wir anfangen, Mac?« Liam war der Erste, der sich wieder fing – sofern man es so nennen konnte.

»Sobald ihr könnt. Ich habe einen Auftrag.«

Wenn Bryan Mac nicht besser kennen würde, hätte er geschworen, dass sie versuchte, sich das Lachen zu verkneifen. Aber das passte nicht zu Mac; sie hatte die drei schon immer vergöttert. Hatte sie ihre Ritter in glänzender Rüstung genannt. Oder gelegentlich in Football-Ausrüstung. Aber niemals das hier. Niemals eine... eine *Schürze*.

Er hätte es für einen Witz gehalten, aber Mac hatte das Einzige gesetzt, das auch nur annähernd an das herankam, was er und seine Brüder gesetzt hatten: vier Wochen Reinigungsservice, falls sie verlöre, vier Wochen Leibeigenschaft, falls sie gewänne. Sie würde ihr Unternehmen nicht für einen Witz riskieren.

»Ich habe im Moment Zeit. Ich fange gleich am Montagmorgen an.« Sean stapelte die Pokerchips, akribisch, was der einzige Hinweis auf Seans Gefühlszustand war. Er war sauer. Wahrscheinlich auf sich selbst. Sie waren alle gegen ihre Instinkte vorgegangen und hatten sie mitspielen lassen, obwohl sie sich den Einsatz eigentlich gar nicht leisten konnte.

Die Tatsache, dass sie diejenigen waren, die zahlten, war unerheblich. Sie hatten Mac, ihre kleine Schwester, fast ihr ganzes Leben lang beschützt, seit ihre Eltern gestorben waren und Gran sie aufgenommen hatte. Sie hätten bei ihrer »Keine Mädchen«-Regel für dieses Spiel bleiben sollen, aber sie hatte unbedingt mitmachen wollen, und sie waren schon immer alle schwach geworden bei ihr, also ließen sie sie gewähren.

Und jetzt würde sie ihre Chefin sein.

Ein Hausmädchen. Gott.

Der einzige Pluspunkt war, dass es so aussah, als zahlten sich Grans Putzstunden endlich aus. Ihre Großmutter hatte mit vier kleinen Kindern alle Hände voll zu tun gehabt, und er und seine Brüder waren besonders rüpelhaft und unordentlich gewesen.

Er hätte nie gedacht, dass er für diesen Unterricht einmal dankbar sein würde. Verdammt, er hatte sogar Monica, sein eigenes Zimmermädchen aus Macs Firma, um seine Eigentumswohnung in Schuss zu halten, damit er eben *nicht* diese Putzkenntnisse entstauben musste.

»Hey, kann ich meine eigene Bude machen?« Zwei Fliegen mit einer Klappe schlagen, sozusagen, auch wenn die PETA-Leute wahrscheinlich etwas dagegen hätten.

Mac sah ihn stirnrunzelnd an. »Du würdest Monica um ihren Job bringen, nur um dich aus der Wette zu winden? Ernsthaft?«

Wenn sie es so formulierte...

»Ich winde mich aus gar nichts raus.« Das wäre genau das Richtige für die Klatschblätter. »Du kannst mich auch für Montag einplanen. Ich habe gerade eine Drehpause und habe sowieso nach einer Beschäftigung gesucht.« Er hatte gehofft, dass diese etwas mit einer gewissen Schauspielerin, einem Strand und ein paar Heineken zu tun haben würde, aber daraus wurde nun nichts. Wenigstens würde er für eine Weile aus dem Licht der Öffentlichkeit verschwinden; vielleicht konnte er das durchziehen, ohne dass jemand Wind davon bekam.

Ja, klar. Und Gran würde bestimmt auch Knall auf Fall ihr neues Zuhause verlassen, um in das Herrenhaus zu ziehen, das er ihr schon so lange kaufen wollte.

Bücher von Judi Fennell

<u>Royally Sunk</u>

Bis über beide Ohren

Reel ist ein Meermann ohne Schwanzflosse, und Erica hat panische Angst vor dem Ozean. Nur eine Sache könnte sie ins Wasser bringen: eine Pistole. Und nur eine Sache könnte sie dort halten: der sexy Meermann, der ihr das Leben rettet, nur um sein eigenes aufs Spiel zu setzen.

Ins tiefe Blaue

Valerie ist eine Meeresprinzessin, die mitten auf dem trockenen Land fest-sitzt. Rod ist der Prinz, der sich aufmacht, sie zu retten. Aber können sie den Komplott eines Usurpators vereiteln und rechtzeitig zum Meer zurückkehren, bevor seine Flosse – und sein Thronanspruch – für immer verschwinden?

Der Fang des Lebens

Logan ist vom Zirkus *weggelaufen*; alles, was er will, ist ein ganz normales Leben. Die nackte Frau, die plötzlich auf seinem Boot auftaucht, ist alles *außer* normal. Besonders als sich herausstellt, dass Angel eine Meerjungfrau ist – und ein wütendes Seeungeheuer hinter ihr her ist.

Liebe auf Klippenkurs

Prinzessin Mariana ist keine Hochstaplerin; sie ist wirklich eine Künstlerin, was sie mit der Statue beweisen will, die sie auf einer einsamen Insel meißelt. Das Problem ist, dass Jace sich genau dort versteckt. Die eine Sache, die Mariana aus ihrem königlichen Gefängnis befreien wird, ist also genau die Sache, die Jace umbringen wird. Romanzen sind schon schwer genug, aber wenn ein Tsunami im Wetterbericht steht, landet die Liebe schnell auf den Felsen.

Wellen schlagen

Lesen Sie mehr über „Den Vorfall", der Erica Todesangst vor dem Ozean einjagte, den Grund, warum Valerie, die verlorene Prinzessin, gefunden wurde, und wie Logans kleiner Sohn Michael eine Meerjungfrau entdeckte. Die Geschichten *vor* den Geschichten.

<u>Bottled Magic</u>

Ich träume von Dschinnis

Matts Glück wendet sich endlich, als der Dschinn Eden aus ihrer Flasche entkommt und direkt in seinem Schoß landet. Buchstäblich. Und sie schwört, niemals wieder dorthin zurückzukehren. Zu ihrem beiderseitigen Unglück will der Typ, der sie dort eingesperrt hat, sie zurückhaben, und er wird vor nichts zurückschrecken, um sie zu bekommen.

Der Dschinni weiß es besser

Samantha erbt das Anwesen ihres Vaters, mitsamt einem Dschinn, der noch einem letzten Herrn dienen muss, bevor seine Leibeigenschaft endet.

Sam ist mehr als bereit, Kal die Freiheit zu schenken – bis ihr gieriger Ex beschließt, dass niemand Sam haben darf, wenn er sie nicht haben kann.

Mein bezaubernder Dschinni

Zane hat das Herrenhaus der Familie geerbt, das er gar nicht schnell genug loswerden kann, um die Gerüchte über die verrückte Vergangenheit seiner Familie endlich zum Schweigen zu bringen. Schade nur, dass der Dschinn, der die Ursache für diese Gerüchte war, befreit wurde und erneut sein Unwesen treibt. Nur legt sie es dieses Mal auf sein Herz an.

Dein Wunsch ist ihm Befehl

Erfahren Sie, wie Kal in seiner Laterne gefangen wurde und warum er 1001 Herren dienen muss. Die Geschichte vor der Geschichte.

<u>Once-Upon-A-Romance Series</u>

Die Schöne und der Beste

Jolie ist tagsüber Privatköchin und nachts Liebesromanautorin. Als sie einen Job bei dem attraktiven, zurückgezogenen Künstler Todd ergattert, hat sie den perfekten Helden für ihr Buch gefunden. Bis Todd dahinterkommt und sie aus seiner Küche, seinem Haus *und* seinem Herzen wirft.

Wenn der Schuh passt

Es war einmal vor langer, langer Zeit in einem fernen Land, da lebte ein Mädchen namens Aschenputtel. Dies ist nicht ihre Geschichte. *Dies* ist die Geschichte von Lucinda Isabella Casteleoni, die, genau wie ihre Namensvetterin, eine böse Stiefmutter, zwei geschmacklose Stiefschwestern und unzählige Stunden knallharter Arbeit (nicht) vor sich hat. Doch im Gegensatz zu der Märchenprinzessin ist von Bellas Traumprinzen weit und breit nichts zu sehen. Bis ein kleiner alter Mann mit funkelnden grünen Augen ein Schuhgeschäft am Ende der Straße eröffnet. Dann beginnt der Zauber...

. . .

Hinter dem bleigefassten Glas

Eine versehentliche Reise ins mittelalterliche England lässt Werbefachfrau Kate händeringend nach einem Heimweg suchen... Aber kann sie den attraktiven Ritter in glänzender Rüstung, in den sie sich verliebt hat, mit zurücknehmen?

BeefCake, Inc.

Auch Hingucker mögen Süßes

Lara will, dass ihre Cupcakes ein Erfolg werden. Der Exotic Dancer Gage hätte nichts dagegen, sie mal zu probieren, aber sein Arbeitsplan, um die Krankenhausrechnungen seines Neffen abzubezahlen, lässt ihm keine Zeit dafür. Bis zu einer Party, bei der Muskelpakete auf Cupcakes treffen, und *oh ja*, das ist verdammt lecker!

Auch Hingucker machen Fehler

Als Bryan Jenna fälschlicherweise für eine Prostituierte hält und sie erkennt, dass er der Vater ihres Adoptivsohns ist, nehmen die Fehler und Missverständnisse ihren Lauf. Aber da wächst noch etwas anderes zwischen ihnen. Manchmal kann ein falscher Abzweig genau der richtige Weg sein...

Auch Hingucker verdienen eine dritte Chance

Tanner will seine Ex-Frau für immer aus seinem Leben haben, aber als deren Großmutter einen Schlaganfall erleidet und er so tun muss, als wäre er immer noch in Juliet verliebt, wagt er da eine zweite Chance bei der einen Frau, die ihn nie aufgehört hat zu lieben?

Auch Hingucker bringen Herzen zum Schmelzen

Wenn das hier Verlieren war, dann war er ja total bekloppt, dass er sich überhaupt drauf eingelassen hat.

Gina ist schon ewig in Darien verknallt – bis zu dem Tag, an dem er sie in der Schule gedemütigt hat. Fünfzehn Jahre später lässt er sie völlig kalt. Der Exotic Dancer Darien ist in die Stadt zurückgekehrt, um einiges wiedergutzumachen. Unter anderem das Schlamassel, das er Gina vor Jahren eingebrockt hat... und *vielleicht* die Flamme von einst neu zu entfachen. Aber der einzige Weg, das Eis um Ginas Herz zu schmelzen, besteht darin, die Hitze aufzudrehen, sowohl bei der Arbeit... als auch privat.

<u>Manley Maids</u>

Was passiert, wenn drei unwiderstehlich sexy Brüder eine Pokerwette gegen ihre geschäftstüchtige Schwester verlieren? Sie werden für deren Putzunternehmen zwangsverpflichtet. Ab sofort stehen Ihnen die Manley Maids zu Diensten. Zufriedenheit garantiert.

Was eine Frau will

Resort-Besitzer Sean plant, ein historisches Anwesen zu kaufen, um sich einen Namen zu machen und Millionen zu scheffeln. Er zieht unter dem Vorwand ein, den Laden zu putzen, um eine Bedingung des Erbes zu umgehen. Aber die Erbin Olivia und ihre Menagerie gehen ihm unter die Haut, und er stellt fest, dass die Pokerwette, die ihn in dieses Schlamassel gebracht hat, nicht die einzige Spielwende für ihn bereithält.

Was eine Frau braucht

Filmstar Bryan will Ruhm und Reichtum, keine Wiederholung seiner knausrigen „normalen" Kindheit. Nach dem Medienrummel um den Tod ihres Mannes braucht Beth nichts mehr als ein normales Leben für sich und ihre Kinder – und der Filmstar, der eine Wette verloren hat und nun ihr Haus putzen muss – samt Paparazzi im Schlepptau – passt da so gar nicht rein. Doch als aus Flirts Verführung wird, muss Bryan Beth davon überzeugen, dass er mehr ist als nur eine Putzhilfe. Oder ein Schauspieler. Denn er spielt die Hauptrolle in einer umgekehrten Aschenputtel-Geschichte, und es könnte die Rolle seines Lebens sein.

Was eine Frau verdient

Liam hat keine Geduld für Frauen, die das Geld eines Mannes ausgeben, ohne einen Gedanken an echte Arbeit zu verschwenden. Aber um seinen Wetteinsatz einzulösen, muss Liam das It-Girl Cassidy nicht nur ertragen, sondern ihr auch noch hinterherputzen, nachdem ihr Vater ihr den Geldhahn zugedreht hat. Ohne Geld und ohne ein Zuhause, das Liam putzen könnte, bleibt Cassidy keine Wahl, als ein Jobangebot anzunehmen – als Liams neues Dienstmädchen. Wenn zwischen ihnen die Funken fliegen, wird es dann die wahre Liebe oder nur eine weitere schmutzige Affäre?

Was für eine Frau

MaryAlice Catherine ist bereit, das Haus der Freundin ihrer Großmutter zu putzen, nur um festzustellen, dass deren arroganter Enkel, in den sie als Mädchen verknallt war – was er die ganze Zeit wusste –, dort wohnt. Sie ist zu Tode blamiert. Jared erinnert sich anders daran; Mac war schon immer eine rechthaberische kleine Person, aber er wird sie jetzt nicht das Sagen haben lassen. Doch wenn die beiden zusammen in einem Haus leben, ist nicht abzusehen, wer am Ende den Sieg davonträgt.

Was ein Kerl will

Beckett ist bereit, seine verlorene Pokerwette zu begleichen. Er ahnte nur nicht, dass er mit seinem Herzen bezahlen müsste. Jennifer ist diejenige, die ihm einst entwischt ist, und jetzt steht sie direkt vor ihm. In ihrem Haus. Das er putzen soll. Jennifer kann es nicht fassen, dass der Bad Boy aus der Highschool, in den sie wahnsinnig verliebt war, in ihrem Haus ist. Aber wenn ihr

Ex-Mann ihr eines beigebracht hat, dann, dass man sich auf einen Bad Boy nicht verlassen kann. Bis Beckett alle Karten auf den Tisch legt und sich als jemand entpuppt, auf den Jennifer am Ende doch wetten kann.

Über Judi Fennell

Judi Fennell, Amazon-Bestsellerautorin und preisgekrönte Autorin, liebt die Liebe und liebt das Lachen, daher findet in jedem ihrer Bücher etwas davon. Schau dir ihre unbeschwerten, augenzwinkernden paranormalen und romantischen Komödien unter an wwwJudiFennell.com. Von Wassermännern über Flaschengeister bis hin zu Männern in Dienstmädchenuniformen und männlichen Strippern – es gibt immer etwas zu lachen und zu lieben. In ihrer „Frei"-Zeit hilft sie Autoren beim Schreiben und Indie-Publishern mit ihrer Formatierung, Cover-/Promo-Design, Redaktion, Firma, www.formatting4U.com. Judis Familie hat viele vierbeinige Mitglieder, und in dem Moment, in der diese anfangen A) zu singen, B) Kleidung zu nähen oder C) das Haus zu putzen, wird der Moment sein, an dem Judi aufhört zu schreiben …